Prix : 1 fr. 60

CONTES ET RÉCITS
DU XIXᴱ SIÈCLE

par

A. WEIL et E. CHÉNIN

Librairie Larousse, Paris

CONTES ET RÉCITS

XIXe siècle

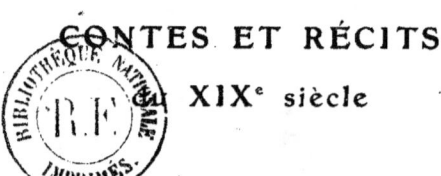
DEUXIÈME ÉDITION

Contes et Récits du XIXe siècle

PAR

ARMAND WEIL ET ÉMILE CHÉNIN

Professeur au lycée Janson-de-Sailly   Professeur au lycée Voltaire

Agrégés de l'Université

31 GRAVURES

LIBRAIRIE LAROUSSE - PARIS

13-17, rue Montparnasse

PRÉFACE

Il nous paraît bon d'exposer brièvement la méthode, la matière et l'esprit de cet ouvrage.

Avant tout, ce sont des histoires. Pas de morceaux choisis, mais des récits qui enferment une action complète. Une assez longue expérience des enfants nous a fait voir que là était la condition nécessaire de l'intérêt. L'enfant veut des histoires; il aime les péripéties; il réclame surtout le dénouement. Il n'a pas encore de la beauté littéraire un sens assez net pour qu'elle puisse suppléer au manque d'action. C'est pourquoi nous avons éliminé résolument de ce recueil destiné à l'enfance les descriptions, les portraits, les dissertations morales qui encombrent les ouvrages de ce genre. Quelle que soit la beauté de leur forme ou l'excellence de leurs enseignements, le défaut de ces morceaux est de passer par-dessus la tête de l'enfant, de le laisser indifférent, parce qu'ils n'amusent pas son imagination et n'émeuvent pas son cœur.

Au reste, si quelqu'un de nos récits paraissait encore au maître dépasser l'intelligence des enfants, qu'il veuille bien réfléchir que non seulement nous nous sommes mis à deux pour les examiner, les discuter et les choisir, mais que, bien plus, nous ne les avons admis dans notre recueil qu'après les avoir expérimentés dans le premier cycle, devant des élèves de dix à quinze ans. Cette seule épreuve est une garantie suffisante du soin que nous avons apporté au choix de ces Contes et Récits.

Ce sont des histoires d'enfants. Les enfants ne cherchent-ils pas, et avec raison, les amis de leur âge? Ces amis, ils peuvent les trouver parmi les maîtres de la littérature moderne. Notre XIXᵉ siècle, avec sa complexité si vivante, nous permet de choisir dans une matière assez vaste. Les souvenirs d'enfance des grands écrivains, Chateaubriand, George Sand ou Michelet, en racontant des histoires simples, dérouleront sous les yeux des petits l'image de leur propre existence. Les petits les compren-

dront, ces récits, parce que c'est leur vie à la maison et à l'école, leurs jeux, leurs travaux, leurs joies et leurs tristesses, toute leur âme qui palpite là...

Ce sont aussi des histoires de bêtes. Là encore l'enfant se trouve en pays de connaissance. Il aimera les chiens et les chats, les oiseaux, les chevaux, les bœufs, tous ces animaux qui sont ses camarades. Il reconnaîtra en eux les acteurs les plus vivants de la comédie enfantine. Anatole France ne dit-il pas, dans le Livre de mon Ami : « Il faut apprendre à un enfant de l'âge de notre Pierre, les mœurs des animaux, auxquels il ressemble par les appétits et par l'intelligence. Pierre est capable de comprendre la fidélité d'un chien, le dévouement d'un éléphant, les malices d'un singe. C'est cela qu'il faut lui conter » ?

Ce sont enfin des histoires qui mettent en scène les hommes. Aux jeux des enfants et aux ébats des bêtes succèdent des récits où se montrent la diversité des métiers, les formes innombrables de l'activité humaine, et tous les aspects de la vie sociale. L'enfant y trouvera des notions plus larges et plus hautes, qui enrichiront son expérience, et le rendront plus apte à observer la vie.

Le classement des récits nous a préoccupés plus encore que leur choix. Nous avons suivi un ordre qui nous semble répondre à la fois aux goûts des enfants et aux besoins de l'enseignement, et nous avons adopté la classification par sujets. Les enfants, les bêtes, les hommes, nous fourniront autant de cadres où viendront se placer tout naturellement nos contes et nos récits. C'est par cette organisation vivante que la lecture peut acquérir, dans nos classes, toute son importance, et devenir un incomparable moyen d'éducation.

Aussi n'avons-nous pas hésité, dans notre ensemble de textes, à mettre à profit l'effort des nations étrangères. A nos lectures françaises nous avons joint quelques pages des littératures européennes, quelques récits anglais ou allemands, italiens, russes, qui, exprimant les idées générales de notre recueil, contribuent à la même œuvre.

On voudra bien reconnaître aussi le soin particulier apporté à l'illustration de ce livre. Nous avons fait choix de gravures qui reproduisent surtout des œuvres de maîtres. En les groupant selon le même principe et dans le même ordre que *nos textes, nous avons voulu faire collaborer l'art et la littérature à l'éducation intellectuelle, esthétique et morale de l'enfant.*

Par là se détermine nettement l'esprit de notre livre. Nous avons donné la plus large place aux récits d'inspiration moderne, qui expriment le sentiment de la vie sociale. A l'idéal dogmatique hérité du XVIIe siècle, nous avons cru possible et utile de faire succéder le devoir présent de solidarité humaine. Ces idées, nous les découvrons dans la dernière partie de ce recueil; mais on s'apercevra facilement qu'elles sont partout, invisibles et présentes : on y trouvera sans peine le lien qui unit nos récits; on comprendra que notre livre, parti des faits les plus simples, des représentations les plus familières de la vie, s'achemine insensiblement vers les grandes notions d'humanité et de travail qui forment la conscience, de plus en plus haute, des sociétés modernes (1).

Armand WEIL   Émile CHÉNIN-MOSELLY

---

1. *Nous nous faisons un devoir de remercier ici les auteurs, éditeurs et ayants-droit, dont les autorisations, souvent très libérales, nous ont permis de reproduire la plupart des morceaux de ce recueil.*

Fresque du Panthéon. Puvis [...]

Musée du Luxembourg, Paris.

EUGÈNE CARRIÈRE — MATERNITÉ

Ma Mère

JE ME RAPPELLE que, lorsque j'étais las de courir, je venais m'asseoir devant la table à thé, dans mon petit fauteuil d'enfant, haut perché. Il était déjà tard; j'avais fini depuis longtemps ma tasse de lait sucré, et mes yeux se fermaient de sommeil; mais je ne bougeais pas; je restais tranquille et j'écoutais. Comment ne pas écouter? Maman cause avec une des personnes présentes, et le son de sa voix est si doux, si aimable ! A lui seul il dit tant de choses à mon cœur!

Je la regarde fixement avec des yeux obscurcis par le sommeil, et tout à coup elle devient toute petite, toute petite. Je me laisse glisser jusqu'à terre, et vais tout doucement me coucher commodément dans un grand fauteuil.

« Tu t'endors, me dit maman. Tu ferais mieux d'aller te coucher.

— Je n'ai pas envie de dormir, maman. »

Des rêves vagues, mais délicieux, emplissent mon imagination; le bon sommeil de l'enfance ferme mes paupières, et, au bout d'un instant, je suis endormi. Je sens sur moi, à travers mon sommeil, une main délicate; je la reconnais au seul toucher, et, tout en dormant, je la saisis et la presse bien fort sur mes lèvres.

Tout le monde s'est dispersé. Une seule bougie brûle dans le salon. Maman a dit qu'elle se chargeait de me réveiller. Elle se blottit dans le fauteuil où je dors, passe sa belle main fine dans mes cheveux, se penche à mon oreille, et murmure de sa jolie voix que je connais si bien :

« Lève-toi, ma petite âme, il est temps d'aller se coucher. »

Aucun regard indifférent ne la gêne; elle ne craint pas d'épancher sur moi toute sa tendresse et tout son amour. Je ne bouge pas; mais je baise la main encore plus fort.

« Lève-toi, mon ange. »

Elle met son autre main dans mon cou et me chatouille avec ses doigts effilés. Le salon silencieux est dans une demi-obscurité; maman est assise tout contre moi, elle me touche, et j'entends sa voix : je me lève d'un bond, je jette mes bras autour de son cou, je me serre contre sa poitrine en murmurant :

« Oh! maman, chère petite maman, comme je t'aime ! »

TOLSTOÏ, *Souvenirs. Enfance, Adolescence, Jeunesse.*
Traduction Arvède Barine (Hachette, édit.)..

Souvenirs d'enfance

Lamartine eut une enfance heureuse à Milly, petit village près de Mâcon. Il se rappelle avec émotion les soirées de la maison familiale.

IL EST NUIT. Les portes de la petite maison de Milly sont fermées. Un chien ami jette de temps en temps un aboiement dans la cour. La pluie d'automne tinte contre les vitres de deux fenêtres basses, et le vent, soufflant par rafales, produit, en se brisant contre les branches de deux ou trois platanes et en pénétrant dans les interstices des volets, ces sifflements intermittents et mélancoliques que l'on entend seulement au bord des grands bois de sapins quand on s'asseoit à leurs pieds pour les écouter. La chambre où je me revois aussi est grande, mais presque nue. Au fond est une alcôve profonde avec un lit. Les rideaux du lit sont de serge blanche à carreaux bleus. C'est le lit de ma mère; il y a deux berceaux sur des chaises de bois au pied du lit; l'un est grand, l'autre petit. Ce sont les berceaux de mes plus jeunes sœurs qui dorment déjà depuis longtemps. Un grand feu de ceps de vigne brûle au fond d'une cheminée de pierres blanches... De grosses poutres noircies par la fumée, ainsi que les planches qu'elles portent, forment le plafond. Sous les pieds, ni parquet, ni tapis ; de simples carreaux de brique non vernissés... Aucune tenture, aucun papier peint sur les murs de la chambre ; rien que le plâtre éraillé à plusieurs places, et laissant voir la pierre nue du mur, comme on voit les membres et les os à travers un vêtement déchiré. Dans un angle, un petit clavecin ouvert, avec des cahiers de musique du *Devin de village* de Jean-Jacques Rousseau, épars sur l'instrument ; plus près du feu, au milieu de la chambre, une petite table à jeu avec un tapis vert tout tigré de taches d'encre et de trous dans l'étoffe ; sur la table, deux chandelles de suif qui brûlent dans deux chandeliers de cuivre argenté, et qui jettent un peu de lueur et de grandes ombres agitées par l'air sur les murs blanchis de l'appartement.

En face de la cheminée, le coude appuyé sur la table, un homme assis tient un livre à la main. Sa taille est élevée, ses membres robustes. Il a encore toute la vigueur de la jeunesse. Son front est ouvert, son œil bleu ; son sourire ferme et gracieux laisse voir des dents éclatantes. Quelques restes de son costume, sa coiffure surtout et une certaine roideur militaire de l'attitude, attestent l'officier retiré (1). Si l'on en doutait, on n'aurait qu'à regarder son sabre, ses pistolets d'ordonnance, son casque et les plaques dorées des brides de son cheval, qui brillent suspendus par un clou à la muraille, au fond d'un petit cabinet ouvert sur la chambre. Cet homme, c'est notre père.

Sur un canapé de paille tressée est assise, dans l'angle que forment la cheminée et le mur de l'alcôve, une femme qui paraît encore très jeune, bien qu'elle touche déjà à trente-cinq ans. Sa taille, élevée aussi, a toute la souplesse et toute l'élégance de celle d'une jeune fille. Ses traits sont si délicats, ses yeux noirs ont un regard si candide et si pénétrant ; sa peau transparente laisse tellement apercevoir sous son tissu un peu pâle le bleu des veines et la mobile rougeur de ses moindres émotions ; ses cheveux très noirs, mais très fins, tombent avec tant d'ondoiements et des courbes si soyeuses le long de ses joues, jusque sur ses épaules, qu'il est impossible de dire si elle a dix-huit ou trente ans. Personne ne voudrait effacer de son âge une de ses années, qui ne servent qu'à mûrir sa physionomie et à accomplir sa beauté.

Cette beauté, bien qu'elle soit pure dans chaque trait si on les contemple en détail, est visible surtout dans l'ensemble par l'harmonie, par la grâce, et surtout par ce rayonnement de ten-

---

1. *L'officier retiré :* le père de Lamartine, capitaine dans un régiment de cavalerie, avait été, pendant la Révolution, un des défenseurs de Louis XVI. Emprisonné, puis remis en liberté, il s'était retiré, avec sa famille, dans son petit domaine de Milly.

dresse intérieure, véritable beauté de l'âme qui illumine le corps par dedans, lumière dont le plus beau visage n'est que la manifestation en dehors. Cette jeune femme, à demi renversée sur des coussins, tient une petite fille endormie, la tête sur une de ses épaules. L'enfant roule encore dans ses doigts une des longues tresses noires des cheveux de sa mère, avec lesquelles elle jouait tout à l'heure avant de s'endormir. Une autre petite fille, plus âgée, est assise sur un tabouret au pied du canapé ; elle repose sa tête blonde sur les genoux de sa mère. Cette jeune femme, c'est ma mère ; ces deux enfants sont mes deux plus grandes sœurs. Deux autres sont dans les deux berceaux.

Mon père, je l'ai dit, tient un livre dans la main. Il lit à haute voix. J'entends encore d'ici le son mâle, plein, nerveux et cependant flexible de cette voix qui roule en larges et sonores périodes, quelquefois interrompues par les coups du vent contre les fenêtres. Ma mère, la tête un peu penchée, écoute en rêvant. Moi, le visage tourné vers mon père et le bras appuyé sur un de ses genoux, je bois chaque parole, je devance chaque récit; je dévore le livre dont les pages se déroulent trop lentement au gré de mon impatiente imagination... (1)

J'ai gardé précieusement les deux volumes : je les ai sauvés de toutes les vicissitudes que les changements de résidence, les morts, les successions, les partages, apportent dans les bibliothèques de famille. De temps en temps, à Milly, dans la même chambre, quand j'y reviens seul, je les rouvre pieusement ; je relis quelques-unes de ces mêmes strophes à demi-voix, en essayant de me feindre à moi-même la voix de mon père, et en m'imaginant que ma mère est là encore avec mes sœurs, qui écoute et qui ferme les yeux. Je retrouve la même émotion dans les vers du Tasse, les mêmes bruits du vent dans les arbres, les mêmes pétillements des ceps dans le foyer ; mais la voix de mon père n'y est plus, mais ma mère a laissé le canapé vide, mais les deux berceaux se sont changés en deux tombeaux qui verdissent sur des collines étrangères ! Et tout cela finit toujours pour moi par quelques larmes dont je mouille le livre en le refermant.

LAMARTINE, *Les Confidences* (Hachette, édit.).

---

1. Il s'agit de la *Jérusalem délivrée*, poème italien du Tasse, traduit par Lebrun, en deux volumes. Le sujet en est la délivrance du Saint-Sépulcre par Godefroy de Bouillon, qui dirigea la première croisade, et conquit à grand'peine Jérusalem sur les païens. — Lamartine gardera toujours ce goût de la lecture qui éveillera son intelligence, formera son âme, et contribuera à faire de lui un grand poète.

Au château de Combourg

L'enfance de Chateaubriand fut triste. Il appartenait à une vieille famille bretonne, qui habitait le château de Combourg, près de Saint-Malo. C'est là qu'il passa ses premières années, dans la solitude des landes bretonnes, en compagnie d'un père tyrannique, d'une mère faible et d'une sœur compagne de ses rêveries.

... QUATRE MAÎTRES (mon père, ma mère, ma sœur et moi) habitaient le château de Combourg. Une cuisinière, une femme de chambre, deux laquais et un cocher, composaient tout le domestique (1) : un chien de chasse et deux vieilles juments

VUE DU CHÂTEAU DE COMBOURG

étaient retranchés dans un coin de l'écurie. Ces douze êtres vivants disparaissaient dans un manoir où l'on aurait à peine aperçu cent chevaliers, leurs dames, leurs écuyers, leurs varlets (2), les destriers (3), et la meute du roi Dagobert...

Mon père se levait à quatre heures du matin, hiver comme été ; il venait dans la cour intérieure appeler et éveiller son valet de chambre, à l'entrée de l'escalier de la tourelle. On lui apportait un peu de café à cinq heures; il travaillait ensuite dans son cabinet jusqu'à midi. Ma mère et ma sœur déjeunaient chacune dans leur chambre, à huit heures du matin.

---

1. *Le domestique :* le personnel des serviteurs de la maison. — 2. *Varlets :* autrefois les fils de gentilshommes au service d'un chevalier. — 3. *Destriers :* chevaux de bataille, dans la langue du moyen âge.

Je n'avais aucune heure fixe, ni pour me lever, ni pour déjeuner; j'étais censé étudier jusqu'à midi; la plupart du temps
je ne faisais rien.

A onze heures et demie, on sonnait le dîner que l'on servait
à midi. La grand'salle était à la fois salle à manger et salon :
on dînait et l'on soupait à l'une de ses extrémités du côté de
l'est; après le repas, on se venait placer à l'autre extrémité du
côté de l'ouest, devant une énorme cheminée...
Le dîner fait, on restait ensemble jusqu'à deux heures. Alors,
si, l'été, mon père prenait le divertissement de la pêche, visitait
ses potagers, se promenait dans l'étendue du vol du chapon (1);
si, l'automne et l'hiver, il partait pour la chasse, ma mère se
retirait dans la chapelle, où elle passait quelques heures en
prière...
Mon père parti et ma mère en prière, Lucile s'enfermait dans
sa chambre : je regagnais ma cellule, ou j'allais courir les
champs.
A huit heures, la cloche annonçait le souper. Après le souper,
dans les beaux jours, on s'asseyait sur le perron. Mon père,
armé de son fusil, tirait des chouettes qui sortaient des créneaux à l'entrée de la nuit. Ma mère, Lucile et moi, nous regar-
dions le ciel, les bois, les derniers rayons du soleil, les premières
étoiles. A dix heures, l'on rentrait et l'on se couchait.

Les soirées d'automne et d'hiver étaient d'une autre nature.
Le souper fini et les quatre convives revenus de la table à la
cheminée, ma mère se jetait en soupirant sur un vieux lit de
jour, de siamoise flambée (2); on mettait devant elle un guéri-
don avec une bougie. Je m'asseyais auprès du feu avec Lucile;
les domestiques enlevaient le couvert et se retiraient. Mon père
commençait alors une promenade qui ne cessait qu'à l'heure de
son coucher. Il était vêtu d'une robe de ratine blanche, ou plutôt d'une espèce de manteau, que je n'ai vu qu'à lui. Sa tête,
demi-chauve, était couverte d'un grand bonnet blanc qui se
tenait tout droit. Lorsqu'en se promenant, il s'éloignait du
foyer, la vaste salle était si peu éclairée par une seule bougie,
qu'on ne le voyait plus; on l'entendait seulement encore marcher dans les ténèbres; puis il revenait lentement vers la lumière et émergeait peu à peu de l'obscurité, comme un spectre,
avec sa robe blanche, son bonnet blanc, sa figure longue et pâle.
Lucile et moi, nous échangions quelques mots à voix basse

1. *Dans l'étendue du vol du chapon* : ancien terme de droit pour désigner la bande de
terrain qui entoure un manoir, aussi loin que s'étend le vol d'un chapon. — 2. *Siamoise
flambée :* ancienne étoffe de fil et coton (d'abord fabriquée à Siam). *Flambée* veut
dire qu'on l'avait passée au feu pour enlever le duvet du coton.

quand il était à l'autre bout de la salle; nous nous taisions quand il se rapprochait de nous. Il nous disait en passant : « De quoi parliez-vous ? » Saisis de terreur, nous ne répondions rien ; il continuait sa marche. Le reste de la soirée, l'oreille n'était plus frappée que du bruit mesuré de ses pas, des soupirs de ma mère, et du murmure du vent.

Dix heures sonnaient à l'horloge du château : mon père s'arrêtait; le même ressort qui avait soulevé le marteau de l'horloge semblait avoir suspendu ses pas. Il tirait sa montre, la montait, prenait un grand flambeau d'argent surmonté d'une grande bougie, entrait un moment dans la petite tour de l'ouest (1), puis revenait, son flambeau à la main, et s'avançait vers sa chambre à coucher, dépendante de la petite tour de l'est. Lucile et moi, nous nous tenions sur son passage; nous l'embrassions en lui souhaitant une bonne nuit. Il penchait vers nous sa joue sèche et creuse sans nous répondre, continuait sa route et se retirait au fond de la tour, dont nous entendions les portes se refermer sur lui.

Le talisman était brisé (2); ma mère, ma sœur et moi, transformés en statues par la présence de mon père, nous recouvrions les fonctions de la vie. Le premier effet de notre désenchantement (3) se manifestait par un débordement de paroles : si le silence nous avait opprimés, il nous le payait cher.

Ce torrent de paroles écoulé, j'appelais la femme de chambre, et je reconduisais ma mère et ma sœur à leur appartement. Avant de me retirer, elles me faisaient regarder sous les lits, dans les cheminées, derrière les portes, visiter les escaliers, les passages et les corridors voisins. Toutes les traditions du château, voleurs et spectres, leur revenaient en mémoire. Les gens étaient persuadés qu'un certain comte de Combourg, à jambe de bois, mort depuis trois siècles, apparaissait à certaines époques, et qu'on l'avait rencontré dans le grand escalier de la tourelle; sa jambe de bois se promenait aussi quelquefois seule avec un chat noir.

Ces récits occupaient tout le temps du coucher de ma mère et de ma sœur : elles se mettaient au lit mourantes de peur; je me retirais au haut de ma tourelle; la cuisinière rentrait dans la grosse tour, et les domestiques descendaient dans leur souterrain.

1, *La petite tour de l'ouest :* « Sa chambre à coucher, dit Chateaubriand, était placée dans la petite tour de l'est, et son cabinet dans la petite tour de l'ouest. » — 2, *Le talisman était brisé :* le charme était rompu. La présence du père agissait sur eux comme un pouvoir surnaturel. — 3, *Désenchantement :* état de personnes qui cessent d'être enchantées, c'est-à-dire soumises à un pouvoir magique.

1.

La fenêtre de mon donjon s'ouvrait sur la cour intérieure ; le jour, j'avais en perspective les créneaux de la courtine (1) opposée où végétaient des scolopendres (2) et croissait un prunier sauvage. Quelques martinets (3) qui, durant l'été, s'enfonçaient en criant dans les trous des murs, étaient mes seuls compagnons. La nuit, je n'apercevais qu'un petit morceau de ciel et quelques étoiles. Lorsque la lune brillait et qu'elle s'abaissait à l'occident, j'en étais averti par ses rayons, qui venaient à mon lit au travers des carreaux losangés de la fenêtre. Des chouettes, voletant d'une tour à l'autre, passant et repassant entre la lune et moi, dessinaient sur mes rideaux l'ombre mobile de leurs ailes. Relégué dans l'endroit le plus désert, à l'ouverture des galeries, je ne perdais pas un murmure des ténèbres. Quelquefois, le vent semblait courir à pas légers ; quelquefois, il laissait échapper des plaintes : tout à coup ma porte était ébranlée avec violence, les souterrains poussaient des mugissements, puis ces bruits expiraient pour recommencer encore. A quatre heures du matin, la voix du maître du château, appelant le valet de chambre à l'entrée des voûtes séculaires, se faisait entendre comme la voix du dernier fantôme de la nuit. Cette voix remplaçait pour moi la douce harmonie au son de laquelle le père de Montaigne éveillait son fils (4).

L'entêtement du comte de Chateaubriand à faire coucher un enfant au haut d'une tour pouvait avoir quelque inconvénient ; mais il tourna à mon avantage. Cette manière violente de me traiter me laissa le courage d'un homme, sans m'ôter cette sensibilité d'imagination dont on voudrait aujourd'hui priver la jeunesse. Au lieu de chercher à me convaincre qu'il n'y avait pas de revenants, on me força de les braver. Lorsque mon père me disait avec un sourire ironique : « Monsieur le chevalier aurait-il peur ? » il m'eût fait coucher avec un mort. Lorsque mon excellente mère me disait : « Mon enfant, tout n'arrive que par la permission de Dieu ; vous n'avez rien à craindre des mauvais esprits, tant que vous serez bon chrétien, » j'étais mieux rassuré que par tous les arguments de la philosophie. Mon succès fut si complet, que les vents de la nuit, dans ma tour déshabitée, ne servaient que de jouets à mes caprices et d'ailes à mes songes...

CHATEAUBRIAND, *Mémoires d'Outre-Tombe.*

---

1. *Courtine :* la façade du château comprise entre deux tourelles. — 2. *Scolopendres :* genre de fougères dont les feuilles, au lieu d'être découpées, sont en forme de langues. — 3. *Martinets :* sorte d'hirondelles de rochers. — 4. *La douce harmonie au son de laquelle le père de Montaigne éveillait son fils :* Montaigne raconte que son père, pour lui rendre le réveil plus agréable, faisait jouer, le matin, des instruments de musique.

Mon oncle Joseph

MON ONCLE JOSEPH, mon *tonton,* comme je dis, est un paysan qui s'est fait ouvrier. Il a vingt-cinq ans, et il est fort comme un bœuf; il ressemble à un joueur d'orgue; la peau brune, de grands yeux, une bouche large, de belles dents; la barbe très noire, un buisson de cheveux, un cou de matelot, des mains énormes toutes couvertes de verrues, — ces fameuses verrues qu'il gratte pendant la prière!

Il est *compagnon du devoir* (1), il a une grande canne avec de longs rubans, et il m'emmène quelquefois chez *la mère des menuisiers* (2). On boit, on chante, on fait des tours de force, il me prend par la ceinture, me jette en l'air, me rattrape, et me jette encore. J'ai plaisir et peur! puis je grimpe sur les genoux des compagnons; je touche à leurs mètres et à leurs compas, je goûte au vin qui me fait mal, je me cogne au *chef-d'œuvre* (3), je renverse des planches et m'éborgne à leurs grands faux-cols, je m'égratigne à leurs pendants d'oreilles. Ils ont des pendants d'oreilles.

« Jacques, est-ce que tu t'amuses mieux avec ces « messieurs « de la bachellerie » qu'avec nous?

— Oh! mais non! »

Il appelle « messieurs de la bachellerie », les instituteurs, professeurs, maîtres de latinage ou de dessin, qui viennent quelquefois à la maison et qui parlent du collège, tout le temps; ce jour-là, on m'ordonne majestueusement de rester tranquille, on me défend de mettre mes coudes sur la table, je ne dois pas remuer les jambes, et je mange le gras de ceux qui ne l'aiment pas! Je m'ennuie beaucoup avec ces messieurs de la bachellerie, et je suis si heureux avec les menuisiers!

Je couche à côté de *tonton* Joseph, et il ne s'endort jamais sans m'avoir conté des histoires, — il en sait tout plein —, puis il bat la retraite avec ses mains sur son ventre. Le matin, il m'apprend à donner des coups de poing, et il se fait tout petit pour me présenter sa grosse poitrine à frapper; j'essaie aussi le coup de pied, et je tombe presque toujours.

Quand je me fais mal, je ne pleure pas, ma mère viendrait.

Il part le matin et revient le soir.

---

1. *Compagnon du devoir :* les *compagnons du devoir* étaient les membres d'une association ouvrière, sous Louis-Philippe. Ils avaient des usages communs, et des signes pour se reconnaître. — 2. *La mère des menuisiers :* on appelait *la mère* la patronne de l'auberge où les compagnons se réunissaient. — 3. *Le chef-d'œuvre :* tout ouvrier, pour entrer dans une de ces associations, devait subir un examen et faire un travail difficile qu'on appelait *chef-d'œuvre.*

Comme j'attends après lui! Je compte les heures quand il est sur le point de rentrer.

Il m'emporte dans ses bras après la soupe, et il m'emmène jusqu'à ce qu'on se couche, dans son petit atelier qu'il a en bas, où il travaille à son compte, le soir, en chantant des chansons qui m'amusent, et en me jetant tous les copeaux par la figure; c'est moi qui mouche la chandelle, et il me laisse mettre les doigts dans son vernis.

Il vient quelquefois des camarades le voir et causer avec lui, les mains dans les poches, l'épaule contre la porte. Ils me font des amitiés, et mon oncle est tout fier : « Il sait déjà toutes ses lettres. Jacques, dis ton alphabet. »

J. VALLÈS, L'Enfant (Fasquelle, édit.).

Ma sœur Lucile

LUCILE, la quatrième de mes sœurs, avait deux ans de plus que moi. Cadette délaissée, sa parure ne se composait que de la dépouille de ses sœurs. Qu'on se figure une petite fille maigre, trop grande pour son âge, bras dégingandés (1), air timide, parlant avec difficulté et ne pouvant rien apprendre ; qu'on lui mette une robe empruntée à une autre taille que la sienne; renfermez sa poitrine dans un corps piqué (2) dont les pointes lui faisaient des plaies aux côtés; soutenez son cou par un collier de fer garni de velours brun (3) ; retroussez ses cheveux sur le haut de sa tête, rattachez-les avec une toque d'étoffe noire; et vous verrez la misérable créature qui me frappa en rentrant sous le toit paternel. Personne n'aurait soupçonné dans la chétive Lucile les talents et la beauté qui devaient un jour briller en elle.

Elle me fut livrée comme un jouet; je n'abusai point de mon pouvoir; au lieu de la soumettre à mes volontés, je devins son défenseur.

On me conduisait tous les matins avec elle chez les sœurs Couppart, deux vieilles bossues habillées de noir, qui montraient à lire aux enfants. Lucile lisait fort mal; je lisais encore plus mal. On la grondait; je griffais les sœurs : grandes plaintes portées à ma mère. Je commençais à passer pour un vaurien, un révolté, un paresseux, un âne enfin.

CHATEAUBRIAND, Mémoires d'Outre-Tombe.

---

1. *Bras dégingandés :* bras trop longs et qui ont des mouvements disgracieux. — 2. *Corps piqué :* sorte de corset. — 3. *Collier de fer :* collier qu'on mettait aux jeunes filles pour les obliger à tenir la tête droite.

Une Dispute entre frères

JE N'AVAIS QU'UNE ANNÉE et quelques mois de moins que mon frère; nous avions grandi, étudié et joué ensemble. Jusqu'ici on n'avait fait aucune différence entre nous; mais, à l'époque dont je veux parler, il me sembla que Volodia (1) se rappelait qu'il était l'aîné et qu'il en était fier.

Je me rappelle que je m'approchai un jour de sa table et brisai par inadvertance un petit flacon multicolore; par bonheur il était vide.

« Qui t'a prié de toucher à mes affaires? » s'écria Volodia qui entrait dans la chambre juste à ce moment néfaste : du premier coup, il s'aperçut que j'avais dérangé la symétrie de ses bibelots.

« Et où est le petit flacon de couleur? demanda-t-il, et de quoi te mêles-tu?

— Je l'ai renversé sans le vouloir, et il s'est cassé, répliquai-je. En voilà un malheur!

— Je te prie de ne jamais te permettre de toucher à mes affaires, dit Volodia, en rassemblant les morceaux du flacon brisé et en les regardant d'un air désolé.

— Voyez! répondis-je; le grand malheur! J'ai cassé un flacon : eh bien, que veux-tu que j'y fasse? »

Et je souris, quoique je n'eusse nullement envie de sourire en cet instant.

« Oui, à toi, cela ne te fait rien, mais, à moi, cela me fait beaucoup, continua Volodia…, tu l'as cassé… et tu en ris par-dessus le marché… quel vilain *gamin!*

— Moi, je suis un gamin, et toi tu es grand, mais sot!

— Je n'ai nulle envie de dire des injures, répliqua Volodia en me repoussant avec douceur : va-t'en!

— Ne me pousse pas!

— Va-t'en!…

— Je te dis de ne pas me pousser! »

Volodia me prit par la main et voulut m'éloigner de force de la table; mais j'étais déjà irrité au plus haut degré; je pris le pied de la table, et je la renversai.

« Voilà ce que tu auras gagné à me pousser! »

Tous les brimborions de porcelaine et les ornements en cristal roulèrent à terre en se brisant en éclats.

« Abominable gamin! » s'écria Volodia, en s'efforçant de retenir les objets qui glissaient.

— Maintenant, me dis-je en moi-même en sortant de la

---

1. *Volodia :* diminutif familier du prénom russe Vladimir.

chambre, tout est fini entre nous, nous sommes brouillés pour la vie. »

De toute la journée, pas une parole ne fut échangée entre nous, je me sentais coupable; je n'osais pas regarder mon frère, et j'étais incapable de m'occuper à quoi que ce fût. Volodia, au contraire, apprit très bien ses leçons, et, après le dîner, selon son habitude, babilla et rit comme si rien ne s'était passé.

Après les classes, quand notre professeur fut parti, je redoutai de rester seul en tête à tête avec mon frère..., j'avais honte... Je pris donc mes cahiers et me dirigeai vers la porte.

En passant devant Volodia, bien que j'eusse le désir de faire la paix, je boudai et je fis la moue. Au même instant mon frère leva la tête et me regarda.

« Cher Nicolas, me dit-il, c'est assez de se quereller : si je t'ai offensé, pardonne-moi. »

Et il me tendit la main.

Une sorte d'étau me serrait la poitrine, me coupait la respiration et, montant toujours, m'étreignait la gorge; cette sensation ne dura qu'une seconde; les larmes me montèrent aux yeux, et je me sentis soulagé.

« Pardonne-moi, Volodia! » dis-je en lui serrant la main.

TOLSTOÏ, Enfance et Adolescence
Traduction Michel Delines (Hetzel, édit.).

L'Union dans la famille

UNE MÈRE DONNA À SA FILLE une grappe de raisin : la jeune fille, après l'avoir prise, songea que cette grappe ferait plaisir à son frère et la lui porta.

Le frère la prit et dit : « Mon père qui travaille là-bas doit être fatigué : portons-lui cette grappe rafraîchissante. »

Le père prit la grappe à son tour; puis, apercevant sa femme non loin de là, il s'empressa de venir près d'elle pour la lui offrir.

C'est ainsi que la grappe de raisin revint dans les mains qui l'avaient donnée; et la mère remercia le ciel de l'union qui régnait entre tous les membres de la famille.

GUYAU, Première année de lecture courante (A. Colin, édit.).

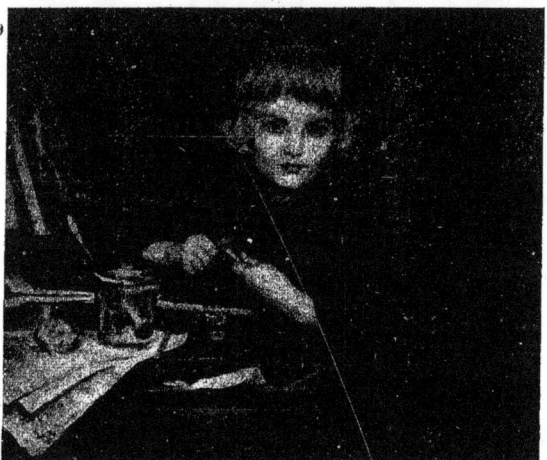

Mˡˡᵉ BRESLAU   ENFANT DESSINANT

La Rentrée

JE VAIS VOUS DIRE ce que me rappellent, tous les ans, le ciel
agité de l'automne, les premiers dîners à la lampe et les
feuilles qui jaunissent dans les arbres qui frissonnent; je
vais vous dire ce que je vois quand je traverse le Luxembourg (1)
dans les premiers jours d'octobre, alors qu'il est un peu triste
et plus beau que jamais; car c'est le temps où les feuilles
tombent une à une sur les blanches épaules des statues.

Ce que je vois alors dans ce jardin, c'est un petit bonhomme
qui, les mains dans les poches et sa gibecière au dos, s'en va
au collège en sautillant comme un moineau. Ma pensée seule
le voit; car ce petit bonhomme est une ombre : c'est l'ombre
du moi que j'étais il y a vingt-cinq ans.

Vraiment il m'intéresse, ce petit : quand il existait, je ne me

_____

1. _Le Luxembourg_ : beau jardin de Paris, qui avoisine le palais du même nom, et
dont la terrasse est ornée des statues des reines de France.

souciais guère de lui; mais maintenant qu'il n'est plus, je l'aime bien... Il était bien étourdi, mais il n'était pas méchant, et je dois lui rendre cette justice qu'il ne m'a pas laissé un seul mauvais souvenir; il est bien naturel que je le regrette; il est bien naturel que je le voie en pensée, et que mon esprit s'amuse à ranimer son souvenir.

Il y a vingt-cinq ans, à pareille époque, il traversait, avant huit heures, ce beau jardin pour aller en classe. Il avait le cœur un peu serré : c'était la rentrée.

Pourtant il trottait, ses livres sur son dos et sa toupie dans sa poche. L'idée de revoir ses camarades lui remettait de la joie au cœur. Il avait tant de choses à dire et à entendre! Ne lui fallait-il pas savoir si Laboriette avait chassé pour de bon dans la forêt de l'Aigle? Ne lui fallait-il pas répondre qu'il avait, lui, monté à cheval dans les montagnes d'Auvergne? Quand on a fait une pareille chose, ce n'est pas pour la tenir cachée. Et puis c'est si bon de retrouver des camarades!...

... C'est ainsi qu'il traversait le Luxembourg dans l'air frais du matin. Tout ce qu'il voyait alors, je le vois aujourd'hui. C'est le même ciel et la même terre; les choses ont leur âme d'autrefois, leur âme qui m'égaye et m'attriste, et me trouble; lui seul n'est plus.

C'est pourquoi, à mesure que je vieillis, je m'intéresse de plus en plus à la rentrée des classes.

ANATOLE FRANCE, *Le Livre de mon Ami*
(Calmann-Lévy, édit.).

La Composition

Michelet, le grand historien français, eut une jeunesse très pénible. Fils d'un imprimeur ruiné, il ne fit qu'au prix d'efforts inouïs ses classes au Lycée Charlemagne. Sa timidité, sa gaucherie et l'insuffisance de ses premières études l'obligèrent à redoubler une classe.

LES COMMENCEMENTS DE L'ANNÉE furent pénibles. Ma réputation de gaucherie m'avait précédé; je m'en aperçus aux regards de mes nouveaux camarades. J'espérais bien leur donner une tout autre opinion de moi. Hélas! à la première composition, — une version latine, — je fus vingt et unième! Rien ne peut rendre mon abattement...

Quand vint la composition en thème, celle qui pouvait me valoir quelques avantages, ma première défaite m'avait tellement accablé que je n'osais rien attendre. Je la montrai pourtant à Duport (1) qui m'accosta sur le perron de l'église. Il en

---

1. *Duport :* un camarade de classe.

admira la latinité, me prédit un succès. Mais comme mon amour-propre me persuadait que j'avais été mal placé pour la version par l'injustice de M. Andrieux (1), je ne me rassurai point.

Enfin, le jour arrive... Le tableau d'honneur s'avance : malgré moi, mon cœur tressaille et tous les objets se confondent.

M. Andrieux nomme le premier : c'était moi! La secousse la plus violente de la machine électrique aurait moins fait : mes genoux fléchirent ; je ne voyais plus. J'allai pourtant en chancelant à cette fatale place, où je tombai plutôt que je ne m'assis.

Comment dire le transport avec lequel je courus à la maison? Quoiqu'il fît très glissant, j'y volai d'une traite. Mille pensées de joie et d'espérance me soulevaient. J'entre, et, sans rien dire, je leur montre ma croix ; les larmes vinrent aux yeux de mon père. Ma mère, depuis quelque temps tout à fait alitée, ne fut pas moins émue. De ce jour, ils se tranquillisèrent sur mon avenir.

Mes camarades pouvaient se moquer maintenant de ma gaucherie, je ne les craignais plus. A partir de ce jour, je parus au lycée honorablement, quelquefois même glorieusement.

MICHELET, Ma jeunesse (Hachette et Cie, édit.).

En classe

Nous sommes maintenant dans une école italienne. Mais la scène qu'Edmond de Amicis nous décrit convient aux élèves de tous les pays.

C'EST ENCORE DEROSSI qui a le mieux réussi sa composition. Et Voltini qui croyait être sûr d'obtenir la première médaille!... Il est trop envieux de Derossi... Lorsque Derossi répond aux questions vite et bien, comme toujours, Voltini fait semblant de ne pas entendre, ou s'efforce de rire. Mais il rit jaune. Et comme tout le monde en fait la remarque, quand le maître loue Derossi, on se retourne pour regarder la mine dépitée de Voltini.

Ce matin, par exemple, le professeur entra dans la classe et annonça le résultat de l'examen :

« Derossi, dix points et la première médaille! »

Voltini se mit à éternuer très fort. Le maître le regarda et comprit.

« Voltini, lui dit-il, ne laissez pas entrer dans votre cœur le serpent de l'envie. C'est un reptile qui ronge le cerveau et qui corrompt le cœur. » Tous les élèves, excepté Derossi, regardèrent Voltini. Il voulut répondre ; il ne put et resta pétrifié, le visage tout pâle. Puis, tandis que M. Perboni faisait la leçon, il se mit à écrire en gros caractères sur une feuille de papier :

---

1. *M. Andrieux :* le professeur.

« Je ne suis pas jaloux de ceux qui gagnent la première médaille grâce aux protections et à l'injustice. »

C'était un billet que Voltini voulait envoyer à Derossi. En même temps, je vis que les voisins de Derossi chuchotaient entre eux, se parlant à l'oreille, et l'un d'entre eux découpait avec son canif une grande médaille de papier, sur laquelle on avait dessiné un serpent noir. Voltini s'en aperçut. Le maître étant sorti pour un instant, les voisins de Derossi se levèrent aussitôt pour aller présenter solennellement la médaille de papier à l'envieux. Toute la classe se préparait à voir une scène. Voltini était déjà tout tremblant. Derossi cria : « Donnez-la moi. — Encore mieux ! répondirent les voisins, c'est toi qui dois la lui offrir. »

Derossi prit la médaille, et la déchira en mille morceaux.

Le maître rentra à ce moment et reprit la leçon. Je ne quittai pas Voltini des yeux ; il était devenu rouge de confusion ; il prit doucement la feuille qu'il avait écrite, comme par distraction la roula dans sa main, la mit dans sa bouche, la mâcha pendant quelques secondes, puis la cracha sous le banc...

Au sortir de la classe, en passant devant Derossi, Voltini, un peu troublé, laissa tomber son buvard. Derossi le ramassa gracieusement, le glissa dans le sac de Voltini et l'aida à le boucler. L'autre n'osa pas même le regarder.

E. DE AMICIS, *Grands cœurs*
Traduction Piazzi (Delagrave, édit.).

L'Arrivée d'un nouveau

Nous ÉTIONS À L'ÉTUDE, quand le Proviseur entra, suivi d'un *nouveau* habillé en bourgeois et d'un garçon de classe qui portait un grand pupitre. Ceux qui dormaient se réveillèrent, et chacun se leva comme surpris dans son travail.

Le Proviseur nous fit signe de nous rasseoir ; puis, se tournant vers le maître d'études :

« Monsieur Roger, lui dit-il à demi-voix, voici un élève que je vous recommande, il entre en cinquième. Si son travail et sa conduite sont méritoires, il passera *dans les grands*, où l'appelle son âge. »

Resté dans l'angle, derrière la porte, si bien qu'on l'apercevait à peine, le *nouveau* était un gars de la campagne, d'une quinzaine d'années environ, et plus haut de taille qu'aucun de nous tous. Il avait les cheveux coupés droit sur le front comme un chantre de village, l'air raisonnable et fort embarrassé. Quoiqu'il ne fût pas large des épaules, son habit-veste de drap vert à boutons noirs devait le gêner aux entournures et laissait voir, par la fente des parements, des poignets rouges habitués à être nus. Ses jambes, en bas bleus, sortaient d'un pantalon jaunâtre très tiré par les bretelles. Il était chaussé de souliers forts, mal cirés, garnis de clous.

On commença la récitation des leçons. Il les écouta de toutes ses oreilles, attentif comme au sermon, n'osant même croiser les cuisses, ni s'appuyer sur le coude, et, à deux heures, quand la cloche sonna, le maître d'études fut obligé de l'avertir pour qu'il se mît avec nous dans les rangs.

Nous avions l'habitude, en entrant en classe, de jeter nos casquettes par terre, afin d'avoir ensuite nos mains plus libres ; il fallait, dès le seuil de la porte, les lancer sous le banc, de façon à frapper contre la muraille en faisant beaucoup de poussière ; c'était là le *genre*.

Mais soit qu'il n'eût pas remarqué cette manœuvre ou qu'il n'eût osé s'y soumettre, la prière était finie que le nouveau tenait encore sa casquette sur ses deux genoux. C'était une de ces coiffures d'ordre composite, où l'on retrouve les éléments du bonnet à poil, du chapska (1), du chapeau rond, de la casquette de loutre et du bonnet de coton, une de ces pauvres choses enfin dont la laideur muette a des profondeurs d'expression comme le visage d'un imbécile. Ovoïde et renflée de baleines, elle commençait par trois boudins circulaires ; puis s'alternaient, séparés par une bande rouge, des losanges de velours et de poil de lapin ; venait ensuite une façon de sac qui se terminait par un polygone cartonné, couvert d'une broderie en soutache compliquée, et d'où pendait, au bout d'un long cordon trop mince, un petit croisillon de fil d'or, en manière de gland. Elle était neuve ; la visière brillait.

« Levez-vous, » dit le professeur.

Il se leva ; sa casquette tomba. Toute la classe se mit à rire.

Il se baissa pour la reprendre. Un voisin la fit tomber d'un coup de coude ; il la ramassa encore une fois.

« Débarrassez-vous donc de votre casque, » dit le professeur, qui était un homme d'esprit.

Il y eut un rire éclatant des écoliers qui décontenança le pauvre garçon, si bien qu'il ne savait s'il fallait garder sa casquette à la main, la laisser par terre, ou la mettre sur sa tête. Il se rassit et la posa sur ses genoux.

« Levez-vous, reprit le professeur, et dites-moi votre nom. »

Le nouveau articula, d'une voix bredouillante, un nom inintelligible.

« Répétez ! »

---

1. *Chapska :* coiffure militaire, empruntée aux Polonais, et que portèrent en France les lanciers du second Empire.

Le même bredouillement de syllabes se fit entendre, couvert par les huées de la classe.

« Plus haut, cria le maître, plus haut ! »

Le *nouveau*, prenant alors une résolution extrême, ouvrit une bouche démesurée et lança à pleins poumons, comme pour appeler quelqu'un, ce mot : *Charbovari*.

Ce fut un vacarme qui s'élança d'un bond, monta en *crescendo*, avec des éclats de voix aigües (on hurlait, on aboyait, on trépignait, on répétait : *Charbovari! Charbovari!*), puis qui roula en notes isolées, se calmant à grand'peine, et parfois qui reprenait tout à coup sur la ligne d'un banc, où saillissait encore çà et là, comme un pétard mal éteint, quelque rire étouffé.

Cependant, sous la pluie des pensums, l'ordre peu à peu se rétablit dans la classe, et le professeur, parvenu à saisir le nom de Charles Bovary, se l'étant fait dicter, épeler et relire, commanda tout de suite au pauvre diable d'aller s'asseoir sur le banc de paresse, au pied de la chaire. Il se mit en mouvement, mais, avant de partir, hésita.

« Que cherchez-vous? » demanda le professeur.

— Ma cas....», fit timidement le nouveau, promenant autour de lui des regards inquiets.

« Cinq cents vers à toute la classe! » exclamé d'une voix furieuse, arrêta, comme le *Quos ego* (1), une bourrasque nouvelle. « Restez donc tranquilles! » continuait le professeur indigné, et s'essuyant le front avec son mouchoir qu'il venait de prendre dans sa toque. « Quant à vous, le *nouveau*, vous me copierez vingt fois le verbe *ridiculus sum* (2). »

Puis d'une voix plus douce :

« Eh! vous la retrouverez votre casquette; on ne vous l'a pas volée! »

Tout reprit son calme. Les têtes se courbèrent sur les cartons, et le *nouveau* resta pendant deux heures dans une tenue exemplaire, quoiqu'il y eût bien de temps à autre quelque boulette de papier lancée d'un bec de plume qui vint s'éclabousser sur sa figure. Mais il s'essuyait avec la main, et demeurait immobile, les yeux baissés.

Le soir, à l'étude, il tira ses bouts de manches de son pupitre, mit en ordre ses petites affaires, régla soigneusement son papier. Nous le vîmes qui travaillait en conscience, cherchant tous les mots dans le dictionnaire et se donnant beaucoup de mal. Grâce, sans doute, à cette bonne volonté dont il fit preuve,

---

1. *Quos ego* : « Je les... », menace fameuse que Virgile fait prononcer, dans l'*Énéide*, à Neptune irrité contre les vents déchaînés sur la mer. — 2. *Ridiculus sum* : je suis ridicule.

il dut de ne pas descendre dans la classe inférieure; car s'il savait passablement ses règles, il n'avait guère d'élégance dans les tournures. C'était le curé de son village qui lui avait commencé le latin, ses parents, par économie, ne l'ayant envoyé au collège que le plus tard possible...

Gustave Flaubert, Madame Bovary
(Fasquelle, édit.).

Le Bonhomme en pain d'épice

Michelet, dont les succès grandissent, connaît encore les privations. Il va tout supporter bravement, et cacher, par fausse honte, sa misère.

...Et j'avais seize ans ! l'âge où la croissance rapide rend le besoin d'une nourriture abondante plus impérieux qu'à aucun autre moment de la vie.

Le plus souvent, je partais pour le collège à jeun, l'estomac et la tête vides. Quand ma grand'mère venait nous voir, c'étaient les bons jours : elle m'enrichissait de quelque petite monnaie. Je calculais alors sur la route ce que je pourrais bien acheter pour tromper ma faim. Le plus sage eût été d'entrer chez le boulanger; mais comment trahir ma pauvreté en mangeant mon pain sec devant mes camarades? D'avance, je me voyais exposé à leurs rires, et j'en frémissais. Cet âge est sans pitié... (1).

Pour échapper aux railleries, j'imaginai d'acheter quelque chose d'assez substantiel pour me soutenir, et qui ressemblât pourtant à une friandise. Le plus souvent, c'était le pain d'épice qui faisait les frais de mon déjeuner. Il ne manquait pas de boutiques en ce genre sur mon chemin. Pour deux sous on avait un morceau magnifique, un homme superbe, un géant par la hauteur de la taille; en revanche, il était si plat que je le glissais dans mon carton, et il ne le gonflait guère.

Pendant la classe, quand je sentais le vertige me saisir et que mes yeux voyaient trouble par l'effet de l'inanition, je lui cassais un bras, une jambe que je grignotais à la dérobée. Mes voisins ne tardaient guère à surprendre mon petit manège. « Que manges-tu là? » me disait Révol ou Poret. Je répondais, non sans rougir : «Mon dessert.»

Michelet, Ma jeunesse (Hachette et Cⁱᵉ, édit.).

---

1. *Cet âge est sans pitié :* souvenir de La Fontaine (fable des *Deux Pigeons*).

Les Humanités [1]

Anatole France, dès le collège, a aimé avec intelligence et émotion les auteurs latins et grecs, qui lui ont révélé le sens de la beauté.

J'ÉTAIS À MA MANIÈRE UN BON PETIT HUMANISTE [2]. Je sentais avec beaucoup de force ce qu'il y a d'aimable et de noble dans ce qu'on appelle si bien les belles lettres.

Monsieur Chotard [3], je l'avoue, Monsieur Chotard aidé de Tite-Live [4], m'inspirait des rêves sublimes. L'imagination des enfants est merveilleuse. Et il passe de bien magnifiques images dans la tête des petits polissons!

Chaque fois que de sa voix grasse de vieux sermonnaire il prononçait lentement cette phrase : « Les débris de l'armée romaine gagnèrent Canusium à la faveur de la nuit » [5], je voyais passer en silence, à la clarté de la lune, dans la campagne nue, sur une voie bordée de tombeaux, des visages livides, souillés de sang et de poussière, des casques bossués, des cuirasses ternies et faussées, des glaives rompus. Et cette vision, à demi-voilée, qui s'effaçait lentement, était si grave, si morne et si fière, que mon cœur en bondissait de douleur et d'admiration dans ma poitrine.....

Mais c'est en abordant la Grèce que je vis la beauté dans sa simplicité magnifique. Je vis Thétis se lever comme une nuée blanche au-dessus de la mer, je vis Nausicaa et ses compagnes, et le palmier de Délos, et le ciel et la terre, et la mer, et le sourire en larmes d'Andromaque [6]. Je compris, je sentis. Il me fut impossible, pendant six mois, de sortir de l'*Odyssée* [7]. Ce fut pour

---

1. *Les humanités* : il s'agit des études littéraires qui, dans les collèges, font suite aux classes de grammaire. — 2. *Humaniste* : c'est celui qui étudie les humanités, c'est-à-dire les littératures latine et grecque. — 3. *Monsieur Chotard* : le professeur. — 4. *Tite-Live* : grand historien latin, qui a raconté, dans son *Histoire romaine*, les guerres puniques entre Carthage et Rome. — 5. *Canusium* : allusion à la retraite de l'armée romaine battue à Cannes par Hannibal, le général carthaginois. — 6. *Je vis Thétis se lever...* : souvenirs tirés d'épisodes fameux de l'*Iliade* et de l'*Odyssée*, poèmes grecs attribués à Homère. — *Thétis* : déesse de la mer, qui eut pour fils Achille : Homère la compare, quand elle sort de l'eau, à une nuée blanche. — *Nausicaa et ses compagnes* : épisode célèbre de l'*Odyssée*, où Nausicaa, fille du roi Alcinoüs, rencontre Ulysse naufragé, pendant qu'elle va, avec ses servantes, laver elle-même au fleuve le linge de la maison. — *Le palmier de Délos* : Ulysse, dans sa misère, implorant la jeune fille, compare sa taille élancée à la tige d'un beau palmier qu'il a vu jadis à Délos, près de l'autel d'Apollon. — *Le sourire en larmes d'Andromaque* : scène fameuse des adieux d'Andromaque, femme d'Hector, à son mari qui va défendre Troie contre le héros grec Achille; son fils Astyanax, effrayé par la vue du panache qui couronne le casque de son père, se rejette sur le bras de sa nourrice; Andromaque, qui pleure, sourit à ce geste de l'enfant. — 7. *L'Odyssée* : le sujet de ce poème est le retour d'Ulysse et ses aventures merveilleuses après la prise de Troie.

moi la cause de punitions nombreuses. Mais que me faisaient les pensums? J'étais avec Ulysse « sur la mer violette »! (1). Je découvris ensuite les tragiques. Je ne compris pas

Musée du Louvre.

INGRES   L'APOTHÉOSE D'HOMÈRE (FRAGMENT)

grand'chose à Eschyle; mais Sophocle, mais Euripide (2), m'ouvrirent le monde enchanté des héros et des héroïnes et

---

1. *La mer violette* : c'est l'expression même dont se sert Homère en parlant de la Méditerranée. — 2. *Eschyle, Sophocle, Euripide* : les trois grands poètes tragiques grecs. Eschyle est le plus ancien et le plus difficile à comprendre : il met en scène des héros surhumains. Les deux autres représentent des personnages plus voisins de nous, et dont les passions sont les nôtres.

m'initièrent à la poésie du malheur. A chaque tragédie que je lisais, c'étaient des joies et des larmes nouvelles et des frissons nouveaux.

Alceste (1) et Antigone (2) me donnèrent les plus nobles rêves qu'un enfant ait jamais eus. La tête enfoncée dans mon dictionnaire, sur mon pupitre barbouillé d'encre, je voyais des figures divines, des bras d'ivoire tombant sur des tuniques blanches, et j'entendais des voix plus belles que la plus belle musique, qui se lamentaient harmonieusement.

Mais c'est surtout par les soirs d'hiver, au sortir du collège, que je m'enivrais dans les rues de cette lumière et de ce chant. Je lisais sous les reverbères et devant les vitrines éclairées des boutiques les vers que je me récitais ensuite à demi-voix en marchant. L'activité des soirs d'hiver régnait dans les rues étroites du faubourg, que l'ombre enveloppait déjà.

Il m'arriva bien souvent de heurter quelque patronnet (3) qui, sa manne sur la tête, menait son rêve comme je menais le mien, ou de sentir subitement à la joue l'haleine chaude d'un pauvre cheval qui tirait sa charrette. La réalité ne me gâtait point mon rêve, parce que j'aimais bien mes vieilles rues de faubourg dont les pierres m'avaient vu grandir. Un soir, je lus des vers d'Antigone à la lanterne d'un marchand de marrons, et je ne puis pas, après un quart de siècle, me rappeler ces vers :

O tombeau ! O lit nuptial !... (4)

sans revoir l'Auvergnat soufflant dans un sac de papier, et sans sentir à mon côté la chaleur de la poêle où rôtissaient les marrons. Et le souvenir de ce brave homme se mêle harmonieusement dans ma mémoire aux lamentations de la vierge thébaine (5).

Ainsi, j'appris beaucoup de vers. Ainsi j'acquis des connaissances utiles et précieuses. Ainsi je fis mes humanités.

ANATOLE FRANCE, *Le Livre de mon Ami*
(Calmann-Lévy, éd.).

1. *Alceste* : tragédie d'Euripide : Alceste, femme d'Admète, se dévoue à la mort pour sauver son mari. — 2. *Antigone* : tragédie de Sophocle : Antigone, l'héroïne, brave aussi la mort pour donner les honneurs de la sépulture à son frère, malgré la défense d'un tyran. — 3. *Patronnet* : jeune apprenti pâtissier. — 4. *O tombeau! o lit nuptial!* invocation d'Antigone au moment où, pour avoir désobéi au tyran, elle va être enterrée vivante dans un tombeau. — 5. *La vierge thébaine* : Antigone.

BASTIEN-LEPAGE   LE PÈRE JACQUES

Au Bois

André Theuriet, d'origine lorraine, fut élevé à Bar-le-Duc, dans la Meuse. Son grand-père, ancien forestier, possédait, aux environs de Bar, un petit bois.

DÈS QUE LE PRINTEMPS POINTAIT, je guettais anxieusement les jours de beau temps qui coïncidaient avec mes jours de congé. Je ne me tenais pas de joie, quand mon grand-père me criait, au saut du lit :

« Allons, drôle, chausse tes gros souliers, le temps est beau et nous irons au loin cet après-midi ! »

Nous gravissions lentement la côte de la Chalaide, encaissée entre deux talus de vignes. En avant, sur le sol argileux de la montée, se détachait la droite et haute silhouette du grand-père, coiffée d'une casquette de cuir à oreillettes, le carnier en sautoir sur sa blouse, les jambes maigres et nerveuses protégées par des houseaux de toile bleue. En moins d'une demi-heure, nous atteignions les taillis du Petit Juré, dont les lisières bordaient tout un côté d'une plaine mamelonnée et nue. Le bois de mon grand-père, contenant à peine trois arpents, me semblait immense. Au milieu, se trouvaient deux carrés de jardin, une maisonnette de pierre couverte en planches, et un *chambret* de charmille où l'on dînait.

Dès en arrivant, mon grand-père allumait sa pipe, puis se mettait à greffer des sauvageons ou à sarcler les allées. Moi, j'avais la bride sur le cou. J'en profitais pour m'enfoncer dans le fourré et pousser des pointes jusqu'aux friches du voisinage — guettant les oiseaux, observant le va-et-vient des fourmis dans les sentiers, pourchassant les papillons, me familiarisant avec les bêtes et les plantes des bois. J'allumais des feux de branches sèches au revers d'un fossé, je grimpais aux arbres, je bourrais indistinctement mes poches et mon estomac de tous les fruits sauvages : noisettes, faînes, alises et glands. Je me vautrais dans l'herbe, je me grisais de verdure. Je communiais avec la terre, et lentement la nature forestière se révélait à moi. Parfois étendu sur le sol, bercé par le frémissement des feuilles, regardant à travers les ramures la blanche fuite des nuages sur le ciel, toute ma mythologie me revenait en tête, et je croyais sentir passer comme un frisson le souffle des Hamadryades (1), ou entendre au loin la flûte du dieu Pan... (2).

ANDRÉ THEURIET, *Années de printemps*
(Ollendorff, édit.).

L'Aventure de la pie

Chateaubriand ne resta pas toujours au château de Combourg; il fallut aller au collège, se plier à la discipline, après la vie indépendante. On le mit au collège de Dol.

LORSQUE LE TEMPS ÉTAIT BEAU, les pensionnaires du collège sortaient le jeudi et le dimanche. On nous menait souvent au

---

1. *Hamadryades* : nymphes des bois que l'on croyait enfermées dans les arbres. — 2. *Pan* : dieu des troupeaux, qui accompagnait le cortège de Bacchus et faisait danser les nymphes au son de la flûte pastorale.

Mont-Dol (1), au sommet duquel se trouvaient quelques ruines
gallo-romaines : du haut de ce tertre isolé, l'œil plane sur la
mer et sur des marais où voltigent pendant la nuit des feux
follets, lumière des sorciers qui brûle aujourd'hui dans nos
lampes. Un autre but de nos promenades étaient les prés qui
environnaient un séminaire d'*Eudistes* (d'Eudes, frère de l'historien Mézeray, fondateur de leur congrégation).

Un jour du mois de mai, l'abbé Égault, préfet de semaine (2),
nous avait conduits à ce séminaire : on nous laissait une grande
liberté de jeux, mais il était expressément défendu de monter
sur les arbres. Le régent (3), après nous avoir établis dans un
chemin herbu, s'éloigna pour dire son bréviaire.

Des ormes bordaient le chemin : tout à la cime du plus grand
brillait un nid de pie; nous voilà en admiration, nous montrant
mutuellement la mère assise sur ses œufs, et pressés du plus
vif désir de saisir cette superbe proie. Mais qui oserait tenter
l'aventure? L'ordre était si sévère, le régent si près, l'arbre si
haut! Toutes les espérances se tournent vers moi : je grimpais
comme un chat. J'hésite, puis la gloire l'emporte : je me dépouille de mon habit, j'embrasse l'orme et je commence à monter. Le tronc était sans branches, excepté aux deux tiers de sa
crue, où se formait une fourche dont une des pointes portait le nid.

Mes camarades, assemblés sous l'arbre, applaudissaient à
mes efforts, me regardant, regardant l'endroit d'où pouvait
venir le préfet, trépignant de joie dans l'espoir des œufs, mourant de peur dans l'attente du châtiment. J'aborde au nid; la
pie s'envole; je ravis les œufs, je les mets dans ma chemise et
redescends. Malheureusement, je me laisse glisser entre les tiges
jumelles et j'y reste à califourchon. L'arbre étant élagué, je ne
pouvais appuyer mes pieds ni à droite ni à gauche pour me soulever et reprendre le limbe extérieur (4); je demeure suspendu en
l'air à cinquante pieds.

Tout à coup un cri : « Voici le préfet! » et je me vois inconti-
nent abandonné de mes amis, comme c'est l'usage. Un seul, appelé Le Gobbien, essaya de me porter secours, et fut tôt obligé
de renoncer à sa généreuse entreprise. Il n'y avait qu'un moyen
de sortir de ma fâcheuse position, c'était de me suspendre en
dehors par les mains à l'une des dents de la fourche, et de tâcher de saisir avec les pieds le tronc de l'arbre au-dessous de sa
bifurcation. J'exécutai cette manœuvre au péril de ma vie. Au
milieu de mes tribulations, je n'avais pas lâché mon trésor;
j'aurais pourtant mieux fait de le jeter, comme depuis j'en ai

---

1. *Mont Dol :* petite colline aux environs de Dol. — 2. *Préfet de semaine :* le maître
chargé pendant une semaine de surveiller les études et les jeux. — 3. *Régent :* nom
que portaient autrefois les professeurs dans les collèges. — 4. *Limbe extérieur :* surface
extérieure de l'arbre, en dehors de la fourche.

jeté tant d'autres. En dévalant le tronc (1), je m'écorchai les mains, je m'éraillai les jambes et la poitrine, et j'écrasai les œufs : ce fut ce qui me perdit. Le préfet ne m'avait point vu sur l'orme ; je lui cachai assez bien mon sang, mais il n'y eut pas moyen de lui dérober l'éclatante couleur d'or dont j'étais barbouillé : « Allons, me dit-il, monsieur, vous aurez le fouet (2). »

Si cet homme m'eût annoncé qu'il commuait cette peine en celle de mort, j'aurais éprouvé un mouvement de joie. L'idée de la honte n'avait point approché de mon éducation sauvage : à tous les âges de ma vie, il n'y a point de supplice que je n'eusse préféré à l'horreur d'avoir à rougir devant une créature vivante. L'indignation s'éleva dans mon cœur ; je répondis à l'abbé Égault, avec l'accent non d'un enfant, mais d'un homme, que jamais ni lui ni personne ne lèverait la main sur moi. Cette réponse l'anima ; il m'appela rebelle et promit de faire un exemple. « Nous verrons », répliquai-je, et je me mis à jouer à la balle avec un sang-froid qui le confondit.

Nous retournâmes au collège ; le régent me fit entrer chez lui et m'ordonna de me soumettre. Mes sentiments exaltés firent place à des torrents de larmes. Je représentai à l'abbé Égault qu'il m'avait appris le latin ; que j'étais son écolier, son disciple, son enfant ; qu'il ne voudrait pas déshonorer son élève, et me rendre la vue de mes compagnons insupportable ; qu'il pouvait me mettre en prison, au pain et à l'eau, me priver de mes récréations, me charger de *pensums,* que je lui saurais gré de cette clémence et l'en aimerais davantage. Je tombai à genoux, je joignis les mains, je le suppliai par Jésus-Christ de m'épargner : il demeura sourd à mes prières. Je me levai plein de rage et lui lançai dans les jambes un coup de pied si rude qu'il en poussa un cri. Il court en clochant à la porte de sa chambre, la ferme à double tour et revient sur moi. Je me retranche derrière son lit ; il m'allonge à travers le lit des coups de férule. Je m'entortille dans la couverture, et, m'animant au combat, je m'écrie :

Macte animo, generose puer ! (3)

Cette érudition de grimaud (4) fit rire malgré lui mon ennemi ; il parla d'armistice : nous conclûmes un traité ; je convins de m'en rapporter à l'arbitrage du principal (5). Sans me don-

---

1. *En dévalant le tronc :* en descendant le long du tronc. — 2. *Vous aurez le fouet* les châtiments corporels étaient en usage dans les collèges, avant la Révolution. — 3. *Macte animo, generose puer :* Allons, courage, noble enfant ! (citation du poète latin Stace). — 4. *Grimaud :* petit écolier, qui n'a encore appris que les éléments. — 5. *Principal ;* directeur du collège.

ner gain de cause, le principal me voulut bien soustraire à la punition que j'avais repoussée. Quand l'excellent prêtre prononça mon acquittement, je baisai la manche de sa robe avec une telle effusion de cœur et de reconnaissance qu'il ne put s'empêcher de me donner sa bénédiction. Ainsi se termina le premier combat que me fit rendre cet honneur devenu l'idole de ma vie, et auquel j'ai tant de fois sacrifié repos, plaisir et fortune.

CHATEAUBRIAND, *Mémoires d'Outre-Tombe.*

Les Fleurs de glais

DERRIÈRE LE MAS DU JUGE (1), c'est l'endroit où je suis né, il y avait le long du chemin un fossé qui menait son eau à notre vieux Puits à roue. Cette eau n'était pas profonde, mais elle était claire et riante, et, quand j'étais petit, je ne pouvais m'empêcher, surtout les jours d'été, d'aller jouer le long de la rive.

Le fossé du Puits à roue! Ce fut le premier livre où j'appris, en m'amusant, l'histoire naturelle. Il y avait là des poissons, épinoches ou carpillons, qui passaient par bandes et que j'essayais de pêcher dans un sachet de canevas, qui avait servi à mettre des clous et que je suspendais au bout d'un long roseau. Il y avait des demoiselles, vertes, bleues et noiraudes, que doucement, tout doucement, lorsqu'elles se posaient sur les typhas (2), je saisissais de mes petits doigts, quand elles ne s'échappaient pas, légères, silencieuses, en faisant frissonner le crêpe de leurs ailes; il y avait des « notonectes », espèces d'insectes bruns avec le ventre blanc, qui sautillent sur l'eau, et puis remuent leurs pattes à la façon des cordonniers qui tirent le ligneul. Ensuite des grenouilles, qui sortaient de la mousse une échine glauque, chamarrée d'or, et qui, en me voyant, lestement faisaient le plongeon; des tritons, sorte de salamandres d'eau, qui farfouillaient dans la vase; et de gros escarbots qui rôdaient dans les flaches (3) et qu'on nommait des « mange-anguilles ».

Ajoutez à cela un fouillis de plantes aquatiques, telles que ces « massettes » cotonnées et allongées qui sont les fleurs du typha; telles que le nénufar qui étale, magnifique, sur la nappe de l'eau, ses larges feuilles rondes et son calice blanc; telles que le « butome (4) » au trochet (5) de fleurs roses; et le pâle

1. *Le Mas du Juge :* c'est la ferme où Mistral est né, près du village de Maillane. — 2. *Typhas :* plantes aquatiques à feuilles allongées et à fleurs toutes petites réunies en longues massues brunes ou massettes. — 3. *Flaches :* creux où l'eau s'amasse, flaques. — 4. *Butome :* jonc fleuri, plante aquatique commune, d'une famille voisine de celles des lis et des joncs. — 5. *Trochet :* bouquet naturel, ici en forme d'ombelle, que porte le butome.

narcisse qui se mire dans le ru (1), et la lentille d'eau aux feuilles minuscules, et la « langue de bœuf (2) » qui fleurit comme un lustre, avec les « yeux de l'Enfant-Jésus » qui est le myosotis.

Mais de tout ce monde-là, ce qui m'engageait le plus, c'était la fleur des « glaïs ». C'est une grande plante qui croît au bord des eaux par grosses touffes, avec de longues feuilles cultriformes et de belles fleurs jaunes qui se dressent en l'air comme des hallebardes d'or...

Toujours est-il qu'un jour d'été, quelque temps après la moisson, on foulait nos gerbes, et tous les gens du « mas » (3) étaient dans l'aire à travailler. A l'entour des chevaux et des mulets qui piétinaient, ardents, autour de leurs gardiens, il y avait bien vingt hommes qui, les bras retroussés, en cheminant au pas, deux par deux, quatre par quatre, retournaient les épis ou enlevaient la paille avec des fourches de bois. Ce joli travail se faisait gaiement, en dansant au soleil, nu-pieds, sur le grain battu.

Au haut de l'aire, porté par les trois jambes d'une chèvre rustique, formée de trois perches, était suspendu le van. Deux ou trois filles ou femmes jetaient, avec des corbeilles, dans le cerceau du crible le blé mêlé aux balles; et le « maître », mon père, vigoureux et de haute taille, remuait le crible au vent, en ramenant ensemble les mauvaises graines au-dessus; et quand le vent faiblissait ou que, par intervalles, il cessait de souffler, mon père, avec le crible immobile dans ses mains, se retournait vers le vent; et sérieux, l'œil dans l'espace, comme s'il s'adressait à un dieu ami, il lui disait :

« Allons, souffle, souffle, souffle, mignon ! »

Et le mistral (4), ma foi, obéissant au patriarche, halétait de nouveau en emportant la poussière; et le beau blé béni tombait en blonde averse sur le monceau conique qui, à vue d'œil, montait entre les jambes du vanneur...

Par une belle après-midi de cette saison d'aires, — je portais encore les jupes : j'avais à peine quatre ou cinq ans —, après m'être bien roulé, comme font les enfants, sur la paille nouvelle, je m'acheminai donc seul vers le fossé du Puits à roue.

Depuis quelques jours, les belles fleurs de glaïs commençaient à s'épanouir, et les mains me démangeaient d'aller cueillir quelqu'un de ces beaux bouquets d'or.

J'arrive au fossé; doucement, je descends au bord de l'eau; j'envoie la main pour attraper les fleurs... Mais, comme elles étaient trop éloignées, je me courbe, je m'allonge, et, patatras dedans : je tombe dans l'eau jusqu'au cou.

---

1. *Ru :* petit ruisseau. — 2. *Langue de bœuf :* ou *buglosse*, plante de la famille de la bourrache. — 3. *Mas :* ferme ou maison de campagne, dans le Midi. — 4. *Mistral :* vent violent du nord, dans la vallée du Rhône.

Je crie. Ma mère accourt : elle me tire de l'eau, me donne quelques claques, et, devant elle, trempé comme un caneton, me faisant filer vers le Mas :

« Que je t'y voie encore, vaurien, vers le fossé !

— J'allais cueillir des fleurs de glais.

— Oui, va, retournes-y, cueillir tes glais, et encore tes glais. Tu ne sais donc pas qu'il y a un serpent dans les herbes caché, un gros serpent qui hume, qui hume les oiseaux et les enfants, vaurien ? »

Et elle me déshabilla, me quitta mes petits souliers, mes chaussettes, ma chemisette, et, pour faire sécher ma robe trempée d'eau et ma chaussure, elle me chaussa mes sabots et me mit ma robe du dimanche en me disant :

« Au moins, fais attention de ne pas te salir. »

Et me voilà encore dans l'aire; je fais sur la paille fraîche quelques jolies cabrioles; j'aperçois un papillon blanc qui voltige dans un chaume. Je cours, je cours après, avec mes cheveux blonds flottant au vent hors de mon béguin... et paf ! me voilà encore vers le fossé du Puits à roue...

Oh ! mes belles fleurs jaunes ! Elles étaient toujours là, fières au milieu de l'eau, me faisant montre d'elles, au point qu'il ne me fut plus possible d'y tenir. Je descends bien doucement, bien doucement sur le talus; je place mes petons bien ras, bien ras de l'eau; j'envoie la main, je m'allonge, je m'étire tant que je puis... et, patatras ! je me fiche jusqu'au derrière dans la vase.

Aïe ! aïe ! aïe ! Autour de moi, pendant que je regardais les bulles gargouiller, et qu'à travers les herbes je croyais entrevoir de gros serpents, j'entendais crier dans l'aire :

« Maîtresse ! courez vite, je crois que le petit est encore tombé à l'eau ! »

Ma mère accourt, elle me saisit, elle m'arrache tout noir de la boue puante, et, la première chose, troussant ma petite robe, vlin ! vlan ! elle m'applique une fessée retentissante.

« Y retourneras-tu, entêté, aux fleurs de glais? Y retourneras-tu pour te noyer?... Une robe toute neuve, que voilà perdue ! Fripe-tout, petit monstre ! qui me feras mourir de transes ! »

Et, crotté et pleurant, je m'en revins donc au Mas, la tête basse, et de nouveau on me dévêtit et on me mit cette fois ma robe des jours de fête... Oh ! la galante robe ! Je l'ai encore devant les yeux, avec ses raies de velours noir, pointillée d'or sur fond bleuâtre.

Mais, bref, quand j'eus sur moi ma belle robe de velours :

« Et maintenant, dis-je à ma mère, que vais-je faire ?

— Va garder les gelines (1), me dit-elle; qu'elles n'aillent pas dans l'aire... Et toi, tiens-toi à l'ombre. »

1. *Geline :* ancien nom de la poule.

Plein de zèle, je vole vers les poules qui rôdaient par les chaumes, becquetant les épis que le râteau avait laissés. Tout en les regardant, voici qu'une poulette huppée — n'est-ce pas drôle ? — se met à pourchasser, savez-vous quoi ? une sauterelle, de celles qui ont les ailes rouges et bleues... Et toutes deux, avec moi après, qui voulais voir la sauterelle, de sauter à travers champs, si bien que nous arrivâmes au fossé du Puits à roue !

Et voilà encore les fleurs d'or qui se miraient dans le ruisseau et qui réveillaient mon envie, mais une envie passionnée, délirante, excessive, à me faire oublier mes deux plongeons dans le fossé.

« Oh ! mais, cette fois, me dis-je, va, tu ne tomberas pas ! »

Et, descendant le talus, j'entortille à ma main un jonc qui croissait là ; et, me penchant sur l'eau avec prudence, j'essaie encore d'atteindre de l'autre main les fleurs de glais... Ah ! malheur, le jonc se casse, et va te faire teindre ! Au milieu du fossé je plonge la tête première.

Je me dresse comme je puis, je crie comme un perdu, tous les gens de l'aire accourent.

« C'est encore ce petit diable qui est tombé dans le fossé. Ta mère, cette fois, enragé polisson, va te fouailler d'importance ! »

Eh bien, non ; dans le chemin, je la vis venir, pauvrette, tout en larmes et qui disait :

« Mon Dieu, je ne veux pas le frapper, car il aurait peut-être un « accident ! » Mais ce gars, sainte Vierge, n'est pas comme les autres : il ne fait que courir pour ramasser des fleurs ; il perd tous ses jouets en allant dans les blés chercher des bouquets sauvages... Maintenant pour comble, il va se jeter trois fois, depuis peut-être une heure, dans le fossé du Puits à roue... Ah ! tiens-toi, pauvre mère, morfonds-toi pour l'approprier. Qui lui en tiendrait, des robes ? Et bienheureuse encore — mon Dieu, je vous rends grâces — qu'il ne soit pas noyé ! »

Et ainsi, tous les deux, nous pleurions le long du fossé.

Puis, une fois dans le Mas, m'ayant quitté mon vêtement, la sainte femme m'essuya, nu, de son tablier ; et, de peur d'un effroi, m'ayant fait boire ensuite une cuillerée de vermifuge, elle me coucha dans ma berce (1), où, lassé de pleurer, au bout d'un peu je m'endormis.

Et savez-vous ce que je songeai : pardi ! mes fleurs de glais... Dans un beau courant d'eau, qui serpentait autour du Mas limpide, transparent, azuré comme les eaux de la Fontaine de Vaucluse, je voyais de belles touffes de grands et verts glaïeuls, qui étalaient dans l'air une féerie de fleurs d'or !

Des demoiselles d'eau venaient se poser sur elles avec leurs

---

1. *Berce :* berceau.

ailes de soie bleue, et moi, je nageais nu dans l'eau riante ; et
je cueillais à pleines mains, à jointées, à brassées, les fleurs de
lis blondines. Plus j'en cueillais, plus il en surgissait.

Tout à coup, j'entends une voix qui me crie : « Frédéri ! »

Je m'éveille, et que vois-je ! Une grosse poignée de fleurs de
glais couleur d'or qui blondissaient sur ma couchette.

Lui-même, le patriarche, le Maître, mon seigneur père, était
allé cueillir les fleurs qui me faisaient envie, et la Maîtresse, ma
mère belle, les avait mises sur mon lit (1).

Frédéric Mistral, *Mes Origines*
(Plon-Nourrit et Cie, édit.).

Jean-Christophe

Jean-Christophe est à la maison, assis par terre, les pieds
dans ses mains. Il vient de décider que le paillasson était un
bateau, le carreau une rivière. Il croirait se noyer en sortant du
tapis. Il est surpris et un peu contrarié que les autres n'y fas-
sent pas attention comme lui, en passant dans la chambre. Il
arrête sa mère par le pan de sa jupe : « Tu vois bien que c'est
l'eau ! Il faut passer par le pont. » — Le pont est une suite
de rainures entre les losanges rouges. — Sa mère passe sans
même l'écouter. Il est vexé, à la façon d'un auteur dramatique
qui voit le public causer pendant sa pièce.

L'instant d'après, il n'y songe plus. Le carreau n'est plus la
mer. Il est couché dessus, étendu de tout son long, le menton
sur la pierre, chantonnant des musiques de sa composition, et
se suçant le pouce gravement, en bavant. Il est plongé dans la
contemplation d'une fissure entre les dalles. Les lignes des losanges grimacent comme des visages. Le trou imperceptible
grandit, il devient une vallée ; il y a des montagnes autour. Un
mille-pattes remue : il est gros comme un éléphant. Le tonnerre
pourrait tomber, l'enfant ne l'entendrait pas.

Personne ne s'occupe de lui, et il n'a besoin de personne. Il
peut même se passer des bateaux-paillassons, et des cavernes
du carreau, avec leur faune fantastique. Son corps lui suffit.
Quelle source d'amusement ! Il passe des heures à regarder ses
ongles, en riant aux éclats. Ils ont tous des physionomies différentes, et ressemblent à des gens qu'il connaît. Il les fait causer ensemble, et danser, ou se battre. — Et le reste du corps !...
Il continue l'inspection de tout ce qui lui appartient. Que de

---

1. Il y a, dans ce joli récit de Mistral, à côté des mots provençaux, des tournures
spéciales au parler du Midi, que nous n'avons pas jugé utile de signaler, et que
l'élève trouvera de lui-même.

choses étonnantes ! Il y en a de bien étranges. Il s'absorbe curieusement dans leur vue...

... Certains jours, il profite de ce que sa mère a le dos tourné, pour sortir de la maison. D'abord, on court après lui, on le rattrape. Puis on s'habitue à le laisser aller seul, pourvu qu'il ne s'éloigne pas trop. La maison est au bout du pays; la campagne commence presque aussitôt après. Tant qu'il est en vue des fenêtres, il marche sans s'arrêter, d'un petit pas posé, en sautillant sur un pied, de temps à autre. Mais dès qu'il a dépassé le coude du chemin, et que les buissons le cachent aux regards, il change brusquement. Il commence par s'arrêter, le doigt dans la bouche, pour savoir quelle histoire il se racontera aujourd'hui; car il en est tout plein. Il est vrai qu'elles se ressemblent toutes, et que chacune pourrait tenir en trois ou quatre lignes. Il choisit. D'habitude, il reprend la même, tantôt au point où il l'a laissée la veille, tantôt depuis le commencement, avec des variantes; mais il suffit d'un rien, d'un mot entendu par hasard, pour que sa pensée coure sur une piste nouvelle.

Le hasard était fertile en ressources. On n'imagine pas tout le parti qu'on pouvait tirer d'un simple morceau de bois, d'une branche cassée, comme on en trouve toujours le long des haies. (Quand on n'en trouve pas, on en casse.) C'était la baguette des fées. Longue et droite, elle devenait une lance, ou peut-être une épée; il suffisait de la brandir pour faire surgir des armées. Christophe en était le général, il marchait devant elles, il leur donnait l'exemple, il montait à l'assaut des talus. Quand la branche était flexible, elle se transformait en fouet. Christophe montait à cheval, sautait des précipices. Il arrivait que la monture glissât; et le cavalier se retrouvait au fond du fossé, regardant d'un air penaud ses mains salies et ses genoux écorchés. Si la baguette était petite, Christophe se faisait chef d'orchestre; il était le chef, et il était l'orchestre; il dirigeait, et il chantait; et ensuite, il saluait les buissons, dont le vent agitait les petites têtes vertes.
Il était aussi magicien. Il marchait à grands pas dans les champs, en regardant le ciel et en agitant les bras. Il commandait aux nuages. Il voulait qu'ils allassent à droite. Mais ils allaient à gauche. Alors il les injuriait, et réitérait son ordre. Il les guettait du coin de l'œil, avec un battement de cœur, observant s'il n'y en aurait pas au moins un petit qui lui obéirait; mais ils continuaient de courir tranquillement vers la gauche. Alors il tapait du pied, il les menaçait de son bâton, et il leur ordonnait avec colère de s'en aller à gauche : et, en effet, cette fois, ils obéissaient parfaitement. Il était heureux et fier de son pouvoir. Il touchait les fleurs en leur enjoignant de

se changer en carrosses dorés, comme on lui avait dit qu'elles faisaient dans les contes; et bien que cela n'arrivât jamais, il était persuadé que cela ne manquerait pas d'arriver, avec un peu de patience. Il cherchait un grillon pour en faire un cheval; il lui mettait.doucement sa baguette sur le dos, et disait une formule. L'insecte se sauvait; il lui barrait le chemin. Après quelques instants, il était couché à plat-ventre, près de lui, et il le regardait. Il avait oublié son rôle de magicien, et s'amusait à retourner sur le dos la pauvre bête, en riant aux éclats de ses contorsions.

Il inventait aussi d'attacher une vieille ficelle à son bâton magique, et il la jetait gravement dans le fleuve, attendant que le poisson vînt mordre. Il savait bien que les poissons n'ont pas coutume de manger une ficelle sans appât ni hameçon; mais il pensait que pour une fois, et pour lui, ils pourraient faire une exception à la règle; et il en vint, dans son inépuisable confiance, jusqu'à pêcher dans la rue avec un fouet, à travers la fente d'une plaque d'égout. Il retirait son fouet de temps en temps, très ému, s'imaginant que la corde était plus lourde cette fois, et qu'elle allait ramener un trésor, ainsi que dans une histoire que lui avait contée grand-père...

Il fut rudement attrapé parfois, quand on le surprit ainsi...

ROMAIN ROLLAND, *Jean-Christophe*
(Ollendorff, édit.).

Le Collier de chien

POUM AVAIT LES PLUS ABSURDES TICS. Gringalet, pâle, ressemblant à une petite fille laide, il ne résistait pas au plaisir de déformer, par d'ingénieuses et violentes contractions, la glaise molle de ses traits. Deux grimaces particulièrement lui étaient chères. Dans la première, ses yeux, comme mal à l'aise en leurs orbites, se démenaient pour sortir des paupières à la façon des déménageurs, qui, une armoire à glace entre leurs bras, se butent en tous sens à l'encadrement de la porte. La seconde grimace tordait, en un mouvement giratoire, l'extrémité du nez et la lèvre supérieure. Quand Poum était las d'exécuter ce mouvement sur la gauche, il le risquait sur la droite, mais c'était plus difficile à réussir...

Le père de Poum et sa mère le guettaient. On l'avait averti. Puisque objurgations, défenses et menaces ne parvenaient pas à le débarrasser de ses tics qui, pourchassés sur un point de sa personne, se manifestaient ailleurs par de nouvelles et diaboliques inventions, c'était bien vu, bien compris, bien entendu, — la première fois qu'il déclencherait sa tête, pas la seconde, ni

la troisième, mais la pre-miè-re fois, son père ne le mettrait pas
en pénitence, il ne le priverait pas de dessert, il ne le forcerait
pas à revêtir, le dimanche, ses vieux habits de classe ; non, ce
serait radical et ignominieux : son père lui... — oh ! il n'y aurait
pas à demander pardon ! — son père... — il aurait beau pleurer
et jurer de ne le plus faire ! — son père, pour qu'il ne pût plus
se démancher la tête, lui bouclerait au cou un collier de chien,
un gros collier de cuir à clous, et le laisserait tout le jour exposé
à la risée des visiteurs et des domestiques !

Parfaitement !

Poum avait une peur atroce de son père, bon géant militaire
dont le ton de commandement ébranlait ses nerfs de demoiselle.
Mais cette peur même était un stimulant. Grâce à elle il goû-
tait à assouvir son tic une vanité perverse et une ironie fanfa-
ronne. Elles l'emplissaient d'une satisfaction si profonde, ce
jour-là, qu'il se promenait dans le jardin, sous la fenêtre même
derrière laquelle son père l'épiait ; et sans le voir, ni soupçonner seulement sa présence, Poum s'en donnait à cœur joie !

Pan ! un plongeon à se dévisser la tête ! Pan ! un autre ! Non,
il n'est pas bien réussi, celui-là. Pan ! une vertèbre a craqué.
Pouf ! la peau va se fendre. Faire claquer la mâchoire en même
temps, voilà qui est drôle ! C'est une découverte à la Christophe
Colomb, ni plus ni moins. Et de froncer les plis du front, et
de se pousser les yeux hors des orbites, et de se désarticuler le
bout du nez qui galope en cercle : tout le grand jeu !

Catastrophe !

Une lourde main s'abat sur l'épaule de Poum, le soulève, l'entraîne, le jette dans la sellerie, sous les yeux du cocher qui lave
une voiture, du palefrenier qui brouette du crottin, d'une ordonnance qui astique des harnais.

« Le collier de Polyphème !

— Oui, mon colonel ! fait cet homme éperdu, qui cherche, tâ-
tonne, avise au mur un des colliers de rechange de Polyphème.

— Oh ! je ne le ferai plus ! oh ! ne me mettez pas le collier !
Oh ! je vous en prie ! hurle et gémit Poum.

— Inutile, mon garçon ! »

Et le colonel boucle le cuir dur, rive le carcan au col du gar-
çonnet, sous le regard ahuri de l'ordonnance.

« Baisse le cou, encore ! » gronde le père de sa grosse voix.

Poum essaye ; son menton se glace à la plaque de cuivre qui
porte le nom de Polyphème. Ce n'est pas que ce collier fasse
mal, il n'est que gênant. Poum voudrait bien se déclencher encore la tête : plus moyen ! Et la lourde main le pousse dehors.
Le cocher et le palefrenier ne peuvent retenir l'envie de rire qui
les prend à le voir.

« Baisse le cou, encore ! » répète le père, moitié menace, moitié ironie.

Poum, très mortifié, porte sa tête comme un saint sacrement. Son père s'éloigne. Poum essaye de prendre un air digne, l'air de quelqu'un qui se serait avisé, pour son plaisir ou par coquetterie, de se cravater d'un collier de chien. Mais les domestiques ne sont pas dupes, ils ricanent, ils savent. Le cocher imite Poum : vlan ! il abat la tête ; vlan ! il la décroche ; vlan ! il la jette par terre. Poum sent des sanglots de rage lui gonfler la poitrine. Il se sauve au fond du jardin.

Là, il s'affirme que, s'il pouvait faire manger le cocher par les chevaux, il le ferait. Il se grise d'un rêve rouge, où la maison flambe, où son père est brûlé vif. Non ! il ne serait pas brûlé, mais il aurait très peur... Poum soulage, par ces divagations insensées, l'horreur que lui inspirent l'injustice des hommes et la tyrannie de sa famille. Peu à peu, son cœur irrité bat moins fort, ses nerfs se calment. Personne en ce moment ne le voit. Si ! un chat du jardin voisin, à pas de velours, se glisse le long d'une allée. Ses prunelles jaunes, inquiètes et sardoniques, rencontrent le regard de Poum qui, très mortifié, se dit :

« Le chat me voit, il comprend, il me nargue ! »

Poum a envie de lui faire peur ; puisqu'il porte un collier de chien, n'est-il pas chien ? Oui, il se sent devenir chien, il voudrait laper une écuelle de soupe, se coucher en rond, se gratter les puces, courir aux lièvres, aboyer :

« Ouap ! ouap ! »

Poum s'élance, les dents montrées ; le chat s'enfuit, grimpe à un arbre, ricoche sur le mur du voisin. Poum rit de bon cœur, oublie son humiliation. Être chien est très amusant. Il se poste près de la grille, aboie sourdement à des passants imaginaires. Mais les chiens sont attachés, les chiens de garde ; Polyphème l'est. Poum fouille dans ses poches, en tire un bout de ficelle dont les bouts l'attachent du collier à un arbre.

Quand ses parents, s'étant mis à sa recherche, le découvrent au fond du jardin, Poum, parfaitement heureux, accroupi, gratte la terre ; il fait un grand trou avec ses pattes de devant, tandis qu'il rejette vivement la terre avec celles de derrière ! De temps à autre, il pousse un petit aboiement plaintif, et il remue les babines comme un vrai chien.

« Décidément, cet enfant ne sera jamais comme les autres ! » déclare le père de Poum. Et il lui ôte le collier, tandis que la maman recule, épouvantée, devant cet être fangeux, hérissé, qui, surpris en plein rêve éveillé, ne sait s'il doit rester chien ou redevenir petit garçon.

Paul et Victor Margueritte, Poum
(Plon-Nourrit et Cⁱᵉ, édit.).

Le Jeu des marins

.... Nous avions beaucoup de jeux, le douanier et le contrebandier, la chasse, la voiture de poste, un jeu que petit Jean aimait beaucoup, parce que je le conduisais dans une petite voiture; aux endroits prévus où le « coche » heurtait un obstacle, la voiture culbutait; et, comme c'était toujours aux mêmes endroits, le petit savait d'avance où il culbuterait, et il avait bien un peu peur; mais il ne s'en réjouissait que plus, et il s'y préparait, et c'était chaque fois des piaillements de joie...

Mais le plus beau de tous les jeux, c'était le jeu des marins. Nous ne pouvions y jouer tous les jours, mais seulement quand il faisait du vent. Et plus il y avait de vent, plus c'était beau. Alors on s'en allait dans la forêt. Dans la forêt il y avait un grand tilleul très vieux, et c'est là que nous grimpions. Le tilleul, c'était notre navire. Aussi, quand nous arrivions près de l'arbre, l'aîné commandait : « Tout le monde à bord ! » Et le petit glapissait à son tour : « Tout le monde à bord ! » en courant aussi vite qu'il pouvait pour atteindre l'arbre et y monter; mais chaque fois, c'était difficile : car si basses que fussent les branches du tilleul, elles étaient trop hautes pour le petit garçon; l'autre, qui était déjà grimpé et se tenait sur la première fourche, devait lui tendre la main, pour le hisser. Puis on criait : « Les matelots dans les hunes! » Et le petit glapissait à son tour. Puis on continuait de grimper, et l'arbre était maintenant notre mât. Et quand le vent secouait notre mât et le courbait de tous côtés, c'était un plaisir sans bornes. Quand les branches s'entre-croisaient en bruissant et se cognaient l'une l'autre, on criait : « Les cordages craquent! » Et le petit répétait : « Les cordages craquent! » — « Il fait une grande tempête! — « Il fait une grande tempête! » Puis nous sortions nos mouchoirs, nous en prenions les quatre coins et les mettions au vent qui s'y engouffrait et les gonflait comme de petites voiles. « Maintenant, nous marchons à la voile, disait l'aîné. — Maintenant, nous marchons à la voile, disait le petit. — Oh! comme ça va vite! — Oh! comme ça va vite! »

Et quand nous avions marché à la voile pendant quelque temps, on regrimpait encore, toujours plus haut, presque jusqu'au sommet. C'était là le plus beau. Il s'y trouvait plusieurs branches qui partaient à droite et à gauche et formaient une assez grande fourche. Nous pouvions nous y asseoir en nous serrant l'un contre l'autre. — C'était une cabine. Et nous nous asseyions : et le petit, qui avait toujours un peu peur, se tenait d'un bras aux branches, et de l'autre enserrait son frère tout près, tout près... Et quand il se serrait ainsi contre moi, je pou-

vais sentir son cœur battre contre mon corps : il battait toujours si vite : « Toc, toc, toc », presque comme le bruit des ailes
d'un petit oiseau, ou comme le tic tac d'une pendule qui aurait
marché trop vite.....

Quand les deux enfants étaient assis dans la cabine et que le
vent les berçait de-ci de-là, petit Jean demandait, au bout d'un
moment : « Où allons-nous ? » car il savait qu'il devait poser cette
question et qu'elle faisait partie du jeu. Et l'autre disait : « Nous
passons devant le Spitzberg, en route pour le pôle Nord. » Ou
bien : « Nous allons aux Indes Orientales. » Et chaque fois, petit
Jean savait ce qu'il avait à répondre et à faire, et il le faisait toujours sans se tromper. Quand on allait vers le Spitzberg, il poussait de petits cris comme s'il était gelé, et disait : « Ah ! oui !
c'est pour ça qu'il fait si froid ! Brrr ! Voilà un ours blanc qui
arrive ! Il faut le tuer. Pan ! — Il est mort ! » Quand au contraire
on allait vers les Indes, il se mettait à souffler de chaleur : « Ah
oui ! disait-il, je vois déjà la grande ville de Calcutta ! Voilà déjà
le Grand Mogol ! Bonjour, monsieur le Grand Mogol : avez-vous
bien dormi ? » Et chaque fois qu'il saluait le Grand Mogol, il
trouvait ça si drôle, qu'il riait, riait, et que son pauvre petit
corps tremblait contre le mien.

Et toutes ces belles idées venaient de l'aîné. Toujours il partait par le monde avec le petit frère, toujours il racontait, et
toujours ce qu'il racontait vivait devant ses yeux. « Nous tra-
versons l'Océan Indien, disait-il. Il est si bleu que lorsqu'on y
trempe la main, elle en ressort comme trempée d'encre bleue.
Il est si profond, il a bien vingt mille lieues de profondeur !
Et au fond, tout au fond, c'est merveilleux. Il y a de grandes
prairies ; mais elles ne sont pas vertes comme celles de la terre :
elles sont toutes bleues. Et, dans ces prairies, des hommes se
promènent et vont à la chasse. Et comme sur la terre on chasse
les cerfs et les chevreuils, ils chassent, en bas, les poissons.
Mais pas, bien sûr, avec des fusils : ils ne partiraient pas dans
l'eau. C'est avec des piques. Et ces piques sont tout en or, avec
des pointes de diamant. — Maintenant, continua-t-il, nous
abordons : nous sommes en Chine. Tu vois tous ces Chinois :
ils sont si jaunes que leurs têtes ont l'air de citrons, et leurs
yeux y font de petits points noirs, comme de petits raisins de
Corinthe. — Tiens ! voici la Grande Muraille. Sur la Grande
Muraille les gardiens vont et viennent ; ils ne laissent entrer et
sortir que ceux qui savent le mot d'ordre. Et le mot d'ordre
c'est : « Plum Pudding ! »

Et chaque fois que petit Jean entendait ça, il riait à perdre le
souffle ; il pressait sa tête et sa figure contre son frère : et, à
la fin, ne pouvant plus rire, il gémissait : « Oh ! oh ! oh ! »

« Et comme nous avons eu le mot d'ordre, continuait le frère, nous avons passé la Grande Muraille. Nous sommes dans une forêt si grande qu'elle n'a pas de bout, — grande comme toute l'Asie. Et dans la forêt, il y a tous les animaux qu'on peut s'imaginer : des lions et des tigres, des cerfs et des chevreuils, des éléphants et des girafes, et un autre encore, qui est le plus drôle de tous, un animal qu'on ne trouve pas ailleurs, la licorne. » Et toutes les fois que le petit entendait parler de la licorne, il ouvrait de grands yeux et écoutait bouche bée. Et l'autre la lui décrivait aussi exactement que s'il venait de la voir : « C'est un animal à peu près comme un cheval, et tout blanc. Mais pas blanc comme un cheval blanc : beaucoup plus blanc encore, comme on ne peut pas dire. Sur le front elle a une corne, mais pas une corne recourbée comme celle du rhinocéros, mais toute droite, et longue, et pointue comme une lance. Elle a quatre sabots : un d'or, l'autre d'argent ; le troisième est noir comme un charbon, et le quatrième est une pierre bleue, comme celles que maman porte autour du cou. » Notre mère portait en effet un collier d'améthyste.

L'aîné avait tant de plaisir à imaginer et à raconter tout cela, que souvent il ne pouvait pas s'arrêter, et qu'il faisait parfois presque nuit quand ils descendaient de leur arbre et rentraient à toutes jambes à la maison. Et de tout ce qu'il avait entendu le petit était si bourré, comme un petit canon, qu'il n'y pouvait plus tenir, mais avait besoin de se décharger sur quelqu'un : c'était ordinairement sur la mère. Il courait à elle les bras ouverts et éclatait de rire : « Maman, maman, sais-tu quel est le mot d'ordre pour passer la Grande Muraille? Plum Pudding! Plum Pudding! »

E. von Wildenbruch, *Jalousie*.
Traduit spécialement de l'allemand par M. Maurice Cahen.

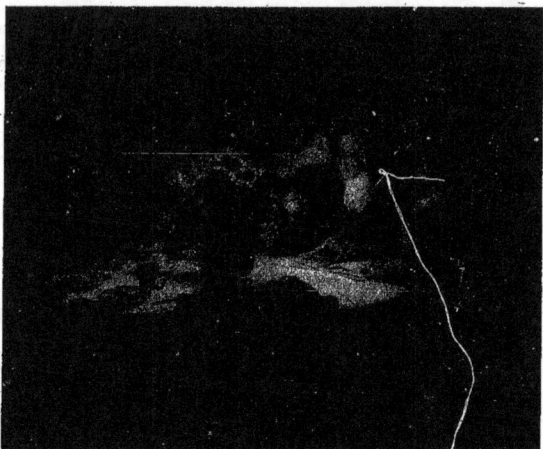

Mlle LÉONIE MICHAUD   UN CONTE

Conte des bords du Rhin

IL Y A LONGTEMPS, bien longtemps, ceux d'Aix-la-Chapelle voulurent bâtir une église. Ils se cotisèrent, et l'on commença. On
creusa les fondements, on éleva les murailles, on ébaucha la
charpente, et pendant six mois ce fut un tapage assourdissant
de scies, de marteaux et de cognées. Au bout de six mois, l'argent manqua. On fit appel aux pèlerins; on mit un bassin
d'étain à la porte de l'église, mais à peine s'il y tomba quelques
targes (1) ou quelques liards à la croix (2). Que faire? Le sénat
s'assembla, chercha, parla, avisa, consulta. Les ouvriers refusaient le travail, et l'herbe, et la ronce, et le lierre, et toutes
les insolentes plantes des ruines s'emparaient déjà des
pierres neuves de l'édifice abandonné. Fallait-il donc laisser

---

1. *Targes* : ancienne monnaie, qui portait l'image d'un bouclier. — 2. *Liards à la*
croix : petite monnaie de cuivre marquée d'une croix.

là l'église? Le magnifique sénat des bourgmestres (1) était consterné.

Comme il délibérait, entre un quidam (2), un étranger, un inconnu, de haute taille et de belle mine.

« Bonjour, bourgeois. De quoi est-il question? Vous êtes tous effarés. Votre église vous tient au cœur? Vous ne savez comment la finir? On dit que c'est l'argent qui vous manque?

— Passant, dit le sénat, allez-vous-en au diable. Il nous faudrait un million d'or.

— Le voici », dit le gentilhomme ; et, ouvrant une fenêtre, il montra aux bourgeois un grand chariot arrêté sur la place, à la porte de la maison de ville. Ce chariot était attelé de dix jougs de bœufs et gardé par vingt nègres d'Afrique armés jusqu'aux dents.

Un des bourgeois descend avec le gentilhomme, prend au hasard un des sacs dont le chariot était chargé, puis tous deux remontent, l'étranger et le bourgeois. On vida la sacoche devant le sénat : elle était en effet pleine d'or.

Le sénat ouvre de grands yeux bêtes et dit à l'étranger :

« Qui êtes-vous, monseigneur?

— Mes chers manants, je suis celui qui a de l'argent. Que voulez-vous de plus? J'habite dans la Forêt-Noire, près du lac de Wildsée, non loin des ruines de Heidenstadt, la ville des païens. Je possède des mines d'or et d'argent, et, la nuit, je remue avec mes mains des fouillis d'escarboucles. Mais j'ai des goûts simples ; je m'ennuie, je suis un être mélancolique, je passe mes journées à voir jouer sous la transparence du lac le tourniquet (3) et le triton d'eau (4), et à regarder pousser, parmi les rochers, le *polygonum amphybium* (5). Sur ce, trêve aux questions et aux billevesées. J'ai débouclé ma ceinture, profitez-en. Voilà votre million d'or. En voulez-vous?

— Pardieu oui, dit le sénat. Nous finirons notre église.

— Eh bien, prenez ; mais à une condition.

— Laquelle, monseigneur?

— Finissez votre église, bourgeois ; prenez toute cette mitraille ; mais promettez-moi, en échange, la première âme quelconque qui entrera dans votre église et qui en franchira la porte, le jour où les cloches et les carillons en sonneront la dédicace.

— Vous êtes le diable! cria le sénat.

---

1. *Bourgmestres* (proprement maîtres du bourg) : magistrats municipaux. — 2. *Un quidam* : un personnage dont on ignore le nom. — 3. Le *tourniquet* : nom vulgaire d'un petit insecte aquatique du même ordre que les hannetons, et qui nage toujours en tournoyant. — 4. Le *triton d'eau* : batracien aquatique, sorte de salamandre à queue plate. — 5. Le *polygonum amphybium* ou *renouée amphibie* : plante aquatique à feuilles ovales et à fleurs roses, vivant dans l'eau ou au bord de l'eau et appartenant à la famille du sarrasin.

— Vous êtes des imbéciles! » répondit Urian.

Les bourgmestres commencèrent par des soubresauts, des frayeurs et des signes de croix. Mais comme Urian était bon diable, et riait à se tordre les côtes en faisant sonner son or tout neuf, ils se rassurèrent, et l'on négocia. Le diable a de l'esprit. C'est à cause de cela qu'il est le diable. « Après tout, disait-il, c'est moi qui perds au marché. Vous aurez votre million et votre église. Moi, je n'aurai qu'une âme. Et quelle âme, s'il vous plaît? La première venue. Une âme de hasard. Quelque mauvais drôle d'hypocrite qui jouera la dévotion et qui voudra, par faux zèle, entrer le premier. Bourgeois mes amis, votre église s'annonce bien. L'épure me plaît. L'édifice sera beau, je crois... Ce serait dommage d'en rester là. Allons, mes compères; le million pour vous, l'âme pour moi. Est-ce dit? »

Ainsi parlait le gentilhomme Urian. — Après tout, pensèrent les bourgeois, nous sommes bien heureux qu'il se contente d'une âme. Il pourrait bien, s'il regardait d'un peu près, les prendre toutes dans cette ville.

Le marché fut conclu, le million fut encaissé, Urian disparut dans une trappe d'où sortit une petite flamme bleue, comme il convient, et, deux ans après, l'église était bâtie.

Il va sans dire que tous les sénateurs avaient juré de ne conter la chose à personne, et il va sans dire que chacun d'eux, le soir même, avait conté la chose à sa femme. Ceci est une loi. Une loi que les sénateurs n'ont pas faite, mais qu'ils observent. Si bien que, lorsque l'église fut terminée, comme toute la ville, grâce aux femmes des sénateurs, savait ce secret du sénat, personne ne voulut entrer dans l'église.

Nouvel embarras, non moins grand que le premier. L'église est bâtie, mais nul n'y veut mettre le pied; l'église est achevée, mais elle est vide. Or, à quoi bon une église vide? Le sénat s'assemble. Il n'invente rien. — On appelle l'évêque de Tongres. Il ne trouve rien. — On appelle les chanoines du chapitre. Ils n'imaginent rien. — On appelle les moines du couvent. « Pardieu! dit un moine, il faut convenir, messeigneurs, que vous vous empêchez de peu de chose. Vous devez à Urian la première âme qui passera par la porte de l'église, mais il n'a pas stipulé de quelle espèce serait cette âme. Urian n'est qu'un sot, je vous le dis. Messeigneurs, après une longue battue, on a pris vivant ce matin, dans la vallée de Borcette, un loup. Faites entrer ce loup dans l'église. Il faudra bien qu'Urian s'en contente. Ce n'est qu'une âme de loup, mais c'est une *âme quelconque*.

— Bravo! dit le sénat, voilà un moine d'esprit! »

Le lendemain, dès l'aube, les cloches sonnèrent. « Quoi! disent les bourgeois, c'est aujourd'hui la dédicace de l'église! Mais qui donc osera y entrer le premier? Ce ne sera pas moi.

Ni moi. Ni moi. Ni moi. » Ils accoururent en foule. Le sénat et le chapitre étaient devant le portail. Tout à coup on amène le loup dans une cage, et, à un signal donné, on ouvre à la fois les portes de la cage et les portes de l'église. Le loup, effrayé par la foule, voit l'église déserte et s'y enfonce. Urian attendait, la gueule ouverte et les yeux voluptueusement fermés. Jugez de sa rage quand il sentit qu'il avalait un loup. Il poussa un rugissement effrayant et vola quelque temps sous les hautes arches de l'église avec le bruit d'une tempête. Puis il sortit enfin, éperdu de colère, et, en sortant, il donna dans la grande porte d'airain un si furieux coup de pied qu'elle se fendit du haut en bas. — On montre encore cette fente aujourd'hui.

C'est pour cela, ajoutent les bonnes vieilles, qu'à gauche de la porte de l'église on a placé la statue du loup en bronze, et à droite une pomme de pin qui figure sa pauvre âme si stupidement mâchée par Urian.

VICTOR HUGO, Le Rhin.

Le Preneur de rats

IL Y A BIEN DES ANNÉES, les gens de Hameln (1) furent tourmentés par une multitude innombrable de rats qui venaient du nord, par troupes si épaisses que la terre en était toute noire, et qu'un charretier n'aurait pas osé faire traverser à ses chevaux un chemin où ces animaux défilaient. Tout était dévoré en moins de rien : et dans une grange, c'était une moindre affaire pour ces rats de manger un tonneau de blé que ce n'est pour moi de boire un verre de ce bon vin...

Souricières, ratières, pièges, poisons, étaient inutiles. On avait fait venir de Brême (2) un bateau chargé de onze cents chats ; mais rien n'y faisait. Pour mille qu'on en tuait, il en revenait dix mille, et plus affamés que les premiers. Bref, s'il n'était venu remède à ce fléau, pas un grain de blé ne fût resté dans Hameln, et tous les habitants seraient morts de faim.

Voilà qu'un certain vendredi se présente devant le bourgmestre de la ville un grand homme, basané, grands yeux, bouche fendue jusqu'aux oreilles, habillé d'un pourpoint rouge, avec un chapeau pointu, de grandes culottes garnies de rubans, des bas gris et des souliers avec des rosettes couleur de feu. Il avait un petit sac de peau au côté. Il me semble que je le vois encore.

---

1. *Hameln :* petite ville de Hanovre, sur le Weser. — 2. *Brême :* ville allemande, au-dessus du confluent de la Wümme et du Weser.

Il offrit au bourgmestre, moyennant cent ducats (1), de délivrer la ville du fléau qui la désolait. Vous pensez bien que le bourgmestre et les bourgeois y topèrent d'abord (2).

Aussitôt l'étranger tira de son sac une flûte de bronze ; et, s'étant planté sur la place du Marché, devant l'église, mais en lui tournant le dos, notez bien, il commença à jouer un air étrange, et tel que jamais flûteur allemand n'en a joué. Voilà qu'en entendant cet air, de tous les greniers, de tous les trous de mur, de dessous les chevrons et les tuiles des toits, rats et souris, par centaines, par milliers, accoururent à lui. L'étranger, toujours flûtant, s'achemina vers le Weser ; et là, ayant tiré ses chausses, il entra dans l'eau, suivi de tous les rats de Hameln, qui furent aussitôt noyés...

.... Mais, quand l'étranger se présenta à l'hôtel de ville pour toucher la récompense promise, le bourgmestre et les bourgeois, réfléchissant qu'ils n'avaient plus rien à craindre des rats, et s'imaginant qu'ils auraient bon marché d'un homme sans protecteurs, n'eurent pas honte de lui offrir dix ducats, au lieu des cent qu'ils avaient promis. L'étranger réclama : on le renvoya bien loin. Il menaça alors de se faire payer plus cher s'ils ne maintenaient leur marché au pied de la lettre. Les bourgeois firent de grands éclats de rire à cette menace, et le mirent à la porte de l'hôtel de ville, l'appelant *beau preneur de rats !* injure que répétèrent les enfants de la ville en le suivant par les rues jusqu'à la porte Neuve.

Le vendredi suivant, à l'heure de midi, l'étranger reparut sur la place du Marché, mais cette fois avec un chapeau de couleur de pourpre, retroussé d'une façon toute bizarre. Il tira de son sac une flûte bien différente de la première, et, dès qu'il eut commencé d'en jouer, tous les garçons de la ville, depuis six jusqu'à quinze ans, le suivirent et sortirent de la ville avec lui...

Les habitants de Hameln les suivirent jusqu'à la montagne de Koppenberg, auprès d'une caverne qui est maintenant bouchée. Le joueur de flûte entra dans la caverne et tous les enfants avec lui. On entendit quelque temps le son de la flûte ; il diminua peu à peu ; enfin l'on n'entendit plus rien. Les enfants avaient disparu, et depuis lors on n'en eut jamais de nouvelles.

PROSPER MÉRIMÉE, *Chronique du règne de Charles IX*
(Calmann-Lévy, édit.).

1. *Ducats :* ancienne monnaie d'or fin, valant de 10 à 12 francs. — 2. *Y topèrent d'abord :* acceptèrent tout de suite, en frappant dans la main.

L'Enfant aux souliers de pain

ÉCOUTEZ CETTE HISTOIRE que les grand'mères d'Allemagne content à leurs petits-enfants : — l'Allemagne, un beau pays de légendes et de rêveries, où le clair de lune, jouant sur les brumes du vieux Rhin, crée mille visions fantastiques.

Une pauvre femme habitait seule, à l'extrémité du village, une humble maisonnette ; le logis était assez misérable et ne contenait que les meubles les plus indispensables.

Un vieux lit à colonnes torses où pendaient des rideaux de serge jaunie, une huche pour mettre le pain, un coffre de noyer luisant de propreté, mais dont de nombreuses piqûres de vers, rebouchées avec de la cire, annonçaient les longs services, un fauteuil de tapisserie aux couleurs passées et qu'avait usé la tête branlante de l'aïeule, un rouet poli par le travail : c'était tout.

Nous allions oublier un berceau d'enfant tout neuf, bien douillettement garni, et recouvert d'une jolie courte-pointe (1) à ramages, piquée par une aiguille infatigable, celle d'une mère ornant la crèche de son petit Jésus.

Toute la richesse de la pauvre maison était concentrée là.

L'enfant d'un bourgmestre ou d'un conseiller aulique (2) n'eût pas été plus moelleusement couché. Sainte prodigalité, douce folie de la mère, qui se prive de tout pour faire un peu de luxe, au sein de sa misère, à son cher nourrisson !

Ce berceau donnait un air de fête au mince taudis ; la nature, qui est compatissante aux malheureux, égayait la nudité de cette chaumière par des touffes de joubarbe et des mousses de velours. De bonnes plantes, pleines de pitié, tout en ayant l'air de parasites, bouchaient à propos les trous du toit qu'elles rendaient splendide comme une corbeille, et empêchaient la pluie de tomber sur le berceau ; les pigeons s'abattaient sur la fenêtre et roucoulaient jusqu'à ce que l'enfant fût endormi.

Un petit oiseau auquel le jeune Hanz avait donné une miette de pain l'hiver, quand la neige blanchissait la terre, avait au printemps laissé choir une graine de son bec au pied de la muraille, et il en était sorti un beau liseron qui, s'accrochant aux pierres avec ses griffes vertes, était entré dans la chaumière par un carreau brisé, et couronnait de sa guirlande le berceau de l'enfant, de sorte qu'au matin les yeux bleus de Hanz et les clochettes bleues du liseron s'éveillaient en même temps et se regardaient d'un air d'intelligence.

Ce logis était donc pauvre, mais non pas triste.

---

1. *Courte-pointe :* couverture de lit ouatée et piquée. — 2. *Conseiller aulique :* membre du conseil suprême de la cour d'Allemagne.

La mère de Hanz, dont le mari était mort bien loin à la guerre, vivait tant bien que mal de quelques légumes du jardin, et du produit de son rouet : bien peu de chose ; mais Hanz ne manquait de rien, c'était assez.

Certes, c'était une femme pieuse et croyante que la mère de Hanz. Elle priait, travaillait et pratiquait la vertu ; mais elle commit une faute : elle se regarda avec trop de complaisance et s'enorgueillit trop dans son fils.

Il arrive quelquefois que les mères, voyant ces beaux enfants vermeils, aux mains trouées de fossettes, à la peau blanche, aux talons roses, s'imaginent qu'ils sont à elles pour toujours ; mais Dieu ne donne rien, il prête seulement ; et, comme un créancier oublié, il vient parfois redemander subitement son dû.

Parce que ce frais bouton était sorti de sa tige, la mère de Hanz crut qu'elle l'avait fait naître ; et Dieu, qui, du fond de son paradis aux voûtes d'azur étoilées d'or, observe tout ce qui se passe sur terre, et entend du bout de l'infini le bruit que fait le brin d'herbe en poussant, ne vit pas cela avec plaisir.

Il vit aussi que Hanz était gourmand et sa mère trop indulgente à sa gourmandise ; souvent ce mauvais enfant pleurait lorsqu'il fallait, après le raisin et la pomme, manger le pain, objet de l'envie de tant de malheureux, et la mère le laissait jeter le morceau commencé, ou l'achevait elle-même.

Or, il advint que Hanz tomba malade ; la fièvre le brûlait, sa respiration sifflait dans son gosier étranglé ; il avait le croup, une maladie terrible qui a fait rougir les yeux de bien des mères et de bien des pères.

La pauvre femme, à ce spectacle, sentit une douleur horrible. Sans doute, vous avez vu dans quelque église l'image de Notre-Dame, vêtue de deuil et debout sous la croix, avec sa poitrine ouverte et son cœur ensanglanté, où plongent sept glaives d'argent, trois d'un côté, quatre de l'autre. Cela veut dire qu'il n'y a pas d'agonie plus affreuse que celle d'une mère qui voit mourir son enfant.

Et pourtant la Sainte Vierge croyait à la divinité de Jésus et savait que son fils ressusciterait.

Or la mère de Hanz n'avait pas cet espoir.

Pendant les derniers jours de la maladie de Hanz, tout en veillant, la mère, machinalement, continuait à filer, et le bourdonnement du rouet se mêlait au râle du petit moribond.

Si les riches trouvent étrange qu'une mère file près du lit de mort de son enfant, c'est qu'ils ne savent pas ce que la pauvreté renferme de tortures pour l'âme ; hélas ! elle ne brise pas seulement le corps, elle brise aussi le cœur.

Ce qu'elle filait ainsi, c'était le fil pour le linceul de son petit Hanz ; elle ne voulait pas qu'une toile qui eût servi enveloppât ce cher corps, et comme elle n'avait pas d'argent, elle faisait ronfler son rouet avec une funèbre activité ; mais elle ne passait pas le fil sur ses lèvres comme d'habitude ; il lui tombait assez de pleurs des yeux pour le mouiller.

A la fin du sixième jour, Hanz expira. Soit hasard, soit sympathie, la guirlande de liseron qui caressait son berceau languit, se fana, se dessécha, et laissa tomber sa dernière fleur crispée sur le lit.

Quand la mère fut bien convaincue que le souffle s'était envolé à tout jamais de ces lèvres où les violettes de la mort avaient remplacé les roses de la vie, elle recouvrit avec le bout du drap cette tête trop chère, prit son paquet de fil sous son bras, et se dirigea vers la maison du tisserand.

« Tisserand, lui dit-elle, voici du fil bien égal, très fin et sans nœuds : l'araignée n'en file pas de plus délié entre les solives du plafond ; que votre navette aille et vienne ; de ce fil, il me faut faire une aune de toile aussi douce que la toile de Frise et de Hollande. »

Le tisserand prit l'écheveau, disposa la chaîne, et la navette affairée, tirant le fil après elle, se mit à courir çà et là.

Le peigne raffermissait la trame, et la toile s'avançait sur le métier sans inégalité, sans rupture, aussi fine que la chemise d'une archiduchesse ou le linge dont le prêtre essuie le calice de l'autel.

Quand le fil fut tout employé, le tisserand rendit la toile à la pauvre mère et lui dit, car il avait tout compris à l'air fixement désespéré de la malheureuse :

« Le fils de l'empereur, qui est mort l'année dernière, en nourrice, n'est pas enveloppé dans son petit cercueil d'ébène, à clous d'argent, d'une toile plus moelleuse et plus fine. »

Ayant plié la toile, la mère tira de son doigt amaigri un mince anneau d'or tout usé par le frottement.

« Bon tisserand, dit-elle, prenez cet anneau, mon anneau de mariage, le seul or que j'aie jamais possédé. »

Le brave homme de tisserand ne voulait pas le prendre ; mais elle dit :

« Je n'ai pas besoin de bague là où je vais ; car, je le sens, les petits bras de Hanz me tirent en terre. »

Elle alla ensuite chez le charpentier et lui dit :

« Maître, prenez de bon cœur de chêne qui ne pourrisse pas et que les vers ne puissent piquer ; taillez-y cinq planches et deux planchettes, et faites-en une bière de cette mesure. »

Le charpentier prit la scie et le rabot, ajusta les ais, frappa avec son maillet sur les clous le plus doucement possible, pour ne pas faire entrer les pointes de fer dans le cœur de la pauvre femme plus avant que dans le bois.

Quand l'ouvrage fut fini, on aurait dit, tant il était soigné et bien fait, une boîte à mettre des bijoux et des dentelles.

« Charpentier, qui avez fait un si beau cercueil à mon petit Hanz, je vous donne ma maison au bout du village, et le petit jardin qui est derrière, et le puits avec la vigne. — Vous n'attendrez pas longtemps. »

Avec le linceul et le cercueil qu'elle tenait sous son bras, tant il était petit, elle s'en allait par les rues du village, et les enfants qui ne savent ce que c'est que la mort, disaient :

« Voyez comme la mère de Hanz lui porte une belle boîte de joujoux de Nuremberg ; sans doute une ville avec ses maisons de bois peintes et vernissées, son clocher entouré d'une feuille de plomb, son beffroi et sa tour crénelée, et les arbres des promenades, tout frisés et tout verts, ou bien un joli violon, avec ses chevilles sculptées au manche et son archet en crin de cheval. — Oh ! que n'avons-nous une boîte pareille ! »

Et les mères, en pâlissant, les embrassaient et les faisaient taire :

« Imprudents que vous êtes, ne dites pas cela ; ne la souhaitez pas, la boîte à joujoux, la boîte à violon que l'on porte sous le bras en pleurant ; vous l'aurez assez tôt, pauvres petits ! »

Quand la mère de Hanz fut rentrée, elle prit le cadavre mignon et encore joli de son fils, et se mit à lui faire cette dernière toilette qu'il faut bien soigner, car elle doit durer l'éternité.

Elle le revêtit de ses habits du dimanche, de sa robe de soie et de sa pelisse à fourrures pour qu'il n'eût pas froid dans l'endroit humide où il allait. Elle plaça à côté de lui la poupée aux yeux d'émail qu'il aimait tant, qu'il la faisait coucher dans son berceau.

Mais, au moment de rabattre le linceul sur le corps à qui elle avait donné mille fois le dernier baiser, elle s'aperçut qu'elle avait oublié de mettre à l'enfant mort ses petits souliers rouges.

Elle les chercha dans la chambre, car cela lui faisait de la peine de voir nus ces pieds autrefois si tièdes et si vermeils, maintenant si glacés et si pâles ; mais, pendant son absence, les rats ayant trouvé les souliers sous le lit, faute de meilleure nourriture, avaient grignoté, rongé et déchiqueté la peau.

Ce fut un grand chagrin pour la pauvre mère que son Hanz s'en allât dans l'autre monde les pieds nus ; alors que le cœur n'est plus qu'une plaie, il suffit de le toucher pour le faire saigner.

Elle pleura devant ces souliers ; de cet œil enflammé et tari, une larme put jaillir encore.

Comment pourrait-elle avoir des souliers pour Hanz, elle avait donné sa bague et sa maison ? telle était la pensée qui la tourmentait. A force de rêver, il lui vint une idée.

Dans la huche restait une miche tout entière, car, depuis longtemps, la malheureuse, nourrie par son chagrin, ne mangeait plus.

Elle fendit cette miche, se souvenant qu'autrefois, avec la mie, elle avait fait, pour amuser Hanz, des pigeons, des canards, des poules, des sabots, des barques et autres puérilités.

Plaçant la mie dans le creux de sa main, et la pétrissant avec son pouce en l'humectant de ses larmes, elle fit une paire de petits souliers de pain dont elle chaussa les pieds froids et bleuâtres de l'enfant mort, et, le cœur soulagé, elle rabattit le linceul et ferma la bière. — Pendant qu'elle pétrissait la mie, un pauvre s'était présenté sur le seuil, timide, demandant du pain ; mais de la main elle lui avait fait signe de s'éloigner.

Le fossoyeur vint prendre la boîte, et l'enfouit dans un coin du cimetière, sous une touffe de rosiers blancs : l'air était doux, il ne pleuvait pas, et la terre n'était pas mouillée ; ce fut une consolation pour la mère, qui pensa que son pauvre petit Hanz ne passerait pas trop mal sa première nuit de tombeau.

Revenue dans sa maison solitaire, elle plaça le berceau de Hanz à côté de son lit, se coucha et s'endormit.

La nature brisée succombait.

En dormant, elle eut un rêve, ou du moins elle crut que c'était un rêve.

Hanz lui apparut, vêtu, comme dans sa bière, de sa robe des dimanches, de la pelisse à fourrure de cygne, ayant à la main sa poupée aux yeux d'émail, et aux pieds ses souliers de pain.

Il semblait triste.

Il n'avait pas cette auréole que la mort doit donner aux petits innocents ; car si l'on met un enfant dans la terre, il en sort un ange.

Les roses du Paradis ne fleurissaient pas sur ses joues pâles, fardées en blanc par la mort ; des larmes tombaient de ses cils blonds, et de gros soupirs gonflaient sa petite poitrine.

La vision disparut, et la mère s'éveilla baignée de sueur, ravie d'avoir vu son fils, effrayée de l'avoir revu si triste ; mais elle se rassura en se disant : « Pauvre Hanz ! même en Paradis, il ne peut m'oublier. »

La nuit suivante, l'apparition se renouvela : Hanz était encore plus triste et plus pâle.

Sa mère, lui tendant les bras, lui dit :

« Cher enfant, console-toi et ne t'ennuie pas au Ciel, je vais te rejoindre. »

La troisième nuit, Hanz revint encore ; il gémissait et pleurait plus que les autres fois, et il disparut en joignant ses petites mains : il n'avait plus sa poupée, mais il avait toujours ses souliers de pain.

La mère inquiète alla consulter un vénérable prêtre qui lui dit :

« Je veillerai près de vous cette nuit, et j'interrogerai le petit spectre ; il me répondra. Je sais les mots qu'il faut dire aux esprits innocents ou coupables. »

Hanz parut à l'heure ordinaire, et le prêtre le somma, avec les mots consacrés, de dire ce qui le tourmentait dans l'autre monde.

« Ce sont les souliers de pain qui font mon tourment et m'empêchent de monter l'escalier de diamant du Paradis ; ils sont plus lourds à mes pieds que des bottes de postillon, et je ne puis dépasser les deux ou trois premières marches, et cela me cause une grande peine, car je vois là-haut une nuée de beaux chérubins avec des ailes roses qui m'appellent pour jouer, et me montrent des joujoux d'argent et d'or. »

Ayant dit ces mots, il disparut.

Le saint prêtre, à qui la mère de Hanz avait fait sa confession, lui dit :

« Vous avez commis une grande faute, vous avez profané le pain quotidien, le pain sacré, le pain du bon Dieu, le pain que Jésus-Christ, à son dernier repas, a choisi pour représenter son corps, et, après en avoir refusé une tranche au pauvre qui s'est présenté sur votre seuil, vous en avez pétri des souliers pour votre Hanz.

« Il faut ouvrir la bière, retirer les souliers de pain des pieds de l'enfant, et les brûler dans le feu qui purifie tout. »

Accompagné du fossoyeur et de la mère, le prêtre se rendit au cimetière : en quatre coups de bêche, on mit le cercueil à nu, on l'ouvrit.

Hanz était couché dedans, tel que sa mère l'y avait posé, mais sa figure avait une expression de douleur.

Le saint prêtre ôta délicatement des talons du jeune mort les souliers de pain, et les brûla lui-même à la flamme d'un cierge en récitant une prière.

Lorsque la nuit vint, Hanz apparut à sa mère une dernière fois, mais joyeux, rose, content, avec deux petits chérubins dont il avait déjà fait des amis ; il avait des ailes de lumière et un bourrelet de diamants.

« Oh ! ma mère, quelle joie, quelle félicité, et comme ils sont beaux, les jardins du Paradis ! On y joue éternellement, et le bon Dieu ne gronde jamais. »

Le lendemain, la mère revit son fils, non pas sur terre, mais au ciel ; car elle mourut dans la journée, le front penché sur le berceau vide.

Théophile Gautier,
Romans et Contes (Fasquelle, édit.).

Mateo Falcone

Fortunato, le fils de Mateo Falcone, paysan corse, est resté seul à la maison, pendant que ses parents se sont absentés.

Le petit Fortunato était tranquillement étendu au soleil, regardant les montagnes bleues, et pensant que, le dimanche prochain, il irait dîner à la ville, chez son oncle le *caporal* (1), quand il fut soudainement interrompu dans ses méditations par l'explosion d'une arme à feu. Il se leva et se tourna du côté de la plaine d'où partait ce bruit. D'autres coups de fusil se succédèrent, tirés à intervalles inégaux, et toujours de plus en plus rapprochés ; enfin, dans le sentier qui menait de la plaine à la maison de Mateo, parut un homme, coiffé d'un bonnet pointu comme en portent les montagnards, barbu, couvert de haillons, et se traînant avec peine en s'appuyant sur son fusil. Il venait de recevoir un coup de feu dans la cuisse.

Cet homme était un *bandit* (2), qui, étant parti de nuit pour aller acheter de la poudre à la ville, était tombé en route dans une embuscade de voltigeurs corses (3). Après une vigoureuse défense, il était parvenu à faire sa retraite, vivement poursuivi et tiraillant de rocher en rocher. Mais il avait peu d'avance sur les soldats, et sa blessure le mettait hors d'état de gagner le maquis avant d'être rejoint.

Il s'approcha de Fortunato et lui dit :

« Tu es le fils de Mateo Falcone ?

— Oui.

---

1. Les *caporaux* furent autrefois les chefs que se donnèrent les communes corses quand elles s'insurgèrent contre les seigneurs féodaux. Aujourd'hui on donne encore quelquefois ce nom à un homme qui par ses propriétés, ses alliances et sa clientèle, exerce une influence et une sorte de magistrature effective sur une *pieve* ou un canton. (Note de Mérimée.) — 2. *Bandit* : ce mot est ici le synonyme de proscrit. (Note de Mérimée.) — 3. *Voltigeurs corses* : c'est un corps levé depuis peu d'années par le gouvernement, et qui sert concurremment avec la gendarmerie au maintien de la police. (Note de Mérimée.)

— Moi, je suis Gianetto Sanpiero. Je suis poursuivi par les
collets jaunes (1). Cache-moi, car je ne puis aller plus loin.

— Et que dira mon père si je te cache sans sa permission ?...

— Il dira que tu as bien fait.

— Qui sait ?

— Cache-moi vite ; ils viennent.

— Attends que mon père soit revenu.

— Que j'attende ! malédiction ! Ils seront ici dans cinq minutes.
Allons, cache-moi, ou je te tue. »

Fortunato lui répondit avec le plus grand sang-froid :

« Ton fusil est déchargé, il n'y a plus de cartouches dans
ta carchera (2).

— J'ai mon stylet (3).

— Mais courras-tu aussi vite que moi ? »

Il fit un saut, et se mit hors d'atteinte.

« Tu n'es pas le fils de Mateo Falcone ! Me laisseras-tu donc
arrêter devant ta maison ? »

L'enfant parut touché.

« Que me donneras-tu si je te cache ? » dit-il en se rap-
prochant.

Le bandit fouilla dans une poche de cuir qui pendait à sa
ceinture, et il en tira une pièce de cinq francs qu'il avait réser-
vée, sans doute pour acheter de la poudre. Fortunato sourit à
la vue de la pièce d'argent ; il s'en saisit, et dit à Gianetto :
« Ne crains rien. »

Aussitôt il fit un grand trou dans un tas de foin placé auprès de la maison. Gianetto s'y blottit, et l'enfant le recouvrit
de manière à lui laisser un peu d'air pour respirer, sans qu'il
fût possible cependant de soupçonner que ce foin cachait un
homme. Il s'avisa, de plus, d'une finesse de sauvage assez ingé-
nieuse. Il alla prendre une chatte et ses petits, et les établit sur
le tas de foin, pour faire croire qu'il n'avait pas été remué depuis
peu. Ensuite, remarquant des traces de sang sur le sentier
près de la maison, il les couvrit de poussière avec soin, et, cela
fait, il se recoucha au soleil avec la plus grande tranquillité.

Quelques minutes après, six hommes en uniforme brun à
collet jaune, et commandés par un adjudant, étaient devant
la porte de Mateo. Cet adjudant était quelque peu parent de
Falcone (On sait qu'en Corse on suit les degrés de parenté
beaucoup plus loin qu'ailleurs). Il se nommait Tiodoro Gamba :
c'était un homme actif, fort redouté des bandits dont il avait
déjà traqué plusieurs.

1. L'uniforme des voltigeurs était alors un habit brun avec un collet jaune. (Note
de Mérimée.) — 2. *Carchera* : ceinture de cuir qui sert de giberne et de portefeuille.
(Note de Mérimée.) — 3. *Stylet* : poignard à lame étroite.

« Bonjour, petit cousin, dit-il à Fortunato en l'abordant; comme te voilà grandi ! As-tu vu passer un homme tout à l'heure ?

— Oh ! je ne suis pas encore si grand que vous, mon cousin, répondit l'enfant d'un air niais.

— Cela viendra. Mais n'as-tu pas vu passer un homme, dis-moi ?

— Si j'ai vu passer un homme ?

— Oui, un homme avec un bonnet pointu en velours noir, et une veste brodée de rouge et de jaune ?

— Un homme avec un bonnet pointu, et une veste brodée de rouge et de jaune ?

— Oui, réponds vite, et ne répète pas mes questions.

— Ce matin, M. le Curé est passé devant notre porte, sur son cheval Piero. Il m'a demandé comment papa se portait, et je lui ai répondu...

— Ah ! petit drôle, tu fais le malin ! Dis-moi vite par où est passé Gianetto, car c'est lui que nous cherchons; et, j'en suis certain, il a pris par ce sentier.

— Qui sait ?

— Qui sait ? C'est moi qui sais que tu l'as vu.

— Est-ce qu'on voit les passants quand on dort ?

— Tu ne dormais pas, vaurien ; les coups de fusil t'ont réveillé.

— Vous croyez donc, mon cousin, que vos fusils font tant de bruit? L'escopette (1) de mon père en fait bien davantage.

— Que le diable te confonde ! Maudit garnement ! Je suis bien sûr que tu as vu le Gianetto. Peut-être même l'as-tu caché. Allons, camarades, entrez dans cette maison, et voyez si notre homme n'y est pas. Il n'allait plus que d'une patte, et il a trop de bon sens, le coquin, pour avoir cherché à gagner le maquis en clopinant. D'ailleurs les traces de sang s'arrêtent ici.

— Et que dira papa? demanda Fortunato en ricanant, que dira-t-il s'il sait qu'on est entré dans sa maison pendant qu'il était sorti ? » ...

Un soldat s'approcha du tas de foin. Il vit la chatte, et donna un coup de baïonnette dans le foin avec négligence, et en haussant les épaules comme s'il sentait que sa précaution était ridicule. Rien ne remua, et le visage de l'enfant ne trahit pas la plus légère émotion.

L'adjudant et sa troupe se donnaient au diable; déjà ils regardaient sérieusement du côté de la plaine, comme disposés à

---

1. *Escopette :* sorte de gros fusil court à canon évasé.

s'en retourner par où ils étaient venus, quand leur chef, convaincu que les menaces ne produiraient aucune impression sur le fils de Falcone, voulut faire un dernier effort et tenter le pouvoir des caresses et des présents...

L'adjudant tira de sa poche une montre d'argent qui valait bien dix écus; et, remarquant que les yeux du petit Fortunato étincelaient en la regardant, il lui dit en tenant la montre suspendue au bout de sa chaîne d'acier :

« Fripon ! tu voudrais bien avoir une montre comme celle-ci suspendue à ton col, et tu te promènerais dans les rues de Porto-Vecchio, fier comme un paon; et les gens te demanderaient : Quelle heure est-il ? Et tu leur dirais : Regardez à ma montre.

— Quand je serai grand, mon oncle le caporal me donnera une montre.

— Oui, mais le fils de ton oncle en a déjà une... pas aussi belle que celle-ci, à la vérité... Cependant il est plus jeune que toi. »

L'enfant soupira.

« Eh bien, la veux-tu, cette montre, petit cousin ? »

Fortunato, lorgnant la montre du coin de l'œil, ressemblait à un chat à qui l'on présente un poulet tout entier. Comme il sent qu'on se moque de lui, il n'ose y porter la griffe, et de temps en temps il détourne les yeux pour ne pas s'exposer à succomber à la tentation ; mais il se lèche les babines à tout moment, et il a l'air de dire à son maître : Que votre plaisanterie est cruelle !...

Cependant la montre oscillait, tournait, et quelquefois lui heurtait le bout du nez. Enfin, peu à peu sa main droite s'éleva sur la montre ; le bout de ses doigts la toucha ; et elle pesait tout entière dans sa main sans que l'adjudant lâchât pourtant le bout de la chaîne... Le cadran était azuré... la boîte nouvellement fourbie... au soleil elle paraissait toute de feu. La tentation était trop forte.

Fortunato éleva aussi sa main gauche, et indiqua du pouce, par-dessus son épaule, le tas de foin auquel il était adossé. L'adjudant le comprit aussitôt. Il abandonna l'extrémité de la chaîne : Fortunato se sentit seul possesseur de la montre. Il se leva avec l'agilité d'un daim, et s'éloigna de dix pas du tas de foin, que les voltigeurs se mirent aussitôt à culbuter.

On ne tarda pas à voir le foin s'agiter, et un homme sanglant, le poignard à la main, en sortir ; mais, comme il essayait de se lever en pied, sa blessure refroidie ne lui permit plus de se tenir debout. Il tomba. L'adjudant se jeta sur lui et lui arracha son stylet. Aussitôt on le garrotta fortement, malgré sa résistance...

Cependant Mateo est revenu avec sa femme. L'adjudant lui apprend que son fils Fortunato a révélé la cachette du bandit et a amené ainsi son arrestation.

« Malédiction ! » dit tout bas Mateo.

Ils avaient rejoint le détachement. Gianetto était déjà couché sur la litière et prêt à partir. Quand il vit Mateo en la compagnie de Gamba, il sourit d'un sourire étrange ; puis, se tournant vers la porte de la maison, il cracha sur le seuil en disant :

« Maison d'un traître ! »

Il n'y avait qu'un homme décidé à mourir qui eût osé prononcer le mot de traître en l'appliquant à Falcone. Un bon coup de stylet, qui n'aurait pas eu besoin d'être répété, aurait immédiatement payé l'insulte.

Cependant Mateo ne fit pas d'autre geste que celui de porter sa main à son front comme un homme accablé...

L'enfant regardait d'un œil inquiet tantôt sa mère et tantôt son père, qui, s'appuyant sur son fusil, le considérait avec une expression de colère concentrée.

« Tu commences bien ! » dit enfin Mateo d'une voix calme, mais effrayante pour qui connaissait l'homme.

— Mon père ! » s'écria l'enfant en s'avançant les larmes aux yeux comme pour se jeter à ses genoux.

Mais Mateo lui cria :

« Arrière de moi ! »

Et l'enfant s'arrêta et sanglota, immobile, à quelques pas de son père.

Giuseppa s'approcha. Elle venait d'apercevoir la chaîne de la montre, dont un bout sortait de la chemise de Fortunato.

« Qui t'a donné cette montre ? demanda-t-elle d'un ton sévère.

— Mon cousin l'adjudant. »

Falcone saisit la montre, et, la jetant avec force contre une pierre, il la mit en mille pièces...

Les sanglots et les hoquets de Fortunato redoublèrent, et Falcone tenait ses yeux de lynx toujours attachés sur lui. Enfin il frappa la terre de la crosse de son fusil, puis le rejeta sur son épaule, et reprit le chemin du maquis en criant à Fortunato de le suivre. L'enfant obéit.

Giuseppa courut après Mateo et lui saisit le bras.

« C'est ton fils », lui dit-elle d'une voix tremblante en attachant ses yeux noirs sur ceux de son mari, comme pour lire ce qui se passait dans son âme.

— Laisse-moi, répondit Mateo ; je suis son père. »

Giuseppa embrassa son fils et rentra en pleurant dans sa

cabane. Elle se jeta à genoux devant une image de la Vierge et pria avec ferveur.

Cependant Falcone marcha quelque deux cents pas dans le sentier et ne s'arrêta que dans un petit ravin où il descendit. Il sonda la terre avec la crosse de son fusil, et la trouva molle et facile à creuser. L'endroit lui parut convenable pour son dessein.

« Fortunato, va auprès de cette grosse pierre. »

L'enfant fit ce qu'il lui commandait, puis il s'agenouilla.

« Dis tes prières.

— Mon père, mon père, ne me tuez pas !

— Dis tes prières ! » répéta Mateo d'une voix terrible.

L'enfant, tout en balbutiant et sanglotant, récita le *Pater* et le *Credo*. Le père, d'une voix forte, répondait *Amen !* à la fin de chaque prière.

« Sont-ce là toutes les prières que tu sais ?

— Mon père, je sais encore l'*Ave Maria* et la litanie (1) que ma tante m'a apprise.

— Elle est bien longue, n'importe. »

L'enfant acheva la litanie d'une voix éteinte.

« As-tu fini ?

— Oh ! mon père, grâce ! pardonnez-moi ! Je ne le ferai plus ! Je prierai tant mon cousin le caporal qu'on fera grâce au Gianetto. »

Il parlait encore ; Mateo avait armé son fusil et le couchait en joue en lui disant :

« Que Dieu te pardonne ! »

L'enfant fit un effort désespéré pour se relever et embrasser les genoux de son père ; mais il n'en eut pas le temps. Mateo fit feu, et Fortunato tomba roide mort.

Sans jeter un coup d'œil sur le cadavre, Mateo reprit le chemin de sa maison pour aller chercher une bêche afin d'enterrer son fils. Il avait fait à peine quelques pas qu'il rencontra Giuseppa, qui accourait alarmée du coup de feu.

« Qu'as-tu fait ? s'écria-t-elle.

— Justice.

— Où est-il ?

— Dans le ravin. Je vais l'enterrer. Il est mort en chrétien ; je lui ferai chanter une messe. Qu'on dise à mon gendre Tiodoro Bianchi de venir demeurer avec nous. »

PROSPER MÉRIMÉE, *Mosaïque* (Calmann-Lévy, édit.).

---

(1) *Litanie :* prière formée d'une longue suite d'invocations, qu'on adresse à Jésus-Christ, à la Vierge, aux Saints, et dans lesquelles on répète les mêmes termes un grand nombre de fois.

Le Neveu de la fruitière

« Comment, malheureux ! répétait à son fils le père Lazare, cuisinier à Versailles ; tu auras six ans à Noël, et tu ne possèdes pas encore le moindre talent d'agrément : tu ne sais ni tourner la broche, ni écumer le pot ! »

Et il faut avouer que le père Lazare avait quelque raison dans ses réprimandes, car, au moment où se passe cette scène, en 1776, il venait de surprendre son héritier présomptif en flagrant délit d'espièglerie et de paresse, s'escrimant, armé d'une brochette en guise de fleuret, contre le mur enfumé de la cuisine, sans souci d'une volaille qui attendait piteusement sur la table le moment d'être empalée, et de la marmite paternelle, qui jetait en murmurant des cascades d'écume dans les cendres.

« Allons, pardonnez-lui et embrassez-le, ce pauvre enfant, il ne le fera plus », disait une paysanne jeune encore, fruitière à Montreuil et sœur de l'irritable cuisinier. Marthe (c'était son nom) était venue à Versailles sous prétexte de consulter son frère sur je ne sais quel procès, mais en effet pour apporter des baisers et des pêches à son neveu dont elle était folle. Tout, dans le caractère et l'extérieur de cet enfant, pouvait justifier cette affection extraordinaire ; car il était espiègle et turbulent, mais bon et sensible, et gentil !... qu'on se tenait à quatre en le voyant pour ne pas manger de caresses ses petites joues, plus fraîches et plus vermeilles que les pêches de sa tante. Mais le père Lazare grondait toujours. « Six ans ! répétait-il, et ne pas savoir écumer le pot ! Je ne pourrai jamais rien faire de cet enfant-là ! »

Le père Lazare, voyez-vous, était un de ces cuisiniers renforcés et fanatiques, qui regardent leur métier comme le premier de tous, comme un art, comme un culte ; dont la main est posée fièrement sur un couteau de cuisine, comme celle d'un pacha sur son yatagan (1) ; qui dépouillent une oie avec l'air solennel d'un hiérophante (2) consultant les entrailles sacrées, battent une omelette avec la majesté de Xerxès fouettant la mer ; qui blanchissent sous l'inamovible bonnet de coton, et tiendraient volontiers, en mourant, la queue d'une poêle, comme les Indiens dévots tiennent, dit-on, la queue d'une vache.

Il n'y a plus de ces hommes-là.

Quant à Marthe la fruitière, c'était une bonne et simple créature, si bonne qu'elle en était... non pas bête, comme on dit

---

1. *Yatagan* : sabre turc à lame recourbée. — 2. *Hiérophante* : prêtre qui, dans l'antiquité, présidait aux mystères d'Éleusis.

ordinairement, mais, au contraire, spirituelle. Oui, elle trouvait parfois, dans son cœur, des façons de parler touchantes et passionnées, que M. de Voltaire lui-même, le grand homme d'alors, n'eût jamais trouvées sous sa perruque.

Il y a encore de ces femmes-là.

« Frère, dit-elle, émue et pleurant presque de voir pleurer son petit Lazare, vous savez, ce grand bahut que vous trouviez si commode pour serrer la vaisselle, et que j'ai refusé de vous vendre ? je vous le céderai maintenant, si vous le voulez.

— J'en donne encore dix livres, comme avant.

— Frère, j'en veux davantage.

— Allons, dix livres dix sous, et n'en parlons plus.

— Oh ! j'en exige plus encore. C'est un trésor que je veux. »

Le père Lazare regarda sa sœur fixement, comme pour voir si elle n'était pas folle.

« Oui, poursuivit-elle, je veux mon petit Lazare chez moi, et pour moi toute seule. Dès ce soir, si vous y consentez, le bahut est à vous, et j'emmène le petit à Montreuil. »

Le frère de Marthe fit bien quelques difficultés, car au fond il était bon homme et bon père ; mais l'enfant en litige lui faisait faire, suivant son expression, tant de *mauvais sang* et de mauvaises sauces !... les instances de Marthe étaient si vives... et, d'un autre côté, le bahut en question était si commode pour serrer la vaisselle !... enfin, il céda.

« Viens, mon enfant ; viens, disait Marthe en entraînant le petit Lazare vers sa carriole ; tu seras mieux chez moi, au milieu de mes pommes d'api que tu manges avec tant de plaisir, que dans la société des oies de ton père. Pauvre enfant ! tu aurais péri dans cette fumée... Vois plutôt, ajouta-t-elle avec une naïve épouvante : mon bouquet de violettes, si frais tout à l'heure, est déjà fané ! Oh ! viens et marchons vite : si ton père allait se dédire et te *revouloir !* »

Et elle entraînait sa proie si vite que les passants l'eussent prise à coup sûr, sans sa mine décente et l'allure libre et gaie de son jeune compagnon, pour une bohémienne voleuse d'enfants.

Le premier soin que prit la bonne tante, après avoir installé son neveu chez elle, fut de lui apprendre elle-même à lire ; ce dont le père Lazare ne se fût jamais avisé : car, totalement dépourvu d'instruction, le brave homme n'en connaissait pas le prix, et on l'eût bien étonné, je vous jure, en lui apprenant qu'une des plumes qu'il arrachait avec tant d'insouciance à l'aile des oies pouvait, tombée entre des mains habiles, bouleverse le monde. Le petit Lazare apprit vite, et avec tant d'ardeur, que l'institutrice était souvent obligée de fermer le livre la première, et de dire : « Assez, mon ange, assez pour aujourd'hui ;

maintenant va jouer, sois bien sage et amuse-toi bien. » Et
l'enfant d'obéir et de chevaucher à grand bruit dans la maison
ou devant la porte, un bâton entre les jambes. Quelquefois,
l'innocente monture semblait prendre le mors aux dents :
« Mon Dieu, mon Dieu ! il va tomber ! » s'écriait alors la bonne
Marthe qui suivait l'écuyer des yeux ; mais elle le voyait bientôt
dompter, diriger, éperonner son manche à balai avec toute la
dextérité et l'aplomb d'une vieille sorcière, et rassurée, lui souriait de sa fenêtre comme une reine du haut de son balcon.

Cet instinct belliqueux ne fit qu'augmenter avec l'âge ; si
bien qu'à dix ans, il fut nommé, d'une voix unanime, général
en chef par la moitié des bambins de Montreuil, qui disputaient
alors, séparés en deux camps, la possession d'un nid de merle.
Inutile de dire qu'il justifia cette distinction par des prodiges
d'habileté et de valeur. On prétend qu'il lui arriva même de
gagner quatre batailles en un jour, fait inouï dans les annales
militaires (Napoléon lui-même n'alla jamais jusqu'à trois).
Mais son haut grade et ses victoires ne rendirent pas Lazare
plus fier qu'auparavant, et tous les soirs le baiser filial accoutumé n'en claquait pas moins franc sur les joues de la fruitière.

Mais, hélas ! la guerre a des chances terribles, et, un beau
jour, le conquérant éprouva une mésaventure qui faillit le
dégoûter à jamais de la manie des conquêtes. Voici le fait :
comme il se baissait pour observer les mouvements de l'ennemi,
la main appuyée sur un tronc d'arbre, et à peu près dans la
posture de Napoléon pointant une batterie à Montmirail, le
pantalon du général observateur craqua et se déchira par derrière, où vous savez, laissant pendre et flotter un large bout de
la petite chemise que Marthe avait blanchie et repassée la
veille. A cette vue, les héros de Montreuil pouffèrent de rire,
aussi fort que l'eussent pu faire les dieux d'Homère, grands
rieurs comme chacun sait. L'armée se mutina ; le général eut
beau crier, comme Henri IV dont il avait lu l'histoire : « Soldats, ralliez-vous à mon panache blanc ! » on lui répondit
qu'un panache ne se mettait pas là, et qu'on ne pouvait, sans
faire injure aux couleurs françaises, les arborer sur une pareille
brèche ; si bien que le pauvre général brisa sur le dos d'un
mutin son bâton de commandement, et rentra dans ses foyers,
triste et penaud comme les Anglais abordant à Douvres après
la bataille de Fontenoy...

Ce nom me rappelle une circonstance que j'aurais tort
d'omettre, car elle influa beaucoup sur le caractère et la destinée du héros de cette histoire. Un pauvre vieux soldat, qui
venait de temps en temps chez Marthe, sa parente éloignée,
fumer sa pipe au coin de l'âtre, et se réchauffer le cœur d'un

verre de ratafia, n'avait pas manqué d'y raconter comme quoi lui et le maréchal de Saxe avaient gagné la célèbre bataille. Je vous laisse à penser si ce récit inexact, mais chaud, avait dû enflammer l'imagination du jeune auditeur. Depuis lors, endormi ou éveillé, il entendait sans cesse piaffer les chevaux, siffler les balles et gronder les canons ; et plus d'une fois, seul dans sa petite chambre, il se fit en pensée acteur de ce grand drame militaire.

Il eût fallu le voir alors trépigner, bondir et crier : « Tirez les premiers, Messieurs les Anglais ! — Maréchal, notre cavalerie est repoussée ! — La colonne ennemie est inébranlable ! — En avant la maison du roi ! — Pif ! paf ! Baound ! baound ! — Bravo, le carré anglais est enfoncé ! — A nous la victoire ! vive le roi ! » Le pauvre Lazare se croyait pour le moins alors écuyer de Louis XV, ou colonel. Une pareille ambition vous fait rire sans doute ! C'eût été miracle, n'est-ce pas, que le neveu de la fruitière pût s'élever si haut ? Oui, mais souvenez-vous que nous approchons de 1789, époque féconde en miracles, et écoutez :

Lazare, engagé d'abord dans les gardes françaises, malgré les larmes de sa tante, qu'il tâchait en partant de consoler par ses caresses, ne tarda pas à devenir sergent. Puis le siècle marcha, et la fortune de bien des sergents aussi. Enfin, de grade en grade, il devint... Devinez... Colonel ?... — Il n'y avait plus de colonels. — Écuyer du roi ? — Il n'y avait plus de roi. — Vous ne devinez pas ?... Eh bien ! Lazare, le neveu de la fruitière, devint général ; non plus général pour rire et en casque de papier, mais général *pour de bon*, avec un chapeau empanaché et un habit brodé d'or ; général en chef, général d'une grande armée française, rien que cela ; et, si vous en doutez, ouvrez l'histoire moderne, et vous y lirez avec attendrissement les belles et grandes actions du général Hoche. Hoche était le nom de famille de Lazare.

Hâtons-nous de dire à sa louange que ses victoires, bien sérieuses cette fois, le laissèrent aussi modeste et aussi bon que ses victoires enfantines à Montreuil. Aussi, lorsqu'un jour de revue il passait au galop devant le front de son armée, il y avait encore à une fenêtre près de là une bonne femme qui couvait des yeux le beau général, haletante de plaisir et de crainte, et répétant comme vingt ans auparavant : « Mon Dieu ! mon Dieu ! il va tomber ! » Quant au cuisinier grondeur de Versailles, il était là aussi, émerveillé d'avoir donné un héros à la patrie, répétant avec un certain air de suffisance à ceux qui l'en félicitaient : « Vous ne sauriez croire combien j'ai eu de peine à élever cet enfant-là ! Figurez-vous, citoyens, qu'à six ans il ne savait pas écumer le pot ! »

HÉGÉSIPPE MOREAU, *Le Myosotis.*

La Reine du désert

LORS DE L'EXPÉDITION entreprise dans la Haute-Égypte par le général Desaix (1), un soldat provençal étant tombé au pouvoir des Maugrabins (2), fut emmené par ces Arabes dans les déserts situés au delà des cataractes du Nil. Afin de mettre entre eux et l'armée française un espace suffisant pour leur tranquillité, les Maugrabins firent une marche forcée, et ne s'arrêtèrent qu'à la nuit. Ils campèrent autour d'un puits masqué par des palmiers, auprès desquels ils avaient précédemment enterré quelques provisions. Ne supposant pas que l'idée de fuir pût venir à leur prisonnier, ils se contentèrent de lui attacher les mains et s'endormirent tous, après avoir mangé quelques dattes et donné de l'orge à leurs chevaux.

Quand le hardi Provençal vit ses ennemis hors d'état de le surveiller, il se servit de ses dents pour s'emparer d'un cimeterre (3), puis, s'aidant de ses genoux pour en fixer la lame, il trancha les cordes qui lui ôtaient l'usage de ses mains, et se trouva libre. Aussitôt, il se saisit d'une carabine et d'un poignard, se précautionna d'une provision de dattes sèches, d'un petit sac d'orge, de poudre et de balles, ceignit un cimeterre, monta sur un cheval, et piqua dans la direction où il supposa que devait être l'armée française. Impatient de revoir un bivouac, il pressa tellement le coursier, déjà fatigué, que le pauvre animal expira, les flancs déchirés, laissant le Français au milieu du désert.

Après avoir marché quelque temps dans le sable avec tout le courage d'un forçat qui s'évade, le soldat fut obligé de s'arrêter, le jour finissait. Malgré la beauté du ciel pendant les nuits en Orient, il ne se sentit pas la force de continuer son chemin. Il avait heureusement pu gagner une éminence sur le haut de laquelle s'élançaient quelques palmiers, dont les feuillages, aperçus depuis longtemps, avaient réveillé dans son cœur les plus douces espérances. Sa lassitude était si grande qu'il se coucha sur une pierre de granit, capricieusement taillée en lit de camp, et s'y endormit sans prendre aucune précaution pour sa défense pendant son sommeil. Il avait fait le sacrifice de sa vie. Sa dernière pensée fut même un regret. Il se repentait déjà d'avoir quitté les Maugrabins, dont la vie errante commençait

---

1. *Desaix* : célèbre général de la Révolution. Il suivit Bonaparte en Orient et conquit la Haute-Égypte. Juste et généreux, il reçut des Égyptiens le surnom de *Sultan juste* (1768-1800). — 2. *Maugrabins* ou *Mograbins* : habitants du Maghreb (le *Couchant*), nom que les Arabes donnent à la région septentrionale de l'Afrique. — 3. *Cimeterre* : large sabre recourbé, que portent les Orientaux.

à lui sourire depuis qu'il était loin d'eux et sans secours. Il fut réveillé par le soleil, dont les impitoyables rayons, tombant d'aplomb sur le granit, y produisaient une chaleur intolérable. Or le Provençal avait eu la maladresse de se placer en sens inverse de l'ombre projetée par les têtes verdoyantes et majestueuses des palmiers... Il regarda ces arbres solitaires, et tressaillit! Ils lui rappelèrent les fûts élégants et couronnés de longues feuilles qui distinguent les colonnes sarrasines de la cathédrale d'Arles. Mais, quand, après avoir compté les palmiers, il jeta les yeux autour de lui, le plus. affreux désespoir fondit sur son âme.

Il voyait un océan sans bornes. Les sables noirâtres du désert s'étendaient à perte de vue dans toutes les directions, et étincelaient comme une lame d'acier frappée par une vive lumière. Il ne savait pas si c'était une mer de glace ou des lacs unis comme un miroir. Emportée par lames, une vapeur de feu tourbillonnait au-dessus de cette mer mouvante. Le ciel avait un éclat oriental d'une pureté désespérante, car il ne laisse alors rien à désirer à l'imagination. Le ciel et la terre étaient en feu. Le silence effrayait par sa majesté sauvage et terrible. L'infini, l'immensité, pressaient l'âme de toutes parts : pas un nuage au ciel, pas un souffle dans l'air, pas un accident au sein du sable agité par petites vagues menues; enfin, l'horizon finissait, comme en mer quand il fait beau, par une ligne de lumière aussi déliée que le tranchant d'un sabre. Le Provençal serra le tronc d'un des palmiers, comme si c'eût été le corps d'un ami, puis, à l'abri de l'ombre grêle et droite que l'arbre dessinait sur le granit, il pleura, s'assit et resta là, contemplant avec une tristesse profonde la scène implacable qui s'offrait à ses regards. Il cria comme pour tenter la solitude. Sa voix, perdue dans les cavités de l'éminence, rendit au loin un son maigre qui ne réveilla point d'écho ; l'écho était dans son cœur...

Il descendit le revers opposé à celui par lequel il était monté, la veille, sur la colline. Sa joie fut grande en découvrant une espèce de grotte, naturellement taillée dans les immenses fragments de granit qui formaient la base de ce monticule. Les débris d'une natte annonçaient que cet asile avait été jadis habité. Puis, à quelques pas, il aperçut des palmiers chargés de dattes. Alors, l'instinct qui nous attache à la vie se réveilla dans son cœur. Il espéra vivre assez pour attendre le passage de quelques Maugrabins, ou peut-être entendrait-il bientôt le bruit des canons! car, en ce moment, Bonaparte parcourait l'Égypte.

Ranimé par cette pensée, le Français abattit quelques régimes

de fruits mûrs, sous le poids desquels les dattiers semblaient
fléchir, et il s'assura, en goûtant cette manne inespérée, que
l'habitant de la grotte avait cultivé les palmiers : la chair
savoureuse et fraîche de la datte accusait en effet les soins de
son prédécesseur. Le Provençal passa subitement d'un sombre
désespoir à une joie presque folle. Il remonta sur le haut de la
colline, et s'occupa pendant le reste du jour à couper un des
palmiers inféconds qui, la veille, lui avaient servi de toit. Un
vague souvenir lui fit penser aux animaux du désert, et, pré-
voyant qu'ils pourraient venir boire à la source perdue dans les
sables qui apparaissait au bas des quartiers de roche, il résolut de se garantir de leurs visites en mettant une barrière à la
porte de son ermitage. Malgré son ardeur, malgré les forces que
lui donna la peur d'être dévoré pendant son sommeil, il lui fut
impossible de couper le palmier en plusieurs morceaux dans
cette journée ; mais il réussit à l'abattre. Quand, vers le soir, ce
roi du désert tomba, le bruit de sa chute retentit au loin, et
il y eut une sorte de gémissement poussé par la solitude ; le
soldat en frémit, comme s'il eût entendu quelque voix lui prédire un malheur. Il dépouilla ce bel arbre des larges et hautes
feuilles vertes qui en sont le poétique ornement, et s'en servit
pour réparer la natte sur laquelle il allait se coucher.

Fatigué par la chaleur et le travail, il s'endormit sous les
lambris rouges de sa grotte humide. Au milieu de la nuit, son
sommeil fut troublé par un bruit extraordinaire. Il se dressa
sur son séant, et le silence profond qui régnait lui permit de
reconnaître l'accent alternatif d'une respiration dont la sauvage énergie ne pouvait appartenir à une créature humaine.
Une profonde peur, encore augmentée par l'obscurité, par le
silence et par les fantaisies du réveil, lui glaça le cœur. Il sentit même à peine la douloureuse contraction de sa chevelure,
quand, à force de dilater les pupilles de ses yeux, il aperçut
dans l'ombre deux lueurs faibles et jaunes. D'abord, il attribua
ces lumières à quelque reflet de ses prunelles ; mais bientôt, le
vif éclat de la nuit l'aidant par degrés à distinguer les objets
qui se trouvaient dans la grotte, il aperçut un énorme animal
couché à deux pas de lui. Était-ce un lion, un tigre, ou un cro-
codile ? Le Provençal n'avait pas assez d'instruction pour savoir
dans quel sous-genre était classé son ennemi ; mais son effroi
fut d'autant plus violent, que son ignorance lui fit supposer
tous les malheurs ensemble. Il endura le cruel supplice d'écouter, de saisir les caprices de cette respiration, sans en rien
perdre et sans oser se permettre le moindre mouvement. Une
odeur aussi forte que celle exhalée par les renards, mais plus
pénétrante, plus grave, pour ainsi dire, remplissait la grotte ;
et quand le Provençal l'eut dégustée du nez, sa terreur fut au

comble, car il ne pouvait plus révoquer en doute l'existence du terrible compagnon, dont l'antre royal lui servait de bivouac.

Bientôt les reflets de la lune, qui se précipitait vers l'horizon, éclairant la tanière, firent insensiblement resplendir la peau tachetée d'une panthère. Ce lion d'Égypte dormait, roulé comme un gros chien, paisible possesseur d'une niche somptueuse à la porte d'un hôtel; ses yeux, ouverts pendant un moment, s'étaient refermés. Il avait la face tournée vers le Français. Mille pensées confuses passèrent dans l'âme du prisonnier de la panthère; d'abord, il voulut la tuer d'un coup de carabine, mais il s'aperçut qu'il n'y avait pas assez d'espace entre elle et lui pour l'ajuster, le canon aurait dépassé l'animal. Et s'il l'éveillait?... Cette hypothèse le rendit immobile. En écoutant battre son cœur au milieu du silence, il maudissait les pulsations trop fortes que l'affluence du sang y produisait, redoutant de troubler ce sommeil qui lui permettait de chercher un expédient salutaire. Il mit la main deux fois sur son cimeterre, dans le dessein de trancher la tête à son ennemi; mais la difficulté de couper un poil ras et dur l'obligea à renoncer à ce hardi projet.

— La manquer? ce serait mourir sûrement, pensa-t-il.

Il préféra les chances d'un combat, et résolut d'attendre le jour.

Et le jour ne se fit pas longtemps désirer. Le Français put alors examiner la panthère; elle avait le museau teint de sang.

— Elle a bien mangé !... pensa-t-il, sans s'inquiéter si le festin avait été composé de chair humaine; elle n'aura pas faim à son réveil.

C'était une femelle. La fourrure du ventre et des cuisses étincelait de blancheur. Plusieurs petites taches, semblables à du velours, formaient de jolis bracelets autour des pattes. La queue musculeuse était également blanche, mais terminée par des anneaux noirs. Le dessus de la robe, jaune comme de l'or mat, mais bien lisse et doux, portait ces mouchetures caractéristiques, nuancées en forme de roses, qui servent à distinguer les panthères des autres espèces de *felis*. Cette tranquille et redoutable hôtesse ronflait dans une pose aussi gracieuse que celle d'une chatte couchée sur le coussin d'une ottomane (1). Ses sanglantes pattes, nerveuses et bien armées, étaient en avant de sa tête, qui reposait dessus, et de laquelle partaient ces barbes rares et droites, semblables à des fils d'argent. Si elle avait été ainsi dans une cage, le Provençal aurait certes admiré la grâce

---

1. *Ottomane :* grand siège, sorte de canapé à l'orientale.

de cette bête et les vigoureux contrastes des couleurs vives qui donnaient à sa simarre (1) un éclat impérial; mais, en ce moment, il sentait sa vue troublée par cet aspect sinistre. La présence de la panthère, même endormie, lui faisait éprouver l'effet que les yeux magnétiques du serpent produisent, dit-on, sur le rossignol.

Le courage du soldat finit par s'évanouir un instant devant ce danger, tandis qu'il se serait sans doute exalté sous la bouche des canons vomissant la mitraille. Cependant, une pensée intrépide se fit jour en son âme, et tarit dans sa source la sueur froide qui lui découlait du front. Agissant comme les hommes qui, poussés à bout par le malheur, arrivent à défier la mort et s'offrent à ses coups, il vit sans s'en rendre compte une tragédie dans cette aventure, et résolut d'y jouer son rôle avec honneur jusqu'à la dernière scène.

— Avant-hier, les Arabes m'auraient peut-être tué!... se dit-il.

Se considérant comme mort, il attendit bravement et avec une inquiète curiosité le réveil de son ennemi.

Quand le soleil parut, la panthère ouvrit subitement les yeux; puis elle étendit violemment ses pattes, comme pour les dégourdir et dissiper des crampes. Enfin elle bâilla, montrant ainsi l'épouvantable appareil de ses dents et sa langue fourchue, aussi dure qu'une râpe...

Elle lécha le sang qui teignait ses pattes, son museau, et se gratta la tête par des gestes réitérés pleins de gentillesse.

— Bien!... fais un petit bout de toilette... dit en lui-même le Français, qui retrouva sa gaieté en reprenant du courage; nous allons nous souhaiter le bonjour.

Et il saisit le petit poignard court dont il avait débarrassé les Maugrabins.

En ce moment, la panthère retourna la tête vers le Français et le regarda fixement sans avancer. La rigidité de ses yeux métalliques et leur insupportable clarté firent tressaillir le Provençal, surtout quand la bête marcha vers lui; mais il la contempla d'un air caressant, et, la guignant comme pour la magnétiser, il la laissa venir près de lui; puis il lui passa la main sur tout le corps, de la tête à la queue, en irritant avec ses ongles les flexibles vertèbres qui partageaient le dos jaune de la panthère. La bête redressa voluptueusement sa queue, ses yeux s'adoucirent; et quand, pour la troisième fois, le Français accomplit cette flatterie intéressée, elle fit entendre un de ces

---

1. *Simarre :* ce terme, désignant une robe longue et traînante que portaient autrefois les femmes, s'applique ici au pelage de la panthère.

rourou par lequel nos chats expriment leur plaisir; mais ce murmure partait d'un gosier si puissant et si profond qu'il retentit dans la grotte comme les derniers ronflements des orgues dans une église. Le Provençal, comprenant l'importance de ses caresses, les redoubla.... Quand il se crut sûr d'avoir éteint la férocité de sa capricieuse compagne, dont la faim avait été si heureusement assouvie la veille, il se leva et voulut sortir de la grotte; la panthère le laissa bien partir, mais quand il eut gravi la colline, elle bondit avec la légèreté des moineaux sautant d'une branche à une autre, et vint se frotter contre les jambes du soldat en faisant le gros dos à la manière des chattes; puis, regardant son hôte d'un œil dont l'éclat était devenu moins inflexible, elle jeta ce cri sauvage que les naturalistes comparent au bruit d'une scie...

Le soldat essaya d'aller et de venir; la panthère le laissa libre, se contentant de le suivre des yeux, ressemblant ainsi moins à un chien fidèle qu'à un gros angora inquiet de tout, même des mouvements de son maître. Quand il se retourna, il aperçut du côté de la fontaine les restes de son cheval; la panthère en avait traîné jusque-là le cadavre. Les deux tiers environ en étaient dévorés. Ce spectacle rassura le Français. Il lui fut facile alors d'expliquer l'absence de la panthère et le respect qu'elle avait eu pour lui pendant son sommeil.

Ce premier bonheur l'enhardissant à tenter l'avenir, il conçut le fol espoir de faire bon ménage avec la panthère pendant toute la journée, en ne négligeant aucun moyen de l'apprivoiser et de se concilier ses bonnes grâces. Il revint près d'elle et eut l'ineffable bonheur de lui voir remuer la queue par un mouvement presque insensible. Il s'assit alors sans crainte auprès d'elle, et ils se mirent à jouer tous les deux : il lui prit les pattes, le museau, lui tournilla les oreilles, la renversa sur le dos, et gratta fortement ses flancs chauds et soyeux. Elle se laissa faire, et, quand le soldat essaya de lui lisser le poil des pattes, elle rentra soigneusement ses ongles recourbés comme des damas (1). Le Français, qui gardait une main sur son poignard, pensait encore à le plonger dans le ventre de la trop confiante panthère; mais il craignait d'être immédiatement étranglé dans la dernière convulsion qui l'agiterait. Et, d'ailleurs, il entendit dans son cœur une sorte de remords qui lui criait de respecter une créature inoffensive. Il lui semblait avoir trouvé une amie dans ce désert sans bornes...

Vers la fin de la journée, il s'était familiarisé avec sa situation périlleuse, et il en aimait presque les angoisses. Enfin,

---

1. *Damas :* sabre d'un acier très fin, fabriqué primitivement à Damas.

sa compagne avait fini par prendre l'habitude de le regarder
quand il criait en voix de fausset : « *Mignonne!* » Au coucher
du soleil, Mignonne fit entendre à plusieurs reprises un cri
profond et mélancolique.

.... Quelque puissant que fût le désir du soldat de rester debout et sur ses gardes, il dormit. A son réveil, il ne vit plus
Mignonne; il monta sur la colline, et, dans le lointain, il l'aperçut accourant par bonds, suivant l'habitude de ces animaux,
auxquels la course est interdite par l'extrême flexibilité de leur
colonne vertébrale. Mignonne arriva les babines sanglantes;
elle reçut les caresses nécessaires que lui fit son compagnon, en
témoignant même par plusieurs *rourou* graves combien elle
en était heureuse. Ses yeux pleins de mollesse se tournèrent
avec encore plus de douceur que la veille sur le Provençal, qui
lui parlait comme à un animal domestique.

.... Quelques jours se passèrent ainsi. Cette compagnie permit au Provençal d'admirer les sublimes beautés du désert...
La solitude lui révéla tous ses secrets, l'enveloppa de ses
charmes. Il découvrit dans le lever et le coucher du soleil des
spectacles inconnus au monde. Il sut tressaillir en entendant
au-dessus de sa tête le doux sifflement des ailes d'un oiseau, —
rare passager! — en voyant les nuages se confondre, — voyageurs changeants et colorés! Il étudia pendant la nuit les effets
de la lune sur l'océan des sables, où le simoun (1) produisait des
vagues, des ondulations et de rapides changements. Il vécut
avec le jour de l'Orient, il en admira les pompes merveilleuses;
et souvent, après avoir joui du terrible spectacle d'un ouragan
dans cette plaine où les sables soulevés produisaient des brouil-
lards rouges et secs, des nuées mortelles, il voyait venir la nuit
avec délices, car alors tombait la bienfaisante fraîcheur des
étoiles. Il écouta des musiques imaginaires dans les cieux. Puis
la solitude lui apprit à déployer les trésors de la rêverie. Il passait des heures à se rappeler des riens, à comparer sa vie passée
à sa vie présente. Enfin, il se passionna pour sa panthère, car
il lui fallait bien une affection. Soit que sa volonté, puissamment
projetée, eût modifié le caractère de sa compagne, soit qu'elle
trouvât une nourriture abondante grâce aux combats qui se li-
vraient alors dans ces déserts, elle respecta la vie du Français,
qui finit par ne plus s'en défier, en la voyant si bien appri-
voisée.

Il employait la plus grande partie du temps à dormir; mais
il était obligé de veiller, comme une araignée au sein de sa toile,

1. *Simoun :* vent brûlant qui souffle en tempête et soulève des tourbillons de sable
dans les déserts de l'Afrique.

pour ne pas laisser échapper le moment de sa délivrance, si quelqu'un passait dans la sphère décrite par l'horizon. Il avait sacrifié sa chemise pour en faire un drapeau, arboré sur le haut d'un palmier dépouillé de feuillage. Conseillé par la nécessité, il sut trouver le moyen de le garder déployé en le tendant avec des baguettes, car le vent aurait pu ne pas l'agiter au moment où le voyageur attendu regarderait dans le désert.

C'était pendant les longues heures où l'abandonnait l'espérance qu'il s'amusait avec la panthère. Il avait fini par connaître les différentes inflexions de sa voix, l'expression de ses regards; il avait étudié les caprices de toutes les taches qui nuançaient l'or de sa robe. *Mignonne* ne grondait même plus quand il lui prenait la touffe par laquelle sa redoutable queue était terminée, pour en compter les anneaux noirs et blancs, ornement gracieux, qui brillait de loin au soleil comme des pierreries. Il avait du plaisir à contempler les lignes moelleuses et fines des contours, la blancheur du ventre, la grâce de la tête. Mais c'était surtout quand elle folâtrait qu'il la regardait complaisamment, et l'agilité, la jeunesse de ses mouvements, le surprenaient toujours; il admirait sa souplesse quand elle se mettait à bondir, à ramper, à se glisser, à se fourrer, à s'accrocher, se rouler, se blottir, s'élancer partout. Quelque rapide que fût son élan, quelque glissant que fût un bloc de granit, elle s'y arrêtait tout court au mot de : « *Mignonne!* »

— Mais comment deux êtres si bien faits pour se comprendre ont-ils fini?
Ah! voilà!... par un malentendu.

« Un jour, me dit le vieux grognard, je ne sais quel mal je fis à ma panthère; mais elle se retourna comme si elle eût été enragée, et, de ses dents aiguës, elle m'entama la cuisse, faiblement sans doute. Moi, croyant qu'elle voulait me dévorer, je lui plongeai mon poignard dans le cou. Elle roula en me jetant un cri qui me glaça le cœur, je la vis se débattant en me regardant sans colère. J'aurais voulu pour tout au monde, pour ma croix, que je n'avais pas encore, la rendre à la vie. C'était comme si j'eusse assassiné une personne véritable. Et les soldats qui avaient vu mon drapeau, et qui accoururent à mon secours, me trouvèrent tout en larmes...

« Eh bien, Monsieur, reprit-il après un moment de silence, j'ai fait depuis la guerre en Allemagne, en Espagne, en Russie, en France; j'ai bien promené mon cadavre, je n'ai rien vu de semblable au désert... Ah! c'est que cela est bien beau! »

BALZAC, *Scènes de la vie militaire.*

Dans la Jungle

Au fond d'une caverne de l'Inde, habitée par des loups, un petit enfant vient s'égarer. Il va être adopté par la famille des loups.

«QUELQUE CHOSE MONTE LA COLLINE, dit mère Louve en dressant une oreille. Tiens-toi prêt. »

Il y eut un petit froissement de buissons dans le fourré. Père Loup, ses hanches sous lui, se ramassa, prêt à sauter. Alors, si vous aviez été là, vous auriez vu la chose la plus étonnante du monde : le loup arrêté à mi-bond. Il prit son élan avant de savoir ce qu'il visait, puis il essaya de se retenir. Il en résulta un saut de quatre ou cinq pieds droit en l'air, d'où il retomba presque au même point du sol qu'il avait quitté.

« Un homme ! hargna-t-il. Un petit d'homme. Regarde ! »

En effet, devant lui, s'appuyant à une branche basse, se tenait un bébé brun tout nu, qui pouvait à peine marcher, le plus doux et potelé petit atome qui fût jamais venu, la nuit, à la caverne d'un loup. Il leva les yeux pour regarder père Loup en face et se mit à rire.

« Est-ce un petit d'homme ? dit mère Louve. Je n'en ai jamais vu. Apporte-le ici. »

Un loup, accoutumé à transporter ses propres petits, peut très bien, s'il est nécessaire, prendre dans sa gueule un œuf sans le briser. Quoique les mâchoires de père Loup se fussent refermées complètement sur le dos de l'enfant, pas une dent n'égratigna sa peau lorsqu'il le déposa au milieu de ses petits.

« Qu'il est mignon ! qu'il est nu ! Et qu'il est brave ! » dit avec douceur mère Louve.

Le bébé se poussait, entre les petits, contre la chaleur du flanc tiède.

« Ah ! ah ! il prend son repas avec les autres... Ainsi, c'est un petit d'homme. A-t-il jamais existé une louve qui pût se vanter d'un petit d'homme parmi ses enfants ?

— J'ai parfois ouï parler de semblable chose, mais pas dans notre clan ni de mon temps, dit père Loup. Il n'a pas un poil, et je pourrais le tuer en le touchant du pied. Mais, voyez, il me regarde et n'a pas peur ! »

Le clair de lune s'éteignit à la bouche de la caverne, car la grosse tête carrée et les fortes épaules de Shere Khan (1) en bloquaient l'ouverture et tentaient d'y pénétrer. Tabaqui (2), derrière lui, piaulait :

---

1. *Shere Khan :* le tigre. — 2. *Tabaqui :* le chacal.

« Monseigneur, monseigneur, il est entré ici !

— Shere Khan nous fait grand honneur, — dit père Loup, les yeux mauvais. Que veut Shere Khan ?

— Ma proie. Un petit d'homme a pris ce chemin. Ses parents se sont enfuis. Donne-le-moi ! »

Shere Khan avait sauté sur le feu d'un campement de bûcherons, comme l'avait dit père Loup, et la brûlure de ses pattes le rendait furieux. Mais père Loup savait que l'ouverture de la caverne était trop étroite pour un tigre. Même où il se tenait, les épaules et les pattes de Shere Khan étaient resserrées par le manque de place, comme les membres d'un homme qui tenterait de combattre dans un baril.

« Les loups sont un peuple libre, dit père Loup. Ils ne prennent d'ordre que du conseil supérieur du clan, et non point d'aucun tueur de bœufs plus ou moins rayé. Le petit d'homme est à nous... pour le tuer si nous en avons envie. »

Mais on ne le tue pas, on l'adopte, il devient le frère des petits loups.

Il grandit avec les louveteaux, quoique, naturellement, ils fussent devenus loups, quand lui-même comptait à peine pour un enfant ; et père Loup lui enseigna sa besogne, et le sens de toutes choses dans la jungle, jusqu'à ce que chaque frémissement de l'herbe, chaque souffle de l'air chaud dans la nuit, chaque intonation des hiboux au-dessus de sa tête, chaque bruit d'écorce égratignée par la chauve-souris au repos un instant dans l'arbre, chaque saut du plus petit poisson dans la mare, prissent juste autant d'importance pour lui que pour un homme d'affaires son travail de bureau. Lorsqu'il n'apprenait pas, il s'asseyait au soleil et dormait, puis il mangeait, se réendormait ; lorsqu'il se sentait sale ou qu'il avait trop chaud, il se baignait dans les mares de la forêt, et, lorsqu'il manquait de miel (Baloo [1] lui avait dit que le miel et les noix étaient tout aussi agréables à manger que la viande crue), il grimpait aux arbres pour en chercher, et Bagheera (2) lui avait montré comment s'y prendre. Elle s'étendait sur une branche et appelait : « Viens ici, petit frère ! » Et Mowgli (3) commença par grimper comme fait le *paresseux* (4), mais par la suite il osa se lancer à travers les branches aussi hardiment que le singe gris.

... Il arrachait les longues épines du poil de ses amis, car les loups souffrent terriblement des épines et de tous les aiguil-

---

1. *Baloo* : l'ours brun. — 2. *Bagheera* : la panthère noire. — 3. *Mowgli* (*la grenouille*) : c'est le nom que mère Louve a donné à l'enfant pour le distinguer des petits loups velus. — 4. *Le paresseux* : sorte de quadrupède, fréquent dans la jungle, et qui se meut très lentement.

lons qui se logent dans leur fourrure. Il descendait, la nuit, le
versant de la montagne, vers les terres cultivées, et regardait
avec une grande curiosité les villageois dans leurs huttes ; mais
il se méfiait des hommes, parce que Bagheera lui avait montré
une boîte carrée, avec une trappe, si habilement dissimulée
dans la jungle, qu'il marcha presque dessus, et elle lui avait dit
que c'était un piège. Ce qu'il aimait par-dessus tout, c'était de
s'enfoncer avec Bagheera au chaud cœur noir de la forêt, pour
dormir tout le long de la lourde journée, voir, quand venait la
nuit, comment Bagheera s'y prenait pour tuer : elle tuait de
droite, de gauche, au caprice de sa faim, et ainsi faisait
Mowgli...

Mais Mowgli doit se défier de Shere Khan, qui le hait, et du Conseil
des loups, qui verra toujours en lui un homme. Alors, sur l'avis de
Bagheera, il va dérober au village un pot de braise contenant du feu,
la Fleur rouge, qui effraie les bêtes. Il l'apporte au Rocher du Conseil,
où les loups, réunis pour élire un successeur au chef du clan, le vieil
Akela, et excités par Shere Khan, commencent à grogner et à s'agiter.

« C'est un homme !... un homme, un homme ! » grogna l'assemblée.

Et la plupart des loups commencèrent à se grouper autour
de Shere Khan, dont la queue se mit à battre les flancs.

« A présent l'affaire est dans tes mains, dit Bagheera à Mowgli. Nous autres, nous ne pouvons plus rien faire que nous
battre. »

Mowgli se leva, le pot de braise dans les mains. Puis il
s'étira et bâilla au nez du conseil ; mais il était plein de rage et
de chagrin, car en loups qu'ils étaient, ils ne lui avaient jamais
dit combien ils le haïssaient.

« Écoutez ! il n'y a pas besoin de criailler comme des chiens.
Vous m'avez dit trop souvent, cette nuit, que je suis un
homme (et cependant, je serais resté un loup, avec vous, jusqu'à la fin de ma vie) : je sens la vérité de vos paroles. Aussi je
ne vous appelle plus mes frères, mais *sag* (chiens), comme vous
appellerait un homme... Ce que vous ferez et que vous ne ferez
pas, ce n'est pas à vous de le dire, c'est moi que cela regarde ; et
afin que nous puissions tirer la chose au clair, moi, l'homme,
j'ai apporté ici un peu de la fleur rouge que vous, chiens, vous
craignez. »

Il jeta le pot sur le sol, et quelques charbons rouges allu-
mèrent une touffe de mousse sèche qui flamba, tandis que tout
le conseil reculait, de terreur, devant les sauts de la flamme.

Mowgli enfonça sa branche morte dans le feu jusqu'à ce qu'il
vît les brindilles s'allumer et crépiter, puis il la fit tournoyer au-
dessus de sa tête au milieu des loups qui rampaient de terreur.

« Tu es le maître ! fit Bagheera à voix basse. Sauve Akela de la mort. Il a toujours été ton ami. » Akela, le vieux loup farouche, qui n'avait jamais imploré de merci dans sa vie, jeta un regard suppliant à Mowgli, debout auprès de lui, tout nu, sa longue chevelure noire flottant sur ses épaules, dans la lumière de la branche flamboyante qui faisait danser et vaciller les ombres.

« Bien ! dit Mowgli en promenant avec lenteur un regard circulaire. Je vois que vous êtes des chiens. Je vous quitte pour retourner à mes pareils, si vraiment ils sont mes pareils. La jungle m'est fermée, je dois oublier votre langue et votre compagnie ; mais je serai plus miséricordieux que vous : parce que j'ai été votre frère en tout, sauf par le sang, je promets que lorsque je serai un homme parmi les hommes, je ne vous trahirai pas auprès d'eux, comme vous m'avez trahi. »

Il donna un coup de pied dans le feu, et les étincelles volèrent.

« Il n'y aura point de guerre entre nous dans le clan. Mais il y a une dette qu'il faut que je paye avant de m'en aller. »

Il marcha à grands pas vers l'endroit où Shere Khan, couché, clignait de l'œil stupidement aux flammes, et le prit par la touffe de poils, sous le menton. Bagheera suivait en cas d'accident.

« Debout, chien ! cria Mowgli. Debout quand un homme parle, ou je mets le feu à ta robe ! »

Les oreilles de Shere Khan s'aplatirent sur sa tête, et il ferma les yeux, car la branche flamboyante était tout près de lui.

« Cet égorgeur de bétail a dit qu'il me tuerait en plein conseil parce qu'il ne m'avait pas tué quand j'étais petit. Voici, et voilà... et voilà... comment nous, les hommes, nous battons les chiens. Remue seulement une moustache, Lungri (1), et je t'enfonce la fleur rouge dans la gorge ! »

Il frappa Shere Khan de sa branche sur la tête, tandis que le tigre geignait et pleurnichait dans une agonie d'épouvante.

« Peuh ! chat de jungle roussi, va-t-en maintenant, mais souviens-toi de mes paroles : la prochaine fois que je reviendrai au Rocher du Conseil comme il sied que vienne un homme, ce sera avec la peau de Shere Khan sur la tête. Quant au reste, Akela est libre de vivre comme il lui plaît. Vous ne le tuerez pas, parce que je ne le veux pas ; j'ai une idée, d'ailleurs, que vous n'allez pas rester ici plus longtemps, à laisser pendre vos langues comme si vous étiez quelqu'un, au lieu d'être des chiens que je chasse... ainsi... Allez ! »

Le feu brûlait furieusement au bout de la branche, et Mowgli frappait de droite et de gauche autour du cercle, et les

---

1. *Lungri* (le boiteux) : c'est le surnom du tigre.

loups s'enfuyaient en hurlant sous les étincelles qui brûlaient leur fourrure. A la fin, il ne resta plus que le vieil Akela, Bagheera et peut-être dix loups qui avaient pris le parti de Mowgli. Alors, Mowgli commença de sentir quelque chose de douloureux au fond de lui-même, quelque chose qu'il ne se rappelait pas avoir jamais senti jusqu'à ce jour; il reprit haleine et sanglota, et les larmes coulèrent sur son visage.

« Qu'est-ce que c'est?... Qu'est-ce que c'est?... dit-il. Je n'ai pas envie de quitter la jungle... et je ne sais pas ce que j'ai. Vais-je mourir, Bagheera?

— Non, petit frère, ce ne sont que des larmes, comme il arrive aux hommes, dit Bagheera. Maintenant je vois que tu es un homme et non plus un petit d'homme. Oui, la jungle t'est bien fermée désormais... Laisse-les couler, Mowgli. Ce sont seulement des larmes. »

Alors Mowgli s'assit, et pleura comme si son cœur allait se briser; il n'avait jamais pleuré auparavant de toute sa vie.

« A présent, dit-il, je vais aller vers les hommes, mais d'abord, il faut que je dise adieu à ma mère. »

Et il se rendit à la caverne où elle habitait avec père Loup, et il pleura dans sa fourrure, tandis que les quatre petits hurlaient misérablement.

« Vous ne m'oublierez pas, dit Mowgli.

— Jamais tant que nous pourrons suivre une piste! dirent les petits. Viens au pied de la colline quand tu seras un homme, et nous te parlerons : et nous viendrons dans les terres cultivées pour jouer avec toi la nuit.

— Reviens bientôt, dit père Loup; ô sage petite grenouille, reviens-nous bientôt, car nous sommes vieux, ta mère et moi.

— Reviens bientôt, dit mère Louve, mon petit tout nu; car écoute, enfant de l'homme, je t'aimais plus que je n'ai jamais aimé mes petits.

— Je reviendrai sûrement, dit Mowgli; et quand je reviendrai, ce sera pour étaler la peau de Shere Khan sur le Rocher du Conseil. Ne m'oubliez pas! Dites-leur dans la jungle de ne jamais m'oublier! »

L'aurore commençait à poindre quand Mowgli descendit la colline, tout seul, en route vers ces êtres mystérieux qu'on appelle les hommes.

RUDYARD KIPLING, *Le Livre de la Jungle.*
Traduction Louis Fabulet et Robert d'Humières
(*Mercure de France*, édit.).

SOUZA PINTO   LA CUISSON DES POMMES DE TERRE

Les Petits Bergers

Il n'est pas bien jour encore dans le village. Je me lève. Mes habits sont aussi grossiers que ceux des petits paysans voisins; ni bas, ni souliers, ni chapeau; un pantalon de grosse toile écrue, une veste de drap bleu à longs poils, un bonnet de laine teint en brun, comme celui que les enfants des montagnes de l'Auvergne portent encore : voilà mon costume.

Je jette par-dessus un sac de coutil, qui s'entr'ouvre sur la poitrine comme une besace à grande poche. Cette poche contient, comme celle de mes camarades, un gros morceau de pain noir mêlé de seigle, un fromage de chèvre, gros et dur comme un caillou, et un petit couteau d'un sou, dont le manche de bois mal dégrossi contient en outre une fourchette de fer à deux longues branches. Cette fourchette sert aux paysans, dans mon pays, à puiser le pain, le lard et les choux dans l'écuelle où ils mangent la soupe.

Ainsi équipé, je sors et je vais sur la place du village, près du portail de l'église, sous deux gros noyers. C'est là que, tous les matins, se rassemblent, autour de leurs moutons, de leurs chèvres et de quelques vaches maigres, les huit ou dix petits bergers de Milly, à peu près du même âge que moi, avant de partir pour les montagnes.

Nous partons, nous chassons devant nous le troupeau commun dont la longue file suit, à pas inégaux, les sentiers tortueux et arides des premières collines. Chacun de nous à tour de rôle va ramener les chèvres à coups de pierres, quand elles s'égarent et franchissent les haies. Après avoir gravi les premières hauteurs nues qui dominent le village, et qu'on n'atteint pas en moins d'une heure au pas des troupeaux, nous entrons dans une gorge, haute, très espacée, où l'on n'aperçoit plus ni maison, ni fumée, ni culture.
Les deux flancs de ce bassin solitaire sont tout couverts de bruyères aux petites fleurs violettes, de longs genêts jaunes dont on fait des balais ; çà et là quelques châtaigniers gigantesques étendent leurs longues branches à demi nues. Les feuilles, brunies par les premières gelées, pleuvent autour des arbres au moindre souffle de l'air. Quelques noires corneilles sont perchées sur les rameaux les plus secs et les plus morts de ces vieux arbres ; elles s'envolent en croassant à notre approche. De grands aigles ou éperviers, très élevés dans le firmament, tournent pendant des heures au-dessus de nos têtes, épiant les alouettes dans les genêts ou les petits chevreaux qui se rapprochent de leurs mères. De grandes masses de pierres grises, tachetées et un peu jaunies par les mousses, sortent de terre par groupes sur les deux pentes escarpées de la gorge.

Nos troupeaux, devenus libres, se répandent à leur fantaisie dans les genêts. Quant à nous, nous choisissons un de ces gros rochers dont le sommet, un peu recourbé sur lui-même, dessine une demi-voûte et défend de la pluie quelques pieds de sable fin à ses pieds. Nous nous établissons là. Nous allons chercher à brassées des fagots de bruyères sèches et les branches mortes tombées des châtaigniers pendant l'été. Nous battons le briquet. Nous allumons un de ces feux de berger si pittoresques à contempler de loin, du pied des collines ou du pont d'un vaisseau, quand on navigue en vue des terres.
Une petite flamme, claire et ondoyante, jaillit à travers les vagues noires, grises et bleues de la fumée du bois vert, que le vent fouette comme une crinière de cheval échappé. Nous ouvrons nos sacs, nous en tirons le pain, le fromage, quelquefois les œufs durs assaisonnés de gros grains de sel gris. Nous mangeons lentement, comme le troupeau rumine.

Quelquefois l'un d'entre nous découvre, à l'extrémité des branches d'un châtaignier, des gousses de châtaignes oubliées sur l'arbre après la récolte. Nous nous armons tous de nos frondes, nous lançons avec adresse une nuée de pierres, qui détachent le fruit de l'écorce entr'ouverte; et le font tomber à nos pieds.

Nous le faisons cuire sous la cendre de notre foyer, et, si quelqu'un de nous vient à déterrer de plus quelques pommes de terre oubliées dans la glèbe d'un champ retourné, il nous les apporte, nous les recouvrons de cendres et de charbons, et nous les dévorons toutes fumantes, assaisonnées de l'orgueil de la découverte et du charme du larcin.

Lamartine, Les Confidences (Hachette, édit.).

Un Rôti à la Caraïbe

Nous avions lu, dans le « Robinson suisse » (1), la description d'un certain rôti de pécari (2) à la caraïbe (3), préparé sous la terre, dans un four chauffé à l'aide d'un grand feu de bois. Cette originale cuisine nous avait fait venir l'eau à la bouche, et, pendant toute une semaine, nous n'avions plus songé qu'aux moyens de confectionner un pécari de notre invention.

Nous nous donnâmes rendez-vous, un jeudi, sur les friches de Savonnières. Nous avions apporté un filet de porc, avec lard, poivre et sel comme assaisonnements, et nous discutâmes gravement la question de la cuisson.

« Un instant ! dit Laguerre, il faut d'abord construire un four dans de bonnes conditions. »

Le four fut creusé dans le sol de la friche; on garnit le fond et les bords de l'excavation de cailloux plats, sur lesquels on alluma un beau feu. Tandis que la flamme pétillait, je couchai le filet de porc dans un lit de serpolet, je le bardai de lard, je l'enveloppai de feuilles de vigne...

« Le four est chauffé à point ! » me cria mon ami.

Alors nous disposâmes notre filet sur les pierres brûlantes ; le tout fut couvert d'un toit de cailloux très chauds, sur lesquels j'entretins un brasier ardent, puis, pendant que la fumée bleuâtre montait en spirales, nous attendîmes, le cœur palpitant.

Au bout d'une heure :

« Je crois que c'est cuit, annonça Laguerre; sens-tu cette bonne odeur de rôti ?... »

---

1. *Le Robinson suisse :* livre d'aventures, imité de Robinson Crusoé. — **2.** *Pécari :* sorte de cochon de l'Amérique du Sud. — **3.** *A la caraïbe :* à la manière des Caraïbes, c'est-à-dire des peuplades des petites Antilles.

En réalité, nous ne percevions rien qu'un vague parfum d'herbes grillées; mais en imagination, nous avions déjà les sensations d'un savoureux fumet aromatique.

Nous déterrâmes notre rôti avec mille précautions, en nous léchant d'avance les lèvres. O déception ! le filet à la caraïbe était à peu près cru.

Nous n'en voulûmes point démordre néanmoins; nous le déchirâmes à belles dents, et, d'un commun accord, il fut déclaré délicieux.

ANDRÉ THEURIET, Années de printemps
(Ollendorff, édit.).

Julien Savignac

Cette histoire se passe à Lodève, dans l'Hérault, au pied des Cévennes. Julien Savignac est un mauvais sujet. Il va au collège avec un camarade plus âgé que lui, Adrien Sauvageol, qui est venu d'Octon, un village voisin, prendre pension chez la mère de Julien. Sauvageol ne tarde pas à lui donner à son tour le mauvais exemple. Le châtiment ne se fera pas attendre, au retour du père de Julien, qui est à Lyon.

UN MATIN, EN M'ÉVEILLANT, je fus fort étonné de ne pas trouver Sauvageol dans la chambre où l'on avait placé nos deux lits côte à côte. Qu'était-il devenu? N'ayant obtenu aucun renseignement de la domestique, et ne voulant pas dénoncer à ma mère l'absence de mon ami, je regagnais, triste et seul, le collège, quand, arrivé devant le portail de Saint-Fulcran (1), je vis tout à coup mon homme se dégager du milieu des contreforts de la cathédrale et courir à moi, tenant à la main plusieurs petites branches d'osier et un pot de grès, aux parois duquel était collée une matière gluante et blanchâtre.

« Julien, je t'attendais, me dit-il, veux-tu venir à l'Escandorgue?

— Que faire à l'Escandorgue?

— Tendre des gluaux, à la Mare-aux-Chardonnerets, près de Grangelourde.

— Quelle idée t'a donc poussé dans la cervelle, Adrien! Et le collège ?

— Il y a si longtemps que nous ne l'avons manqué !

— Au fait, c'est vrai.

— J'ai acheté du pain, du fromage, des oignons, ajouta l'impitoyable tentateur, me montrant les poches de sa veste farcies de victuailles.

— Partons ! »

----

1. *Saint-Fulcran* : cathédrale de Lodève.

L'Escandorgue fait partie de cette portion des Cévennes méridionales désignée par les géographes sous le nom de *Monts Garrigues*. C'est un vaste plateau graveleux, pauvre de végétation, grisâtre d'aspect et d'une navrante mélancolie. Quelques bouquets d'yeuses, quelques lavandes, quelques genévriers ont seuls poussé dans ces steppes cévenols, éternellement balayés par le vent du nord, et sont l'unique pâture offerte aux innombrables troupeaux de chèvres et de moutons qui y campent, du jour de l'an à la Saint-Sylvestre.

En partant de Lodève, plusieurs chemins mènent à ces hautes plaines, aux *plos,* comme on dit dans le pays. La crainte de nous égarer nous fit prendre le plus long. Nous passâmes par Campestre, et huit heures sonnaient à Saint-Fulcran comme nous gravissions la roide montée de Lunas. Nous arrivâmes enfin à la *Baraque des Pous*, auberge juchée tout en haut de la côte, en plein Escandorgue. Peu habitué à de pareilles excursions, je demandai à respirer un moment : j'étais rendu. Adrien partagea un morceau de pain, un fromage de chèvre, et pria l'hôtesse de la *Baraque des Pous* de nous faire l'aumône d'un verre de vin. Réconfortés par cette dînette frugale, nous nous enfonçâmes dans la lande.

Rien ne saurait traduire l'inquiétude dont je fus saisi dans ces immenses espaces, où ne résonnait aucune voix, où tout était triste, nu, dévasté. Moi qui n'avais jamais quitté les rues de Lodève, fourmillantes d'ouvriers, j'eus peur en me trouvant dans ce désert. Il me sembla qu'une fois engagé dans ces solitudes, où mille sentiers étroits se croisaient, se mêlaient, se perdaient les uns dans les autres, nous ne saurions plus retrouver notre chemin et retourner à la maison. Alors, je me voyais errant, la nuit à travers la lande, appelant au secours, invoquant Dieu, courant comme un désespéré pour fuir les loups acharnés après moi.... Pourquoi n'étais-je pas allé au collège !...

Cependant, je marchais d'un bon pas ; j'avais un tel orgueil que je fusse mort plutôt que de laisser deviner à Sauvageol les terreurs secrètes qui m'obsédaient. S'il se tournait vers moi pour m'encourager du regard,—essoufflés par la marche, nous ne parlions plus guère —, malgré mon accablante inquiétude, je lui souriais.

Du reste, il faut le dire, mon courage, je ne le puisais pas tout entier dans mon amour-propre ; j'en tirais bien la moitié de l'attitude d'Adrien. Mon compagnon allait si droit devant lui, il hésitait si peu à choisir son chemin aux carrefours les plus compliqués, il paraissait si convaincu à tous égards, qu'il était impossible de douter de sa parfaite connaissance de la lande. Enfin, nous entendîmes les aboiements d'un chien.

Tout mon cœur tressaillit involontairement, et je regardai Sauvageol.

« Voilà le bétail de Grangelourde, me dit-il ; dans dix minutes, nous serons à la Mare-aux-Chardonnerets. Hardi, Julien, nous arrivons ! »

J'aperçus, en effet, à deux portées de fusil, sur un mamelon gazonné, un long troupeau de moutons gardé par plusieurs chiens-loups et un grand pâtre déguenillé. Je sentis se dilater ma poitrine.

« Tu es donc bien familier avec ce pays, toi? dis-je à Sauvageol.

— Pardi! j'y suis venu plus de vingt fois avec des camarades.

— Comment! d'Octon, vous veniez engluer à l'Escandorgue?

— La Mare-aux-Chardonnerets est connue dix lieues à la ronde. Tu verras, nous allons remplir la cage, j'en suis sûr. Oh! Méniquette sera contente!

— Méniquette! Qui est-ce, Méniquette ?

— Méniquette Ortios, ma cousine, tu sais bien ?...

— Cette fille que mon oncle le curé a placée chez les dames Fangeaud, à la Grand'Rue, pour apprendre la couture?

— Celle-là même. Méniquette adore les oiseaux; elle avait à Octon des chardonnerets, des pinsons; mais ton oncle, qui l'a élevée à la cure et la regarde comme son enfant, n'a pas voulu lui laisser emporter sa cage à Lodève, prétextant qu'elle la distrairait de la couture. Ma cousine s'ennuie maintenant, loin de ses pauvres petites bêtes, et je lui ai promis de venir lui en attraper d'autres ici... Tiens, voici Grangelourde! »

Je vis devant moi une grande maison carrée, massive, noirâtre. Le cadran solaire, blanchi à la chaux depuis peu, faisait tache sur la façade de la ferme, d'un brun uniforme et doux à l'œil. L'aiguille marquait onze heures. Nous tournâmes à gauche, et, après trois cents pas environ, nous nous arrêtâmes : nous étions aux bords de la Mare-aux-Chardonnerets.

Le vaste plateau de l'Escandorgue renferme dans ses couches géologiques, entre ses larges bancs de sable et de gravier, de nombreuses masses de basalte. Ces blocs, partis des entrailles de la montagne, viennent s'épanouir à sa surface, affectant mille formes capricieuses et bizarres. On les voit tantôt monter droit vers le ciel en se dentelant comme des flèches gothiques, tantôt se dresser lourdement comme des pyramides d'Égypte. Le plus souvent, ils s'aplatissent au niveau du sol, s'évident en entonnoir vers le milieu, et forment de vastes conques, ovales ou rondes, où s'amassent les eaux de pluie.

C'est dans le voisinage de ces bassins plus ou moins profonds que sont bâties les rares fermes de l'Escandorgue. La lande étant d'une aridité africaine, les paysans se sont groupés autour de ces citernes naturelles, où se désaltère le bétail, leur seule richesse possible.

Dès le matin, les troupeaux de Grangelourde viennent boire à la Mare-aux-Chardonnerets ; puis on les pousse au large, et l'eau, un moment troublée, vaseuse, redevient calme et d'une limpidité de cristal. Alors arrivent, des potagers de la ferme et des profondeurs de la lande, en chantonnant, en voletant, en décrivant toutes sortes de courbes gracieuses, des bandes d'oiseaux. Chardonnerets, linottes, verdiers, boivent, se becquettent, se baignent, s'en vont, reviennent, repartent et reparaissent encore. C'est jusqu'au soir, autour de la mare, des pépiements, des chants d'amour, des bruits d'ailes

Nous arrivions juste au moment propice pour faire une bonne chasse : il allait être midi, heure où les oiseaux, épuisés de fatigue et accablés de chaleur, aiment à folâtrer autour de l'eau. Pour les empêcher de boire, nous nous mîmes à former aux bords de la mare un rempart de grosses pierres abandonnées par d'autres oiseleurs, laissant çà et là de petites portes, où nous affermîmes nos gluaux. Cela fait, nous courûmes nous cacher à trente pas dans un taillis de jeunes châtaigniers, et nous attendîmes, le regard fixe et l'oreille en éveil.

Je me souviens de l'incroyable contentement que j'éprouvais, couché à côté de mon ami dans cette lande sauvage. Certainement, jamais au Parc (1), les jours même où j'avais triomphé dans quelque lutte, je n'avais rien senti de pareil. Malgré le soleil qui dardait d'aplomb et me faisait bouillir la cervelle dans la tête, j'avais des tressaillements de joie que je n'étais pas maître de réprimer. L'air de la liberté me grisait.

« Qu'as-tu donc ? me demanda Sauvageot à voix basse.

— Rien ; je suis heureux !

— Reste tranquille ; tes mouvements empêchent les oiseaux d'approcher... Oh ! voici une alouette... Chut ! »

Il disait vrai : une belle alouette huppée, de celles qu'on appelle dans le pays *coquillades,* était arrivée d'un vol aux bords de la mare. Je me roidis comme un pieu, et ne bougeai plus. Cependant rien ne nous assurait que, pour boire, cette pimpante petite bête irait passer par nos portes étroites. L'alouette a une finesse extrême pour deviner les pièges, et des ruses merveilleuses pour les éviter. Certainement, c'est de tous les oiseaux le plus difficile à engluer. Tandis que le chardonneret se jette étourdiment sur les gluaux, que le verdier se prend bêtement

---

1. Le *Parc* est l'ancien jardin des évêques de Lodève, transformé par la Révolution en promenade publique. C'est là que Julien faisait l'école buissonnière et se battait avec les mauvais sujets.

les ailes en voulant tourner l'obstacle, que la linotte perd la tête et cabriole dans l'eau, les pattes collées au bec, l'alouette, qui a vu le danger, boit en rasant l'eau comme l'hirondelle, et s'en va, jetant à l'oiseleur penaud des notes perlées d'une suprême ironie. C'est un des moyens ordinaires dont elle use pour éviter la glu; mais elle en a de plus spirituels encore; et, cette fois, notre alouette mit en œuvre, pour nous échapper, toute une série d'idées bien capables d'humilier l'homme, cet autocrate superbe et naïf de l'intelligence.

Du premier coup d'œil, elle jugea la situation : on voulait l'empêcher de boire. Elle fit le tour de la mare pour s'assurer de près si tous les abords en étaient défendus. Convaincue qu'il n'existait plus d'autre brèche que les brèches dangereuses, elle se retira sur un petit tas de sable, à deux pas de l'eau. Elle resta là quelques minutes, chauffant son ventre au soleil, silencieuse, méditative, se battant de temps à autre la tête du bout de l'aile, comme un philosophe aux abois qui se donnerait des coups de poing pour faire jaillir des idées de son cerveau. Enfin, elle revint à la mare, se dirigeant droit sur nos gluaux. Je retins mon haleine pour faire moins de bruit. L'alouette avançait toujours, redressant sa petite huppe et grésillant. Dieu ! elle était arrivée à l'endroit fatal : pour peu qu'elle inclinât son joli bec, elle était perdue ! La fine bête le comprit, et, par un léger battement d'ailes, fit un saut en arrière. Elle fut un instant immobile et sembla hésiter. Pourtant, elle ne pouvait partir sans avoir bu ! Elle revint vers l'eau ; cette fois, lentement, posément. Elle marcha de ce pas réfléchi jusqu'à l'une de nos petites ouvertures ; puis là, par une pirouette rapide, tournant la tête vers la lande et jetant la queue sur le gluau, elle entraîna celui-ci à travers le sable, ayant soin de ne pas déployer ses ailes, de peur de les embarrasser. Tant qu'elle sentit les plumes de sa queue alourdies par le fardeau qu'elles traînaient après elles, l'alouette alla à travers le sable sans repos et sans trêve. Enfin, le gluau, terreux, chargé de brindilles de genévriers, se détacha. L'oiseau, libre, but et s'envola.

Cette manœuvre rusée avait eu tout l'intérêt d'un drame ; mais le dénouement ayant tourné contre nous, Sauvageol traduisit son désappointement par un juron énergique. Il se leva de mauvaise humeur, alla fixer un nouveau gluau à la porte si adroitement forcée, et revint se coucher dans le taillis, marmottant entre ses dents :

« Quel tour cette coquine nous a joué ! quel tour ! »

Nous fûmes dédommagés de sa perte. Les chardonnerets et les linottes, qui s'étaient fait attendre, s'abattirent bientôt en foule autour de la mare. Ces pauvres oiseaux, pressés de boire, tombèrent sur nos gluaux dru comme grêle. Six linottes et quatre chardonnerets furent attrapés d'un seul coup. Sauvageol était aux anges.

« Méniquette sera bien heureuse! » me répétait-il.

Cependant, si notre cage à demi pleine me réjouissait, je commençais à me préoccuper beaucoup de notre retour à la ville. Bien que le soleil me parût haut encore, j'aurais voulu partir. Je manifestai à plusieurs reprises mon impatience à Sauvageol; mais l'Octonais, qui n'était jamais plus heureux qu'en rase campagne, ne m'entendait guère. Pour avoir raison de lui, je me mis à m'agiter sous les châtaigniers de façon à effrayer les oiseaux. Adrien comprit, se leva, et, tout en dévorant ce qui nous restait de provisions, nous mîmes en route. Le cadran de Grangelourde indiquait deux heures; nous accélérâmes le pas, et perdîmes bientôt la ferme de vue.

Malgré les craintes qu'amenait dans mon esprit notre retour à la maison, mes impressions du soir, en traversant les éternelles friches de l'Escandorgue, furent plus douces, plus sereines que celles du matin. D'abord je n'avais plus peur d'être traqué par les loups, puis la lande me paraissait belle, avec le soleil rouge qui la chauffait et la faisait resplendir. Maintenant les pyramides et les hauts clochers de basalte, croisant leurs grandes ombres de tous côtés, me rappelaient Saint-Fulcran avec ses gargouilles, ses arcs-boutants, ses tours, et le chant monotone de nos pauvres oiseaux captifs m'emplissait l'âme de poésie...

Notre vie désormais devint un véritable vagabondage. Nous paraissions bien quelquefois au collège, mais le plus souvent nous récitions nos leçons aux merles de Gourgas, aux verdiers du ruisseau du Soulondre, aux linottes de l'Escandorgue...

Cependant, le moment approchait où notre dissipation éclaterait aux yeux de tous. Le temps fuyait rapide au milieu de nos joies, et nous touchions déjà au mois d'août. Encore deux ou trois excursions aux montagnes prochaines, et nous tenions le 10, jour fixé pour la distribution solennelle des prix. Que deviendrions-nous ce jour-là? Où cacher notre confusion, notre honte? Le principal du collège ne nous dénoncerait-il pas lui-même à nos parents? Qu'arriverait-il si par malheur, mon père, mon impitoyable père, survenait tout à coup?

Ne pouvant reculer le 10 août jusqu'au bout de l'année, nous l'attendîmes avec une impatience inquiète, nous abstenant de toute expédition...

Enfin, le soleil du 10 août se leva; il était magnifique. Mon oncle Savignac (1) et les parents de Sauvageol, en habits de fête,

1. *Mon oncle Savignac :* le curé d'Octon, qui avait amené Sauvageol à Lodève.

— le maire avait ceint l'écharpe aux trois couleurs (1) — arrivèrent de bonne heure à Lodève. Ils étaient suivis du père de Méniquette, qui, jugeant un apprentissage de six mois suffisant, venait chercher sa fille pour la ramener à Octon. A midi, tout ce monde s'assit à notre table. Le dîner fut bruyant ; mais ma gaieté, à moi, se tint dans les bornes de la stricte complaisance. C'est à peine si les plaisanteries au gros sel dont Antoine Sauvageol et Dominique Ortiós, les deux plus fins paysans de la vallée du Salagou, saupoudraient le repas, parvinrent à me dérider une ou deux fois...

Pourtant trois heures avançaient. Ma mère servit le café, et on se leva de table...

Tout à coup, un grand bruit se fit dans la rue : une voiture s'arrêtait à notre porte. Un homme, que mes yeux troublés m'empêchèrent de reconnaître, sauta sur le trottoir, puis un pas pesant et dur résonna dans l'escalier. Je fus saisi d'un tremblement involontaire de tous mes membres. La porte s'ouvrit : c'était mon père !

Mon père effleura le front de ma mère du bout des lèvres, serra la main à son frère, murmura un bonjour, et, sans me regarder, s'assit. Sa physionomie crispée trahissait une extraordinaire irritation. J'aurais dû peut-être lui sauter au cou dès son entrée, et conjurer par des caresses sa colère prête à déborder ; une terreur invincible m'avait tenu cloué contre la fenêtre. J'étais resté là immobile, respirant à peine, pétrifié. On se taisait, dans l'attente de quelque épouvantable éclat.

« Vous faites fort bien, monsieur, dit enfin mon père en se tournant vers moi, de vous tenir à distance, car vous eussiez reçu la correction que vous méritez. Mais ce qui est différé n'est point perdu, et vous aurez de mes nouvelles, je vous le promets. M. le principal m'a écrit, monsieur ; je sais comment vous avez travaillé depuis deux ans, et je viens tout exprès de Lyon pour régler mes comptes avec vous. Ah ! vous ne voulez rien faire ! Ah ! vous préférez l'Escandorgue, Gourgas, le Soulondre, aux salles d'étude du collège ! Eh bien, soyez tranquille, vous n'y reviendrez plus, au collège, et puisque vous êtes amoureux du grand air, vous serez satisfait. Tout à l'heure j'ai rencontré l'entrepreneur Brunet, qui bâtit une manufacture sur l'Ergue ; je lui ai demandé une place pour vous. Vous n'avez pas voulu devenir avocat, prêtre, médecin ; vous serez maçon. Demain matin, je vous mènerai moi-même au chantier de Brunet. En attendant, comme je n'entends pas que vous paraissiez au collège, où vous n'avez que faire aujourd'hui surtout, vous allez

---

1. Le père de Sauvageol était maire d'Octon.

rester enfermé dans le grenier d'en haut. Vous pourrez y réfléchir jusqu'à ce soir sur votre situation nouvelle.

— Mais, mon ami, hasarda ma mère toute pâle, Julien m'a promis de travailler à l'avenir ; pardonne-lui cette fois encore.

— Donnez-moi la clef du grenier, et ne gâtez pas tant ce mauvais sujet.

— Aie pitié de notre unique enfant, Auguste, supplia ma pauvre mère les mains jointes ; tu sais qu'il est très nerveux ; il peut avoir peur, tout seul...

— Je vous répète de me donner la clef du grenier ! »

La clef lui ayant été livrée, il se tourna de nouveau vers moi : « Suivez-moi, monsieur ! » me dit-il.

FERDINAND FABRE, *Julien Savignac*
(Fasquelle, édit.).

Mon ami Gesril

Au SECOND ÉTAGE DE L'HÔTEL que nous habitions, demeurait un gentilhomme nommé Gesril : il avait un fils et deux filles. Ce fils était élevé autrement que moi ; enfant gâté, ce qu'il faisait était trouvé charmant : il ne se plaisait qu'à se battre, et surtout qu'à exciter des querelles dont il s'établissait le juge. Jouant des tours perfides aux bonnes qui menaient promener les enfants, il n'était bruit que de ses espiègleries, que l'on transformait en crimes noirs. Le père riait de tout, et *Joson* n'était que plus chéri.

Gesril devint mon intime ami et prit sur moi un ascendant incroyable : je profitai sous un tel maître, quoique mon caractère fût entièrement l'opposé du sien. J'aimais les jeux solitaires, je ne cherchais querelle à personne : Gesril était fou de plaisirs, de cohue, et jubilait au milieu des bagarres d'enfants. Quand quelque polisson me parlait, Gesril me disait : « Tu le souffres ? » A ce mot, je croyais mon honneur compromis et je sautais aux yeux du téméraire ; la taille et l'âge n'y faisaient rien. Spectateur du combat, mon ami applaudissait à mon courage, mais ne faisait rien pour me servir.

Quelquefois il levait une armée de tous les sautereaux (1) qu'il rencontrait, divisait ses conscrits en deux bandes, et nous escarmouchions (2) sur la plage à coups de pierres.

---

1. *Sautereaux :* mot familier qui désignait autrefois les enfants des rues. « Diminutif de sauteur. En ce sens il n'est d'usage qu'on parlant des petits garçons qui roulent d'une montagne en bas en faisant des culbutes. » (Dictionnaire de l'Académie, 1792.) — 2. *Nous escarmouchions :* nous faisions des escarmouches, c'est-à-dire de petits combats.

CONTRASTE IRREGULIER

Contraste insuffisant
NF Z 43-120-14

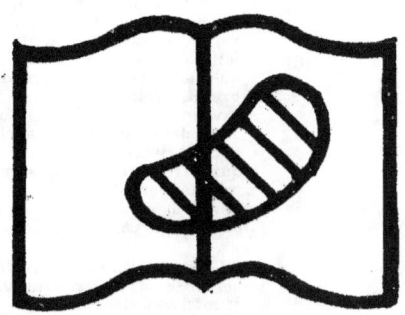

ILLISIBILITE PARTIELLE

Original illisible
NF Z 43-120-10

Un autre jeu, inventé par Gesril, paraissait encore plus dangereux; lorsque la mer était haute et qu'il y avait tempête, la vague, fouettée au pied du château du côté de la grande grève, jaillissait jusqu'aux grandes tours. A vingt pieds d'élévation au-dessus de la base d'une de ces tours régnait un parapet en granit, étroit, glissant, incliné, par lequel on communiquait au ravelin (1) qui défendait le fossé: il s'agissait de saisir l'instant entre deux vagues, de franchir l'endroit périlleux avant que le flot se brisât et couvrit la tour. Voici venir une montagne d'eau qui s'avançait en mugissant, laquelle, si vous tardiez d'une minute, pouvait, ou vous entraîner, ou vous écraser contre le mur. Pas un de nous ne se refusait à l'aventure, mais j'ai vu des enfants pâlir avant de la tenter...

Deux aventures mirent fin à cette première partie de mon histoire et produisirent un changement notable dans le système de mon éducation.

Nous étions un dimanche sur la grève, à l'*éventail* de la porte Saint-Thomas et le long du *Sillon;* de gros pieux enfoncés dans le sable protègent les murs contre la houle. Nous grimpions ordinairement au haut de ces pieux pour voir passer au-dessous de nous les premières ondulations du flux. Les places étaient prises comme de coutume; plusieurs petites filles se mêlaient aux petits garçons. J'étais le plus en pointe vers la mer, n'ayant devant moi qu'une jolie mignonne, Hervine Magon, qui riait de plaisir et pleurait de peur. Gesril se trouvait à l'autre bout du côté de la terre.

Le flot arrivait, il faisait du vent; déjà les bonnes et les domestiques criaient: « Descendez, mademoiselle! descendez, monsieur! » Gesril attend une grosse lame: lorsqu'elle s'engouffre entre les pilotis, il pousse l'enfant assis auprès de lui; celui-là se renverse sur un autre; celui-ci sur un autre: toute la file s'abat comme des moines de cartes (2), mais chacun est retenu par son voisin; il n'y eut que la petite fille de l'extrémité de la ligne sur laquelle je chavirai et qui, n'étant appuyée par personne, tomba. Le jusant (3) l'entraîne; aussitôt mille cris, toutes les bonnes retroussant leurs robes et tripotant dans la mer, chacune saisissant son marmot et lui donnant une tape. Hervine fut repêchée; mais elle déclara que François l'avait jetée

_____

1. *Ravelin :* vieux terme militaire ; demi-lune, ouvrage de fortification composé de deux faces qui forment un angle saillant. — 2. *Comme des moines de cartes :* on dit aussi des *capucins de cartes.* « Capucin de carte, carte pliée et coupée de manière qu'elle peut se tenir droite, et que sa partie supérieure a quelque ressemblance avec un capuchon. *Les enfants s'amusent avec des capucins de cartes.* » (Dictionnaire de l'Académie, 1835) — 3. Le *jusant :* le reflux de la marée.

bas. Les bonnes fondent sur moi ; je leur échappe ; je cours me barricader dans la cave de la maison : l'armée femelle me pourchasse. Ma mère et mon père étaient heureusement sortis. La Villeneuve (1) défend vaillamment la porte et soufflette l'avant-garde ennemie. Le véritable auteur du mal, Gesril, me prête

SAINT-SERVAN : LA TOUR SOLIDOR

secours : il monte chez lui, et, avec ses deux sœurs, jette par les fenêtres des potées d'eau et des pommes cuites aux assaillantes. Elles levèrent le siège à l'entrée de la nuit ; mais cette nouvelle se répandit dans la ville, et le chevalier de Chateaubriand, âgé de neuf ans, passa pour un homme atroce, un reste de ces pirates dont saint Aaron (2) avait purgé son rocher.

Voici l'autre aventure :

J'allais avec Gesril à Saint-Servan, faubourg séparé de Saint-Malo par le port marchand. Pour y arriver à basse mer, on franchit des courants d'eau sur des ponts étroits de pierres

---

1. *La Villeneuve :* la bonne de Chateaubriand. — 2. *Saint Aaron :* patron de Saint-Malo ; il vivait au vi⁰ siècle et s'était établi sur le rocher qui devint Saint-Malo.

plates, que recouvre la marée montante. Les domestiques qui
nous accompagnaient étaient restés assez loin derrière nous.
Nous apercevons à l'extrémité d'un de ces ponts deux mousses
qui venaient à notre rencontre ; Gesril me dit : « Laisserons-
nous passer ces gueux-là ? » et aussitôt il leur crie : « A l'eau,
canards ! » Ceux-ci, en qualité de mousses, n'entendant pas
raillerie, avancent ; Gesril recule ; nous nous plaçons au bout
du pont, et saisissant des galets, nous les jetons à la tête des
mousses. Ils fondent sur nous, nous obligent à lâcher pied,
s'arment eux-mêmes de cailloux, et nous mènent battant (1)
jusqu'à notre corps de réserve, c'est-à-dire jusqu'à nos domestiques. Je ne fus pas, comme Horatius (2), frappé à l'œil : une
pierre m'atteignit si rudement que mon oreille gauche, à moitié
détachée, tombait sur mon épaule.

Je ne pensai point à mon mal, mais à mon retour. Quand
mon ami rapportait de ses courses un œil poché, un habit déchiré, il était plaint, caressé, choyé, rhabillé : en pareil cas,
j'étais mis en pénitence. Le coup que j'avais reçu était dangereux, mais jamais La France (3) ne put me persuader de rentrer,
tant j'étais effrayé. Je m'allai cacher au second étage de la maison, chez Gesril, qui m'entortilla la tête d'une serviette. Cette
serviette le mit en train : elle lui représentait une mître : il me
transforma en évêque et me fit chanter la grand'messe avec lui
et ses sœurs jusqu'à l'heure du souper. Le pontife fut alors
obligé de descendre : le cœur me battait. Surpris de ma figure
débiffée (4) et barbouillée de sang, mon père ne me dit pas un
mot ; ma mère poussa un cri. La France conta mon cas piteux,
en m'excusant ; je n'en fus pas moins rabroué. On pansa mon
oreille, et M. et Mme de Chateaubriand résolurent de me séparer
de Gesril le plus tôt possible.

CHATEAUBRIAND, *Mémoires d'Outre-Tombe.*

Une Leçon d'égalité

J'AVAIS POUR COMPAGNON inséparable un petit paysan, nommé
Gustin, plus âgé que moi de trois ou quatre ans, et beaucoup
plus fort. Malgré cette différence d'âge et de force, Gustin se
soumettait à toutes mes volontés, comme s'il eût été né pour
m'obéir. Cette habitude de commander sans raison me dénatu-
rait. J'ordonnais pour le seul plaisir d'être obéi. Ma mère réso-

---

1. *Mener battant* (ou : mener tambour battant) : c'est mener quelqu'un sans lui
laisser de répit. — 2. *Horatius* : Horatius Coclès (le Borgne), fameux héros romain
qui perdit un œil en défendant seul, contre l'armée de Porsenna, le pont Sublicius, à
Rome. — 3. *La France* : le domestique de Chateaubriand. — 4. *Débiffée* : toute défaite.
Terme vieilli.

lut de mettre fin à ce despotisme en herbe. Elle nous fit comparaître tous les deux devant elle, pour donner à Gustin une leçon de fierté, et à moi d'équité. Après m'avoir réprimandé sur ma manie de faire perpétuellement le maître, elle nous dit gravement que Gustin n'était pas né pour obéir à mes fantaisies ; il était mon égal, mon ami, non mon serviteur ; elle entendait bien que nous changerions entièrement de conduite à l'avenir.

Le barbare ne la comprit que trop ; le lendemain, comme nous étions au bois, et qu'il se sentait fatigué, il ôta ses sabots et m'ordonna de m'en charger.

J'obéis. Nous arrivâmes ainsi devant ma mère, moi portant humblement les deux sabots de Gustin (et ils n'étaient pas légers), Gustin tout fier de me voir tout essoufflé et rendu sous le faix ; et pourtant c'était le plus honnête, le plus doux garçon du village.

Ainsi cette première leçon d'égalité n'avait fait que déplacer le tyran. Combien de fois de grands événements m'ont forcé de me la rappeler !

EDGAR QUINET, *Histoire de mes Idées*.
(Hachette, édit.).

La Grappe de raisin

J'ÉTAIS HEUREUX, j'étais très heureux. Je me représentais mon père, ma mère et ma bonne comme des géants très doux, témoins des premiers jours du monde, immuables, éternels, uniques dans leur espèce... J'étais sensible aux fleurs, aux parfums, au luxe de la table, aux beaux vêtements. Ma toque à plumes et mes bas chinés me donnaient quelque orgueil. Mais ce que j'aimais plus que chaque chose en particulier, c'était l'ensemble des choses : la maison, l'air, la lumière, que sais-je ? la vie enfin ! Une grande douceur m'enveloppait. Jamais petit oiseau ne se frotta plus délicieusement au duvet de son nid.

J'étais heureux, j'étais très heureux. Pourtant, j'enviais un autre enfant. Il se nommait Alphonse. Je ne lui connaissais pas d'autre nom, et il est fort possible qu'il n'eût que celui-là. Sa mère était blanchisseuse et travaillait en ville. Alphonse vaguait tout le long de la journée dans la cour ou sur le quai, et j'observais de ma fenêtre son visage barbouillé, sa tignasse jaune, sa culotte sans fond et ses savates, qu'il traînait dans les ruisseaux. J'aurais bien voulu, moi aussi, marcher en liberté dans les ruisseaux. Alphonse hantait les cuisinières et gagnait près d'elles force gifles et quelques vieilles

CONTES ET RÉCITS.   4 croûtes de pâté. Parfois les palefreniers l'envoyaient puiser à la pompe un seau d'eau qu'il rapportait fièrement, avec une face cramoisie et la langue hors de la bouche. Et je l'enviais. Il n'avait pas comme moi des fables de La Fontaine à apprendre; il ne craignait pas d'être grondé pour une tache à sa blouse, lui! Il n'était pas tenu de dire *bonjour, monsieur! bonjour, madame!* à des personnes dont les jours et les soirs, bons ou mauvais, ne l'intéressaient pas du tout; et, s'il n'avait pas comme moi une arche de Noé et un cheval à mécanique, il jouait à sa fantaisie avec les moineaux qu'il attrapait, les chiens errants comme lui, et même les chevaux de l'écurie, jusqu'à ce que le cocher l'envoyât dehors au bout d'un balai. Il était libre et hardi. De la cour, son domaine, il me regardait à ma fenêtre comme on regarde un moineau en cage.

Il advint que cette cour fut dépavée. On ne la dépavait que pour la repaver; mais, comme il avait plu pendant les travaux, elle était fort boueuse, et Alphonse, qui y vivait comme un satyre dans son bois (1), était, de la tête aux pieds, de la couleur du sol. Il remuait les pavés avec une joyeuse ardeur. Puis, levant la tête et me voyant muré là-haut, il me fit signe de venir. J'avais bien envie de jouer avec lui à remuer des pavés. Je n'avais pas de pavés à remuer dans ma chambre, moi. Il se trouva que la porte de l'appartement était ouverte. Je descendis dans la cour.

« Me voilà, dis-je à Alphonse.
— Porte ce pavé », me dit-il.

Il avait l'air sauvage et la voix rauque, j'obéis. Tout à coup le pavé me fut arraché des mains, et je me sentis enlevé de terre. C'était ma bonne qui m'emportait, indignée. Elle me lava au savon de Marseille et me fit honte de jouer avec un polisson, un rôdeur, un vaurien.

« Alphonse, ajouta ma mère, Alphonse est mal élevé; ce n'est pas sa faute, c'est son malheur; mais les enfants bien élevés ne doivent pas fréquenter ceux qui ne le sont pas. »

J'étais un petit enfant très intelligent et très réfléchi. Je retins les paroles de ma mère, et elles s'associèrent, je ne sais comment, à ce que j'appris des enfants maudits en me faisant expliquer ma vieille Bible en estampes. Mes sentiments pour Alphonse changèrent tout à fait. Je ne l'enviai plus; non. Il m'inspira un mélange de terreur et de pitié. « Ce n'est pas sa faute, c'est son malheur. » Cette parole de ma mère me troublait

---

1. *Satyre* : les satyres étaient d'anciennes divinités qu'on représentait avec un corps d'homme et des pieds de bouc, et qui vivaient dans les bois.

pour lui. Vous fîtes bien, maman, de me parler ainsi ; vous fîtes bien de me révéler, dès l'âge le plus tendre, l'innocence des misérables. Votre parole était bonne ; c'était à moi à la garder présente dans la suite de ma vie !

Pour cette fois du moins, elle eut son effet et je m'attendris sur le sort de l'enfant maudit. Un jour, tandis qu'il tourmentait dans la cour le perroquet d'une vieille locataire, je contemplai ce Caïn sombre et puissant avec toute la componction (1) d'un bon petit Abel. C'est le bonheur, hélas ! qui fait les Abel. Je m'ingéniai à donner à l'autre un témoignage de ma pitié. Je songeai à lui envoyer un baiser ; mais son visage farouche me parut peu propre à le recevoir, et mon cœur se refusa à ce don. Je cherchai longtemps ce que je pourrais bien donner : mon embarras était grand. Donner à Alphonse mon cheval à mécanique, qui précisément n'avait plus ni queue ni crinière, me parut toutefois excessif. Et puis, est-ce bien par le don d'un cheval qu'on marque sa pitié ? Il fallait un présent convenable à un maudit. Une fleur peut-être ? Il y avait des bouquets dans le salon. Mais une fleur, cela ressemble à un baiser. Je doutais qu'Alphonse aimât les fleurs. Je fis, dans une grande perplexité (2), le tour de la salle à manger. Tout à coup, je frappai joyeusement dans mes mains : j'avais trouvé !

Il y avait sur le buffet, dans une coupe, de magnifiques raisins de Fontainebleau. Je montai sur une chaise, et pris de ces raisins une grappe longue et pesante qui remplissait la coupe aux trois quarts. Les grains d'un vert pâle étaient dorés d'un côté, et l'on devait croire qu'ils fondraient délicieusement dans la bouche : pourtant je n'y goûtai pas. Je courus chercher un peloton de fil dans la table à ouvrage de ma mère. Il m'était interdit d'y rien prendre ; mais il faut savoir désobéir. J'attachai la grappe au bout d'un fil, et, me penchant sur la barre de la fenêtre, j'appelai Alphonse, et fis descendre lentement la grappe dans la cour. Pour la mieux voir, l'enfant maudit écarta de ses yeux les mèches de ses cheveux jaunes, et, quand elle fut à portée de son bras, il l'arracha avec le fil ; puis, relevant la tête, il me tira la langue, me fit un pied de nez et s'enfuit avec la grappe en me montrant son derrière. Mes petits amis ne m'avaient pas accoutumé à ces façons. J'en fus d'abord très irrité. Mais une considération me calma. « J'ai bien fait, pensai-je, de n'envoyer ni une fleur ni un baiser. »

ANATOLE FRANCE, Le Livre de mon Ami
(Calmann-Lévy, édit.).

_____

1. *Componction :* air de tristesse et de profonde pitié. — 2. *Perplexité :* embarras de celui qui ne sait quel parti prendre.

Les petits Sabots

La mère de Lamartine, dans un récit que son fils nous a conservé, raconte un épisode charmant d'une promenade en montagne.

« ...Nous avons été avec les enfants faire une longue promenade jusqu'au sommet le plus élevé des montagnes qui séparent notre profonde vallée de la grande vallée de la Saône. Ces sommets, qui fléchissent et se relèvent tour à tour comme de la terre pétrie, sous la main pesante de Dieu, sont couverts de sapins, de hêtres, et dans quelques endroits de genêts dont les fleurs jaunissent comme une dorure des plaques du paysage : ailleurs, ce sont des bruyères violettes ou des pelouses grises sur lesquelles on voit d'en bas blanchir des moutons qui ne paraissent pas plus gros que des poules ; çà et là on voit briller l'écume de petites cascades dont le lit se dessine du haut en bas des montagnes, par des haies de hêtres, de châtaigniers, de saules, plus verts et plus touffus...

Quand on est en haut, on voit le mont Blanc et toute la chaîne des Alpes couverte de neiges éternelles. Mon mari était à pied avec son garde ; les enfants et moi nous étions sur des ânes conduits par de petits garçons. Le vieux marguillier, notre ami, qui possède les ânes et qui connaît les sentiers, nous dirigeait tous. Il nous fallut trois heures pour arriver à la dernière crête, bien qu'en la regardant de ma fenêtre je crusse y monter aisément en une demi-heure. Mais la distance dans les montagnes est comme le temps dans la vie, elle trompe. Seulement le temps trompe en sens inverse des distances ; on croit les unes basses, et elles sont hautes ; on croit le temps long, et il est court ; il semble infini, et il est déjà passé.

Nous avons passé tout le jour avec les enfants, en marchant ou assis sur l'herbe, à contempler la merveilleuse vue qu'on a de ces hauteurs : le Mâconnais, avec ses collines blanches de villages d'où le son lointain des cloches montait à midi jusqu'à nous ; la Bresse, avec ses prairies sans fin, semblables à celles de Hollande dont mon frère aîné, qui l'habitait comme secrétaire d'ambassade, nous envoyait des vues et des tableaux quand nous étions petits ; enfin le mont Blanc, qui paraît tour à tour, selon l'heure et le soleil, blanc, rose, violet, comme un coin de fer qui blanchit, rougit, se colore et se décolore au feu du forgeron.

Nous avons dîné ensemble, maîtres et paysans, sur l'herbe. Après le dîner, nous sommes remontés sur nos ânes, pour revenir par un autre sentier qui suit entre des noisetiers sauvages le faîte de la montagne.

Le sabot des ânes sur le rocher, les cris des enfants, le sifflement des merles qui s'envolaient, les coups de fusil de mon mari et du garde qui tiraient sur des volées de perdrix rouges, la conversation du marguillier et des petits garçons, faisaient un grand bruit devant notre caravane : on aurait pu croire que c'était une bande de maraudeurs qui parcouraient la montagne. Il y avait de quoi épouvanter les petits bergers qui gardent leurs chèvres et leurs moutons sur les lisières des noisetiers que nous traversions. C'est ce qui arriva. Nous aperçûmes bientôt, dans une clairière nue au-dessus du sentier, de petits troupeaux de brebis et quelques chèvres sans berger, sous la garde de deux chiens noirs qui aboyaient avec effroi contre nous. Un peu plus loin, nous vîmes les cendres d'un feu entre deux grosses pierres au milieu du sentier. Le feu était éteint, mais il y avait à côté deux paires de petits sabots de bois comme en portent les enfants du pays. Nous comprîmes que ces enfants, gardiens des brebis de leur chaumière, n'étaient pas bien loin ; nous supposâmes, ce qui se trouva vrai, qu'effrayés par le bruit inusité des voix et des coups de fusil sous les noisetiers, ils s'étaient enfuis et cachés sous les bruyères, sans avoir le temps de chausser leurs petits pieds nus. L'idée me vint de leur faire une surprise, qui parut charmante à mes petites filles. Nous fîmes halte auprès des cendres du petit foyer éteint ; mon mari plaça une pièce d'argent de douze sols dans chacun des quatre petits sabots ; mes filles y ajoutèrent une poignée de dragées qu'elles avaient emportées pour leur goûter. Puis nous repartîmes en nous entretenant de la surprise et de la joie des petits bergers fugitifs, quand, longtemps après que nous aurions passé, ils se rassureraient assez, en n'entendant plus rien, pour revenir à leur poste et pour y reprendre leurs sabots. Ils croiraient sans doute que les *fées*, qui passent dans le pays pour hanter cette partie de la montagne, qu'on appelle la *Fa* ou la *Fée*, leur avaient fait ce don en passant dans la brume du soir qu'elles habitent. La descente par les ravins creux et sonores retentissait des éclats de rire de nos enfants, en pensant à la peur des petits bergers, à leur étonnement, et puis à leur ravissement et à tout ce qu'ils raconteraient le soir à leur mère.

Ce que nous avions prévu arriva. Les petits bergers, en retrouvant leurs sabots pleins de sucreries et de pièces de douze sols, s'y trompèrent et crurent à l'intervention des *fées*. Mais leur mère et leur père ne s'y trompèrent pas, et, avec une délicatesse de procédés qu'on trouve souvent dans les gens de la campagne, ils nous rendirent surprise pour surprise, afin de nous montrer qu'ils étaient sensibles à notre bonté.

Le domestique, en ouvrant, le lendemain matin, la porte de la maison qui donne sur une cour sans clôture, trouva sur le seuil en dehors quatre petits paniers de jonc tout remplis de noisettes, de fromages de chèvre et de petits pains de beurre façonnés en forme de sabots. Les enfants, qui avaient déposé là leur présent, s'étaient sauvés en nous rendant énigme pour énigme, mystère pour mystère, offrande pour offrande. La délicatesse anonyme de ce petit présent nous a enchantés; nous ne saurons vraisemblablement jamais à quelle chaumière appartiennent ces enfants, et de qui viennent ces remerciements timides comme une reconnaissance qui craint de se tromper d'objet, mais qui aime mieux se tromper que de manquer de retour.

De tels échanges d'égards entre les paysans et ceux qu'ils appellent les riches sont bien propres à former et à attendrir le cœur de nos enfants. »

LAMARTINE, *Le Manuscrit de ma mère*
(Hachette, édit.).

JEAN GEOFFROY   LE JOUR DE LA VISITE A L'HÔPITAL

Boum-Boum

L'ENFANT RESTAIT ÉTENDU, pâle, dans son petit lit blanc, et, de
ses yeux agrandis par la fièvre, regardait devant lui, toujours, avec la fixité des malades qui aperçoivent déjà ce que
les vivants ne voient pas.

La mère, au pied du lit, mordant ses doigts pour ne pas crier,
suivait, anxieuse, poignardée de souffrances, les progrès de la

maladie sur le pauvre visage aminci du petit être, et le père, un brave homme d'ouvrier, renfonçait dans ses yeux les pleurs qui lui brûlaient les paupières.

Et le jour se levait, clair, doux, un beau matin de juin entrant dans l'étroite chambre de la rue des Abbesses, où se mourait le petit François, l'enfant de Jacques Legrand et de Madeleine Legrand, sa femme.

Il avait sept ans. Tout blond, tout rose, et si vif, gai comme un passereau, le petit, il n'y avait pas trois semaines encore!... Mais une fièvre l'avait saisi; on l'avait ramené, un soir, de l'école communale, la tête lourde et les mains très chaudes. Et depuis, il était là, dans ce lit, et quelquefois, en ses délires, il disait en regardant ses petits souliers bien cirés que la mère avait soigneusement placés dans un coin, sur une petite planche :

« On peut bien les jeter maintenant, les souliers du petit François! Petit François ne les mettra plus! Petit François n'ira plus à l'école... Jamais! jamais ! »

Alors le père disait, criait : « Veux-tu bien te taire! » et la mère allait enfoncer sa tête blonde toute pâle dans son oreiller, pour que le petit François ne l'entendît pas pleurer.

Cette nuit-là, l'enfant n'avait pas eu le délire, mais, depuis deux jours, il inquiétait le médecin par une sorte d'abattement bizarre qui ressemblait à de l'abandon, comme si, à sept ans, le malade eût éprouvé déjà l'ennui de vivre. Il était las, silencieux, triste, laissant ballotter sa tête maigre sur le traversin, ne voulant rien prendre, n'ayant plus aucun sourire sur ses pauvres lèvres amincies, et, les yeux hagards, cherchant, voyant on ne savait quoi, là-bas, très loin...

« Là-haut! peut-être », pensait Madeleine qui frissonnait.

Quand on voulait lui faire prendre une tisane, un sirop, un peu de bouillon, il refusait.

Il refusait tout.

« Veux-tu quelque chose, François?

— Non, je ne veux rien !

— Il faut pourtant le tirer de là, avait dit le docteur. Cette torpeur m'effraye!... Vous êtes le père et la mère, vous connaissez bien votre enfant... Cherchez ce qui pourrait ranimer ce petit corps, rappeler à terre cet esprit qui court après les nuages!... »

Et il était parti.

Cherchez!

Oui, sans doute, ils le connaissaient bien, leur François, les braves gens! Ils savaient combien ça l'amusait, le petit, d'aller saccager les haies, le dimanche, et de revenir à Paris, chargé d'aubépine, sur les épaules du père, ou encore, aux Champs-Élysées, d'entrer voir Guignol, dans l'intérieur de la ficelle,

avec les petits riches... Jacques Legrand avait acheté à François des images, des soldats dorés, des ombres chinoises; il les
découpait, les mettait sur le lit de l'enfant, les faisait danser devant les yeux égarés du petit, et, avec des envies de pleurer, il
essayait de le faire rire...

« Vois-tu, c'est le Pont Cassé... Tire lire lire !... Et ça, c'est un
général... Tu te rappelles, nous en avons vu un, un général, au
Bois de Boulogne, une fois ?... Si tu prends bien ta tisane, je
t'en achèterai un pour de vrai, avec une tunique de drap et des
épaulettes d'or... Le veux-tu, dis, le général?

— Non, répondait l'enfant, de la voix sèche que donne la
fièvre...

— Veux-tu un pistolet, des billes..., une arbalète?

— Non, répondait la petite voix, nette et presque cruelle...

Et à tout ce qu'on lui disait, à tous les pantins, à tous les bal-
lons qu'on lui promettait, la petite voix, tandis que les parents
s'entretenaient désespérément, répondait : « Non... non... non ! »

— Mais qu'est-ce que tu veux, enfin, mon François? demanda
la mère. Voyons, il y a bien quelque chose que tu voudrais
avoir... Dis, dis-le-moi ! à moi !... ta maman ! » '

Et elle coulait sa joue sur l'oreiller du petit malade, et elle lui
murmurait cela à l'oreille, gentiment, comme un secret.

Alors l'enfant, avec un accent bizarre, se redressant sur son
lit et étendant vers quelque chose d'invisible une main avide,
répondit tout à coup d'un ton ardent, à la fois suppliant et im-
pératif :

« Je veux Boum-Boum ! »

Boum-Boum !

La pauvre Madeleine jeta à son mari un regard effaré. Que disait donc là le petit? Est-ce que c'était encore une fois le délire, l'affreux délire qui revenait?

Boum-Boum !

Elle ne savait ce que cela signifiait, et elle en avait peur, de
ces mots singuliers que l'enfant, maintenant, répétait avec un
entêtement maladif, comme si n'ayant pas osé jusque-là formuler son rêve, il s'y cramponnait à présent dans une obstination
invincible :

« Oui, Boum-Boum ! Boum-Boum ! je veux Boum-Boum ! »

La mère avait saisi nerveusement la main de Jacques, disant
tout bas comme une folle :

« Qu'est-ce que ça signifie, ça, Jacques? Il est perdu. »

Mais le père avait sur son visage rude de travailleur un sourire presque heureux, et stupéfait aussi, le sourire d'un condamné qui entrevoit une possibilité de liberté.

Boum-Boum ! Il se rappelait bien la matinée du lundi de
Pâques où il avait conduit François au cirque. Il avait encore

dans l'oreille les grands éclats de joie de l'enfant, son bon rire
de gamin amusé, lorsque le clown, le beau clown tout pailleté
d'or, avec un grand papillon mordoré, scintillant, multicolore,
dans le dos de son costume noir, faisait quelque gambade à
travers la piste, donnait un croc-en-jambe à un écuyer, ou se
tenait immobile et raide sur le sable, la tête en bas et les pieds
en l'air, ou jetait au lustre des chapeaux de feutre mou qu'il attrapait adroitement sur son crâne, où ils formaient un à un une
pyramide, et à chaque tour, à chaque lazzi, comme un bon re-
frain égayant sa large face spirituelle et drôle, poussait le même
cri, répétait le même mot, accompagné parfois par un roulement de l'orchestre : Boum-Boum !

Boum-Boum ! Et à chaque fois qu'il arrivait, Boum-Boum, le
cirque éclatait en bravos, et le petit partait de son grand rire.
Boum-Boum ! C'était ce Boum-Boum-là, c'était le clown du
cirque, c'était l'amuseur de toute une partie de la ville qu'il
voulait voir, qu'il voulait avoir, le petit François, et qu'il n'aurait pas et ne verrait pas, puisqu'il était là, couché, sans forces,
dans son lit blanc !

Le soir, Jacques Legrand apporta à l'enfant un clown arti-
culé, tout cousu de paillons, qu'il avait acheté, dans un passage,
très cher. Le prix de quatre de ses journées de mécanicien !
Mais il en eût donné vingt, trente, il eût donné le prix d'une
année de son labeur, pour ramener un sourire aux lèvres pâles
du malade.

L'enfant regarda un moment le joujou, qui étincelait sur ses
draps blancs; puis tristement :

« Ce n'est pas Boum-Boum... Je veux voir Boum-Boum! »

Ah! si Jacques avait pu l'envelopper dans ses couvertures,
l'emporter, le porter au cirque, lui montrer le clown dansant
sous le lustre allumé, et lui dire : « Regarde! »

Il fit mieux, Jacques. Il alla au cirque, demanda l'adresse du
clown ; timide, les jambes cassées d'émotion, il monta une à une
les marches qui menaient à l'appartement de l'artiste, à Montmartre. C'était bien hardi ce qu'il venait faire là, Jacques! Mais,
après tout, les comédiens vont bien chanter, dire des monologues
chez les grands seigneurs, dans les salons. Peut-être que le clown
— oh! pour ce qu'il voudrait! — consentirait à venir dire bonjour à François. Comment allait-on le recevoir, lui, Jacques Legrand, là, chez Boum-Boum?

Ce n'était plus Boum-Boum! C'était M. Moreno, et, dans le
logis artistique, des livres, des gravures, une élégance d'art faisaient comme un décor choisi à un charmant homme, qui reçut
Jacques dans son cabinet, pareil à celui d'un médecin.

Jacques regardait, ne reconnaissait pas le clown, et tournait, retournait entre ses doigts son chapeau de feutre. L'autre attendait. Alors le père s'excusa. C'était étonnant ce qu'il venait demander là, ça ne se faisait pas... pardon, excuse... Mais enfin, il s'agissait du petit... Un gentil petit, monsieur ! Et si intelligent ! Toujours le premier à l'école, excepté dans le calcul, qu'il ne comprend pas... Un rêveur, ce petit, voyez-vous ! Oui, un rêveur. Et la preuve... Tenez... la preuve...

Jacques maintenant hésitait, balbutiait ; puis il ramassa son courage et, brusquement :

« La preuve, c'est qu'il veut vous voir, qu'il veut vous voir, qu'il ne pense qu'à vous, et que vous êtes là, devant lui, comme une étoile qu'il voudrait avoir et qu'il regarde... »

Quand il eut fini, le père, très blême, avait sur le front de grosses gouttes. Il n'osait regarder le clown, qui, lui, restait les yeux fixés sur l'ouvrier. Et qu'est-ce qu'il allait dire, Boum-Boum ? S'il allait le congédier, le prendre pour un fou, le mettre à la porte ?

« Vous demeurez ? demanda Boum-Boum.

— Oh ! tout près, rue des Abbesses !

— Allons ! dit l'autre. Il veut voir Boum-Boum, votre garçon ? Eh bien ! il va voir Boum-Boum ! »

Lorsque la porte s'ouvrit devant le clown, Jacques Legrand cria joyeusement à son fils :

« François, sois content, gamin ! Tiens, le voilà, Boum-Boum ! »

Et l'enfant eut sur le visage un éclair de joie. Il se souleva sur le bras de sa mère, et tourna la tête vers les deux hommes qui venaient d'entrer, chercha un moment, à côté de son père, quel était ce monsieur en redingote, dont la bonne figure gaie lui souriait, et qu'il ne connaissait pas, et quand on lui dit : « C'est Boum-Boum », il laissa retomber lentement, tristement son front sur l'oreiller, et resta encore les yeux fixes, ses beaux grands yeux bleus qui regardaient au delà des murailles de la petite chambre, et cherchaient toujours les paillons et le papillon de Boum-Boum, comme un amoureux poursuit son rêve...

« Non, répondit l'enfant, de sa voix qui n'était plus sèche, mais désolée ; non, ce n'est pas Boum-Boum ! »

Le clown, debout près du petit lit, laissait tomber sur ce visage de petit malade un regard profond, très grave et d'une douceur infinie.

Il hocha la tête, regarda le père anxieux, la mère écrasée, dit en souriant : « Il a raison, ce n'est pas Boum-Boum ! » Et il partit.

« Je ne le verrai plus, je ne le verrai plus, Boum-Boum ! répétait maintenant l'enfant, dont la petite voix parlait aux anges.

Boum-Boum est peut-être là-bas, là-bas, où petit François ira bientôt ! »

Et, tout à coup, — il n'y avait pas une demi-heure que le clown avait disparu, — brusquement la porte se rouvrit, comme tout à l'heure, et, dans son maillot noir pailleté, la houppette jaune sur le crâne, le papillon d'or sur la poitrine et dans le dos, un large sourire ouvrant comme une bouche de tirelire sa bonne figure enfarinée, Boum-Boum, le vrai Boum-Boum du cirque, le Boum-Boum du quartier populaire, le Boum-Boum du petit François, Boum-Boum parut ! Et sur son petit lit blanc, une joie de vie dans les yeux, riant, pleurant, heureux, sauvé, l'enfant frappa de ses maigres petites mains, cria bravo et dit, avec sa gaieté de sept ans, qui partit tout à coup, allumée comme une fusée :
« Boum-Boum ! c'est lui, c'est lui, cette fois ! Voilà Boum-Boum ! Vive Boum-Boum ! Bonjour, Boum-Boum ! »

Quand le docteur revint, ce jour-là, il trouva, assis au chevet du petit François, un clown à face blême, qui faisait rire encore et toujours rire le petit, et qui lui disait, en remuant un morceau de sucre au fond d'une tasse de tisane :
« Tu sais, si tu ne bois pas, toi, petit François, Boum-Boum ne reviendra plus ! »
Et l'enfant buvait.
« N'est-ce pas que c'est bon ?
— Très bon !... Merci, Boum-Boum !
— Docteur, dit le clown au médecin, ne soyez pas jaloux... Il me semble pourtant que mes grimaces lui font autant de bien que vos ordonnances ! »
Le père et la mère pleuraient ; mais, cette fois, c'était de joie.
Et jusqu'à ce que « petit François » fût sur pied, une voiture s'arrêta tous les jours devant le logis d'ouvrier de la rue des Abbesses, à Montmartre, et un homme en descendit, enveloppé dans un paletot, le collet relevé, et, dessous, costumé comme pour le cirque, avec un gai visage enfariné.
« Qu'est-ce que je vous dois, monsieur ? dit à la fin Jacques Legrand au maître clown, lorsque l'enfant fit sa première sortie. Car, enfin, je vous dois quelque chose ! »
Le clown tendit aux parents ses deux larges mains d'hercule doux :
« Une poignée de main », dit-il...
Puis, posant deux gros baisers sur les joues redevenues roses de l'enfant :
« Et, fit-il en riant, la permission de mettre sur mes cartes de visite : Boum-Boum, docteur-acrobate, médecin ordinaire du petit François ! »

JULES CLARETIE

Bamban

Daniel Eyssette, tout jeune homme, a dû gagner sa vie et entrer comme maître d'études dans un collège, à Sarlande. Ce sont, évidemment, les souvenirs de jeunesse d'Alphonse Daudet. Dans cette page apparaît toute sa sympathie pour les malheureux.

DEUX FOIS PAR SEMAINE, le dimanche et le jeudi, il fallait mener les enfants en promenade. Cette promenade était un supplice pour moi.

D'habitude, nous allions à la *Prairie*, une grande pelouse qui s'étend comme un tapis au pied de la montagne, à une demi-lieue de la ville. Quelques gros châtaigniers, trois ou quatre guinguettes peintes en jaune, une source vive, courant dans le vert, faisaient l'endroit charmant et gai pour l'œil...

Il aurait fait si bon s'étendre sur cette herbe verte, dans l'ombre des châtaigniers, et se griser de serpolet, en écoutant chanter la petite source !... Au lieu de cela, il fallait surveiller, crier, punir... J'avais tout le collège sur les bras. C'était terrible...

Mais le plus terrible encore, ce n'était pas de surveiller les élèves à la Prairie, c'était de traverser la ville avec ma division, la division des petits. Les autres divisions emboîtaient le pas à merveille et sonnaient des talons comme de vieux grognards ! cela sentait la discipline et le tambour. Mes petits, eux, n'entendaient rien à toutes ces belles choses. Ils n'allaient pas en rang, se tenaient par la main et jacassaient le long de la route. J'avais beau leur crier : « Gardez vos distances ! » ils ne me comprenaient pas et marchaient tout de travers.

J'étais assez content de ma tête de colonne. J'y mettais les plus grands, les plus sérieux, ceux qui portaient la tunique, mais à la queue, quel gâchis! quel désordre! Une marmaille folle, des cheveux ébouriffés, des mains sales, des culottes en lambeaux! Je n'osais pas les regarder...

Comprenez-vous mon désespoir de me montrer dans les rues de Sarlande en pareil équipage, et le dimanche surtout!... Les cloches carillonnaient, les rues étaient pleines de monde. On rencontrait des pensionnats de demoiselles qui allaient à vêpres, des modistes en bonnet rose, des élégants en pantalon gris perle. Il fallait traverser tout cela avec un habit râpé et une division ridicule. Quelle honte!...

Parmi tous ces diablotins ébouriffés que je promenais deux fois par semaine dans la ville, il y en avait un surtout, un demi-pensionnaire, qui me désespérait par sa laideur et sa mauvaise tenue.

Imaginez un horrible petit avorton, si petit que c'en était ridicule ; avec cela disgracieux, sale, mal peigné, mal vêtu, sentant le ruisseau, et, pour que rien ne lui manquât, affreusement bancal.

Jamais pareil élève, s'il est permis toutefois de donner à ça le nom d'élève, ne figura sur les feuilles d'inscription de l'Université. C'était à déshonorer un collège.

Pour ma part, je l'avais pris en aversion ; et quand je le voyais, les jours de promenade, se dandiner à la queue de la colonne avec la grâce d'un jeune canard, il me venait des envies furieuses de le chasser à grands coups de botte pour l'honneur de ma division.

Bamban, — nous l'avions surnommé Bamban à cause de sa démarche plus qu'irrégulière —, Bamban était loin d'appartenir à une famille aristocratique. Cela se voyait sans peine à ses manières, à ses façons de dire, et surtout aux belles relations qu'il avait dans le pays.

Tous les gamins de Sarlande étaient ses amis.

Grâce à lui, quand nous sortions, nous avions toujours à nos trousses une nuée de polissons qui faisaient la roue sur nos derrières, appelaient Bamban par son nom, le montraient au doigt, lui jetaient des peaux de châtaignes, et mille autres bonnes singeries. Mes petits s'en amusaient beaucoup, mais moi, je ne riais pas, et j'adressais chaque semaine au principal un rapport circonstancié sur l'élève Bamban et les nombreux désordres que sa présence entraînait.

Malheureusement mes rapports restaient sans réponse, et j'étais toujours obligé de me montrer dans les rues, en compagnie de M. Bamban plus sale et plus bancal que jamais.

Un dimanche entre autres, un beau dimanche de fête et de grand soleil, il m'arriva pour la promenade dans un état de toilette tel que nous en fûmes tous épouvantés. Vous n'avez jamais rien rêvé de semblable. Des mains noires, des souliers sans cordons, de la boue jusque dans les cheveux, presque plus de culotte... un monstre.

Le plus risible, c'est qu'évidemment on l'avait fait très beau, ce jour-là, avant de me l'envoyer. Sa tête, mieux peignée qu'à l'ordinaire, était encore roide de pommade, et le nœud de cravate avait je ne sais quoi qui sentait les doigts maternels. Mais il y a bien des ruisseaux avant d'arriver au collège !...

Bamban s'était roulé dans tous.

Quand je le vis prendre son rang parmi les autres, paisible et souriant comme si de rien n'était, j'eus un mouvement d'horreur et d'indignation.

Je lui criai : « Va-t'en ! »

Bamban pensa que je plaisantais et continua de sourire. Il se croyait très beau, ce jour-là.

Je lui criai de nouveau : « Va-t'en ! va-t'en ! »

Il me regarda d'un air triste et soumis, son œil suppliait ; mais je fus inexorable, et la division s'ébranla, le laissant seul, immobile au milieu de la rue.

Je me croyais délivré de lui pour toute la journée, lorsqu'au sortir de la ville des rires et des chuchotements à mon arrière-garde me firent retourner la tête.

A quatre ou cinq pas, derrière nous, Bamban suivait la promenade gravement.

« Doublez le pas », dis-je aux deux premiers.

Les élèves comprirent qu'il s'agissait de faire une niche au bancal, et la division se mit à filer d'un train d'enfer.

De temps en temps on se retournait pour voir si Bamban pouvait suivre, et on riait de l'apercevoir là-bas, bien loin, gros comme le poing, trottant dans la poussière de la route, au milieu des marchands de gâteaux et de limonade.

Cet enragé-là arriva à la Prairie presque en même temps que nous. Seulement il était pâle de fatigue et tirait la jambe à faire pitié.

J'en eus le cœur touché, et un peu honteux de ma cruauté, je l'appelai près de moi doucement.

Il avait une petite blouse fanée, à carreaux rouges, la blouse du Petit Chose, au collège de Lyon (1).

Je la reconnus tout de suite, cette blouse, et dans moi-même je me disais : « Misérable, tu n'as pas honte? Mais c'est toi, c'est le Petit Chose que tu t'amuses à martyriser ainsi. » Et, plein de larmes intérieures, je me mis à aimer de tout mon cœur ce pauvre déshérité.

Bamban s'était assis par terre, à cause de ses jambes qui lui faisaient mal. Je m'assis près de lui... Je lui parlai... Je lui achetai une orange. J'aurais voulu lui laver les pieds.

A partir de ce jour, Bamban devint mon ami.

. . . .

Je le regardais quelquefois à l'étude, courbé en deux sur son papier, suant, soufflant, tirant la langue, tenant sa plume à pleines mains et appuyant de toutes ses forces, comme s'il eût voulu traverser la table... A chaque bâton il reprenait de l'encre, et à la fin de chaque ligne il rentrait sa langue et se reposait en se frottant les mains.

Bamban travaillait de meilleur cœur, maintenant que nous étions amis...

Quand il avait terminé une page, il s'empressait de gravir

----

1. *Le Petit Chose* : c'est le surnom qu'on avait donné à Daniel Eyssette quand il était entré lui-même au collège. On s'était surtout moqué de sa blouse, une pauvre petite blouse d'enfant malheureux.

ma chaire à quatre pattes et posait son chef-d'œuvre devant moi, sans parler.

Je lui donnais une petite tape affectueuse en lui disant : « C'est très bien ! » C'était hideux, mais je ne voulais pas le décourager.

De fait, peu à peu les bâtons commençaient à marcher plus droit, la plume crachait moins, et il y avait moins d'encre sur les cahiers... Je crois que je serais venu à bout de lui apprendre quelque chose; malheureusement la destinée nous sépara. Le maître des moyens quittait le collège. Comme la fin de l'année était proche, le principal ne voulut pas prendre un nouveau maître. On installa un rhétoricien à barbe dans la chaire des petits, et c'est moi qui fus chargé de l'étude des moyens.

Je considérais cela comme une catastrophe.

. . . .

J'étais réellement malheureux.

Et mes petits aussi se désolaient de me voir partir. Le jour où je leur fis ma dernière étude, il y eut un moment d'émotion quand la cloche sonna... Ils voulurent tous m'embrasser... Quelques-uns même, je vous assure, trouvèrent des choses charmantes à me dire.

Et Bamban ?...

Bamban ne parla pas. Seulement, au moment où je sortais, il s'approcha de moi, tout rouge, et me mit dans la main, avec solennité, un superbe cahier de bâtons qu'il avait dessinés à mon intention.

Pauvre Bamban !

ALPHONSE DAUDET, *Le Petit Chose* (Fasquelle, édit.).

David Copperfield

La mère de David Copperfield, jeune veuve sans volonté, vient d'épouser en secondes noces une sorte de tyran domestique, M. Murdstone. Celui-ci a aussitôt entrepris de faire lui-même, avec la « fermeté » qui lui est particulière, l'instruction du tendre petit. David ne peut voir en lui qu'un intrus dont la présence a brisé le bonheur familial. A la suite d'une scène violente, à propos d'une leçon mal sue, M. Murdstone décide le départ de l'enfant, et l'envoie dans un établissement dirigé par un de ses amis. Le premier contact de David avec l'école Creakle est un de ses plus mélancoliques souvenirs.

SALEM HOUSE était un bâtiment carré en briques, flanqué d'ailes. Il avait l'aspect d'une maison non meublée. Tout y était si tranquille, que je dis à M. Mell (1) que je supposais les élèves

---

1. *M. Mell :* le répétiteur qui est venu au-devant de David Copperfield.

en promenade, mais il parut surpris que j'ignorasse que c'était
les vacances, que tous les élèves fussent chez eux, que M. Creakle,
le directeur, fût au bord de la mer avec Mme et Mlle Creakle, et
que l'on m'envoyât en pleines vacances pour me punir de mon
méfait. C'est ce qu'il m'expliqua tandis que nous approchions.

J'observai curieusement la classe où il me fit entrer ; jamais
je n'avais vu d'endroit plus misérable et plus désolé. Je le revois
encore. Une longue pièce, avec trois longues rangées de pupitres
et six de bancs, les murs hérissés de patères pour les chapeaux
et les ardoises. Des lambeaux de vieux cahiers et de vieux
devoirs jonchent le plancher sale. Des maisons de vers à soie,
construites des mêmes matériaux, sont éparses sur les pupitres.
Deux pauvres petites souris blanches, abandonnées par leur
propriétaire, courent affolées dans un castel de carton moisi et
de fil de fer, fouillant tous les coins de leurs yeux rouges pour
y trouver quelque chose à manger. Un oiseau, dans une cage à
peine plus grande que lui, fait de temps en temps un petit
bruit sec et mélancolique en sautant sur son perchoir, à deux
pouces de haut, ou lorsqu'il en retombe ; mais il ne chante ni
ne pépie. Il pèse sur la pièce une odeur étrange et malsaine ;
cela sent le velours mouillé, la pomme douce privée d'air et le
livre pourri. Il ne pourrait guère y avoir plus d'encre écla-
boussée sur toute son étendue, eût-elle été sans toit depuis
qu'elle est bâtie et que les cieux y eussent fait pleuvoir, neiger,
grêler et venter de l'encre pendant toutes les saisons de l'année.

M. Mell m'ayant quitté un instant pour monter dans sa
chambre sa paire de bottines irréparable, je m'avançai doucement jusqu'au bout de la pièce en observant tout cela chemin
faisant. Tout à coup, je tombai sur un écriteau en carton, posé
sur la chaire, et qui portait ces mots calligraphiés : « Attention. Il mord ! »

J'escaladai la chaire immédiatement, non sans crainte de
trouver dessous au moins un gros chien. Mais j'eus beau regarder anxieusement tout autour, je ne pus rien voir de semblable.
Je cherchais encore, quand M. Mell revint et me demanda ce
que je faisais là-haut.

« Je vous demande pardon, Monsieur, dis-je, je cherche le
chien.

— Le chien ? dit-il ; quel chien ?

— Ce n'est donc pas un chien, Monsieur ?

— Qu'est-ce qui n'est donc pas un chien ?

— La bête à qui il faut faire attention, Monsieur ; la bête qui
mord !

— Non, Copperfield, dit-il, d'un ton grave. Ce n'est pas un
chien, c'est un élève. J'ai ordre, Copperfield, de vous mettre cet

écriteau sur le dos. Je suis navré de débuter ainsi avec vous, mais il le faut. »

Là-dessus il me fit descendre et m'attacha l'écriteau, fort bien construit à cet effet, sur les épaules, comme un sac de soldat ; partout où j'allai dans la suite, j'eus la consolation de le porter.

Ce qu'il me fit souffrir, cet écriteau, nul ne peut l'imaginer. Qu'on pût le voir ou non, je me figurais toujours que quelqu'un le lisait. Et cela ne servait de rien de me retourner et de ne trouver personne, car où que fût mon dos, je m'imaginais qu'il y avait aussi quelqu'un. Ce cruel individu à la jambe de bois (1) aggravait mes souffrances. Il était investi de pouvoirs disciplinaires, et s'il lui arrivait de me voir appuyé contre un arbre, un mur ou la maison, du pas de la porte de sa loge, il rugissait d'une voix formidable : « Eh ! là-bas, le Copperfield ; faites donc voir un peu vos insignes, ou je vous colle un rapport ! »

La cour de récréation, nue et sablée, s'ouvrait sur tout l'arrière de la maison et devant les dépendances, et je savais que les domestiques lisaient mon écriteau, que le boucher le lisait, et que le boulanger le lisait, que tous ceux, en un mot, qui entraient ou sortaient le matin à l'heure où j'avais l'ordre de m'y promener, lisaient qu'il fallait faire attention, car je mordais ! Je me souviens que je commençai littéralement à avoir peur de moi-même, et à croire que j'étais un petit être féroce qui mordait pour de bon.

Il y avait dans cette cour une vieille porte, sur laquelle les élèves avaient coutume de graver leurs noms. Elle était complètement couverte d'inscriptions de ce genre. Dans l'épouvante où j'étais de voir arriver la fin des vacances et le retour des écoliers, je ne pouvais lire un nom d'élève sans me demander de quel ton, avec quelle expression, *lui* lirait : « Attention ! il mord ! » Il y en avait un — un certain J. Steerforth — qui avait gravé son nom très profondément et très souvent ; celui-là, je me figurais qu'il le lirait d'une voix plutôt forte, et qu'il me tirerait les cheveux après. Il y en avait un autre, nommé Tommy Traddles, qui, je le craignais, s'en amuserait et ferait semblant d'avoir de moi une peur horrible. Il y en avait un troisième, George Demple, qui, dans mon idée, le chanterait. Je l'ai regardée, cette porte, en me faisant tout petit, jusqu'à ce qu'il me semblât entendre les propriétaires de tous ces noms — il y en avait quarante-cinq alors à l'école, me dit M. Mell — me mettre en quarantaine par acclamation unanime, et me crier chacun à sa manière : « Attention ! il mord ! »

Ch. Dickens, *David Copperfield*.
Traduit spécialement de l'anglais par M. Henri Veslot.

1. Le portier.

Poil de Carotte

« Je parie, dit Madame Lepic, qu'Honorine a encore oublié de fermer les poules. »

C'est vrai. On peut s'en assurer par la fenêtre. Là-bas, tout au fond de la cour, le petit toit aux poules découpe, dans la nuit, le carré noir de sa porte ouverte.

« Félix, si tu allais les fermer ? dit Madame Lepic à l'aîné de ses trois enfants.

— Je ne suis pas ici pour m'occuper des poules, dit Félix, grand garçon pâle, indolent et poltron.

— Et toi, Ernestine ?

— Oh ! moi, maman, j'aurais trop peur ! »

Grand frère Félix et sœur Ernestine lèvent à peine la tête pour répondre. Ils lisent, très intéressés, les coudes sur la table, presque front contre front.

« Dieu ! que je suis bête ! dit Madame Lepic. Je n'y pensais plus. Poil de Carotte, va fermer les poules ! »

Elle donne ce petit nom d'amour à son dernier-né, parce qu'il a les cheveux roux et la peau tachée. Poil de Carotte, qui joue « à rien » sous la table, se dresse et dit avec timidité :

« Mais, maman, j'ai peur aussi, moi.

— Comment ? répond Madame Lepic, un grand gars comme toi ! c'est pour rire. Dépêchez-vous, s'il vous plaît !

— On le connaît ; il est hardi comme un bouc, dit sa sœur Ernestine.

— Il ne craint rien, dit Félix, son grand frère. »

Ces compliments enorgueillissent Poil de Carotte, et, honteux d'en être indigne, il lutte déjà contre sa couardise. Pour l'encourager définitivement, sa mère lui promet une gifle.

« Au moins, éclairez-moi », dit-il.

Madame Lepic hausse les épaules, Félix sourit avec mépris. Seule pitoyable, Ernestine prend une bougie et accompagne petit frère jusqu'au bout du corridor.

« Je t'attendrai là », dit-elle.

Mais elle s'enfuit tout de suite, parce qu'un fort coup de vent fait vaciller la lumière et l'éteint.

Poil de Carotte, les fesses collées, les talons plantés, se met à trembler dans les ténèbres. Parfois une rafale l'enveloppe, comme un drap glacé, pour l'emporter. Des renards, des loups même, ne lui soufflent-ils pas dans les doigts, sur la joue ? Le mieux est de se précipiter, au juger, vers les poules, la tête en avant afin de trouer l'ombre. Tâtonnant, il saisit le crochet de la porte. Au bruit de ses pas, les poules ef-

farées s'agitent en gloussant sur leur perchoir. Poil de Carotte
leur crie :

« Taisez-vous donc, c'est moi ! »

ferme la porte et se sauve, les bras comme ailés, mais
exsangues. Quand il rentre, haletant, fier de lui, dans la chaleur et la lumière, il lui semble qu'il échange des loques pesantes
de boue et de pluie contre un vêtement neuf et léger. Il sourit,
se tient droit, se pavane dans son orgueil de héros enfantin,
attend les félicitations, et, maintenant hors de danger, cherche
sur le visage de ses parents la trace des inquiétudes qu'ils ont
eues.

Mais grand frère Félix et sœur Ernestine continuent tranquillement leur lecture, et Madame Lepic lui dit de sa voix
naturelle :

« Poil de Carotte, tu iras les fermer tous les soirs. »

JULES RENARD, *Poil de Carotte*
(E. Flammarion, édit.).

Gavroche

*Victor Hugo, le plus grand écrivain du XIXᵉ siècle, a toujours aimé
les humbles, les pauvres, ceux qui souffrent. Dans son roman des
Misérables, il raconte l'histoire d'un gamin de Paris, Gavroche.*

*Gavroche est un petit garçon de onze à douze ans. Abandonné de ses
parents, habillé de loques, il vit dans la rue. Voici comment Victor
Hugo nous le présente :*

*« C'était un garçon bruyant, blême, leste, goguenard, à l'air vivace et
maladif. Il n'avait pas de gîte, pas de pain, pas de feu, pas d'amour ;
mais il était joyeux parce qu'il était libre. »*

*Mal élevé, Gavroche est intelligent : il a, surtout, bon cœur, et sait
être utile aux autres. Écoutez cette histoire :*

Un soir que les bises soufflaient rudement, au point que jan-
vier semblait revenu et que les bourgeois avaient repris les
manteaux, le petit Gavroche, toujours grelottant gaiement sous
ses loques, se tenait debout et comme en extase devant la boutique d'un perruquier des environs de l'Orme-Saint-Gervais. Il
était orné d'un châle de femme en laine, cueilli on ne sait où,
dont il s'était fait un cache-nez. Le petit Gavroche avait l'air
d'admirer profondément une mariée en cire, décolletée et coiffée
de fleurs d'oranger, qui tournait derrière la vitre, montrant,
entre deux quinquets, son sourire aux passants; mais en réalité
il observait la boutique afin de voir s'il ne pourrait pas « chiper »
dans la devanture un pain de savon, qu'il irait ensuite revendre
un sou à un « coiffeur » de la banlieue. Il lui arrivait souvent
de déjeuner d'un de ces pains-là. Il appelait ce genre de travail,
pour lequel il avait du talent, « faire la barbe aux barbiers ».

Tout en contemplant la mariée et tout en lorgnant le pain de savon, il grommelait entre ses dents ceci : « Mardi. — Ce n'est pas mardi. — Est-ce mardi? — C'est peut-être mardi. — Oui, c'est mardi. »

On n'a jamais su à quoi avait trait ce monologue.

Si, par hasard, ce monologue se rapportait à la dernière fois où il avait dîné, il y avait trois jours, car on était au vendredi.

Le barbier, dans sa boutique chauffée d'un bon poêle, rasait une pratique, et jetait de temps en temps un regard de côté à cet ennemi, à ce gamin gelé et effronté qui avait les deux mains dans ses poches, mais l'esprit évidemment hors du fourreau.

Pendant que Gavroche examinait la mariée, le vitrage et les Windsor-soap (1), deux enfants de taille inégale, assez proprement vêtus, et encore plus petits que lui, paraissant l'un sept ans, l'autre cinq, tournèrent timidement le bec de cane et entrèrent dans la boutique en demandant on ne sait quoi, la charité peut-être, dans un murmure plaintif et qui ressemblait plutôt à un gémissement qu'à une prière. Ils parlaient tous deux à la fois, et leurs paroles étaient inintelligibles parce que les sanglots coupaient la voix du plus jeune et que le froid faisait claquer les dents de l'aîné. Le barbier se tourna avec un visage furieux, et sans quitter son rasoir, refoulant l'aîné de la main gauche et le petit du genou, les poussa dans la rue, et referma sa porte en disant :

« Venir refroidir le monde pour rien ! »

Les deux enfants se remirent en marche en pleurant. Cependant une nuée était venue, il commençait à pleuvoir.

Le petit Gavroche courut après eux et les aborda :

« Qu'est-ce que vous avez donc, moutards?

— Nous ne savons pas où coucher, répondit l'aîné.

— C'est ça? dit Gavroche. Voilà grand'chose. Est-ce qu'on pleure pour ça ? Sont-ils serins donc ! »

Et prenant, à travers sa supériorité un peu goguenarde, un accent d'autorité attendrie et de protection douce :

« Momacques (2), venez avec moi.

— Oui, monsieur, fit l'aîné. »

Et les deux enfants le suivirent comme ils auraient suivi un archevêque. Ils avaient cessé de pleurer.

Gavroche leur fit monter la rue Saint-Antoine dans la direction de la Bastille.

Gavroche, tout en cheminant, jeta un coup d'œil indigné et rétrospectif à la boutique du barbier.

1. *Windsor-soap* : savons anglais. — 2. *Momacques* : petits mômes, c'est-à-dire petits enfants.

« Ça n'a pas de cœur, ce merlan-là (1), grommela-t-il. C'est un angliche. »

Cependant, en continuant de monter la rue, il avisa, toute glacée sous une porte cochère, une mendiante de treize ou quatorze ans, si court-vêtue qu'on voyait ses genoux...

« Pauvre fille! dit Gavroche. Tiens, prends toujours ça. »

Et, défaisant toute cette bonne laine qu'il avait autour du cou, il la jeta sur les épaules maigres et violettes de la mendiante, où le cache-nez redevint châle.

La petite considéra d'un air étonné et reçut le châle en silence. A un certain degré de détresse, le pauvre, dans sa stupeur, ne gémit plus du mal et ne remercie plus du bien.

Cela fait :

« Brrr! » dit Gavroche, plus frissonnant que saint Martin qui, lui du moins, avait gardé la moitié de son manteau.

Sur ce brrr! l'averse, redoublant d'humeur, fit rage. Ces mauvais ciels-là punissent les bonnes actions.

« Ah ça, s'écria Gavroche, qu'est-ce que cela signifie? Il repleut! Bon Dieu, si cela continue, je me désabonne. »

Et il se remit en marche.

« C'est égal, reprit-il en jetant un coup d'œil à la mendiante qui se pelotonnait sous le châle, en voilà une qui a une fameuse pelure (2). »

Et, regardant la nuée, il cria :

« Attrapé! »

Les deux enfants emboîtaient le pas derrière lui.

Comme ils passaient devant un de ces épais treillis grillés qui indiquent la boutique d'un boulanger, car on met le pain comme l'or derrière des grillages de fer, Gavroche se tourna :

« Ah ça, mômes, avons-nous dîné ?

— Monsieur, répondit l'aîné, nous n'avons pas mangé depuis tantôt ce matin.

— Vous êtes donc sans père ni mère? reprit majestueusement Gavroche.

— Faites excuse, monsieur, nous avons papa et maman, mais nous ne savons pas où ils sont.

— Des fois, cela vaut mieux que de le savoir, dit Gavroche qui était un penseur.

— Voilà, continua l'aîné, deux heures que nous marchons, nous avons cherché des choses au coin des bornes, mais nous ne trouvons rien.

— Je sais, fit Gavroche. C'est les chiens qui mangent tout. »

Il reprit après un silence :

---

1. *Merlan :* perruquier. On donnait ce surnom aux coiffeurs parce qu'ils étaient blancs de poudre et rappelaient la couleur du merlan. — 2. *Pelure :* vêtement, en argot.

« Ah! nous avons perdu nos auteurs (1). Nous ne savons plus ce que nous en avons fait. Ça ne se doit pas, gamins. C'est bête d'égarer comme ça des gens d'âge. Ah çà! il faut licher pourtant. »

Du reste il ne leur fit pas de questions. Être sans domicile, quoi de plus simple?

Cependant il s'était arrêté, et depuis quelques minutes il tâtait et fouillait toutes sortes de recoins qu'il avait dans ses haillons.

Enfin il releva la tête d'un air qui ne voulait qu'être satisfait, mais qui était en réalité triomphant.

« Calmons-nous, les momignards (2). Voici de quoi souper pour trois. »

Et il tira d'une de ses poches un sou.

Sans laisser aux deux petits le temps de s'ébahir, il les poussa tous deux devant lui dans la boutique du boulanger, et mit son sou sur le comptoir en criant :

« Garçon! cinque centimes de pain. »

Le boulanger, qui était le maître en personne, prit un pain et un couteau.

« En trois morceaux, garçon! » reprit Gavroche, et il ajouta avec dignité :

« Nous sommes trois. »

Et voyant que le boulanger, après avoir examiné les trois soupeurs, avait pris un pain bis, il plongea profondément son doigt dans son nez avec une aspiration aussi impérieuse que s'il eût eu au bout du pouce la prise de tabac du grand Frédéric (3), et jeta au boulanger en plein visage cette apostrophe indignée :

« Keksekça? »

Ceux de nos lecteurs qui seraient tentés de voir dans cette interpellation de Gavroche au boulanger un mot russe ou polonais, ou l'un de ces cris sauvages que les Yoways et les Botocudos (4) se lancent du bord d'un fleuve à l'autre à travers les solitudes, sont prévenus que c'est un mot qu'ils disent tous les jours (eux nos lecteurs) et qui tient lieu de cette phrase : qu'est-ce que c'est que cela? Le boulanger comprit parfaitement et répondit :

« Eh mais! c'est du pain, du très bon pain de deuxième qualité.

— Vous voulez dire du larton brutal (5), reprit Gavroche,

---

1. *Nos auteurs : nos* parents. — 2. *Momignards :* petits mômes. — 3. *La prise de tabac du grand Frédéric :* allusion à l'habitude de priser qu'avait le grand Frédéric, roi de Prusse, et à la majesté qu'il devait donner à ce geste vulgaire. — 4. *Les Yoways* et *les Botocudos :* peuplades de l'Amérique. — 5. *Du larton brutal :* du pain noir.

calme et froidement dédaigneux. Du pain blanc, garçon! du larton savonné ! je régale. »

Le boulanger ne put s'empêcher de sourire, et tout en coupant le pain blanc, il les considérait d'une façon compatissante qui choqua Gavroche.

« Ah çà, mitron ! dit-il, qu'est-ce que vous avez donc à nous toiser comme ça ? »

Mis tous trois bout à bout, ils auraient à peine fait une toise.

Quand le pain fut coupé, le boulanger encaissa le sou, et Gavroche dit aux deux enfants :

« Morfilez (1). »

Les petits garçons le regardèrent interdits.

Gavroche se mit à rire :

« Ah ! tiens, c'est vrai, ça ne sait pas encore, c'est si petit. »

Et il reprit :

« Mangez. »

En même temps, il leur tendait à chacun un morceau de pain.

Et, pensant que l'aîné, qui lui paraissait plus digne de sa conversation, méritait quelque encouragement spécial et devait être débarrassé de toute hésitation à satisfaire son appétit, il ajouta en lui donnant la plus grosse part :

« Colle-toi ça dans le fusil (2). »

Il y avait un morceau plus petit que les deux autres; il le prit pour lui.

Les pauvres enfants étaient affamés, y compris Gavroche. Tout en arrachant leur pain à belles dents, ils encombraient la boutique du boulanger qui, maintenant qu'il était payé, les regardait avec humeur.

« Rentrons dans la rue », dit Gavroche.

Ils reprirent la direction de la Bastille.

De temps en temps, quand ils passaient devant les devantures de boutiques éclairées, le plus petit s'arrêtait pour regarder l'heure à une montre en plomb suspendue à son cou par une ficelle.

« Voilà décidément un fort serin », disait Gavroche.

Puis, pensif, il grommelait entre ses dents :

« C'est égal, si j'avais des mômes, je les serrerais mieux que ça »...

Il y a vingt ans, on voyait encore dans l'angle sud-est de la place de la Bastille, près de la gare du canal creusée dans l'ancien fossé de la prison-citadelle, un monument bizarre qui

---

1. *Morfilez* : expression d'argot qui signifie *Mangez*, comme Gavroche va l'expliquer aux enfants. — 2. *Colle-toi ça dans le fusil* : autre expression d'argot qui veut dire : *Avale ça.*

s'est effacé déjà de la mémoire des Parisiens, et qui méritait d'y laisser quelque trace... C'était un éléphant de quarante pieds de haut, construit en charpente et en maçonnerie, portant sur son dos sa tour qui ressemblait à une maison, jadis peint en vert par un badigeonneur quelconque, maintenant peint en noir par le ciel, la pluie et le temps. Dans cet angle découvert et désert de la place, le large front du colosse, sa trompe, ses défenses, sa tour, sa croupe énorme, ses quatre pieds pareils à des colonnes, faisaient, la nuit, sur le ciel étoilé, une silhouette surprenante et terrible...

Peu d'étrangers visitaient cet édifice, aucun passant ne le regardait. Il tombait en ruine; à chaque saison, des plâtras qui se détachaient de ses flancs lui faisaient des plaies hideuses...

Ce fut vers ce coin de la place, à peine éclairé du reflet d'un réverbère éloigné, que le gamin dirigea les deux « mômes »...

En arrivant près du colosse, Gavroche comprit l'effet que l'infiniment grand peut produire sur l'infiniment petit, et dit : « Moutards! n'ayez pas peur. »

Puis il entra par une lacune de la palissade dans l'enceinte de l'éléphant et aida les mômes à enjamber la brèche. Les deux enfants, un peu effrayés, suivaient sans dire mot Gavroche et se confiaient à cette petite providence en guenilles qui leur avait donné du pain et leur avait promis un gîte.

Il y avait là, couchée le long de la palissade, une échelle qui servait le jour aux ouvriers du chantier voisin. Gavroche la souleva avec une singulière vigueur, et l'appliqua contre une des jambes de devant de l'éléphant. Vers le point où l'échelle allait aboutir, on distinguait une espèce de trou noir dans le ventre du colosse.

Gavroche montra l'échelle et le trou à ses hôtes, et leur dit : « Montez et entrez. »

Les deux petits garçons se regardèrent terrifiés.

« Vous avez peur, mômes! s'écria Gavroche.

Et il ajouta :

— Vous allez voir. »

Il étreignit le pied rugueux de l'éléphant, et en un clin d'œil, sans daigner se servir de l'échelle, il arriva à la crevasse. Il y entra comme une couleuvre qui se glisse dans une fente, et s'y enfonça, et un moment après les deux enfants virent vaguement apparaître, comme une forme blanchâtre et blafarde, sa tête pâle au bord du trou plein de ténèbres.

« Eh bien, cria-t-il, montez donc, les momignards! vous allez voir comme on est bien! — Monte, toi! dit-il à l'aîné, je te tends la main. »

Les petits se poussèrent de l'épaule, le gamin leur faisait peur et les rassurait à la fois, et puis il pleuvait bien fort. L'aîné se risqua. Le plus jeune, en voyant monter son frère et lui resté tout seul entre les pattes de cette grosse bête, avait bien envie de pleurer, mais il n'osait.

L'aîné gravissait, tout en chancelant, les barreaux de l'échelle; Gavroche, chemin faisant, l'encourageait par des exclamations de maître d'armes à ses écoliers ou de muletier à ses mules :

« Aye pas peur !
— C'est ça !
— Va toujours !
— Mets ton pied là !
— Ta main ici.
— Hardi ! »

Et quand il fut à sa portée, il l'empoigna brusquement et vigoureusement par le bras et le tira à lui.

« Gobé ! » dit-il.

Le môme avait franchi la crevasse.

« Maintenant, fit Gavroche, attends-moi. Monsieur, prenez la peine de vous asseoir. »

Et, sortant de la crevasse comme il y était entré, il se laissa glisser avec l'agilité d'un ouistiti le long de la jambe de l'éléphant, il tomba debout sur ses pieds dans l'herbe, saisit le petit de cinq ans à bras-le-corps et le planta au beau milieu de l'échelle, puis il se mit à monter derrière lui en criant à l'aîné :

« Je vais le pousser, tu vas le tirer. »

En un instant le petit fut monté, poussé, traîné, tiré, bourré, fourré dans le trou sans avoir eu le temps de se reconnaître, et Gavroche, entrant après lui, repoussant d'un coup de talon l'échelle qui tomba sur le gazon, se mit à battre des mains et cria :

« Nous y v'là ! Vive le général La Fayette ! (1) »

Cette explosion passée, il ajouta :

« Les mioches, vous êtes chez moi. »

Gavroche était en effet chez lui.

Le trou par où Gavroche était entré était une brèche à peine visible du dehors, cachée qu'elle était, nous l'avons dit, sous le ventre de l'éléphant, et si étroite qu'il n'y avait guère que des chats et des mômes qui pussent y passer.

« Commençons, dit Gavroche, par dire au portier que nous n'y sommes pas. »

Et plongeant dans l'obscurité avec certitude comme quelqu'un qui connaît son appartement, il prit une planche et en boucha le trou...

Une clarté subite leur fit cligner les yeux; Gavroche venait d'allumer un de ces bouts de ficelle trempés dans la résine qu'on

1. *Vive le général La Fayette !* c'était un cri de la rue. A cette époque, le général La Fayette était très populaire.

appelle rats de cave. Le rat de cave, qui fumait plus qu'il n'éclairait, rendait confusément visible le dedans de l'éléphant.

Les deux hôtes de Gavroche regardèrent autour d'eux, et éprouvèrent quelque chose de pareil à ce qu'éprouverait quelqu'un qui serait enfermé dans la grosse tonne de Heidelberg (1), ou mieux encore, à ce que dut éprouver Jonas dans le ventre biblique de la baleine (2). Tout un squelette gigantesque leur apparaissait et les enveloppait. En haut, une longue poutre brune, d'où partaient de distance en distance de massives membrures cintrées, figurait la colonne vertébrale avec les côtes ; des stalactites de plâtre y pendaient comme des viscères, et d'une côte à l'autre de vastes toiles d'araignée faisaient des diaphragmes poudreux. On voyait çà et là dans les coins de grosses taches noirâtres qui avaient l'air de vivre et qui se déplaçaient rapidement avec un mouvement brusque et effaré.

Les débris tombés du dos de l'éléphant sur son ventre en avaient comblé la cavité, de sorte qu'on pouvait y marcher comme sur un plancher.

Le plus petit se rencogna contre son frère et dit à demi-voix :
« C'est noir. »

Ce mot fit exclamer Gavroche. L'air pétrifié des deux mômes rendait une secousse nécessaire.

« Qu'est-ce que vous me fichez ? s'écria-t-il. Blaguons-nous ? faisons-nous les dégoûtés ? vous faut-il pas les Tuileries ? Seriez-vous pas des brutes ? Dites-le. Je vous préviens que je ne suis pas du régiment des godiches. Ah çà, est-ce que vous êtes les moutards du moutardier du pape ? »

Un peu de rudoiement est bon dans l'épouvante. Cela rassure. Les deux enfants se rapprochèrent de Gavroche.

Gavroche, paternellement attendri de cette confiance, passa « du grave au doux », et s'adressant au plus petit :

« Bêta, lui dit-il en accentuant l'injure d'une nuance caressante, c'est dehors que c'est noir. Dehors il pleut, ici il ne pleut pas ; dehors il fait froid, ici il n'y a pas une miette de vent ; dehors il y a des tas de monde, ici il n'y a personne ; dehors il n'y a pas même la lune, ici il y a ma chandelle, nom d'unch ! »

Les deux enfants commençaient à regarder l'appartement avec moins d'effroi ; mais Gavroche ne leur laissa pas plus longtemps le loisir de la contemplation.

« Vite », dit-il.

---

1. *Heidelberg* : il s'agit du célèbre tonneau de Heidelberg, contenu dans les caves du vieux château des comtes palatins, et jaugeant 140.000 litres. — 2. *Jonas* : allusion au prophète fameux de la Bible qui, jeté à la mer au cours d'une tempête, passa trois jours dans le ventre d'une baleine, et fut rejeté sain et sauf sur le rivage.

Et il les poussa vers ce que nous sommes très heureux de pouvoir appeler le fond de la chambre.

Là était son lit.

Le lit de Gavroche était complet. C'est-à-dire qu'il y avait un matelas, une couverture et une alcôve avec rideaux.

Le matelas était une natte de paille, la couverture un assez vaste pagne de grosse laine grise fort chaude et presque neuve. Voici ce que c'était que l'alcôve.

Trois échalas assez longs enfoncés et consolidés dans les gravois du sol, c'est-à-dire du ventre de l'éléphant, deux en avant, un en arrière, et réunis par une corde à leur sommet, de manière à former un faisceau pyramidal. Ce faisceau supportait un treillage de fil de laiton qui était simplement posé dessus, mais artistement appliqué et maintenu par des attaches de fil de fer, de sorte qu'il enveloppait entièrement les trois échalas. Un cordon de grosses pierres fixait tout autour ce treillage sur le sol, de manière à ne rien laisser passer. Ce treillage n'était autre chose qu'un morceau de ces grillages de cuivre dont on revêt les volières dans les ménageries. Le lit de Gavroche était sous ce grillage comme dans une cage. L'ensemble ressemblait à une tente d'esquimau.

C'est ce grillage qui tenait lieu de rideaux.

Gavroche dérangea un peu les pierres qui assujettissaient le grillage par devant, les deux pans du treillage qui retombaient l'un sur l'autre s'écartèrent.

« Mômes, à quatre pattes ! » dit Gavroche.

Il fit entrer avec précaution ses hôtes dans la cage, puis il y entra après eux, en rampant, rapprocha les pierres, et referma hermétiquement l'ouverture.

Ils s'étaient étendus tous trois sur la natte.

Si petits qu'ils fussent, aucun d'eux n'eût pu se tenir debout dans l'alcôve. Gavroche avait toujours le rat de cave à sa main.

« Maintenant, dit-il, pioncez ! Je vas supprimer le candélabre.

— Monsieur, demanda l'aîné des deux frères à Gavroche en montrant le grillage, qu'est-ce que c'est donc que ça ?

— Ça, dit Gavroche gravement, c'est pour les rats. — Pioncez ! »

Cependant il se crut obligé d'ajouter quelques paroles pour l'instruction de ces êtres en bas âge, et il continua :

« C'est des choses du Jardin des Plantes. Ça sert aux animaux féroces. Gniena (il y en a) plein un magasin. Gnia (il n'y a) qu'à monter par-dessus un mur, qu'à grimper par une fenêtre et qu'à passer sous une porte. On en a tant qu'on veut. »

Tout en parlant, il enveloppait d'un pan de la couverture le tout petit qui murmura :

« Oh ! c'est bon ! c'est chaud ! »

Gavroche fixa un œil satisfait sur la couverture.

« C'est encore du Jardin des Plantes, dit-il. J'ai pris ça aux singes. »

Et montrant à l'aîné la natte sur laquelle il était couché, natte fort épaisse et admirablement travaillée, il ajouta :

« Ça, c'était à la girafe. »

Après une pause, il poursuivit :

« Les bêtes avaient tout ça. Je le leur ai pris. Ça ne les a pas fâchées. Je leur ai dit : C'est pour l'éléphant. »

Il fit encore un silence et reprit :

« On passe par-dessus les murs, et on se fiche du gouvernement. V'là. »

Les deux enfants considéraient avec un respect craintif et stupéfait cet être intrépide et inventif, vagabond comme eux, isolé comme eux, chétif comme eux, qui avait quelque chose d'admirable et de tout-puissant...

Les deux enfants se serrèrent l'un contre l'autre. Gavroche acheva de les arranger sur la natte et leur monta la couverture jusqu'aux oreilles, puis répéta pour la troisième fois l'injonction en langue hiératique (1) :

« Pioncez ! »

Et il souffla le lumignon.

A peine la lumière était-elle éteinte qu'un tremblement singulier commença à ébranler le treillage sous lequel les trois enfants étaient couchés. C'était une multitude de frottements sourds qui rendaient un son métallique, comme si des griffes et des dents grinçaient sur le fil de cuivre. Cela était accompagné de toutes sortes de petits cris aigus.

Le petit garçon de cinq ans, entendant ce vacarme au-dessus de sa tête et glacé d'épouvante, poussa du coude son frère aîné, mais le frère aîné « pionçait » déjà, comme Gavroche le lui avait ordonné. Alors le petit, n'en pouvant plus de peur, osa interpeller Gavroche, mais tout bas, en retenant son haleine :

« Monsieur ?

— Hein ? fit Gavroche qui venait de fermer les paupières.

— Qu'est-ce que c'est donc que ça ?

— C'est les rats », répondit Gavroche.

Et il remit sa tête sur la natte.

Les rats en effet, qui pullulaient par milliers dans la carcasse de l'éléphant et qui étaient ces taches noires vivantes dont nous avons parlé, avaient été tenus en respect par la flamme de la bougie tant qu'elle avait brillé, mais dès que cette caverne, qui était comme leur cité, avait été rendue à la nuit, sentant là ce que le bon conteur Perrault appelle « de la chair fraîche », ils

---

1. *En langue hiératique :* en langue sacrée, non connue du vulgaire ; il s'agit de l'argot.

s'étaient rués en foule sur la tente de Gavroche, avaient grimpé
jusqu'au sommet, et en mordaient les mailles comme s'ils cherchaient à percer cette zinzelière (1) d'un nouveau genre.

Cependant le petit ne dormait pas.

« Monsieur ! reprit-il.

— Hein ? fit Gavroche.

— Qu'est-ce que c'est donc que les rats ?

— C'est des souris. »

Cette explication rassura un peu l'enfant. Il avait vu dans sa
vie des souris blanches et il n'en avait pas eu peur. Pourtant
il éleva encore la voix :

« Monsieur ?

— Hein ? reprit Gavroche.

— Pourquoi n'avez-vous pas un chat ?

— J'en ai eu un, répondit Gavroche, j'en ai apporté un, mais
ils me l'ont mangé. »

Cette seconde explication défit l'œuvre de la première, et le
petit recommença à trembler. Le dialogue entre lui et Gavroche
reprit pour la quatrième fois.

« Monsieur !

— Hein ?

— Qui ça qui a été mangé ?

— Le chat.

— Qui a mangé le chat ?

— Les rats.

— Les souris ?

— Oui, les rats. »

L'enfant, consterné de ces souris qui mangent les chats, poursuivit :

« Monsieur, est-ce qu'elles nous mangeraient ces souris-là ?

— Pardi ! » fit Gavroche.

La terreur de l'enfant était au comble. Mais Gavroche ajouta :

« N'eille pas peur ! ils ne peuvent pas entrer. Et puis je suis
là ! Tiens, prends ma main. Tais-toi, et pionce ! »

Gavroche en même temps prit la main du petit par-dessus
son frère. L'enfant serra cette main contre lui et se sentit rassuré. Le courage et la force ont de ces communications mystérieuses. Le silence s'était refait autour d'eux, le bruit des voix
avait effrayé et éloigné les rats; au bout de quelques minutes
ils eurent beau revenir et faire rage, les trois mômes, plongés
dans le sommeil, n'entendaient plus rien.

Les heures de la nuit s'écoulèrent. L'ombre couvrait l'immense place de la Bastille, un vent d'hiver qui se mêlait à la
pluie soufflait par bouffées, les patrouilles furetaient les portes,
les allées, les enclos, les coins obscurs, et, cherchant les vaga-

---

1. *Zinzelière :* mot d'origine italienne et qui désigne une sorte de moustiquaire.

bonds nocturnes, passaient silencieusement devant l'éléphant ;
le monstre, debout, immobile, les yeux ouverts dans les ténèbres, avait l'air de rêver comme satisfait de sa bonne action,
et abritait du ciel et des hommes les trois pauvres enfants
endormis.

Victor Hugo, *Les Misérables*.

Cosette

*Cosette est une petite fille de huit ans. Laissée par sa mère aux
mains des Thénardier, méchants aubergistes, elle mène une existence
misérable, fait toutes les corvées, et reçoit des coups. Un jour, un
inconnu qui va être son protecteur, Jean Valjean, vient chercher
Cosette. Il s'est fait passer pour un voyageur ; il voit l'enfant, assise
sous la table de la cuisine et regardant d'un œil d'envie les deux filles
de l'aubergiste qui jouent à la poupée.*

Tout à coup Cosette s'interrompit. Elle venait de se retourner et d'apercevoir la poupée des petites Thénardier, qu'elles
avaient quittée pour le chat et laissée à terre à quelques pas
de la table de cuisine...

Elle sortit de dessous la table en rampant sur les genoux et
sur les mains, s'assura encore une fois qu'on ne la guettait pas,
puis se glissa vivement jusqu'à la poupée et la saisit. Un instant après, elle était à sa place, assise, immobile, tournée seulement de manière à faire de l'ombre sur la poupée qu'elle tenait
dans ses bras. Ce bonheur de jouer avec une poupée était tellement rare pour elle qu'il avait toute la violence d'une volupté.

Personne ne l'avait vue, excepté le voyageur qui mangeait
lentement son maigre souper.

Cette joie dura près d'un quart d'heure.

Mais quelque précaution que prît Cosette, elle ne s'apercevait pas qu'un des pieds de la poupée — *passait* — et que le feu
de la cheminée l'éclairait très vivement. Ce pied rose et lumi-
neux qui sortait de l'ombre frappa subitement le regard
d'Azelma, qui dit à Eponine :

« Tiens, ma sœur ! »

Les deux petites filles s'arrêtèrent stupéfaites. Cosette avait
osé prendre la poupée !

Eponine se leva et, sans lâcher le chat, alla vers sa mère et se
mit à la tirer par sa jupe.

« Mais laisse-moi donc ! dit la mère. Qu'est-ce que tu me veux ?
— Mère, dit l'enfant, regarde donc ? »

Et elle désignait du doigt Cosette.

Cosette, elle, tout entière aux extases de la possession, ne
voyait et n'entendait plus rien.

Le visage de la Thénardier prit cette expression particulière qui se compose du terrible mêlé aux riens de la vie et qui a fait nommer ces sortes de femmes : mégères (1).

Cette fois, l'orgueil blessé exaspérait encore sa colère. Cosette avait franchi tous les intervalles, Cosette avait attenté à la poupée de « ces demoiselles ».

Une czarine qui verrait un mougick (2) essayer le grand cordon bleu de son impérial fils n'aurait pas une autre figure.

Elle cria d'une voix que l'indignation enrouait :

« Cosette ! »

Cosette tressaillit comme si la terre eût tremblé sous elle. Elle se retourna.

« Cosette ! » répéta la Thénardier.

Cosette prit la poupée et la posa doucement à terre avec une sorte de vénération mêlée de désespoir. Alors, sans la quitter des yeux, elle joignit les mains, et, ce qui est effrayant à dire dans un enfant de cet âge, elle se les tordit; puis, ce que n'avait pu lui arracher aucune des émotions de la journée, ni la course dans le bois, ni la pesanteur du seau d'eau, ni la perte de l'argent, ni la vue du martinet, ni même la sombre parole qu'elle avait entendu dire à la Thénardier (3), — elle pleura. Elle éclata en sanglots.

Cependant le voyageur s'était levé.

« Qu'est-ce donc, dit-il à la Thénardier.

— Vous ne voyez pas ? dit la Thénardier en montrant du doigt le corps du délit qui gisait aux pieds de Cosette.

— Eh bien, quoi? reprit l'homme.

— Cette gueuse, répondit la Thénardier, s'est permis de toucher à la poupée des enfants !

— Tout ce bruit pour cela ! dit l'homme. Eh bien, quand elle jouerait avec cette poupée?

— Elle y a touché avec ses mains sales ! poursuivit la Thénardier, — avec ses affreuses mains ! »

Ici Cosette redoubla ses sanglots.

« Te tairas-tu ! » cria la Thénardier.

L'homme alla droit à la porte de la rue, l'ouvrit et sortit.

Dès qu'il fut sorti, la Thénardier profita de son absence pour allonger sous la table à Cosette un grand coup de pied qui fit jeter à l'enfant les hauts cris.

---

1. *Mégère :* Se dit d'une femme très méchante. — 2. *Mougick :* mot russe qui signifie paysan. — 3. *Aucune des émotions de la journée,* etc. : la Thénardier a envoyé Cosette, en pleine nuit, dans le bois voisin, puiser un seau d'eau très lourd à une source. En se baissant, Cosette a perdu une pièce d'argent qu'on lui a donnée pour acheter un pain. Elle a failli recevoir des coups de martinet, et vient d'entendre dire par la Thénardier, sans comprendre son malheur, que sa mère est morte.

La porte se rouvrit, l'homme reparut. Il portait dans ses deux mains la poupée fabuleuse dont nous avons parlé et que tous les marmots du village contemplaient depuis le matin (1), et il la posa debout devant Cosette en disant :

« Tiens, c'est pour toi... »

Cosette leva les yeux, elle avait vu venir l'homme à elle avec cette poupée comme elle eût vu venir le soleil, elle entendit ces paroles inouïes : *C'est pour toi.* Elle le regarda, elle regarda la poupée, puis elle recula lentement, et s'alla cacher tout au fond sous la table, dans le coin du mur.

Elle ne pleurait plus, elle ne criait plus, elle avait l'air de ne plus oser respirer.

La Thénardier, Éponine, Azelma, étaient autant de statues. Les buveurs eux-mêmes s'étaient arrêtés. Il s'était fait un silence solennel dans tout le cabaret...

Le gargotier considérait tour à tour la poupée et le voyageur ; il semblait flairer cet homme comme il eût flairé un sac d'argent. Cela ne dura que le temps d'un éclair. Il s'approcha de sa femme et lui dit bas :

« Cette machine coûte au moins trente francs. Pas de bêtises. A plat ventre devant l'homme !...

— Eh bien, Cosette, dit la Thénardier d'une voix qui voulait être douce et qui était toute composée de ce miel aigre des méchantes femmes, est-ce que tu ne prends pas ta poupée ? »

Cosette se hasarda à sortir de son trou.

« Ma petite Cosette, reprit la Thénardier d'un air caressant, monsieur te donne une poupée. Prends-la. Elle est à toi. »

Cosette considérait la poupée merveilleuse avec une sorte de terreur. Son visage était encore inondé de larmes, mais ses yeux commençaient à s'emplir, comme le ciel au crépuscule du matin, des rayonnements étranges de la joie. Ce qu'elle éprouvait à ce moment-là était un peu pareil à ce qu'elle eût ressenti si on lui eût dit brusquement : Petite, vous êtes la reine de France.

Il lui semblait que, si elle touchait à cette poupée, le tonnerre en sortirait.

Ce qui était vrai jusqu'à un certain point, car elle se disait que la Thénardier gronderait et la battrait.

Pourtant l'attraction l'emporta. Elle finit par s'approcher, et murmura timidement en se tournant vers la Thénardier :

« Est-ce que je peux, madame ? »

Aucune expression ne saurait rendre cet air à la fois désespéré, épouvanté et ravi.

---

1. *La poupée fabuleuse :* c'était une magnifique poupée étalée à la devanture d'une baraque, en face de l'auberge.

« Pardi ! fit la Thénardier, c'est à toi. Puisque monsieur te la donne.

— Vrai, monsieur, reprit Cosette, est-ce que c'est vrai ? C'est à moi, la dame ? »

L'étranger paraissait avoir les yeux pleins de larmes. Il semblait être à ce point d'émotion où l'on ne parle pas pour ne pas pleurer. Il fit un signe de tête à Cosette et mit la main de « la dame » dans sa petite main.

Cosette retira vivement sa main, comme si celle de *la dame* la brûlait, et se mit à regarder le pavé. Nous sommes forcé d'ajouter qu'en cet instant là elle tirait la langue d'une façon démesurée. Tout à coup, elle se retourna et saisit la poupée avec emportement.

« Je l'appellerai Catherine », dit-elle.

Ce fut un moment bizarre que celui où les haillons de Cosette rencontrèrent et étreignirent les rubans et les fraîches mousselines roses de la poupée.

« Madame, reprit-elle, est-ce que je peux la mettre sur une chaise ?

— Oui, mon enfant », répondit la Thénardier.

Maintenant c'étaient Éponine et Azelma qui regardaient Cosette avec envie.

Cosette posa Catherine sur une chaise, puis s'assit à terre devant elle, et demeura immobile, sans dire un mot, dans l'attitude de la contemplation.

« Joue donc, Cosette, dit l'étranger.

— Oh ! je joue », répondit l'enfant.

VICTOR HUGO, Les Misérables.

Les deux petits Abandonnés

L'exemple du généreux Gavroche n'a pas été perdu. Les deux enfants qu'il a secourus continuent d'errer au hasard : mais l'aîné saura à son tour agir et protéger.

IL Y AVAIT DANS LE JARDIN du Luxembourg deux enfants qui se tenaient par la main. L'un pouvait avoir sept ans, l'autre cinq. La pluie les ayant mouillés, ils marchaient dans les allées du côté du soleil ; l'aîné conduisait le petit ; ils étaient en haillons et pâles ; ils avaient un air d'oiseaux fauves. Le plus petit disait : J'ai bien faim.

L'aîné, déjà un peu protecteur, conduisait son frère de la main gauche et avait une baguette dans sa main droite...

Les deux petits abandonnés étaient parvenus près du grand bassin et tâchaient de se cacher ; ils se tenaient derrière la baraque des cygnes...

Presque au même instant que les deux enfants, un autre couple s'approchait du grand bassin. C'était un bonhomme de cinquante ans qui menait par la main un bonhomme de six ans. Sans doute le père avec son fils. Le bonhomme de six ans tenait une grosse brioche...

Les petits pauvres regardèrent venir ce « monsieur » et se cachèrent un peu plus...

Le père et le fils s'étaient arrêtés près du bassin où s'ébattaient les deux cygnes. Ce bourgeois paraissait avoir pour les cygnes une admiration spéciale. Il leur ressemblait en ce sens qu'il marchait comme eux.

Pour l'instant les cygnes nageaient, ce qui est leur talent principal, et ils étaient superbes...

Cependant le fils mordit la brioche, la recracha, et brusquement se mit à pleurer.

« Pourquoi pleures-tu? demanda le père.

— Je n'ai plus faim, dit l'enfant...

— On n'a pas besoin de faim pour manger un gâteau.

— Mon gâteau m'ennuie. Il est rassis.

— Tu n'en veux plus?

— Non. »

Le père lui montra les cygnes.

« Jette-le à ces palmipèdes. »

L'enfant hésita. On ne veut plus de son gâteau, ce n'est pas une raison pour le donner.

Le père poursuivit :

« Sois humain. Il faut avoir pitié des animaux. »

Et, prenant à son fils le gâteau, il le jeta dans le bassin.

Le gâteau tomba assez près du bord...

« Rentrons », dit le père...

Cependant, en même temps que les cygnes, les deux petits errants s'étaient approchés de la brioche. Elle flottait sur l'eau. Le plus petit regardait le gâteau; le plus grand regardait le bourgeois qui s'en allait.

Le père et le fils entrèrent dans le labyrinthe d'allées qui mène au grand escalier du massif d'arbres du côté de la rue Madame.

Dès qu'ils ne furent plus en vue, l'aîné se coucha vivement à plat ventre sur le rebord arrondi du bassin, et, s'y cramponnant de la main gauche, penché sur l'eau, presque prêt à y tomber, étendit avec sa main droite sa baguette vers le gâteau. Les cygnes, voyant l'ennemi, se hâtèrent, et en se hâtant firent un effet de poitrail utile au petit pêcheur; l'eau devant les cygnes reflua, et l'une de ces molles ondulations concentriques poussa doucement la brioche vers la baguette de l'enfant. Comme les cygnes arrivaient, la baguette toucha le gâteau. L'enfant donna un coup vif, ramena la brioche, effraya les cygnes, saisit le gâteau, et se redressa. Le gâteau était mouillé; mais ils avaient faim et soif. L'aîné fit deux parts de la brioche, une grosse et une petite, prit la petite pour lui, donna la grosse à son petit frère, et lui dit :

« *Colle-toi ça dans le fusil* (1). »

VICTOR HUGO, *Les Misérables.*

Un Enfant trouvé

UNE PAUVRE FEMME AVAIT UNE FILLE qui s'appelait Macha.

Un matin, Macha, étant sortie pour chercher de l'eau, aperçut à terre, près de la porte, un objet enveloppé de chiffons. Macha déposa ses cruches et déplia les chiffons. A ce moment, quelque chose se mit à crier : « Ouah! ouah! ouah! » Macha se baissa et vit que c'était un petit enfant tout rouge qui criait de toutes ses forces : « Ouah! ouah! »

Elle le prit dans ses bras, le porta à la maison, et se mit à lui faire boire du lait, à la cuiller. Sa mère lui dit :

« Qu'as-tu apporté là?

— Un petit enfant, répondit Macha. Je l'ai trouvé près de notre porte. »

Et la mère lui dit :

« Nous sommes déjà si pauvres ! Pouvons-nous nourrir encore un enfant? J'irai trouver le chef, et lui dirai de nous le prendre. »

Macha fondit en larmes et dit :

« Maman, il ne mangera pas beaucoup, gardons-le. Regarde comme la peau de ses bras et de ses doigts est rose et ridée! »

La mère regarda, et eut pitié. Elle garda l'enfant. Macha le faisait manger, l'emmaillotait, et, quand il était couché, lui chantait des chansons.

TOLSTOÏ, *Œuvres*, t. XIV.
Traduction Bienstock (Stock, édit.).

---

1. *Colle-toi ça dans le fusil :* c'est l'expression d'argot dont Gavroche s'est servi pour offrir à l'aîné des petits pauvres un morceau de pain.

Plaquette de GARDET.   Société des Amis de la Médaille.

CERFS ET BICHES

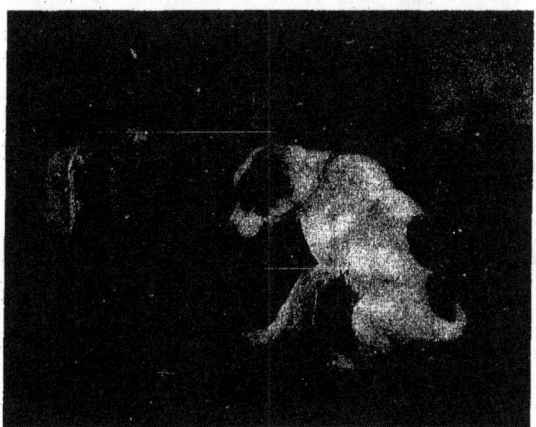

STEVENS   LE SUPPLICE DE TANTALE

Histoire du Chien de Brisquet

E N NOTRE FORÊT DE LIONS (1), vers le hameau de la Goupillière,
tout près d'un grand puits-fontaine qui appartient à la chapelle Saint-Mathurin, il y avait un bonhomme, bûcheron de
son état, qui s'appelait Brisquet, ou autrement, le fendeur à la
bonne hache, et qui vivait pauvrement du produit de ses fagots,
avec sa femme qui s'appelait Brisquette. Le bon Dieu leur avait
donné deux jolis petits enfants, un garçon de sept ans, qui
était brun, et qui s'appelait Biscotin, et une blondine de six
ans, qui s'appelait Biscotine. Outre cela, ils avaient un chien
à poil frisé, noir par tout le corps, si ce n'est au museau, qu'il
avait couleur de feu; et c'était bien le meilleur chien du pays
pour son attachement à ses maîtres.

On l'appelait la *Bichonne*, parce que c'était une chienne.

Vous vous souvenez du temps où il vint tant de loups dans la

---

1. *Forêt de Lions :* forêt de Normandie, aux environs de Rouen.

forêt de Lions ? C'était dans l'année des grandes neiges, que (1) les pauvres gens eurent si grand'peine à vivre. Ce fut une terrible désolation dans le pays.

Brisquet, qui allait toujours à sa besogne, et qui ne craignait pas les loups à cause de sa bonne hache, dit un matin à Brisquette : « Femme, je vous prie de ne laisser courir ni Biscotin, ni Biscotine, tant que M. le grand louvetier (2) ne sera pas venu. Il y aurait du danger pour eux. Ils ont assez de quoi marcher entre la butte et l'étang, depuis que j'ai planté des piquets le long de l'étang pour les préserver d'accident. Je vous prie aussi, Brisquette, de ne pas laisser sortir la Bichonne, qui ne demande qu'à trotter. »

Brisquet disait tous les matins la même chose à Brisquette. Un soir, il n'arriva pas à l'heure ordinaire. Brisquette venait sur le pas de la porte, rentrait, ressortait, et disait, en se croisant les mains :

« Mon Dieu, qu'il est attardé ! »

Et puis elle sortait encore, en criant :

« Eh ! Brisquet ! »

Et la Bichonne lui sautait jusqu'aux épaules, comme pour lui dire : « N'irai-je pas ? »

— Paix ! lui dit Brisquette. Écoute, Biscotine, va jusque devers (3) la butte pour savoir si ton père ne revient pas. Et toi, Biscotin, suis le chemin au long de l'étang, en prenant bien garde s'il n'y a pas de piquets qui manquent, et crie fort : Brisquet ! Brisquet !... — Paix là ! Bichonne ! »

Les enfants allèrent, allèrent, et quand ils se furent rejoints à l'endroit où le sentier de l'étang vient couper celui de la butte : « Mordienne (4), dit Biscotin, je retrouverai notre pauvre père, ou les loups m'y mangeront. — Pardienne (5), dit Biscotine, ils m'y mangeront bien aussi. »

Pendant ce temps-là, Brisquet était revenu par le grand chemin de Puchay, en passant à la Croix-aux-Anes, sur l'abbaye de Mortemer, parce qu'il avait une hottée de cotrets (6) à fournir chez Jean Paquier. « As-tu vu nos enfants ? lui dit Brisquette. — Nos enfants ? dit Brisquet, nos enfants ! mon Dieu ! sont-ils sortis ? — Je les ai envoyés à ta rencontre jusqu'à la butte et à l'étang, mais tu as pris par un autre chemin. »

Brisquet ne posa pas sa bonne hache. Il se mit à courir du côté de la butte. « Si tu menais la Bichonne ? » lui cria Brisquette. La Bichonne était déjà bien loin. Elle était si loin, que

---

1. *Qué* : où. C'est une imitation du parler paysan. — 2. *M. le grand louvetier* : l'officier qui commandait l'équipage pour la chasse des loups. — 3. *Devers* : du côté de. Vieux mot. — 4 et 5. *Mordienne... pardienne* : sortes de jurons paysans. — 6. *Cotrets* : petits fagots.

Brisquet la perdit bientôt de vue. Et il avait beau crier :
« Biscotin ! Biscotine ! » on ne lui répondait pas. Alors, il se prit
à pleurer, parce qu'il s'imagina que ses enfants étaient perdus.

Après avoir couru longtemps, longtemps, il lui sembla
reconnaître la voix de la Bichonne. Il marcha droit dans le
fourré, à l'endroit où il l'avait entendue, et il y entra, sa bonne
hache levée.

La Bichonne était arrivée là, au moment où Biscotin et Biscotine allaient être dévorés par un gros loup. Elle s'était jetée
devant en aboyant, pour que ses abois avertissent Brisquet.
Brisquet, d'un coup de sa bonne hache, renversa le loup raide
mort ; mais il était trop tard pour la Bichonne, elle ne vivait
déjà plus.

Brisquet, Biscotin et Biscotine rejoignirent Brisquette.
C'était une grande joie, et cependant tout le monde pleura. Il
n'y avait pas un regard qui ne cherchât la Bichonne.

Brisquet enterra la Bichonne au fond de son petit courtil (1)
sous une grosse pierre, sur laquelle le maître d'école écrivit en
latin :

> C'est ici qu'est la Bichonne,
> Le pauvre chien de Brisquet.

Et c'est depuis ce temps-là, qu'on dit en commun proverbe :
*Malheureux comme le chien à Brisquet, qui n'allit qu'une
fois au bois et que le loup mangit* (2).

CH. NODIER, *Contes de la veillée.*

Mon chien Boulka

J'AVAIS UN PETIT DOGUE. On l'appelait Boulka. Il était tout
noir, sauf le bout des pattes de devant qui était blanc. Les
dogues ont la mâchoire inférieure plus longue que la mâchoire
supérieure, et leurs dents d'en haut s'emboîtent dans celles
d'en bas ; mais chez Boulka, la mâchoire inférieure était si
proéminente qu'on aurait pu mettre le doigt entre les deux
rangées de dents. Son museau était large, ses yeux grands,
noirs et brillants ; ses dents blanches, toujours découvertes. Il
ressemblait à un nègre.

Il n'était pas méchant et ne mordait point ; mais il était
extraordinairement vigoureux et tenace ; quand il s'accrochait
à quelque chose, il serrait si fort les dents qu'il restait suspendu comme un chiffon.

---

1. *Courtil* (dérivé de cour) : petit jardin attenant à une maison de paysan. —
2. *Allit... mangit* : vieilles formes patoises de *alla* et de *mangea*. C'est encore une imitation du parler paysan.

Un jour, on le lança sur un ours. Il lui attrapa l'oreille et y resta suspendu comme une sangsue. L'ours avait beau lui donner des coups de griffes, le serrer contre son poitrail, le secouer dans tous les sens, il ne pouvait s'en débarrasser. A la fin, il se jeta à terre pour écraser Boulka, mais celui-ci ne lâcha prise que lorsqu'on l'eut arrosé d'eau froide.

Je l'avais eu tout petit et l'avais élevé moi-même. Quand je partis pour le Caucase, ne voulant point l'emmener, je quittai la maison sans bruit, après avoir donné l'ordre de l'enfermer.

Au premier relais, au moment où j'allais remonter en voiture, soudain je vis rouler sur la route quelque chose de noir et de brillant. C'était Boulka avec son collier de cuivre. Il s'élança au relais, se jeta sur moi, puis, me léchant la main, il s'étendit à l'ombre sous le traîneau. Sa langue pendait longue comme la main. Tantôt il la rentrait, avalait sa salive, tantôt s'avançait pour me lécher encore... Il haletait, ses flancs palpitaient, il se tortillait de tous côtés; de sa queue, il frappait le sol.

J'appris par la suite qu'après mon départ, il avait sauté par la fenêtre en brisant la vitre, et, me suivant à la piste, avait galopé sur la route, faisant ainsi près de vingt verstes (1) par une forte chaleur.

TOLSTOÏ, *Œuvres*, t. XIV.
Traduction Bienstock (Stock édit.).

Un bon Chien

Une pauvre fille de la campagne, la Fosseuse, raconte son histoire. Toute jeune, elle a dû mendier son pain sur les routes. Le soir, elle couchait dans une grange, chez un aubergiste, le père Manseau : abandonnée de tous, elle n'a eu que l'amitié d'un chien.

L'AUBERGISTE AVAIT EU de sa chienne un petit chien, gentil comme une personne, blanc, moucheté de noir aux pattes; je le vois toujours, ce chérubin ! Ce pauvre petit est la seule créature qui, dans ce temps-là, m'ait jeté des regards d'amitié; je lui gardais mes meilleurs morceaux; il me connaissait, venait au-devant de moi le soir, n'avait point honte de ma misère, sautait sur moi, me léchait les pieds; enfin il y avait dans ses yeux quelque chose de si bon, de si reconnaissant, que souvent je pleurais en le voyant : « Voilà pourtant le seul être qui m'aime bien ! » disais-je.

L'hiver, il se couchait à mes pieds. Je souffrais tant de le voir

---

1. *Verste :* mesure itinéraire de Russie, valant 1 067 mètres.

battu, que je l'avais accoutumé à ne plus entrer dans les maisons pour y voler des os, et il se contentait de mon pain. Si j'étais triste, il se mettait devant moi, me regardait dans les yeux et semblait me dire : « Tu es donc triste, ma pauvre Fosseuse ? »

Si les voyageurs me jetaient des sous, il les ramassait dans la poussière et me les apportait, ce bon caniche. Quand j'ai eu cet ami-là, j'ai été moins malheureuse.

Je mettais de côté tous les jours quelques sous pour tâcher de faire cinquante francs, afin de l'acheter au père Manseau. Un jour, sa femme, voyant que le chien m'aimait, s'avisa d'en raffoler. Notez que le chien ne pouvait pas la souffrir. Ces bêtes-là, ça flaire les âmes ! elles voient tout de suite quand on les aime. J'avais une pièce d'or de vingt francs cousue dans le haut de mon jupon ; alors je dis à M. Manseau : « Mon cher Monsieur, je comptais vous offrir mes économies de l'année pour votre chien ; mais avant que votre femme le veuille pour elle, quoiqu'elle ne s'en soucie guère, vendez-le moi vingt francs ; tenez, les voici. — Non, ma mignonne, me dit-il, serrez vos vingt francs. Le ciel me préserve de prendre l'argent des pauvres ! Gardez le chien. Si ma femme crie trop, allez-vous-en. »

Sa femme lui fit une scène pour le chien. Ah ! mon Dieu, l'on aurait dit que le feu était à la maison ! Et vous ne devinerez pas ce qu'elle imagina ? Voyant que le chien était à moi d'amitié, qu'elle ne pourrait jamais l'avoir, elle l'a fait empoisonner. Mon pauvre caniche est mort entre mes bras... Je l'ai pleuré comme si c'eût été mon enfant, et je l'ai enterré sous un sapin...

BALZAC, *Le Médecin de campagne.*

Croquis de RENOUARD.

Madame-Théophile

Madame-Théophile était une chatte rousse à poitrail blanc, à nez rose et à prunelles bleues, ainsi nommée parce qu'elle vivait avec nous dans une intimité tout à fait conjugale, dormant sur le pied de notre lit, rêvant sur le bras de notre fauteuil pendant que nous écrivions, descendant au jardin pour nous suivre dans nos promenades, assistant à nos repas, et interceptant parfois le morceau que nous portions de notre assiette à notre bouche.

Un jour, un de nos amis, partant pour quelques jours, nous confia son perroquet pour en avoir soin tant que durerait son absence. L'oiseau, se sentant dépaysé, était monté, à l'aide de son bec, jusqu'au haut de son perchoir, et roulait autour de lui, d'un air passablement effaré, ses yeux semblables à des clous de fauteuil, en fronçant les membranes blanches qui lui servaient de paupières.

Madame-Théophile n'avait jamais vu de perroquet, et cet animal, nouveau pour elle, lui causait une surprise évidente. Aussi immobile qu'un chat embaumé d'Égypte dans son lacis de bandelettes (1), elle regardait l'oiseau avec un air de méditation profonde, rassemblant toutes les notions d'histoire naturelle qu'elle avait pu recueillir sur les toits, dans la cour et le jardin. L'ombre de ses pensées passait par ses prunelles changeantes, et nous pûmes y lire ce résumé de son examen : « Décidément, c'est un poulet vert. »

Ce résultat acquis, la chatte sauta à bas de la table où elle avait établi son observatoire, et alla se raser dans un coin de la chambre, le ventre à terre, les coudes sortis, la tête basse, le ressort de l'échine tendu...

Le perroquet suivait les mouvements de la chatte avec une inquiétude fébrile ; il hérissait ses plumes, faisait bruire sa chaîne, levait une de ses pattes en agitant les doigts, et repassait son bec sur le bord de la mangeoire. Son instinct lui révélait un ennemi méditant quelque mauvais coup.

Quant aux yeux de la chatte, fixés sur l'oiseau avec une intensité fascinatrice (2), ils disaient, dans un langage que le perroquet entendait fort bien et qui n'avait rien d'ambigu : « Quoique vert, ce poulet doit être bon à manger. »

Nous suivions cette scène avec intérêt, prêt à intervenir quand besoin serait. Madame-Théophile s'était sensiblement rapprochée : son nez rose frémissait, elle fermait à demi les

---

1. *Lacis de bandelettes :* des bandelettes entrelacées. — 2. *Fascinatrice :* qui fascine, c'est-à-dire qui attire par la puissance du regard.

yeux, sortait et rentrait ses griffes contractiles (1). De petits frissons lui couraient sur l'échine, comme à un gourmet qui va se mettre à table devant une poularde truffée; elle se délectait à l'idée du repas succulent et rare qu'elle allait faire. Ce mets exotique chatouillait sa sensualité.

Tout à coup son dos s'arrondit comme un arc qu'on tend, et un bond d'une vigueur élastique la fit tomber juste sur le perchoir. Le perroquet voyant le péril, d'une voix de basse grave et profonde, cria soudain : « As-tu déjeuné, Jacquot? »

Cette phrase causa une indicible épouvante à la chatte, qui fit un saut en arrière. Une fanfare de trompette, une pile de vaisselle se brisant à terre, un coup de pistolet tiré à ses oreilles n'eussent pas causé à l'animal félin une plus vertigineuse terreur. Toutes ses idées ornithologiques (2) étaient renversées.

« Et de quoi? — De rôti de roi », continua le perroquet.

La physionomie de la chatte exprima clairement: « Ce n'est pas un oiseau, c'est un monsieur, il parle! »

> Quand j'ai bu du vin clairet,
> Tout tourne, tout tourne au cabaret,

chanta l'oiseau avec des éclats de voix assourdissants, car il avait compris que l'effroi causé par sa parole était son meilleur moyen de défense. La chatte nous jeta un regard plein d'interrogation, et, notre réponse ne la satisfaisant pas, elle alla se blottir sous le lit, d'où il fut impossible de la faire sortir de la journée... Le lendemain Madame-Théophile, un peu rassurée, essaya une nouvelle tentative, repoussée de même. Elle se le tint pour dit, acceptant l'oiseau pour un homme.

THÉOPHILE GAUTIER, *La Nature chez elle.*
(Fasquelle, édit.).

Madame Moumoutte Chinoise

CE FUT À LA FIN DE LA GUERRE, là-bas, un de ces soirs de bagarre qui étaient fréquents alors. Je ne sais comment cette petite bête affolée, sortie de quelque jonque (3) en désarroi (4), sautée à bord de notre bateau par terreur, vint chercher asile dans ma chambre, sous ma couchette. Elle était jeune, pas encore de taille adulte, minable (5), efflanquée, plaintive, ayant sans doute, comme ses parents et ses maîtres, vécu chichement

---

1. *Contractiles :* capables de rentrer et de sortir à volonté. — 2. *Ornithologiques :* relatives à l'ornithologie, c'est-à-dire à la science des oiseaux. — 3. *Jonque :* sorte de navire chinois. — 4. *En désarroi :* dans le désordre qui suit la défaite. — 5. *Minable* (dérivé de miner) : à l'aspect misérable.

de quelques têtes de poisson avec un peu de riz cuit à l'eau.
Et j'en eus tant de pitié que je commandai à mon ordonnance
de lui préparer une pâtée et de lui offrir à boire.

D'un air humble et reconnaissant, elle accepta ma préve-
nance, — et je la vois encore s'approchant avec lenteur de ce
repas inespéré, avançant une patte, puis l'autre, ses yeux clairs
tout le temps fixés sur les miens, pour s'assurer si elle ne se
trompait pas, si bien réellement c'était pour elle...

Le lendemain matin, par exemple, je voulus la mettre à la
porte. Après lui avoir fait servir un déjeuner d'adieu, je frappai dans mes mains très fort, en trépignant des deux pieds à
la fois, comme il est d'usage en pareil cas, et en disant d'un ton
rude : « Allez-vous-en, petite Moumoutte ! »

Mais non, elle ne s'en allait pas, la Chinoise. Évidemment,
elle n'avait aucune frayeur de moi, comprenant par intuition (1)
que c'était très exagéré, tout ce bruit. Avec un air de me dire :
« Je sais bien, va, que tu ne me feras pas de mal », elle restait
tapie dans son coin, écrasée sur le plancher, dans la pose d'une
suppliante, fixant sur moi deux yeux dilatés, un regard humain
que je n'ai jamais vu qu'à elle seule.

Comment faire ? Je ne pouvais pourtant pas établir une chatte
à demeure dans ma chambre de bord. Et surtout une bête si
vilaine et si maladive. Quel encombrement pour l'avenir !...

Alors je la mis à mon cou, avec mille égards toutefois, et en
lui disant même : « Je suis bien fâché, ma petite Moumoutte. »
— Mais je l'emportai résolument dehors, à l'autre bout de la
batterie (2), au milieu des matelots qui, en général, sont hos-
pitaliers et accueillants pour les chats quels qu'ils soient.

Toute aplatie contre les planches du pont, et la tête retournée
vers moi pour m'implorer toujours avec son regard de prière,
elle se mit à filer d'une petite allure humble et drôle, dans la
direction de ma chambre, où elle fut rentrée la première de
nous deux ; quand j'y revins après elle, je la trouvai tapie obsti-
nément dans son même petit coin, et ses yeux étaient si expressifs que le courage me manqua pour la chasser de nouveau. —
Voilà comment cette chinoise me prit pour maître.....

Je me rappelle le premier jour où nos relations devinrent
véritablement affectueuses.

C'était au large, dans le nord de la mer Jaune, par un temps
triste de septembre... J'étais installé à écrire...

Moumoutte Chinoise habitait sous mon lit depuis deux semaines à peu près. Elle vivait là, retirée, discrète, mélancolique,
se montrant peu, presque constamment cachée, et comme

---

1. *Par intuition :* sans réfléchir, d'instinct. — 2. *Batterie :* endroit où se trouvent les
canons, à bord d'un navire.

prise de la nostalgie (1) de son pays où elle ne devait jamais revenir.

Tout à coup, je la vis paraître dans la pénombre, s'étirer longuement comme pour se donner le temps de réfléchir encore, puis s'avancer vers moi, hésitante, avec des temps d'arrêt ; parfois même, en affectant une grâce toute chinoise, elle retenait une de ses pattes en l'air pendant quelques secondes, avant de se décider à la poser devant elle pour faire un pas de plus. Et toujours elle me regardait fixement, d'un air interrogateur.

Qu'est-ce qu'elle pouvait me vouloir ?... Elle n'avait pas faim, évidemment : une pâtée fort convenable lui était, deux fois le jour, servie par mon ordonnance. Alors, quoi ?...

Quand elle fut bien près, bien près, à toucher ma jambe, elle s'assit sur son derrière, ramena sa queue, et poussa un petit cri très doux.

Et elle continuait de me regarder, mais de me regarder *dans les yeux,* ce qui déjà indiquait dans sa petite tête tout un monde de conceptions intelligentes : il fallait d'abord qu'elle comprît, comme du reste tous les animaux supérieurs, que je n'étais pas une chose, mais un être pensant, capable de pitié et accessible à la muette prière d'un regard ; de plus, il fallait que mes yeux pour elle fussent *des yeux,* c'est-à-dire les miroirs où sa petite âme cherchait anxieusement à saisir un reflet de la mienne... En vérité, ils sont effroyablement près de nous, quand on y songe, les animaux susceptibles de concevoir de telles choses.

Quant à moi, je dévisageai pour la première fois la petite visiteuse qui, depuis tantôt deux semaines, partageait mon logis : d'une couleur fauve de lapin sauvage, toute mouchetée de taches comme un tigre, avec le museau et le cou blancs ; laide en effet, mais surtout à cause de sa maigreur maladive, — et, en somme, plus bizarre que laide... Assez différente d'ailleurs de nos chattes françaises : basse sur pattes, allongée en fouine, avec une queue démesurée ; de grandes oreilles droites, avec un visage en coin de mur ; tout le charme dans les yeux, relevés aux tempes comme tous les yeux d'extrême Asie, d'un beau jaune d'or au lieu d'être verts, et sans cesse mobiles, étonnamment expressifs.

Et tout en la regardant, je laissai descendre ma main jusqu'à sa bizarre petite tête, et la promenai sur son poil fauve, pour une première caresse.

Ce qu'elle éprouva assurément fut autre chose et plus qu'une impression de plaisir physique : elle eut le sentiment d'une protection, d'une sympathie dans sa détresse d'abandonnée.

---

1. *Nostalgie :* regret de la terre natale, que l'on appelle communément le *mal du pays.*

Voilà donc pourquoi elle était sortie de sa cachette obscure, la Moumoutte ; ce qu'elle avait résolu de me demander, après tant d'hésitations, ce n'était ni à manger, ni à boire ; c'était, pour sa petite âme de chatte, un peu de compagnie en ce monde, un peu d'amitié...

Alors une patte frêle se posa timidement sur moi — oh ! avec tant de délicatesse ! tant de discrétion ! — et après m'avoir long-temps encore consulté et prié du regard, la Moumoutte, croyant pouvoir brusquer les choses, sauta enfin sur mes genoux...

Ce fut à la fin d'un hiver, aux premiers jours tièdes d'un mois de mars, que Moumoutte Chinoise fit son entrée dans ma maison de France.

Moumoutte Blanche (1) portait encore à cette époque de l'an-née sa royale fourrure blanche des temps froids, et je ne l'avais jamais connue si imposante.

Le contraste était d'autant plus écrasant pour l'autre, efflan-quée; avec son pauvre poil de lapin sauvage usé par places comme si les teignes l'avaient mangé. Aussi me trouvé-je très confus quand mon domestique Sylvestre, revenant de la cher-cher à bord, souleva d'un air narquois le couvercle du panier où il l'avait mise, et qu'il fallut voir, en présence de la maison assemblée, sortir craintivement cette petite amie chinoise...

L'impression fut déplorable, et je me rappelle toute la convic-tion que tante Claire mit dans cette simple phrase : « Oh ! mon ami... qu'elle est vilaine ! »

Bien vilaine, en effet. Et comment, sous quel prétexte, avec quelle formule d'excuse la présenter à Moumoutte Blanche? N'imaginant rien, je la fis conduire pour le moment dans un grenier isolé, afin de les dissimuler d'abord l'une à l'autre, de gagner du temps et de réfléchir...

Ce fut une chose vraiment épouvantable que leur première entrevue.

Cela se passa inopinément, quelques jours après, à la cui-sine (un lieu d'irrésistible attrait où les chats d'une même mai-son, quoi que l'on fasse, finissent toujours par se réunir). En toute hâte on vint me chercher, et j'accourus : on entendait des cris inhumains ; une pelotte, une boule de poils et de griffes, faite de leurs deux petits corps enchevêtrés, roulait et bondis-sait, chavirant des verres, des assiettes, des plats, tandis que le duvet blanc, le duvet gris, le duvet couleur de lapin, voltigeait en petites touffes alentour. — Il fallut intervenir avec énergie,

1. *Moumoutte Blanche :* c'était une chatte que Pierre Loti avait déjà dans sa maison de France.

les séparer en jetant dessus toute l'eau d'une carafe. — J'étais consterné...

Tremblante, égratignée, le cœur battant à se rompre, Moumoutte Chinoise, recueillie dans mes bras, se tenait blottie contre moi, et s'apaisait progressivement, les nerfs détendus par une expression de douce sécurité ; puis se faisait peu à peu inerte et molle comme une chose sans vie, ce qui est, chez les chats, la façon de témoigner à ceux qui les tiennent une suprême confiance.

Moumoutte Blanche, assise dans un coin, pensive et sombre, nous regardait de ses pleins yeux, et un raisonnement s'ébauchait dans sa petite tête ; elle qui, d'un bout de l'année à l'autre, houspillait sur les murs les mêmes voisins et les mêmes voisines, sans pouvoir s'habituer à leurs minois, venait de comprendre que cette étrangère était à moi, puisque je la prenais ainsi à mon cou et qu'elle s'y abandonnait avec tendresse ; donc, il fallait ne plus lui faire de mal et se résigner à tolérer sa présence au logis.

Ma surprise et mon admiration furent grandes de les voir, un instant après, passer l'une près de l'autre, dédaigneuses seulement, mais calmes, très correctes, et ce fut fini : de leur vie, elles ne se fâchèrent plus...

Une existence de chat, cela peut durer douze ou quinze ans, si aucun accident ne survient...

Moumoutte Chinoise, atteinte la première, donna d'abord des indices de trouble mental, de mélancolie noire, — regrets peut-être de sa lointaine patrie mongole. Sans boire ni manger, elle faisait des retraites prolongées sur le haut des murs, immobile pendant des journées entières à la même place, ne répondant à tous nos appels que par des regards attendris et de plaintifs petits « miaou ».

Moumoutte Blanche aussi, dès les premiers beaux jours, avait commencé de languir, et en avril, toutes deux étaient vraiment malades.

Des vétérinaires, appelés en consultation, ordonnèrent sans rire d'inexécutables choses. Pour l'une, des pilules matin et soir et des cataplasmes sur le ventre !... Pour l'autre, de l'hydrothérapie : la tondre ras et la doucher deux fois par jour à grande eau !... Sylvestre lui-même, qui les adorait et s'en faisait obéir comme personne, déclara le tout impossible. On essaya alors des remèdes de bonnes femmes : des mères Michel furent convoquées, et on suivit leurs prescriptions, mais rien n'y fit.

Elle s'en allaient toutes deux, nos Moumouttes, nous causant une grande pitié, — et ni le beau printemps, ni le beau soleil revenu, ne les tiraient de leur torpeur de mort.

Un matin, comme je rentrais d'un voyage à Paris, Sylvestre, en recevant ma valise, me dit tristement : « Monsieur, la Chinoise est morte. »

Depuis trois jours, elle avait disparu, elle si rangée, qui jamais ne quittait la maison. Nul doute que, sentant sa fin proche, elle ne fût définitivement partie, obéissant à ce sentiment d'exquise et suprême pudeur qui pousse certaines bêtes à se cacher pour mourir. « Elle était restée toute la semaine, monsieur, perchée sur le jasmin rouge, ne voulant plus descendre pour manger ; elle répondait pourtant toujours quand nous lui parlions, mais d'une petite voix si faible ! »

Où donc était-elle allée passer l'heure terrible, la pauvre Moumoutte Chinoise ? Peut-être, par ignorance de tout, chez des étrangers qui ne l'auront pas seulement laissée finir en paix, qui l'auront pourchassée, tourmentée — et mise ensuite au fumier. Vraiment, j'aurais préféré apprendre qu'elle était morte chez nous ; mon cœur se serrait un peu, au souvenir de son étrange regard humain, si suppliant, chargé toujours de ce même besoin d'affection qu'elle était incapable d'exprimer, et tout le temps cherchant mes yeux à moi avec cette même interrogation anxieuse qui n'avait jamais pu être formulée... Qui sait quelles mystérieuses angoisses traversent les petites âmes confuses des bêtes, aux heures d'agonie ?...

PIERRE LOTI, *Le Livre de la pitié et de la mort*
(Calmann-Lévy, édit.).

La Mort d'un chat

LORSQUE J'AVAIS UNE HUITAINE D'ANNÉES, j'ai assisté à un meurtre, à un vrai meurtre, qui dura au moins une heure et demie. J'étais attentif auprès de l'assassin, tantôt assis, tantôt debout, très intéressé : et je n'ai quitté la place que lorsque la victime, une pauvre, belle et innocente victime, eut rendu le dernier soupir.

C'était à Neuilly-sur-Seine, dans la demeure paternelle. Il y avait là un jardinier, mauvais coucheur, taciturne, trapu, ayant la barbe bleue. Un de ces types qui portent, sur le visage, le « Faut pas qu'on m'embête », dont ils font à l'occasion, et après coup, leur moyen de défense unique et abrutissant.

Ce jardinier aimait ses melons, comme il n'y a pas de bon sens à le faire. Il se levait la nuit, pour voir s'ils n'avaient point froid ; il les emmaillotait, il les embrassait sur les joues.

Or, un chat de quelque voisin devait aussi aimer ces mêmes melons. Mais cette bête les aimait comme on doit aimer les

melons : pour les manger ; et elle s'en accordait deux ou trois
par semaine, ne se pressant pas trop, et choisissant.

Le jardinier se mit à l'affût, avec un fusil à deux coups. Il
eut l'occasion de tirer, mais, trompé sans doute par un rayon
de lune ou par une ruse du Petit-Poucet des chats, il ne tua
cette fois-là qu'un de ses melons, l'aîné de ses melons.

Le lendemain, on le priait de ne plus faire ainsi parler la
poudre, pendant la paix nocturne.

Alors ce jardinier, qui était adroit de ses mains, s'avisa de
confectionner un piège. Il y a des gens comme çà qui, sans être
menuisiers, vous prennent des bouts de planches, quelques
clous ; là-dessus, pan ! pan !... Et ça fait une boîte.

L'engin ainsi fabriqué était oblong et grand comme une malle
de bonne, machiné comme une oubliette, appâté comme un
réfectoire. Et l'infortuné chat du voisin ne tarda pas à être
capturé.

Le jardinier, semblable à tous les vainqueurs, avait besoin
d'un joueur de flûte pour accompagner son air de triomphe. Il
m'appela. Par un judas pratiqué dans sa caisse, il me dit de
regarder à l'intérieur :

« La voyez-vous, la sale bête ? »

Je vis deux grands yeux sans expression, tout en lueurs, qui
projetaient des rayons rapides sur des parois obscures.

Puis, sans plus tarder, l'homme à la barbe bleue plongea la
boîte dans une cuve d'eau qui servait à l'arrosage. Le faîte, un
peu trop haut de quelques centimètres, échappait à la submer-
sion. Nous entendîmes un grattis de griffes ; ensuite, plus
rien.

Alors, le jardinier se mit à rire, oh ! mais à rire tellement
que cela me fit rire aussi.

« Si on se reposait sur ce banc ?... fit-il. C'est bien le moins
de lui laisser le temps d'apprendre à nager. »

Et il se mit encore à rire, oh ! mais, à rire...

Sans doute une première intuition du respect que l'on doit
à ce qui est l'animation de tous les êtres commençait à me
rendre pensif. Mon compagnon crut opportun de m'exposer
ses connaissances expérimentales ou traditionnelles sur les
chats. D'abord, il m'assura que, si on ne les tuait point, il n'y
aurait bientôt plus de melons sur terre ; en outre, que les chats
se couchaient sur la poitrine des jeunes enfants, pour les
étouffer durant le sommeil ; enfin que, dans son pays, on jetait
une douzaine de minets au milieu des feux de la Saint-Jean,
pour porter bonheur au village.

... Après le quart d'heure qu'avaient exigé ces récits récon-
fortants, je courus regarder dans la caisse. A ma vue, le chat,
qui, par un miracle d'énergie, s'était cramponné au plafond

resté sec de sa prison, se mit à miauler lamentablement, me prenant pour l'arrivée d'un secours.

« Il est vivant ! il est vivant ! » criais-je comme un imbécile, comme un petit misérable que j'étais.

Un juron effroyable me répondit. Mon complice sauta sur un des échalas qui jonchaient la place : avec sa serpe, il en acéra l'extrémité, qu'il enfonça aussitôt par l'orifice où venait de pénétrer mon regard... Et alors une furie de coups, des hoquets de rage, des plaintes désespérées !... La main du tueur semblait manier un pilon, une lardoire, un surin ; sa physionomie était monstrueuse et inoubliable : c'était celle qui voit rouge, qu'exaspère la divine résistance de la vie, et avec laquelle, depuis que le monde est monde, on a dû tuer les faibles et les sans défense, les vieux, les vieilles, les captifs, les enfants étonnés...

Et le pieu ressortit enfin du trou, sanglant, gras de chairs palpitantes, épointé et velu.

Non, quand je pense à ce crime, moi qui ai maintenant un chat pour frère et tous les chats pour amis, un transport me jette hors de moi !... Je voudrais savoir où, dans quel pays, il y a un jardinier condamné à mort (cela doit se trouver), pour aller m'asseoir devant la guillotine, devant la potence, devant le garrot, devant le pal...

PAUL HERVIEU, *A la gloire des chats*
(Le Monde illustré).

Composition de STEINLEN.

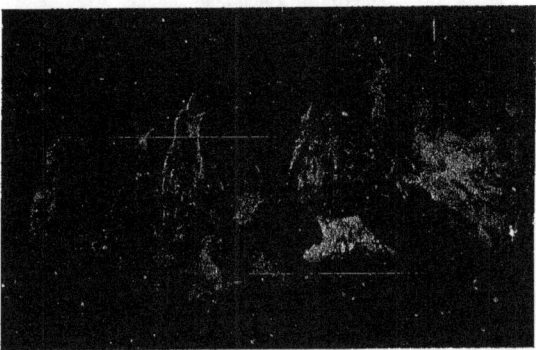

MERY   LES AFFAMÉS

Les deux Fauvettes

J'ÉLEVAIS DEUX FAUVETTES de différents nids et de différentes variétés : l'une à poitrine jaune, l'autre à corsage gris. La poitrine jaune, qui s'appelait *Jonquille*, était de quinze jours plus âgée que la poitrine grise, qui s'appelait *Agathe*. Quinze jours pour une fauvette (la fauvette est le plus intelligent et le plus précoce de nos petits oiseaux), cela équivaut à dix ans pour une jeune personne. Jonquille était donc une fillette fort gentille, encore maigrette et mal emplumée, ne sachant voler que d'une branche à l'autre, et même ne mangeant point seule : car les oiseaux que l'homme élève se développent beaucoup plus lentement que ceux qui s'élèvent à l'état sauvage. Les mères fauvettes sont beaucoup plus sévères que nous, et Jonquille aurait mangé seule quinze jours plus tôt, si j'avais eu la sagesse de l'y forcer en l'abandonnant à elle-même et en ne cédant pas à ses importunités.

Agathe était un petit enfant insupportable. Elle ne faisait que remuer, crier, secouer ses plumes naissantes et tourmenter Jonquille, qui commençait à réfléchir et à se poser des problèmes, une patte rentrée sous le duvet de sa robe, la tête enfouie dans les épaules, les yeux à demi fermés.

Pourtant elle était encore très petite fille, très gourmande, et s'efforçait de voler jusqu'à moi pour manger à satiété, dès que j'avais l'imprudence de la regarder.

Un jour, j'écrivais je ne sais quel roman qui me passionnait un peu; j'avais placé à quelque distance la branche verte sur laquelle perchaient et vivaient en bonne intelligence mes deux élèves. Il faisait un peu frais. Agathe, encore à moitié nue, s'était serrée et blottie sous le ventre de Jonquille, qui se prêtait à ce rôle de mère avec une complaisance généreuse. Elles se tinrent tranquilles toutes les deux pendant une demi-heure, dont je profitai pour écrire; car il était rare qu'elles me permissent tant de loisir dans la journée.

Mais enfin l'appétit se réveilla, et Jonquille, sautant sur une chaise, puis sur ma table, vint effacer le dernier mot au bout de ma plume, tandis qu'Agathe, n'osant quitter la branche, battait des ailes et allongeait de mon côté son bec entr'ouvert avec des cris désespérés.

J'étais au milieu de mon dénouement, et pour la première fois je pris de l'humeur contre Jonquille. Je lui fis observer qu'elle était d'âge à manger seule, qu'elle avait sous le bec une excellente pâtée dans une jolie soucoupe, et que j'étais résolue à ne point fermer les yeux plus longtemps sur sa paresse. Jonquille, un peu piquée et têtue, prit le parti de bouder et de retourner sur sa branche. Mais Agathe ne se résigna pas de même, et se tournant vers elle, lui demanda à manger avec une insistance incroyable. Sans doute, elle lui parla avec une grande éloquence, ou, si elle ne savait pas encore bien s'exprimer, elle eut dans la voix des accents à déchirer un cœur sensible. Moi, barbare, je regardais et j'écoutais sans bouger, étudiant l'émotion très visible de Jonquille, qui semblait hésiter et se livrer un combat intérieur fort extraordinaire.

Enfin elle s'arme de résolution, vole d'un seul élan jusqu'à la soucoupe, crie un instant, espérant que la nourriture viendra d'elle-même à son bec; puis elle se décide et entame la pâtée. Mais, ô prodige de sensibilité! elle ne songe pas à apaiser sa propre faim, elle remplit son bec, retourne à la branche, et fait manger Agathe avec autant d'adresse et de propreté que si elle eût été déjà mère.

Depuis ce moment, Agathe et Jonquille ne m'importunèrent plus, et la petite fut nourrie par l'aînée, qui s'en tira bien mieux que moi, car elle la rendit propre, luisante et grasse, et sachant se servir elle-même bien mieux que je n'y serais parvenue. Ainsi cette pauvrette avait fait de sa compagne une fille adoptive, elle qui n'était encore qu'une enfant, et elle n'avait appris à se nourrir elle-même que poussée et vaincue par un sentiment de charité maternelle envers sa compagne.

GEORGE SAND, *Histoire de ma vie*
(Calmann-Lévy, édit.).

Le Pinson

EN CE TEMPS-LÀ, J'AVAIS ONZE ANS et je *tendais* aux petits oiseaux dans un taillis appartenant à mon grand-père. Ces *tendues* sont fort usitées dans notre pays de Lorraine, où elles ont lieu de septembre à novembre, à l'époque des passages. Tout le menu peuple des oisillons vient se faire prendre aux pièges, et notamment à ce cruel traquenard que La Fontaine nommait des *reginglettes*, et que nous appelons chez nous des *sauterelles*.

Cet engin consiste en une souple branche de coudrier recourbée comme une raquette, et dont les deux extrémités sont rapprochées au moyen d'une ficelle double. On plante chaque raquette sur le champ, de vingt pas en vingt pas, le long des sentes ou au bord des mares fréquentées par les oiseaux. Quelques tendeurs plus industrieux accrochent même, au-dessus de la raquette, un bouquet de baies de sorbier, en guise d'appât. Le matin et le soir, plus d'un bec-fin qui vient boire à la mare se laisse tenter par la traîtresse mine de ce perchoir invitant; il s'y pose, une cheville tombe avec un bruit sec, et la malheureuse bestiole, prise dans le nœud coulant subitement resserré, reste suspendue par ses pattes meurtries, au sommet de la raquette détendue.

Un soir, au moment où nous procédions, mon grand-père et moi, à la dernière tournée, je fus attiré dans une sente par de petits cris aigus, et je vis, se débattant à l'une de nos *sauterelles,* un oiseau qui venait de se prendre au trébuchet. Il était à peu près de la taille d'un moineau, et la furie avec laquelle il battait des ailes avait quasi renversé la raquette. Pourtant, soit que la détente de la ficelle eût été moins brusque que d'habitude, soit que les pattes du patient fussent plus résistantes, il n'était point endommagé. Il avait le dos marron et le dessus de la tête, ainsi que le bec, d'un bleu ardoisé; l'œil vif, les moustaches noires; le cou, la poitrine et les flancs d'une belle couleur vineuse, le croupion olivâtre, la queue fourchue, et une tache blanche sur chaque aile.

« C'est un pinson d'Ardenne », dit mon grand-père. Je m'en étais déjà aperçu, car l'ayant pris par les ailes pour le dégager, il m'avait d'un coup de bec pincé jusqu'au sang.

Mon grand-père fit la remarque que ses pattes n'avaient pas été brisées; l'une d'elles était seulement légèrement éraflée. Quant à moi, le voyant si alerte et si mignon de forme et de couleur, l'idée me vint de le mettre en cage et de l'apprivoiser. Je suppliai qu'on me permît de l'emporter, et j'insistai si bien que j'obtins sa grâce.

« Soit, dit mon aïeul en hochant la tête, mais tu ne l'élèveras pas ; il est déjà trop fort et trop sauvage... » Naturellement je n'en crus pas un mot, étant à cet âge présomptueux où l'on ne doute de rien. J'enlevai le pinson dans mon mouchoir, et, une fois à la maison, je le logeai dans un panier hermétiquement clos, en attendant que je pusse, le lendemain, lui préparer une cage.

Je passai une bonne moitié de la nuit sans dormir, tant l'idée de mon prisonnier me trottait dans le cerveau. J'avais ouï dire que les pinsons ont de merveilleuses aptitudes musicales, et qu'avec de la patience, on peut les dresser comme de véritables virtuoses ; quand mes yeux se fermaient, j'entendais en songe mon élève chanter ainsi que l'oiseau bleu des contes de fées.

Dès le matin je courus au panier. Le pinson n'avait guère mieux dormi que moi ; il voletait farouchement et donnait de furieux coups de bec contre les parois. Toutes mes économies furent absorbées par l'achat d'une cage meublée d'une auge, d'un abreuvoir et d'une mangeoire que je remplis de chènevis. J'y transvasai l'oiseau, et, en attendant qu'il s'accoutumât à sa nouvelle demeure, je grimpai dans notre grenier, consulter deux ou trois vieux bouquins d'ornithologie, afin de bien connaître les mœurs et les goûts de mon hôte.

J'y appris que le pinson est d'un naturel très gai ; qu'il chante de bonne heure — bien avant le rossignol — et qu'indépendamment de son chant proprement dit, il fait entendre trois cris particuliers : uh cri d'appel à l'époque de l'accouplement, un cri de guerre lorsqu'il se bat contre un rival, et enfin, lorsque la pluie va tomber, un cri mélancolique qui est un pronostic certain de mauvais temps.

J'y vis encore que le pinson bâtit son nid dans les arbres les plus touffus, — un nid rond, solidement tissu de mousse au dehors, de crins et de toiles d'araignées au dedans : la femelle y pond cinq ou six œufs d'un gris rougeâtre, pointillés de noir au gros bout ; le mâle demeure assidûment près de sa couveuse et nourrit ses petits de chenilles et d'insectes ; — mais, ajoutait mon auteur, les pinsons adultes vivent de graines : senelles, œillettes, faînes et grains de blé.

Ainsi édifié, je revins vers la cage. Le captif ne paraissait nullement disposé à s'apprivoiser. Agrippé aux barreaux, les ailes sans cesse en mouvement, il avait culbuté son auge et dédaigné le chènevis qui foisonnait dans la mangeoire. Peut-être le menu ne lui plaît-il pas, pensai-je, le livre parle d'œillettes, de senelles et de faînes... Je courus les champs, afin de me procurer la nourriture indiquée, et quand je revins, la fiévreuse agitation du prisonnier avait redoublé. Il continuait de s'élancer rageusement contre les barreaux ; il y meurtrissait sa jolie tête bleuâtre, il y brisait les pennes de sa queue ; le duvet de son poitrail hérissé s'éparpillait en l'air. Parfois, n'en pouvant plus, il se rencognait dans un angle, ouvrait de grands yeux noirs, et son regard désespéré semblait me crier : « Mais lâche-moi donc !... lâche-moi donc ! »

Je fis la sourde oreille et je m'en allai, me berçant encore de l'espoir que la nuit le calmerait. Dès le fin matin, je courus de nouveau à la cage... Sur la planchette qui servait de parquet, immobile, les paupières closes, le plumage ébouriffé et terne, le pinson, déjà raidi, gisait au milieu des graines éparses et intactes. Le sauvage oiseau des montagnes, en haine de sa prison, s'était laissé mourir de faim.

Mon cœur se serra ; j'avais cette cruelle agonie sur la conscience. Pendant longtemps, je ne pus voir un oiseau sans éprouver une lourde sensation de malaise. Et aujourd'hui encore, après bien des années, en entendant sous bois les précoces roulades du printemps, ce souvenir d'enfance m'est remonté au cerveau, avec la senteur amère d'un remords.

André Theuriet, Nos Oiseaux (Tallandier, édit.).

Le Bouvreuil

Pendant un séjour d'hiver à la campagne, j'ai eu pour compagnon de solitude un bouvreuil. Il avait été pris dans le nid, à la fin du printemps précédent, et il avait eu le temps de s'acclimater à la servitude. La vie casanière n'avait nui ni à son développement, ni à sa bonne humeur. Il était de la grosseur d'un moineau. Son bec épais, noir et dur, se recourbait légèrement, ses yeux à l'iris noisette avaient une expression aimable, et les couleurs de son plumage étaient fort vives. Le dessus de la tête, le tour du bec et la naissance du cou étaient d'un beau noir lustré, sur lequel tranchait le rouge de la gorge, de la poitrine et du haut du ventre ; la nuque et le dos avaient des teintes cendrées, qui faisaient ressortir le violet clair des ailes tachetées de rouge et le violet foncé des plumes de la queue.

Il était gai et avait de remarquables dispositions pour le chant. Dans l'état de liberté, le bouvreuil est un médiocre chanteur ; il n'a guère que trois notes : un sifflement très pur, puis un ramage presque enroué et dégénérant en fausset ; mais le brave paysan qui s'était chargé de l'éducation du mien lui avait appris à force de patience à filer des sons plus moelleux et plus variés. Mon oiseau donnait à ses petites phrases musicales un accent pénétrant, une expression attendrie qui charmaient ma solitude et me la rendaient chère.

L'hiver était rude. Tantôt la neige, tourbillonnant contre les vitres, s'y tassait en bourrelets blancs; tantôt le vent d'ouest et la pluie faisaient rage contre les portes et les fenêtres. Le bouvreuil et moi nous n'en avions cure. Un bon feu flambait dans la cheminée; j'avais une ample provision de livres, et lui, du chènevis, de la salade et du biscuit en abondance; nous passions de bonnes journées dans un étroit cabinet de travail aux solives enfumées, aux murs blanchis à la chaux...

Sauf aux heures du coucher ou du repas, mon compagnon ne restait guère derrière les barreaux. La porte de sa cage était toujours ouverte, et il en profitait pour vagabonder en chantonnant à travers la chambre. Tantôt il se perchait sur la flèche de mon lit, tantôt il se posait devant la fenêtre, très curieux de ce qui se passait au dehors. Dans la rue boueuse et neigeuse, un paysan allait et venait en faisant claquer ses sabots; une charrette filait en éclaboussant les carreaux, et l'on distinguait entre les ridelles deux ou trois paysannes accroupies sous des parapluies de cotonnade bleue; ou bien des enfants sortaient de l'école menant grand tapage et pataugeant dans les flaques d'eau. Le bouvreuil regardait tout cela avec de jolis dodelinements de tête, et parfois marquait son intérêt par de légers tui! tui! tui! qu'il tirait du fond de son gosier. Parfois aussi, tandis que j'étais plongé dans ma lecture, il voletait autour de moi, et finissait par se poser sur ma tête nue, où il prenait plaisir à ébouriffer mes cheveux.

Le soir je sortais pour dîner et ne rentrais d'ordinaire qu'assez tard. En m'entendant rouvrir la porte, le bouvreuil se réveillait et ne manquait pas de saluer ma rentrée par un gazouillement fort doux. Cela avait presque l'air d'un reproche amical. On eût dit qu'il me tançait affectueusement d'être resté si tard dehors et de l'avoir délaissé si longtemps. Puis, m'ayant dégoisé tout ce qu'il avait sur le cœur, il remettait sa tête sous son aile, je me déshabillais, et nous nous endormions tous deux d'un profond sommeil; mais le lendemain, dès le petit matin, j'étais éveillé à mon tour par une aubade de mon gai compagnon, qui semblait m'inviter à me lever pour allumer le feu et regarnir sa mangeoire.

Nous passâmes ainsi fort agréablement tout l'hiver, puis mars et ses giboulées fondirent la neige, les premières violettes fleurirent dans le jardin avec les crocus (1) et les hépatiques (2), et l'on commença à rouvrir les fenêtres pour humer les premières bouffées d'air printanier.

C'était la saison où, dans nos bois montueux, les bouvreuils sauvages commencent à voleter deux à deux. Ils s'accouplent en avril et nichent sur les buissons. Le nid est de mousse au dehors, de plume au dedans, et la femelle une fois fécondée y

---

1. *Crocus* : safran printanier. — 2. *Hépatiques* : sorte d'anémones.

dépose cinq ou six œufs d'un blanc bleuâtre taché de violet. Quand les petits sont éclos et suffisamment emplumés, le père et la mère les conduisent à travers le pays, tantôt dans les vignes en fleurs, tantôt dans les vergers pleins de cerises ou au long des lisières de bois. Toute la famille vagabonde ainsi jusqu'à l'arrière-saison, picorant dans les épis, se gavant de prunelles, de mûres et de cornouilles, ébourgeonnant les trembles, les aunes et les sorbiers, sifflant, s'appelant et se répondant, se grisant enfin de grand air et de soleil.

Je ne sais si mon bouvreuil avait en son par-dedans un sentiment de toutes ces choses, mais à mesure qu'avril verdoyait et que l'air se réchauffait, il devenait plus inquiet et plus turbulent. Il délaissait plus volontiers sa cage, voletait impatiemment par la chambre, s'accrochait à la croisée et donnait de légers coups de bec contre la vitre.

Un mystérieux instinct lui parlait sans doute des buissons bourgeonnants et des libres bouvreuils qui faisaient œuvre d'amour au soleil. Il était sans goût pour sa nourriture, bien qu'il fût très gourmand d'ordinaire. Il dédaignait absolument le chènevis et les biscuits dont la cage était pourvue. Il n'avait plus qu'un objectif : la fenêtre ; il y passait des heures entières à regarder, rêveur, les arbres qui secouaient au vent leurs feuilles nouvelles, au-dessus du mur d'en face.

Puis de nouveau, pris d'une sorte de frénésie, il se remettait à becqueter la vitre avec de petits cris qui semblaient dire : « Ouvre-toi donc ! ouvre-toi donc ! »

Un beau matin, trouvant la croisée entre-bâillée, il s'envola pendant que j'avais le dos tourné.

Ébloui d'abord par la pleine lumière et peu habitué au grand air, il n'alla pas très loin. A vingt pas de la maison il y avait un gros fumier jaune et brun où grattaient une dizaine de poules. Ce fut là qu'il s'abattit, pour faire un premier usage de sa liberté et butiner dans ce terreau peuplé de vers. Mais il avait compté sans l'humeur intolérante et hargneuse des poules. A la vue de l'intrus qui venait marauder sur leurs terres, ces maîtresses commères se fâchèrent tout rouge. En un clin d'œil l'infortuné fut entouré, houspillé, criblé de coups de bec.

Penché à la croisée, j'avais suivi des yeux le fuyard et compris le danger. Enjambant la fenêtre, j'accourus, mais trop tard... Meurtri, déplumé et sanglant, mon petit compagnon gisait inerte sur le fatal fumier, tandis que ces harpies s'acharnaient encore du bec contre lui ; et quand je parvins à le tirer de leurs griffes, mon pauvre bouvreuil était mort.

André Theuriet, *Nos Oiseaux*
(Tallandier, édit.).

Les Oiseaux chanteurs

Un jour, Pierre Loti, accompagné de la petite princesse Pomaré, se rend au bois de Fataoua, dans l'île de Tahiti; il va, dans ces bois silencieux, lâcher toute une bande d'oiseaux chanteurs.

LE JOUR FIXÉ PAR LA PETITE PRINCESSE pour lâcher dans la campagne les oiseaux chanteurs était arrivé.

Nous étions cinq personnes qui devions procéder à cette importante opération, et, une voiture partie de chez la reine nous ayant déposés à l'entrée des sentiers de Fataoua, nous nous enfonçâmes sous bois.

La petite Pomaré, qu'on nous avait confiée, marchait tout doucement entre Rarahu (1) et moi, qui, tous deux, lui donnions la main ; deux suivantes venaient par derrière, portant sur un bâton la cage et ses précieux habitants.

Ce fut dans un recoin délicieux du bois de Fataoua, loin de toute habitation humaine, que l'enfant désira s'arrêter.

C'était le soir ; le soleil déjà très bas ne pénétrait plus guère sous l'épais couvert de la forêt; au-dessus de toute cette végétation, il y avait encore les grands mornes (2) qui jetaient sur nous leurs ombres. Une lumière bleuâtre, qui descendait d'en haut comme dans les caves, tombait à terre sur un tapis de fougères fines et exquises ; sous les grands arbres s'étalaient des citronniers tout blancs de fleurs. On entendait de loin dans l'air humide le bruit de la grande cascade ; — autrement, c'était toujours ce silence des bois de la Polynésie, — sombre pays enchanté, auquel il semble qu'il manque la vie.

La petite-fille de Pomaré, grave et sérieuse, ouvrit elle-même la porte aux oiseaux, et puis nous nous retirâmes tous pour ne point troubler ce départ.

Mais les petites bêtes avaient l'air peu disposées à prendre la volée. Celle qui la première passa la tête à la porte, — une grosse linotte sans queue —, parut examiner attentivement les lieux, — et puis elle rentra, effrayée de ce silence et de cet air solennel, — pour dire aux autres sans doute : « Vous vous trouverez mal dans ce pays ; le Créateur n'y avait point mis d'oiseaux ; ces ombrages ne sont pas faits pour nous. »

Il fallut les prendre tous à la main pour les décider à sortir, et, quand toute la bande fut dehors, sautillant de branche en branche d'un air inquiet, — nous retournâmes sur nos pas.

Il faisait déjà presque nuit. Nous les entendîmes derrière nous jusqu'au moment où nous fûmes hors des grands bois...

PIERRE LOTI, *Le Mariage de Loti* (Calmann-Lévy, édit.)

---

1. *Rarahu* : nom d'une Tahitienne. — 2. *Mornes* : montagnes isolées et arrondies, dans les îles de la Polynésie.

Le Nid de chardonnerets

Il y avait, sur une branche fourchue de notre cerisier, un nid de chardonnerets joli à voir, rond, parfait, tout crins au dehors, tout duvet au dedans, et quatre petits venaient d'y éclore. Je dis à mon père :

« J'ai presque envie de les prendre pour les élever. »

Mon père m'avait expliqué souvent que c'est un crime de mettre des oiseaux en cage. Mais, cette fois, las sans doute de répéter la même chose, il ne trouva rien à me répondre.

Quelques jours après, je lui dis :

« Si je veux, ce sera facile. Je placerai d'abord le nid dans une cage, j'attacherai la cage au cerisier, et la mère nourrira les petits par les barreaux, jusqu'à ce qu'ils n'aient plus besoin d'elle. »

Mon père ne me dit pas ce qu'il pensait de ce moyen.

C'est pourquoi j'installai le nid dans une cage, la cage sur le cerisier, et ce que j'avais prévu arriva : les vieux chardonnerets, sans hésiter, apportèrent aux petits des pleins becs de chenilles. Et mon père observait de loin, amusé comme moi, leur va-et-vient fleuri, leur vol teint de rouge sang et de jaune soufre.

Je dis un soir :

« Les petits sont assez drus. S'ils étaient libres, ils s'envoleraient. Qu'ils passent une dernière nuit en famille, et demain je les porterai à la maison ; je les pendrai à ma fenêtre, et je te prie de croire qu'il n'y aura pas beaucoup de chardonnerets au monde mieux soignés. »

Mon père ne me dit pas le contraire.

Le lendemain, je trouvai la cage vide.

Jules Renard, *Histoires naturelles*
(E. Flammarion, édit.).

Les Canards sauvages

Par un temps grisâtre d'automne, lorsque la bise souffle sur les champs, que les bois perdent leurs dernières feuilles, une troupe de canards sauvages, tous rangés à la file, traversent en silence un ciel mélancolique. S'ils aperçoivent du haut des airs quelque manoir gothique environné d'étangs et de forêts, c'est là qu'ils se préparent à descendre : ils attendent la nuit, et font des évolutions au-dessus des bois. Aussitôt que la vapeur du bois enveloppe la vallée, le cou tendu et l'aile sifflante, ils s'abattent tout à coup sur les eaux, qui retentissent. Un cri général, suivi d'un profond silence, s'élève dans les marais. Guidés par une petite lumière, qui peut-être brille à l'étroite fenêtre d'une tour, les voyageurs s'approchent des murs à la faveur des roseaux et des ombres. Là, battant des ailes et poussant des cris par intervalles, au milieu du murmure des vents et des pluies, ils saluent l'habitation de l'homme.

CHATEAUBRIAND, *Le Génie du Christianisme.*

Dessin au pinceau par
MORIKOUNI, artiste japonais.

J.-A. MUENIER   L'ENFANT A LA MOUCHE

Le Hanneton

C'ÉTAIT LE TEMPS DES HANNETONS. Ils m'avaient bien diverti autrefois, mais je commençais à n'y prendre plus de plaisir... Toutefois, pendant que, seul dans ma chambre, je faisais mes devoirs avec un mortel ennui, je ne dédaignais pas la compagnie de quelqu'un de ces animaux. A la vérité, il ne s'agissait plus de l'attacher à un fil pour le faire voler, ni de l'attacher à un petit chariot : j'étais déjà trop avancé en âge pour m'abandonner à ces puériles récréations ; mais penseriez-vous que ce soit

là tout ce qu'on peut faire d'un hanneton? Erreur grande; entre
ces jeux enfantins et les études sérieuses du naturaliste, il y a
une multitude de degrés à parcourir.

J'en tenais un sous un verre renversé. L'animal grimpait péniblement les parois, pour retomber bientôt et recommencer
sans cesse et sans fin. Quelquefois il retombait sur le dos : c'est,
vous le savez, pour un hanneton, un très grand malheur. Avant
de lui porter secours, je contemplais sa longanimité (1) à promener lentement ses six bras dans l'espace, dans l'espoir, toujours déçu, de s'accrocher à un corps qui n'y est pas. « C'est
vrai que les hannetons sont bêtes ! » me disais-je.

Le plus souvent, je le tirais d'affaire en lui présentant le bout
de ma plume, et c'est ce qui me conduisit à la plus grande, à la
plus heureuse découverte : de telle sorte qu'on pourrait dire,
avec Berquin (2), qu'une bonne action ne reste jamais sans récompense. Mon hanneton s'était accroché aux barbes de la
plume, et je l'y laissais reprendre ses sens, pendant que j'écrivais
une ligne, plus attentif à ses faits et gestes qu'à ceux de Jules
César, qu'en ce moment je traduisais (3). S'envolerait-il, ou
descendrait-il le long de la plume? A quoi tiennent pourtant
les choses! S'il avait pris le premier parti, c'était fait de ma découverte, je ne l'entrevoyais même pas. Bien heureusement il se
mit à descendre. Quand je le vis qui approchait de l'encre, j'eus
des avant-coureurs, j'eus des pressentiments qu'il allait se passer de grandes choses. Ainsi Colomb, sans voir la côte, pressen-
tait son Amérique. Voici en effet le hanneton qui, parvenu à
l'extrémité du bec, trempe sa tarière dans l'encre. Vite un feuillet blanc... c'est l'instant de la plus grande attente !

La tarière arrive sur le papier, dépose l'encre sur sa trace, et
voici d'admirables dessins. Quelquefois le hanneton, soit génie,
soit que le vitriol inquiète ses organes, relève sa tarière et
l'abaisse, tout en cheminant; il en résulte une série de points,
un travail d'une délicatesse merveilleuse. D'autres fois, changeant d'idée encore, il revient : c'est une S !... A cette vue un
trait de lumière m'éblouit.

Je dépose l'étonnant animal sur la première page de mon cahier, la tarière bien pourvue d'encre; puis, armé d'un brin de
paille pour diriger les travaux et barrer les passages, je le force
à se promener de telle façon qu'il écrive lui-même mon nom! Il
fallut deux heures; mais quel chef-d'œuvre!

La plus noble conquête que l'homme ait jamais faite, dit Buffon, c'est... c'est bien certainement le hanneton! (4).

---

1. *Longanimité* : patience à faire un travail sans résultat. — 2. *Berquin* : conteur
du xviiie siècle, auteur de l'*Ami des Enfants*, recueil de dialogues de morale enfantine. — 3. *Jules César* : auteur latin des *Commentaires*, où il raconte la guerre des
Gaules. — 4. *C'est.... le hanneton* : parodie de la phrase célèbre de Buffon : « La plus
noble conquête que l'homme ait jamais faite, c'est le cheval. »

Pour diriger cette opération, je m'étais approché du jour...
Une personne passait dans la rue; c'était un monsieur vêtu de
noir. J'ai su depuis que c'était un employé aux pompes funèbres.

Lorsque cet homme se fut éloigné, je retournai à mon hanneton.

Je suis certain que je dus pâlir. Le mal était grand, irréparable! Je commençai par saisir celui qui en était l'auteur, et je
le jetai par la fenêtre. Après quoi, j'examinai avec terreur l'état
des choses.

On voyait une longue trace noire qui, partie du chapitre IV
De Bello Gallico, allait droit vers la marge gauche; là, l'animal,
trouvant la tranche trop raide pour descendre, avait rebroussé
vers la marge de droite; puis, étant remonté vers le nord, il
s'était décidé à passer du livre sur le rebord de l'encrier, d'où,
par une pente douce et polie, il avait glissé dans l'abime, dans
la géhenne (1), dans l'encre, pour son malheur et pour le
mien!

Là, le hanneton, ayant malheureusement compris qu'il se
fourvoyait, avait résolu de rebrousser chemin, et, en deuil de la
tête aux pieds, il était sorti de l'encre pour retourner au chapitre IV *De Bello Gallico,* où je le retrouvai qui n'y comprenait rien.

C'étaient des pâtés monstrueux, des lacs, des rivières, et toute
une suite de catastrophes sans délicatesse, sans génie... un
spectacle noir et affreux!!

Or, ce livre, c'était l'elzévir (2) de mon maître, elzévir in-
quarto (3), elzévir rare, coûteux, introuvable, et commis à ma
responsabilité avec les plus graves recommandations. Il est évident que j'étais perdu.

J'absorbai l'encre avec du papier brouillard. Je fis sécher le
feuillet; après quoi je me mis à réfléchir sur ma situation.

J'éprouvais plus d'angoisses que de remords. Ce qui m'effrayait le plus, c'était d'avoir à avouer le hanneton. De quel œil
terrible mon maître ne considérerait-il pas cette honteuse
manière de perdre mon temps, à cet âge de raison où il disait
que j'étais maintenant parvenu, et de le perdre en puérilités
dangereuses, et très probablement immorales! Cela me faisait
frémir.

Satan, dont je ne me défiais point pour l'heure, se mit à m'offrir des calmants. Satan est toujours là à l'heure de la tentation.
Il me présentait un tout petit mensonge. Durant mon absence,
cet infâme chat de la voisine serait entré dans la chambre et

---

1. *La géhenne* (vieille forme de *gêne*) : l'enfer, dans la Bible. — 2. *Elzévir :* on appelle ainsi des livres très précieux imprimés en caractères élégants par les Elzévirs,
anciens et célèbres imprimeurs hollandais. — 3. *In-quarto :* grand format de livre.

aurait renversé l'encrier sur le chapitre IV *De Bello Gallico*. Comme je ne devais point sortir entre les leçons, j'aurais motivé mon absence sur la nécessité d'aller acheter une plume. Comme les plumes étaient dans une armoire à ma portée, j'aurais avoué avoir perdu la clef hier, au bain. Comme je n'avais pas eu permission d'aller au bain, et que je n'y avais réellement pas été, j'aurais supposé y avoir été sans permission, et avoué cette faute, ce qui aurait jeté sur tout l'édifice beaucoup de vraisemblance et en même temps diminué mes remords, puisque je m'accusais généreusement d'une faute, ce qui à mes yeux m'absolvait presque...

Ce chef-d'œuvre de combinaisons était tout prêt, lorsque j'entendis le pas de M. Ratin qui montait l'escalier.

Dans mon trouble, je fermai le livre, je le rouvris, je le fermai encore pour le rouvrir précipitamment, sur ce motif que le pâté parlerait de lui-même, et m'épargnerait l'embarras terrible des premières ouvertures...

M. Ratin venait pour me donner ma leçon. Sans voir le livre, il posa son chapeau, il plaça sa chaise, il s'assit, il se moucha. Pour avoir une contenance, je me mouchai aussi; sur quoi M. Ratin me regarda fixement, car il s'agissait du nez.

Je ne compris pas d'abord que M. Ratin sondait l'intention que j'avais pu avoir en me mouchant presque au même instant que lui, en sorte que, m'imaginant qu'il avait vu le pâté, je baissais les yeux, plus décontenancé par son silence scrutateur que je ne l'aurais été par ses questions, auxquelles j'étais prêt à répondre. A la fin, d'un ton solennel : « Monsieur ! je lis, sur votre figure... — Non, monsieur... — Je lis, vous dis-je... — Non, monsieur, c'est le chat... », interrompis-je.

Ici, M. Ratin changea de couleur, tant cette réponse lui sembla dépasser toutes les limites de l'irrévérence; et il allait prendre un parti violent, lorsque, ses yeux étant tombés sur le monstrueux pâté, cette vue lui produisit un soubresaut qui, par contre-coup, en produisit un sur moi.

C'était le moment de conjurer l'orage : « Pendant, monsieur, que j'étais sorti... le chat... pour acheter une plume... le chat... parce que j'avais perdu la clef... hier au bain... le chat... »

A mesure que je parlais, le regard de M. Ratin devenait si terrible, qu'à la fin, ne pouvant plus le soutenir, je passai sans transition à l'aveu de mes crimes. « Je mens... monsieur Ratin... c'est moi qui ai fait ce malheur. »

Il se fit un grand silence.

« Ne vous étonnez point, monsieur, dit enfin M. Ratin d'une voix solennelle, si l'excès de mon indignation en comprime et en retarde l'expression. Je dirai même que l'expression me manque pour qualifier... »

Ici une mouche... Un souffle de fou rire parcourut mon visage.

Il se fit de nouveau un grand silence.

Enfin M. Ratin se leva.

« Vous allez, monsieur, garder la chambre pendant deux jours, pour réfléchir sur votre conduite, tandis que je réfléchirai moi-même au parti que je dois prendre dans une conjoncture aussi grave. »

Là-dessus M. Ratin sortit en fermant l'appartement dont il emporta la clef.

R. TÖPPFER, *Nouvelles genevoises* (La Bibliothèque de mon Oncle).

Le Bourdon

JE ME RAPPELLE qu'un matin, à quatre heures, en juin, le soleil étant déjà très haut, je fus éveillé assez brusquement, lorsque j'avais encore beaucoup de fatigue et de sommeil.

J'étais à la campagne, dans une chambre sans volet ni rideau, en plein levant, et les rayons arrivaient jusqu'à mon lit. Un magnifique bourdon, je ne sais comment, était dans la chambre, et joyeusement, au soleil, voletait et bourdonnait. Ce bruit m'ennuyait. Je me lève, et, pensant qu'il voulait sortir, je lui ouvre la fenêtre. Mais point, telle n'était son idée.

La matinée, quoique belle, était très fraîche, fort humide ; il préférait rester dans la chambre, dans une température meilleure qui le séchait, le réchauffait ; dehors, il était quatre heures ; dedans, c'était déjà midi. Il agissait précisément comme j'eusse fait, et ne sortait point. Je voulus lui donner du temps ; je laissai la fenêtre ouverte, et me recouchai.

Mais nul moyen de reposer. La fraîcheur du dehors entrant, lui aussi il entrait plus avant et voletait par la chambre. Cet hôte obstiné, importun, me donna un peu d'humeur. Je me levai, décidé à l'expulser de vive force. Un mouchoir était mon arme, mais je m'en servais sans doute assez maladroitement ; je l'étourdis, je l'effrayai ; il tourbillonnait de vertige, et de moins en moins songeait à sortir.

Mon impatience croissait ; j'y allai plus fort, et trop fort sans doute... Il tomba sur l'appui de la fenêtre, et ne se releva plus.

Était-il mort ou étourdi ? Je ne fermai point, pensant que, dans ce cas, l'air pourrait le raviver, et qu'il s'en irait. Je me recouchai cependant, assez mécontent. Au total, c'était sa faute ; pourquoi ne s'en allait-il pas ? ce fut la première raison que je me donnai. Puis, en y réfléchissant, je devins plus sévère pour moi; j'accusai mon impatience. Telle est la tyrannie de l'homme ; il ne peut rien supporter. Ce roi de la création, comme tous les rois, est violent : à la moindre contradiction, il s'emporte, il éclate, il tue.

La matinée était très belle, fraîche, et pourtant, peu à peu, déjà presque chaude. Heureux mélange de température, propre à ce très doux pays et à ce moment de l'année ; c'était juin, et en Normandie. Le caractère propre à ce mois et qui le distingue de ceux qui suivront, c'est que les espèces innocentes, celles qui vivent de végétaux, sont nées toutes, mais pas encore les espèces meurtrières, qui ont besoin de proie vivante ; force mouches, et point d'araignées...

Toutes ces idées me venaient, mais point du tout agréables. Dans ce moment béni, sacré, où tous vivent en confiance, moi j'avais déjà tué; l'homme seul rompait la paix de Dieu. Cette idée me fut amère. Que la victime fût petite ou grande, il importait peu : la mort était toujours la mort. Et c'était sans occasion sérieuse, sans provocation, que j'avais brutalement troublé cette douce harmonie du printemps, gâté l'universelle idylle.

En roulant toutes ces pensées, je regardais par moment de mon lit vers la fenêtre, j'observais si le bourdon ne remuerait pas encore un peu, si réellement il était mort. Mais rien malheureusement : une immobilité complète.

Cela dura une demi-heure ou trois quarts d'heure environ. Puis tout à coup, sans que le moindre mouvement préalable l'eût pu faire prévoir, je vois mon bourdon s'élever d'un vol sûr et fort, sans la moindre hésitation, comme si rien ne fût arrivé. Il passa dans le jardin, alors complètement réchauffé et plein de soleil.

Ce fut pour moi, je l'avoue, un bonheur, un soulagement. Mais lui, il ne s'en doutait pas. Je vis qu'il avait pensé, dans sa petite prudence, que s'il trahissait par le moindre signe la vie qui lui revenait, son bourreau pourrait l'achever. Donc, il fit le mort à merveille, attendit qu'il eût bien repris la force et le souffle, que ses ailes, sèches et chaudes, fussent toutes prêtes à l'emporter. Et alors, d'une volée, il partit sans dire adieu.

MICHELET, *L'Insecte* (Hachette, édit.).

Mort d'un cricri

J'HABITAIS ALORS L'ANCIEN BOUDOIR de ma grand'mère. Mes deux enfants occupaient la grande chambre attenante. Je les entendais respirer, et je pouvais veiller sans troubler leur sommeil. Ce boudoir était si petit, qu'avec mes livres, mes herbiers, mes papillons et mes cailloux (j'allais toujours m'amusant à l'histoire naturelle sans rien apprendre), il n'y avait pas de place pour un lit. J'y suppléais par un hamac. Je faisais mon bureau d'une armoire qui s'ouvrait en manière de secrétaire, et qu'un *cricri*, que l'habitude de me voir avait apprivoisé, occupa longtemps avec moi. Il y vivait de mes pains à cacheter, que j'avais soin de choisir blancs, dans la crainte qu'il ne s'empoisonnât. Il venait manger sur mon papier pendant que j'écrivais, après quoi il allait chanter dans un certain tiroir de prédilection. Quelquefois il marchait sur mon écriture, et j'étais obligée de le chasser pour qu'il ne s'avisât pas de goûter à l'encre fraîche. Un soir, ne l'entendant plus remuer et ne le voyant pas venir, je le cherchai partout. Je ne trouvai de mon ami que les deux pattes de derrière, entre la croisée et la boiserie. Il ne m'avait pas dit qu'il avait l'habitude de sortir, et la servante l'avait écrasé en fermant la fenêtre.

J'ensevelis ses tristes restes dans une fleur de datura (1) que je gardai longtemps comme une relique ; mais je ne saurais dire quelle impression me fit ce puéril incident. J'essayai bien de faire là-dessus de la poésie, j'avais ouï dire que le bel esprit console de tout ; mais, tout en écrivant *la Vie et la Mort d'un esprit familier,* ouvrage inédit et bien fait pour l'être toujours, je me surpris plus d'une fois toute en larmes.

George Sand, *Histoire de ma vie*
(Calmann-Lévy, édit.).

La nouvelle Ruche

Ici, dans la demeure nouvelle, il n'y a rien, pas une goutte de miel, pas un jalon de cire, pas un point de repère et pas un point d'appui. C'est la nudité désolée d'un monument immense qui n'aurait que le toit et les murs. Les parois, circulaires et lisses, ne renferment que l'ombre, et là haut la voûte monstrueuse s'arrondit sur le vide. Mais l'abeille ne connaît pas les regrets inutiles ; en tout cas elle ne s'y arrête point. Son ardeur, loin d'être abattue par une épreuve qui surpasserait tout autre courage, est plus grande que jamais. A peine la ruche est-elle dressée et mise en place, à peine le désarroi de la chute tumultueuse commence-t-il à s'apaiser, qu'on voit s'opérer dans la multitude emmêlée une division très nette et tout à fait inattendue. La plus grande partie des abeilles, comme une armée qui obéirait à un ordre précis, se met à grimper en colonnes

---

1. *Datura :* plante de la même famille que les pommes de terre, appelée vulgairement *pomme épineuse,* à cause de son fruit.

épaisses le long des parois verticales du monument. Arrivées dans la coupole, les premières qui l'atteignent s'y cramponnent par les ongles de leurs pattes antérieures ; celles qui viennent après s'accrochent aux premières et ainsi de suite, jusqu'à ce que soient formées de longues chaînes qui servent de pont à la foule qui s'élève toujours. Peu à peu, ces chaînes se multipliant, se renforçant et s'enlaçant à l'infini, deviennent des guirlandes qui, sous l'ascension innombrable et ininterrompue, se transforment à leur tour en un rideau épais et triangulaire, ou plutôt en une sorte de cône compact et renversé dont la pointe s'attache au sommet de la coupole, et dont la base descend en s'évasant jusque la moitié ou les deux tiers de la hauteur totale de la ruche. Alors, la dernière abeille qui se sent appelée par une voix intérieure à faire partie de ce groupe, ayant rejoint le rideau suspendu dans les ténèbres, l'ascension prend fin, tout mouvement s'éteint peu à peu dans le dôme, et l'étrange cône renversé attend durant de longues heures, dans un silence qu'on pourrait croire religieux et dans une immobilité qui paraît effrayante, l'arrivée du mystère de la cire.

Pendant ce temps, sans se préoccuper de la formation du merveilleux rideau aux plis duquel un don magique va descendre, sans paraître tenté de s'y joindre, le reste des abeilles, c'est-à-dire toutes celles qui sont demeurées dans le bas de la ruche, examine l'édifice et entreprend les travaux nécessaires.

Le sol est soigneusement balayé, et les feuilles mortes, les brindilles, les grains de sable sont portés au loin un à un, une à une, car la propreté des abeilles va jusqu'à la manie, et lorsqu'au cœur de l'hiver les grands froids les empêchent trop longtemps d'effectuer ce qu'on appelle en apiculture leur « vol de propreté », plutôt que de souiller la ruche elles périssent en masse, victimes d'affreuses maladies d'entrailles. Seuls les mâles sont incorrigiblement insoucieux, et couvrent impudemment d'ordures les rayons qu'ils fréquentent et que les ouvrières sont obligées de nettoyer sans cesse derrière eux.

Après le balayage, les abeilles du même groupe profane, du groupe qui ne se mêle pas au cône suspendu dans une sorte d'extase, se mettent à luter (1) minutieusement le pourtour inférieur de la demeure commune. Ensuite, toutes les lézardes sont passées en revue, remplies et recouvertes de propolis (2), et l'on commence, du haut en bas de l'édifice, le vernissage des parois. La garde de l'entrée est réorganisée, et bientôt un certain nombre d'ouvrières vont aux champs et en reviennent chargées de nectar et de pollen.

M. MAETERLINCK, *La Vie des abeilles*
(Fasquelle, édit.).

1. *Luter* : boucher avec un enduit. — 2. *Propolis* : enduit résineux que les abeilles recueillent sur les bourgeons de divers arbres.

Trott et la mouche

TROTT SE TROUVE TOUT À COUP un creux énorme. Oh ! qu'il a faim !... Heureusement, sa tasse de lait est toute prête... Trott prend sa tasse des deux mains. Il la soulève et se prépare à boire... Tiens ! il y a une mouche au milieu du lait.

Trott s'arrête, offensé. C'est bien fait. Vilaine gourmande ! qui lui a permis de boire le lait de Trott ? Elle va se noyer, et elle ne l'aura pas volé.

Comme elle a l'air épouvantée, la mouche ! Elle remue désespérément les pattes ; elle essaye de battre des ailes ; elle n'y arrive pas. Chaque mouvement qu'elle fait l'enfonce davantage... Bientôt ce sera fini.

Pauvre mouche ! Après tout, c'est une bien grosse punition. Trott lui tend la cuillère : « Grimpe dessus et va-t'en. » Mais la mouche a tout à fait perdu la tête. Au lieu de s'approcher, elle s'éloigne. Ah ! bien alors !... Tant pis pour elle !

Mais non ! Tout à coup Trott se sent pris d'une immense pitié. Est-ce qu'il n'était pas un peu comme cette pauvre mouche tous ces jours derniers, quand il se débattait dans sa fièvre, qu'il repoussait sa maman et Jane. Cette tasse de lait, c'est pour la mouche une mer effroyable où elle va s'engloutir, quelque chose comme cet horrible noir où Trott était emporté.

Trott poursuit la mouche avec la cuillère. Est-ce qu'il n'arrivera donc jamais à l'attraper ? Les pattes remuent moins. Oh ! elle ne va pas mourir ? Il semble à Trott que ce soit quelque chose comme si lui-même allait retomber malade...

Enfin la mouche est prise dans la cuillère, et Trott la verse avec un peu de lait sur la table de fer-blanc. N'est-il pas trop tard, hélas ? Elle est échouée lamentablement sur un côté ; les ailes sont collées, les pattes ne remuent plus ; c'est une petite loque. Elle a l'air étouffée, noyée, morte définitivement. Trott la pousse de côté, légèrement, avec la cuillère. Il oublie de boire. Il la contemple avec anxiété. Rien ne bouge. Elle est morte.

Non ! Est-ce bien possible ? Voilà une patte qui s'agite faiblement. Puis plus rien. Ah ! en voici deux ! Elle se les frotte l'une contre l'autre. Puis, tout de suite, elle s'essuie la figure. Ça, c'est propre, madame la mouche. Elle fait un grand effort, en dégage une troisième et se traîne à trois pattes. Oh ! mais, ça va vite maintenant. Voilà la quatrième délivrée, et puis les deux dernières. Il n'y a que les ailes qui ne vont pas encore.

Elle a beau se les lisser, se les lustrer, se les gratter avec ses pattes : elles ne veulent pas se décoller. Pourtant on dirait que l'une... Allons donc! courage! Ça y est. On entend un *zzzon* significatif. L'aile droite est libre ; l'aile gauche est encore poisseuse ; mais pas pour longtemps. Elle se met à remuer, à remuer... *Zzzon...* Les voilà toutes deux rétablies. La mouche se promène de long en large d'un air affairé. Elle va, elle vient, elle s'arrête, elle reprend sa route comme si elle cherchait très vite quelque chose d'égaré, par-ci, par-là, par-là encore. Et tout à coup, *pfttt,* la voilà envolée!

Elle aurait pu dire merci. Trott est un peu choqué. Mais il est tout de même bien content.

ANDRÉ LICHTENBERGER, *Mon petit Trott*
(Plon-Nourrit et Cⁱᵉ, édit.).

DELACROIX   L'ARABE ET SON CHEVAL

Le Cheval arabe

UN ARABE ET SA TRIBU avaient attaqué dans le désert la caravane de Damas; la victoire était complète, et les Arabes
étaient déjà occupés à charger leur riche butin, quand les
cavaliers du pacha d'Acre, qui venaient à la rencontre de cette
caravane, fondirent à l'improviste sur les Arabes victorieux,
en tuèrent un grand nombre, firent les autres prisonniers,

et, les ayant attachés avec des cordes, les emmenèrent à Acre pour en faire présent au pacha.

Abou-el-Marsch, c'est le nom de l'Arabe, avait reçu une balle dans le bras pendant le combat; comme sa blessure n'était pas mortelle, les Turcs l'avaient attaché sur un chameau, et, s'étant emparés du cheval, emmenaient le cheval et le cavalier.

Le soir du jour où ils devaient entrer à Acre, ils campèrent avec leurs prisonniers dans les montagnes de Saphadt : l'Arabe blessé avait les jambes liées ensemble par une courroie de cuir, et était étendu près de la tente où couchaient les Turcs.

Pendant la nuit, tenu éveillé par la douleur de sa blessure, il entendit hennir son cheval parmi les autres chevaux entravés autour des tentes, selon l'usage des Orientaux; il reconnut sa voix, et, ne pouvant résister au désir d'aller parler encore une fois au compagnon de sa vie, il se traîna péniblement sur la terre, à l'aide de ses mains et de ses genoux, et parvint jusqu'à son coursier.

« Pauvre ami, lui dit-il, que feras-tu parmi les Turcs ? tu seras emprisonné sous les voûtes d'un kan (1) avec les chevaux d'un aga (2) ou d'un pacha (3); les femmes et les enfants ne t'apporteront plus le lait de chameau, l'orge ou le doûra (4) dans le creux de la main; tu ne courras plus libre dans le désert comme le vent d'Égypte; tu ne fendras plus du poitrail l'eau du Jourdain, qui rafraîchissait ton poil aussi blanc que ton écume : qu'au moins, si je suis esclave, tu restes libre ! Tiens, va, retourne à la tente que tu connais; va dire à ma femme qu'Abou-el-Marsch ne reviendra plus, et passe ta tête entre les rideaux de la tente pour lécher la main de mes petits enfants. »

En parlant ainsi, Abou-el-Marsch avait rongé avec ses dents la corde de poil de chèvre qui sert d'entrave aux chevaux arabes, et l'animal était libre : mais, voyant son maître blessé et enchaîné à ses pieds, le fidèle et intelligent coursier comprit, avec cet instinct, ce qu'aucune langue ne pouvait lui expliquer : il baissa la tête, flaira son maître, et, l'empoignant avec les dents par la ceinture de cuir qu'il avait autour du corps, il partit au galop et l'emporta jusqu'à ses tentes.

En arrivant et en jetant son maître sur le sable aux pieds de sa femme et de ses enfants, le cheval expira de fatigue.

Toute la tribu l'a pleuré, les poètes l'ont chanté, et son nom est constamment dans la bouche des Arabes de Jéricho (5).

LAMARTINE, *Voyage en Orient* (Hachette, édit.).

1. *Kan* : lieu préparé pour le repos des caravanes. — 2. *Aga* : chef militaire chez les Turcs. — 3. *Pacha* : gouverneur de province en Turquie. — 4. *Doûra* : sorte de graine analogue au millet. — 5. *Jéricho* : ancienne ville de Palestine, près de Jérusalem, sur un affluent du Jourdain.

Mon Ane

Il y avait à la maison un âne, le meilleur âne que j'aie jamais connu ; je ne sais s'il avait été malicieux dans sa jeunesse comme tous ses pareils ; mais il était vieux, très vieux : il n'avait plus ni rancunes, ni caprices. Il marchait d'un pas grave et mesuré ; respecté pour son grand âge et ses bons services, il ne recevait jamais ni corrections, ni reproches, et s'il était le plus irréprochable des ânes, on peut dire aussi qu'il était le plus heureux et le plus estimé.

On nous mettait, Ursule et moi, chacune dans une de ses bannes, et nous voyagions ainsi sur ses flancs sans qu'il eût jamais la pensée de se débarrasser de nous. Au retour de la promenade, l'âne rentrait dans sa liberté habituelle ; car il ne connaissait ni corde, ni râtelier.

Toujours errant dans les cours, dans le village ou dans la prairie du jardin, il était absolument livré à lui-même, ne commettant jamais de méfaits, et usant discrètement de toutes choses.

Il lui prenait souvent fantaisie d'entrer dans la maison, dans la salle à manger et même dans l'appartement de ma grand'mère, qui le trouva un jour installé dans son cabinet de toilette, le nez sur une boîte de poudre d'iris qu'il respirait d'un air sérieux et recueilli. Il avait même appris à ouvrir les portes qui ne fermaient qu'au loquet, d'après l'ancien système du pays, et comme il connaissait parfaitement tout le rez-de-chaussée, il cherchait toujours ma grand'mère, dont il savait bien qu'il recevrait quelque friandise. Il lui était indifférent de faire rire ; supérieur aux sarcasmes, il avait des airs de philosophe qui n'appartenaient qu'à lui. Sa seule faiblesse était le désœuvrement et l'ennui de la solitude qui en est la conséquence.

Une nuit, ayant trouvé la porte du lavoir ouverte, il monta un escalier de sept ou huit marches, traversa la cuisine, le vestibule, souleva le loquet de deux ou trois pièces, et arriva à la porte de la chambre à coucher de ma grand'mère ; mais trouvant là un verrou, il se mit à gratter du pied pour avertir de sa présence.

Ne comprenant rien à ce bruit, et croyant qu'un voleur essayait de crocheter sa porte, ma grand'mère sonna sa femme de chambre, qui accourut sans lumière, vint à la porte, et tomba sur l'âne en jetant les hauts cris.

GEORGE SAND, *Histoire de ma Vie*
(Calmann-Lévy, édit.).

Une Rosse

*Une troupe de comédiens parcourt, en hiver, la province, au temps
du roi Louis XIII. Ils vont de ville en ville, à pied, menant un chariot
qui porte leurs pauvres bagages.*

LE CHARIOT, TRAÎNÉ PAR QUATRE BÊTES VIGOUREUSES au départ,
n'avait plus qu'un cheval, et quel cheval ! une misérable rosse
qui semblait s'être nourrie, au lieu de foin et d'avoine, avec
des cercles de barriques, tant ses côtes étaient saillantes. Les
os de ses hanches perçaient la peau, et les muscles détendus de
ses cuisses se dessinaient par de grandes rides flasques; des
éparvins (1) gonflaient ses jambes hérissées de longs poils. Sur
son garrot (2), à la pression d'un collier dont la bourre avait
disparu, s'avivaient des écorchures saigneuses, et les coups de
fouet zébraient comme des hachures les flancs meurtris du
pauvre animal. Sa tête était tout un poème de mélancolie et de
souffrance. Derrière ses yeux se creusaient de profondes sa-
lières qu'on aurait cru évidées au scalpel. Ses prunelles bleuâtres avaient le regard morne, résigné et pensif de la bête
surmenée. L'insouciance des coups produite par l'inutilité de
l'effort s'y lisait tristement, et le claquement de la lanière
ne pouvait plus en tirer une étincelle de vie. Ses oreilles éner-
vées, dont l'une avait le bout fendu, pendaient piteusement
de chaque côté du front, et scandaient, par leur oscillation,
le rythme inégal de la marche. Une mèche de la crinière, de
blanche devenue jaune, entremêlait ses filaments à la tétière,
dont le cuir avait usé les protubérances osseuses des joues
mises en relief par la maigreur. Les cartilages des narines
laissaient suinter l'eau d'une respiration pénible, et les
barres fatiguées faisaient la moue comme des lèvres maus-
sades. Sur son pelage blanc, truité de roux, la sueur avait tracé
des filets pareils à ceux dont la pluie raye le plâtre des murailles, aggloutiné sous le ventre des flocons de poil, délavé les
membres inférieurs et fait avec la crotte un affreux ciment.
Rien n'était plus lamentable à voir, et le cheval que monte la
Mort dans l'Apocalypse eût paru une bête fringante propre
à parader aux carrousels, à côté de ce pitoyable et désastreux
animal dont les épaules semblaient se disjoindre à chaque pas,
et qui, d'un œil douloureux, avait l'air d'invoquer comme une
grâce le coup d'assommoir de l'équarrisseur.

THÉOPHILE GAUTIER, *Le Capitaine Fracasse*
(Fasquelle, édit.).

1. *Éparvins* : sorte de tumeurs dures aux jarrets d'un cheval. — 2. *Garrot* : chez le
cheval, partie saillante située au-dessus des épaules, entre l'encolure et le dos.

Chevaux de mine

On a décidé de faire descendre au fond d'une mine de charbon un nouveau cheval, appelé Trompette, qui traînera les wagons. Il va y rencontrer un vieux cheval, Bataille, qui depuis dix ans a travaillé dans ces ténèbres, et qu'on nous présente d'abord.

..... C'était Bataille, le doyen de la mine (1), un cheval blanc qui avait dix ans de fond (2). Depuis dix ans, il vivait dans ce trou, occupant le même coin de l'écurie, faisant la même tâche le long des galeries noires, sans avoir jamais revu le jour. Très gras, le poil luisant, l'air bonhomme, il semblait y couler une existence de sage, à l'abri des malheurs de là-haut. Du reste, dans les ténèbres, il était devenu d'une grande malignité. La voie où il travaillait avait fini par lui être si familière, qu'il poussait de la tête les portes d'aérage, et qu'il se baissait, afin de ne pas se cogner, aux endroits trop bas. Sans doute aussi il comptait ses tours, car lorsqu'il avait fait le nombre réglementaire de voyages, il refusait d'en recommencer un autre, on devait le reconduire à sa mangeoire. Maintenant, l'âge venait, ses yeux de chat se voilaient parfois d'une mélancolie. Peut-être revoyait-il vaguement, au fond de ses rêvasseries obscures, le moulin où il était né, près de Marchiennes, un moulin planté sur le bord de la Scarpe, entouré de larges verdures, toujours éventé par le vent. Quelque chose brûlait en l'air, une lampe énorme, dont le souvenir exact échappait à sa mémoire de bête. Et il restait la tête basse, tremblant sur ses vieux pieds, faisant d'inutiles efforts pour se rappeler le soleil.

Cependant, les manœuvres continuaient dans le puits, le marteau des signaux avait tapé quatre coups, on descendait le cheval; et c'était toujours une émotion, car il arrivait parfois que la bête, saisie d'une telle épouvante, débarquait morte. En haut, lié dans un filet, il se débattait éperdûment; puis, dès qu'il sentait le sol manquer sous lui, il restait comme pétrifié, il disparaissait sans un frémissement de la peau, l'œil agrandi et fixe. Celui-ci étant trop gros pour passer entre les guides, on avait dû, en l'accrochant au-dessous de la cage, lui rabattre et lui attacher la tête sur le flanc. La descente dura près de trois minutes, on ralentissait la machine par précaution. Aussi, en bas, l'émotion grandissait-elle. Quoi donc? est-ce qu'on allait le laisser en route, perdu dans le noir? Enfin, il parut, avec son immobilité de pierre, son œil fixe, dilaté de terreur. C'était un cheval bai, de trois ans à peine, nommé Trompette.

---

1. *Le doyen de la mine :* le plus vieux des chevaux de la mine. — 2. *Fond :* travail au fond de la mine.

— Attention! criait le père Mouque (1), chargé de le recevoir. Amenez-le, ne le détachez pas encore.

Bientôt, Trompette fut couché sur les dalles de fonte, comme une masse. Il ne bougeait toujours pas, il semblait dans le cauchemar de ce trou obscur, infini, de cette salle profonde, retentissante de vacarme. On commençait à le délier, lorsque Bataille, dételé depuis un instant, s'à   rocha, allongea son cou, pour flairer ce compagnon qui tom   ,ait ainsi de la terre. Les ouvriers élargirent le cercle en plaisantant. Eh bien! quelle bonne odeur lui trouvait-il? Mais Bataille s'animait, sourd aux moqueries. Il lui trouvait sans doute la bonne odeur du grand air, l'odeur oubliée du soleil dans les herbes. Et il éclata tout à coup d'un hennissement sonore, d'une musique d'allégresse, où il semblait y avoir l'attendrissement d'un sanglot. C'était la bienvenue, la joie de ces choses anciennes dont une bouffée lui arrivait, la mélancolie de ce prisonnier de plus qui ne remonterait que mort.

— Ah! cet animal de Bataille! crièrent les ouvriers, égayés par les farces de leur favori. Le voilà qui cause avec le camarade.

Trompette, délié, ne bougeait toujours pas. Il demeurait sur le flanc, comme s'il eût continué à sentir le filet l'étreindre, garrotté par la peur. Enfin, on le mit debout d'un coup de fouet, étourdi, les membres secoués d'un grand frisson. Et le père Mouque emmena les deux bêtes qui fraternisaient.

ÉMILE ZOLA, *Germinal* (Fasquelle, édit.).

Coco

ON CONSERVAIT, PAR CHARITÉ, dans le fond de l'écurie, un très vieux cheval blanc que la maîtresse voulait nourrir jusqu'à sa mort naturelle, parce qu'elle l'avait élevé, gardé toujours, et qu'il lui rappelait des souvenirs.

Un goujat (2) de quinze ans, nommé Isidore Duval, et appelé plus simplement Zidore, prenait soin de cet invalide, lui donnait, pendant l'hiver, sa mesure d'avoine et son fourrage, et devait aller, quatre fois par jour, en été, le déplacer dans la côte où on l'attachait, afin qu'il eût en abondance de l'herbe fraîche.

L'animal, presque perclus, levait avec peine ses jambes lourdes, grosses des genoux et enflées au-dessus des sabots. Ses poils, qu'on n'étrillait plus jamais, avaient l'air de cheveux blancs, et des cils très longs donnaient à ses yeux un air triste.

Quand Zidore le menait à l'herbe, il lui fallait tirer sur la

1. *Le père Mouque :* le palefrenier de la mine. — 2. *Goujat :* valet de ferme.

corde, tant la bête allait lentement; et le gars, courbé, haletant, jurait contre elle, s'exaspérant d'avoir à soigner cette vieille rosse.

Les gens de la ferme, voyant cette colère du goujat contre Coco, s'en amusaient, parlaient sans cesse du cheval à Zidore, pour exaspérer le gamin. Ses camarades le plaisantaient, on l'appelait dans le village Coco-Zidore.

Le gars rageait, sentant naître en lui le désir de se venger du cheval. C'était un maigre enfant, haut sur jambes, très sale, coiffé de cheveux roux, épais, durs et hérissés. Il semblait stupide, parlait en bégayant, avec une peine infinie, comme si les idées n'eussent pu se former dans son âme épaisse de brute.

Depuis longtemps déjà, il s'étonnait qu'on gardât Coco, s'indignant de voir perdre du bien pour cette bête inutile. Du moment qu'elle ne travaillait plus, il lui semblait injuste de la nourrir, il lui semblait révoltant de gaspiller de l'avoine, de l'avoine qui coûtait si cher, pour ce bidet paralysé. Et souvent même, malgré les ordres de maître Lucas, il économisait sur la nourriture du cheval, ne lui versant qu'une demi-mesure, ménageant sa litière et son foin. Et une haine grandissait en son esprit confus d'enfant, une haine de paysan rapace, de paysan sournois, féroce, brutal et lâche.

Lorsque revint l'été, il lui fallut aller remuer la bête dans sa côte. C'était loin. Le goujat, plus furieux chaque matin, partait de son pas lourd à travers les blés. Les hommes qui travaillaient dans les terres lui criaient, par plaisanterie :

— Hé! Zidore, tu f'ras mes compliments à Coco.

Il ne répondait point; mais il cassait, en passant, une baguette dans une haie, et, dès qu'il avait déplacé l'attache du vieux cheval, il le laissait se remettre à brouter; puis, approchant traîtreusement, il lui cinglait les jarrets. L'animal essayait de fuir, de ruer, d'échapper aux coups, et il tournait au bout de sa corde comme s'il eût été renfermé dans une piste. Et le gars le frappait avec rage, courant derrière, acharné, les dents serrées par la colère.

Puis il s'en allait lentement, sans se retourner, tandis que le cheval le regardait partir de son œil de vieux, les côtes saillantes, essoufflé d'avoir trotté. Et il ne rebaissait vers l'herbe sa tête osseuse et blanche qu'après avoir vu disparaître au loin la blouse bleue du jeune paysan.

Comme les nuits étaient chaudes, on laissait maintenant Coco coucher dehors, là-bas, au bord de la ravine, derrière le bois. Zidore seul allait le voir.

L'enfant s'amusait encore à lui jeter des pierres. Il s'asseyait à dix pas de lui, sur un talus, et il restait là une demi-heure, lançant de temps en temps un caillou tranchant au bidet, qui demeurait debout, enchaîné devant son ennemi, et le regardant sans cesse, sans oser paître avant qu'il fût reparti.

Mais toujours cette pensée restait plantée dans l'esprit du goujat : « Pourquoi nourrir ce cheval qui ne faisait plus rien? » Il lui semblait que cette misérable rosse volait le manger des autres, volait l'avoir des hommes, le bien du bon Dieu, le volait même aussi, lui, Zidore, qui travaillait.

Alors, peu à peu, chaque jour, le gars diminua la bande de pâturage qu'il lui donnait, en avançant le piquet de bois où était fixée la corde.

La bête jeûnait, maigrissait, dépérissait. Trop faible pour casser son attache, elle tendait la tête vers la grande herbe verte et luisante, si proche, et dont l'odeur lui venait sans qu'elle pût y toucher.

Mais, un matin, Zidore eut une idée; c'était de ne plus remuer Coco. Il en avait assez d'aller si loin pour cette carcasse.

Il vint, cependant, pour savourer sa vengeance. La bête, inquiète, le regardait. Il ne la battit pas ce jour-là. Il tournait autour, les mains dans les poches. Même il fit mine de la changer de place, mais il renfonça le piquet juste dans le même trou, et il s'en alla, enchanté de son invention.

Le cheval, le voyant partir, hennit pour le rappeler; mais le goujat se mit à courir, le laissant seul, tout seul, dans son vallon, bien attaché et sans un brin d'herbe à la portée de la mâchoire.

Affamé, il essaya d'atteindre la grasse verdure qu'il touchait du bout de ses naseaux. Il se mit sur les genoux, tendant le cou, allongeant ses grandes lèvres baveuses. Ce fut en vain. Tout le jour, elle s'épuisa, la vieille bête, en efforts inutiles, en efforts terribles. La faim la dévorait, rendue plus affreuse par la vue de toute la verte nourriture qui s'étendait par l'horizon.

Le goujat ne revint point ce jour-là. Il vagabonda par les bois pour chercher des nids. Il reparut le lendemain. Coco, exténué, s'était couché. Il se leva en apercevant l'enfant, attendant enfin d'être changé de place.

Mais le petit paysan ne toucha même pas au maillet jeté dans l'herbe. Il s'approcha, regarda l'animal, lui lança dans le nez une motte de terre qui s'écrasa sur le poil blanc, et il repartit en sifflant.

Le cheval resta debout tant qu'il put l'apercevoir encore; puis, sentant bien que ses tentatives pour atteindre l'herbe voisine seraient inutiles, il s'étendit de nouveau sur le flanc et ferma les yeux.

Le lendemain, Zidore ne vint pas.

Quand il s'approcha, le jour suivant, de Coco toujours étendu, il s'aperçut qu'il était mort.

Alors il demeura debout, le regardant, content de son œuvre, étonné en même temps que ce fût déjà fini. Il le toucha du pied, leva une de ses jambes, puis la laissa retomber, s'assit dessus, et resta là, les yeux fixés dans l'herbe et sans penser à rien.

Il revint à la ferme, mais il ne dit pas l'accident, car il voulait vagabonder encore aux heures où, d'ordinaire, il allait changer de place le cheval.

Il alla voir le lendemain. Des corbeaux s'envolèrent à son approche. Des mouches innombrables se promenaient sur le cadavre et bourdonnaient à l'entour.

En rentrant, il annonça la chose. La bête était si vieille que personne ne s'étonna. Le maître dit à deux valets :

« Prenez vos pelles, vous f'rez un trou là ous qu'il est. »

Et les hommes enfouirent le cheval juste à la place où il était mort de faim.

Et l'herbe poussa drue, verdoyante, vigoureuse, nourrie par le corps.

GUY DE MAUPASSANT, *Contes* (Ollendorff, édit.).

Le vieux Cheval

DANS NOTRE PAYS vivait un très vieil homme, Pimen Timothéitch. Il avait quatre-vingts ans. Il ne faisait rien et demeurait chez son petit-fils. Il avait le dos tout voûté, s'appuyait sur un bâton pour marcher et traînait avec peine ses jambes. Il n'avait plus qu'une seule dent, son visage était ridé, sa lèvre inférieure tremblait; lorsqu'il marchait, quand il parlait, ses lèvres se mettaient à trembler et on ne pouvait comprendre ce qu'il disait.

Nous étions quatre frères, et tous quatre aimions à monter à cheval. Mais nous n'avions pas de monture assez douce pour nous; on ne nous laissait qu'un vieux cheval appelé Voronok.

Un jour, notre mère nous permit une promenade, et nous courûmes tous à l'écurie avec notre sous-maître. Le cocher nous sella Voronok, et l'aîné monta le premier. Il chevaucha longtemps; il alla jusqu'à la grange, fit le tour du jardin; quand il fut près de nous, nous lui criâmes :

« Eh bien! au galop, maintenant! »

Il se mit à frapper le cheval des pieds et de la cravache, et Voronok passa au galop devant nous.

Après l'aîné, ce fut l'autre frère. Lui aussi chevaucha longtemps; lui aussi, à coups de cravache, mit au galop Voronok et descendit le coteau à fond de train. Il voulait continuer, mais le troisième frère le supplia de descendre plus vite.

Celui-ci, comme les autres, alla jusqu'à la grange, fit le tour du jardin, traversa le village et, au galop, descendit du coteau vers l'écurie. Lorsqu'il fut près de nous, Voronok souffla bruyamment; son cou et ses épaules étaient noirs de sueur.

Quand ce fut mon tour, je voulus étonner mes frères et leur montrer mon habileté à cheval. Je voulus lancer Voronok de toutes mes forces, mais il ne voulait point s'éloigner de l'écurie, et j'avais beau le frapper, il se refusait à courir; il avait peur et se retournait à tout moment.

Je m'emportai contre le cheval et le frappai à grands coups de cravache et de talons; j'essayai de l'atteindre aux endroits les plus sensibles, je cassai ma cravache et me mis à lui frapper la tête avec le manche brisé. Mais Voronok ne voulait toujours pas galoper.

Alors je me tournai vers le sous-maître et le priai de me donner une cravache un peu plus forte. Mais il me répondit :

« C'est assez chevauché, monsieur, descendez. Pourquoi martyriser ce cheval ? »

Cet ordre me mécontenta, je lui dis :

« Comment ! je n'ai pas chevauché du tout ! Vous verrez comme je vais galoper. Donnez-moi, je vous prie, une cravache un peu plus forte, je saurai bien l'exciter. »

Alors le sous-maître, hochant la tête, dit :

« Ah ! monsieur, vous n'avez pas de pitié ! Pourquoi faire galoper ce cheval ? Il a vingt ans. Il est accablé de fatigue, il respire à peine; il est vieux..., très vieux ! C'est comme Pimen Timothéitch. Monteriez-vous sur Pimen Timothéitch, et le lanceriez-vous au grand galop à coups de cravache ? N'auriez-vous pas de pitié ? »

Je me souvins de Pimen et j'obéis au sous-maître. Je descendis du cheval, et, quand je vis la pauvre bête les flancs en nage, respirant avec peine de ses naseaux et agitant sa queue courte et fournie, je compris combien il avait dû souffrir. Moi qui le croyais aussi joyeux que moi !... J'éprouvai tant de pitié pour Voronok que j'embrassai son cou tout mouillé de sueur, en lui demandant pardon de l'avoir battu.

Depuis lors, j'ai bien grandi, mais j'ai toujours pitié des chevaux et, quand j'en vois martyriser, je me rappelle toujours Voronok et Pimen Timothéitch.

TOLSTOÏ, Œuvres, t. XIV.
Traduction Bienstock (Stock édit.).

TROYON   LE MATIN

La Rentrée du troupeau

IL FAUT VOUS DIRE QU'EN PROVENCE c'est l'usage, quand viennent les chaleurs, d'envoyer le bétail dans les Alpes. Bêtes et
gens passent cinq ou six mois là-haut, logés à la belle étoile,
dans l'herbe jusqu'au ventre, puis, au premier frisson de l'automne, on redescend au mas (1) et l'on revient brouter bour-

1. *Mas :* ferme ou maison de campagne dans le Midi.

geoisement les petites collines grises que parfume le romarin...

Donc, hier soir, les troupeaux rentraient. Depuis le matin, le portail attendait, ouvert à deux battants; les bergeries étaient pleines de paille fraîche. D'heure en heure, on se disait : « Maintenant, ils sont à Eyguières, maintenant au Paradou. » Puis, tout à coup, vers le soir, un grand cri : « Les voilà! » et là-bas, au lointain, nous voyons le troupeau s'avancer dans une gloire de poussière. Toute la route semble marcher avec lui. Les vieux béliers viennent d'abord, la corne en avant, l'air sauvage; derrière eux, le gros des moutons, les mères un peu lasses, leurs nourrissons dans les pattes; les mules à pompons rouges portant dans des paniers les agnelets d'un jour, qu'elles bercent en marchant; puis les chiens tout suants, avec des langues jusqu'à terre, et deux grands coquins de bergers drapés dans les manteaux de cadis (1) roux, qui leur tombent sur les talons comme des chapes.

Tout cela défile devant nous joyeusement et s'engouffre sous le portail, en piétinant avec un bruit d'averse... Il faut voir quel émoi dans la maison. Du haut de leurs perchoirs, les gros paons vert et or, à crêtes de tulle, ont reconnu les arrivants et les accueillent par un formidable coup de trompette. Le poulailler, qui s'endormait, se réveille en sursaut. Tout le monde est sur pied, pigeons, canards, dindons, pintades. La basse-cour est comme folle; les poules parlent de passer la nuit!... On dirait que chaque mouton a rapporté dans sa laine, avec un parfum d'Alpe sauvage, un peu de cet air vif des montagnes, qui grise et qui fait danser.

C'est au milieu de tout ce train que le troupeau gagne son gîte. Rien de charmant comme cette installation. Les vieux béliers s'attendrissent en regardant leur crèche. Les agneaux, les tout petits, ceux qui sont nés dans le voyage et n'ont jamais vu la ferme, regardent autour d'eux avec étonnement.

Mais le plus touchant encore, ce sont les chiens, ces braves chiens de bergers, tout affairés après leurs bêtes et ne voyant qu'elles dans le *mas*. Le chien de garde a beau les appeler du fond de sa niche; le seau du puits, tout plein d'eau fraîche, a beau leur faire signe; ils ne veulent rien voir, rien entendre, avant que le bétail soit rentré, le gros loquet poussé sur la petite porte à claire-voie, et les bergers attablés dans la salle basse. Alors seulement, ils consentent à gagner le chenil, et là, tout en lapant leur écuellée de soupe, ils racontent à leurs camarades de la ferme ce qu'ils ont fait là-haut dans la montagne, un pays noir où il y a des loups et de grandes digitales de pourpre pleines de rosée jusqu'au bord.

A. DAUDET, *Lettres de mon Moulin* (Fasquelle, édit.).

---

1. *Cadis* : tissu de laine étroit et léger, fabriqué dans le Midi.

Les Bœufs

George Sand a passé toute son enfance dans le Berry. Elle a vécu dans les plaines verdoyantes, parmi les pâtres. Elle aime les bœufs, et sait comprendre l'âme obscure de ces frères de travail.

LES GENS QUI NE CONNAISSENT PAS LA CAMPAGNE taxent de fable l'amitié du bœuf pour son camarade d'attelage. Qu'ils viennent voir au fond de l'étable un pauvre animal maigre, exténué, battant de sa queue inquiète ses flancs décharnés, soufflant avec effroi et dédain sur la nourriture qu'on lui présente, les yeux toujours tournés vers la porte, en grattant du pied la place vide à ses côtés, flairant les jougs et les chaînes que son compagnon a portés, et l'appelant sans cesse avec de déplorables mugissements. Le bouvier dira :

« C'est une paire de bœufs perdue; son frère est mort, et celui-là ne travaillera plus. Il faudrait pouvoir l'engraisser pour l'abattre; mais il ne veut pas manger, et bientôt il sera mort de faim. »

GEORGE SAND, *La Mare au diable*
(Calmann-Lévy, édit.).

Mes deux Bœufs

J'AVAIS DEUX BŒUFS qui me connaissaient, Bise et Froment, le premier tout blanc, un peu paresseux, il est vrai; le second, roux, maigre de l'échine, en revanche rude travailleur. Je les avais choisis parmi les plus robustes; et quel orgueil de se faire obéir de ces grands animaux, qui, au moindre geste, suivaient mes pas dès que j'appuyais ma longue gaule sur le joug!

Ils ne pouvaient faire un pas sans moi. Je les menais ainsi à l'abreuvoir, au tombereau, à la crèche, surtout à la charrue. C'est là que je pouvais le plus facilement et le plus longtemps régler mon pas sur le leur, et marcher à côté d'eux, fièrement, sans courir. Et quelle patience ils me montraient! Quoique j'abusasse assurément de leur douceur, jamais elle ne se démentit un seul instant. Aussi en étaient-ils bien récompensés au bout de chaque sillon. J'allais cueillir des trèfles verts qu'ils mangeaient dans ma main, en me regardant de cet œil profond où je croyais voir tout l'amour qu'ils avaient pour un si bon maître.

EDGAR QUINET, *Histoire de mes Idées*
(Hachette, édit.).

Viande de boucherie

Au milieu de l'océan Indien, un soir triste où le vent commençait à gémir.

Deux pauvres bœufs nous restaient, de douze que nous avions pris à Singapour pour les manger en route. On les avait ménagés, ces derniers, parce que la traversée se prolongeait, contrariée par la mousson (1) mauvaise.

Deux pauvres bœufs étiolés, amaigris, pitoyables, la peau déjà usée sur les saillies des os par les frottements du roulis. Depuis bien des jours ils voyageaient ainsi misérablement, tournant le dos à leur pâturage de là-bas, où personne ne les ramènerait plus jamais, attachés court, par les cornes, à côté l'un de l'autre, et baissant la tête avec résignation chaque fois qu'une lame venait inonder leur corps d'une douche si froide; l'œil morne, ils ruminaient ensemble un mauvais foin mouillé de sel, bêtes condamnées, rayées par avance, sans rémission, du nombre des bêtes vivantes, mais devant encore souffrir longuement avant d'être tuées; souffrir du froid, des secousses, de la mouillure, de l'engourdissement, de la peur...

Le soir dont je parle était triste particulièrement. En mer il y a beaucoup de ces soirs-là, quand de vilaines nuées livides traînent sur l'horizon, où la lumière baisse, quand le vent enfle sa voix et que la nuit s'avance peu sûre. Alors, à se sentir isolé, au milieu des eaux infinies, on est pris d'une vague angoisse que les crépuscules ne donneraient jamais sur terre, même dans les lieux les plus funèbres. — Et ces deux pauvres bœufs, créatures de prairies et d'herbages, plus dépaysées que les hommes dans les déserts mouvants, et n'ayant pas comme nous l'espérance, devaient très bien, malgré leur intelligence rudimentaire, subir à leur façon l'angoisse de ces aspects-là, y voir confusément l'image de leur prochaine mort.

Ils ruminaient avec des lenteurs de malades, leurs gros yeux atones restant fixés sur ces sinistres lointains de la mer. Un à un, leurs compagnons avaient été abattus sur ces planches à côté d'eux; depuis deux semaines environ, ils vivaient donc plus rapprochés par leur solitude, s'appuyant l'un et l'autre au roulis, se frottant les cornes, par amitié.

Et voici que le personnage chargé du service des vivres (celui que nous appelons à bord le maître-commis) monta vers moi sur la passerelle, pour me dire dans les termes consacrés : « Cap'taine, on va tuer un bœuf. » Le diable l'emporte, ce

---

1. *Mousson* : vent qui souffle dans l'océan Indien par périodes, six mois d'un côté et six mois du côté opposé.

maître-commis! Je le reçus très mal, bien qu'il n'y eût assurément pas de sa faute; mais, en vérité, je n'avais pas de chance depuis le commencement de cette traversée-là : toujours pendant mon quart (1), l'abatage des bœufs!... Or, cela se passe précisément au-dessous de la passerelle où nous nous promenons, et on a beau détourner les yeux, penser à autre chose, regarder le large, on ne peut se dispenser d'entendre le coup de masse frappé entre les cornes, au milieu du pauvre front attaché très bas à une boucle par terre; puis le bruit de la bête qui s'effondre sur le pont avec un cliquetis d'os. Et sitôt après, elle est soufflée, pelée, dépecée; une atroce odeur fade se dégage de son ventre ouvert, et, alentour, les planches du navire, d'habitude si propres, sont souillées de sang, de choses immondes...

Donc, c'était le moment de tuer le bœuf. Un cercle de matelots se forma autour de la boucle où l'on devait l'attacher pour l'exécution, — et, des deux qui restaient, on alla chercher le plus infirme, un qui était déjà presque mourant et qui se laissa emmener sans résistance.

Alors, l'autre tourna lentement la tête, pour le suivre de son œil mélancolique, et, voyant qu'on le conduisait dans ce même coin de malheur où tous les précédents étaient tombés, *il comprit;* une lueur se fit dans son pauvre front déprimé de bête ruminante, et il poussa un beuglement de détresse... Oh! le cri de ce bœuf, c'est un des sons les plus lugubres qui m'aient jamais fait frémir, en même temps que c'est une des choses les plus mystérieuses que j'aie jamais entendues... Il y avait là-dedans un lourd reproche contre nous, les hommes, puis aussi une sorte de navrante résignation; je ne sais quoi de contenu, d'étouffé, comme s'il avait profondément senti combien son gémissement était inutile et son appel écouté de personne. Avec la conscience d'un universel abandon, il avait l'air de dire : « Ah! oui... voici l'heure inévitable arrivée pour celui qui était mon dernier frère, qui était venu avec moi de là-bas, de la patrie où l'on courait dans les herbages. Et mon tour sera bientôt, et pas un être au monde n'aura pitié, pas plus de moi que de lui!... »

Oh! si, j'avais pitié! J'avais même une pitié folle en ce moment, et un élan me venait presque d'aller prendre sa grosse tête malade et repoussante pour l'appuyer sur ma poitrine, puisque c'est là une des manières physiques qui nous sont le plus naturelles pour bercer d'une illusion de protection ceux qui souffrent ou qui vont mourir.

Mais, en effet, il n'y avait plus aucun secours à attendre de personne, car même moi qui avais si bien senti la détresse

---

1. *Quart :* temps pendant lequel un officier de marine a la surveillance d'un vaisseau.

suprême de son cri, je restai raide et impassible à ma place en détournant les yeux... A cause du désespoir d'une bête, n'est-ce pas, on ne va pas changer la direction d'un navire et empêcher trois cents hommes de manger leur ration de viande fraîche? On passerait pour un fou, si seulement on y arrêtait une minute sa pensée!

Cependant un petit gabier (1), qui peut-être, lui aussi, était seul au monde et n'avait jamais trouvé de pitié, — avait entendu son appel, entendu au fond de l'âme, comme moi. Il s'approcha de lui, et tout doucement se mit à lui frotter le museau.

Il aurait pu, s'il y avait songé, lui prédire :

« Ils mourront tous aussi, va, ceux qui vont te manger demain : tous, même les plus forts et les plus jeunes; et peut-être qu'alors l'heure terrible sera encore plus cruelle pour eux que pour toi, avec des souffrances plus longues; peut-être qu'alors ils préféreraient le coup de masse en plein front! »

La bête lui rendit bien sa caresse en le regardant avec de bons yeux et en lui léchant la main. Mais c'était fini; l'éclair d'intelligence qui avait passé sous son crâne bas et fermé venait de s'éteindre. Au milieu de l'immensité sinistre où le navire l'emportait toujours plus vite, dans les embruns (2) froids, dans le crépuscule annonçant une nuit mauvaise, — et à côté du corps de son compagnon qui n'était plus qu'un amas informe de viande pendue à un croc, — il s'était remis à ruminer tranquillement, le pauvre bœuf; sa courte intelligence n'allait pas plus loin; il ne pensait plus à rien; il ne se souvenait plus...

PIERRE LOTI, *Le Livre de la Pitié et de la Mort* (Calmann-Lévy, édit.).

L'Agneau

J'AVAIS UN AGNEAU qu'un paysan de Milly m'avait donné, et que j'avais élevé à me suivre partout, comme le chien le plus tendre et le plus fidèle. Nous nous aimions avec cette première passion que les enfants et les jeunes animaux ont naturellement les uns pour les autres. Un jour, la cuisinière dit à ma mère, en ma présence : « Madame, l'agneau est gras; voilà le boucher qui vient le demander : faut-il le lui donner? » Je me récriai, je me précipitai sur l'agneau, je demandai ce que le boucher voulait en faire et ce que c'était qu'un boucher. La cuisinière me répondit que c'était un homme qui tuait les agneaux, les moutons, les petits veaux et les belles vaches pour de l'ar-

---

1. *Gabier* : matelot chargé du service de la mâture. — 2, *Embruns*, terme de marine : pluies fines que forment les vagues en se brisant.

gent. Je ne pouvais pas le croire. Je priai ma mère. J'obtins facilement la grâce de mon ami.

Quelques jours après, ma mère allant à la ville me mena avec elle et me fit passer, comme par hasard, dans la cour d'une boucherie. Je vis des hommes, les bras nus et sanglants, qui assommaient un bœuf ; d'autres qui égorgeaient des veaux et des moutons, et qui dépeçaient leurs membres encore pantelants. Des ruisseaux de sang fumaient çà et là sur le pavé. Une profonde pitié mêlée d'horreur me saisit. Je demandai à passer vite. L'idée de ces scènes horribles et dégoûtantes, préliminaires obligés d'un de ces plats de viande que je voyais servis sur la table, me fit prendre la nourriture animale en dégoût et les bouchers en horreur.

Bien que la nécessité de se conformer aux conditions de la société où l'on vit m'ait fait depuis manger tout ce que le monde mange, j'ai conservé une répugnance raisonnée pour la chair cuite, et il m'a toujours été difficile de ne pas voir dans l'état de boucher quelque chose de l'état de bourreau. Je ne vécus donc, jusqu'à douze ans, que de pain, de laitage, de légumes et de fruits. Ma santé n'en fut pas moins forte...

LAMARTINE, *Les Confidences* (Hachette, édit.).

L'Abattoir

EN REVENANT VERS LA VILLE, nous avons entendu sortir de dessous le toit d'ardoises d'un bâtiment carré des gémissements et des bêlements plaintifs. C'était l'abattoir.

Sur le seuil, un grand chien lapait dans une mare de sang et tirait lentement du bout des dents le cordon bleu des intestins d'un bœuf qu'on venait de lui jeter. La porte des cabines était ouverte. Les bouchers besognaient, les bras retroussés. Suspendu, la tête en bas et les pieds passés par un tendon dans un bâton tombant du plafond, un bœuf, soufflé et gonflé comme une outre, avait la peau du ventre fendue en deux lambeaux. On voyait s'écarter doucement avec elle la couche de graisse qui la doublait, et successivement apparaître dans l'intérieur, au tranchant du couteau, un tas de choses vertes, rouges et noires, qui avaient des couleurs superbes. Les entrailles fumaient ; la vie s'en échappait dans une fumée tiède et nauséabonde. Près de là, un veau couché par terre fixait sur la rigole de sang ses gros yeux ronds épouvantés, et tremblait convulsivement malgré les liens qui lui serraient les pattes. Ses flancs battaient, ses narines s'ouvraient. Les autres loges étaient remplies de râles prolongés, de bêlements chevrotants, de beuglements rauques. On distinguait la voix de ceux qu'on tuait, celle de ceux qui se mouraient, celle de ceux qui allaient mourir. Il y avait des cris singuliers, des intonations d'une détresse profonde qui semblaient dire des mots qu'on aurait presque pu comprendre. En ce moment j'ai eu l'idée d'une ville terrible, de quelque ville épouvantable et démesurée, comme serait une Babylone ou une Babel de cannibales où il y aurait des abattoirs d'hommes; et j'ai cherché à retrouver quelque chose des agonies humaines, dans ces égorgements qui bramaient et sanglotaient. J'ai songé à des troupeaux d'esclaves amenés là, la corde au cou, et noués à des anneaux, pour nourrir des maîtres qui les mangeaient sur des tables d'ivoire, en s'essuyant les lèvres à des nappes de pourpre. Auraient-ils des poses plus abattues, des regards plus tristes, des prières plus déchirantes?...

G. FLAUBERT, *Par les Champs et par les Grèves*
(Fasquelle, édit.).

TROYON   LE GARDE-CHASSE

Une Chasse sous Charles IX

UN GRAND NOMBRE de dames et de gentilhommes, richement habillés, montés sur des chevaux superbes, s'agitaient en tous sens dans la cour du château (1). Le son des trompes, les cris des chiens, les bruyantes plaisanteries des cavaliers, for-

---

1. *Le château :* le château de Madrid, dans le Bois de Boulogne, où se trouvait alors la cour de Charles IX.

maient un vacarme délicieux pour les oreilles d'un chasseur, et exécrable pour toute autre oreille humaine...

On sortit du château. Un cerf fut lancé, et s'enfonça dans les bois.

Le cerf s'était d'abord lancé au milieu d'un étang, d'où l'on avait eu quelque peine à le débusquer. Plusieurs cavaliers avaient mis pied à terre, et, s'armant de longues perches, avaient forcé le pauvre animal à reprendre sa course. Mais la fraîcheur de l'eau avait achevé d'épuiser ses forces. Il sortit de l'étang haletant et tirant la langue, et courant par bonds irréguliers. Les chiens, au contraire, semblaient redoubler d'ardeur. A peu de distance de l'étang, le cerf, sentant qu'il lui était impossible d'échapper par la fuite, parut faire un dernier effort, et, s'acculant contre un gros chêne, il fit bravement tête aux chiens. Les premiers qui l'attaquèrent furent lancés en l'air, éventrés. Un cheval et son cavalier furent culbutés rudement. Hommes, chevaux et chiens, rendus prudents, formaient un grand cercle autour du cerf, mais sans oser en venir à portée de ses andouillers menaçants.

Le roi mit pied à terre avec agilité, et, le couteau de chasse à la main, tourna adroitement derrière le chêne, et d'un revers coupa le jarret du cerf. L'animal poussa une espèce de sifflement lamentable, et s'abattit aussitôt. A l'instant vingt chiens s'élancent sur lui. Saisi à la gorge, au museau, à la langue, il était tenu immobile. De grosses larmes coulaient de ses yeux.

« Faites approcher les dames ! » s'écria le roi.

Les dames s'approchèrent ; presque toutes étaient descendues de leurs montures.

« Tiens, *parpaillot!* (1) » dit le roi en plongeant son couteau dans le côté du cerf ; et il tourna la lame dans la plaie pour l'agrandir. Le sang jaillit avec force, et couvrit la figure, les mains et les habits du roi.

« Le roi a l'air d'un boucher », dit assez haut, et avec une expression de dégoût, le gendre de l'Amiral (2), le jeune Tréligny.

Des âmes charitables, comme il s'en trouve surtout à la cour, ne manquèrent pas de rapporter la réflexion au monarque, qui ne l'oublia pas.

Après avoir joui du spectacle agréable des chiens dévorant les entrailles du cerf, la cour reprit le chemin de Paris...

PROSPER MÉRIMÉE, *Chronique du règne de Charles IX*
(Calmann-Lévy, édit.).

---

1. *Parpaillot* était un terme de mépris dont les catholiques désignaient souvent les calvinistes (Mérimée). — 2. *L'Amiral* : il s'agit de l'amiral Coligny, chef des protestants, qui périt victime du massacre de la Saint-Barthélemy.

Les Palombes

JE ME SOUVIENS QUE, LORSQUE J'ÉTAIS ENFANT, les chasseurs apportaient à la maison, vers l'automne, de belles et douces palombes (1) ensanglantées. On me donnait celles qui étaient encore vivantes, et j'en prenais soin. J'y mettais la même ardeur et les mêmes tendresses qu'une mère pour ses enfants, et je réussissais à en guérir quelques-unes.

A mesure qu'elles reprenaient la force, elles devenaient tristes et refusaient les fèves vertes que, pendant leur maladie, elles mangeaient avidement dans ma main. Dès qu'elles pouvaient étendre les ailes, elles s'agitaient dans la cage et se déchiraient aux barreaux. Elles seraient mortes de fatigue et de chagrin si je ne leur eusse donné la liberté.

Aussi je m'étais habituée, quoique égoïste enfant s'il en fut, à sacrifier le plaisir de la possession au plaisir de la générosité. C'était un jour de vives émotions, de joie triomphante et de regret invincible, que celui où je portais une de mes palombes sur la fenêtre. Je lui donnais mille baisers. Je la priais de se souvenir de moi et de revenir manger les fèves tendres de mon jardin. Puis, j'ouvrais une main que je refermais aussitôt pour ressaisir mon amie. Je l'embrassais encore, le cœur gros et les yeux pleins de larmes. Enfin, après bien des hésitations et des efforts, je la posais sur la fenêtre. Elle restait quelque temps immobile, étonnée, effrayée presque de son bonheur. Puis, elle partait avec un petit cri de joie qui m'allait au cœur.

Je la suivais longtemps des yeux; et quand elle avait disparu derrière les sorbiers du jardin, je me mettais à pleurer amèrement, et j'en avais pour tout un jour à inquiéter ma mère par mon air abattu et souffrant.

GEORGE SAND, *Lettres d'un voyageur* (Calmann-Lévy, édit.).

Le Moineau

JE REVENAIS DE LA CHASSE et je marchais le long d'une allée de mon jardin. Mon chien courait devant moi. Tout à coup il raccourcit son pas et se mit à avancer avec précaution, comme s'il flairait du gibier devant lui.

Je regardai le long de l'allée, et je vis un jeune moineau, le jaune au bec, le duvet sur la tête. Il était tombé de son nid (le vent balançait avec force les bouleaux de l'allée), et se tenait tout

---

1. *Palombes :* espèce de pigeons ramiers.

CONTRASTE IRREGULIER

Contraste insuffisant
NF Z 43-120-14

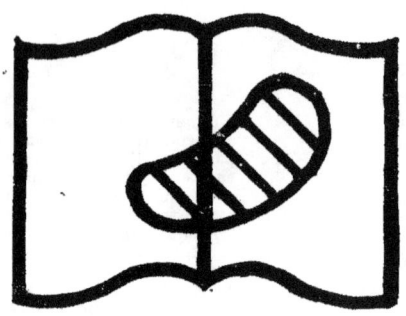

ILLISIBILITE PARTIELLE

Original illisible
NF Z 43-120-10

coi, écartant piteusement ses petites ailes à peine emplumées.

Trésor s'approchait de lui, tous les muscles tendus, quand tout à coup, s'arrachant d'un arbre voisin, un vieux moineau à poitrine noire tomba comme une pierre juste devant la gueule du chien; et, tout hérissé, éperdu, pantelant, avec un piaillement plaintif, désespéré, il sauta par deux fois dans la direction de cette gueule ouverte et armée de dents crochues.

Il s'était précipité pour sauver son enfant, il voulait lui servir de rempart. Mais tout son petit corps frémissait de terreur, son cri était rauque et sauvage; il se mourait, il sacrifiait sa vie.

Quel énorme monstre le chien devait paraître à ses yeux! Et pourtant il n'avait pas pu rester sur sa branche, si haute et si sûre; une force plus puissante que sa volonté l'en avait précipité.

Trésor s'arrêta, recula. On eût dit même qu'il avait reconnu cette force.

Je me hâtai d'appeler mon chien tout confus, et je m'éloignai plein d'une sorte de saint respect.

Oui, ne riez pas, c'était bien du respect que j'éprouvais devant ce petit oiseau héroïque, devant l'élan de son amour...

TOURGUENEFF, *Souvenirs d'Enfance* (Hetzel, édit.).

Mon dernier Coup de fusil

UN JOUR J'ÉTAIS À LA CHASSE... Un chevreuil innocent et heureux bondissait de joie dans les serpolets trempés de rosée, sur la lisière d'un bois. Je l'apercevais de temps en temps par-dessus les tiges de bruyère, dressant les oreilles, frappant de la corne, flairant le rayon, réchauffant au soleil levant sa tiède fourrure, broutant les jeunes pousses, jouissant de sa solitude et de sa sécurité.

.... Mon chien quêtait (1), mon fusil était sous ma main; je tenais le chevreuil au bout du canon. J'éprouvais bien un certain remords, une certaine hésitation à trancher du coup une telle vie, une telle joie, une telle innocence dans un être qui ne m'avait jamais fait de mal. Mais l'instinct machinal de l'habitude l'emporta sur la nature qui répugnait au meurtre. Le coup partit; le chevreuil tomba, l'épaule cassée par la balle, bondissant en vain dans sa douleur sur l'herbe rougie de son sang.

Quand la fumée du coup de fusil fut dissipée, je m'approchai en pâlissant et en frémissant de mon crime. Le pauvre et char-

---

1. *Quêter :* chercher le gibier, en parlant du chien de chasse.

mant animal n'était pas mort. Il me regardait, la tête couchée sur l'herbe, avec des yeux où nageaient des larmes. Je n'oublierai jamais ce regard auquel l'étonnement, la douleur, la mort inattendue semblaient donner des profondeurs humaines de sentiment...

Ce regard me disait clairement avec un déchirant reproche de ma cruauté gratuite : « Qui es-tu? Je ne t'ai jamais offensé. Je t'aurais aimé peut-être; pourquoi m'as-tu frappé à mort? Pourquoi m'as-tu ravi ma part de ciel, de lumière, d'air, de jeunesse, de joie, de vie? Que vont devenir ma mère, mes frères, ma compagne, mes petits qui m'attendent dans le fourré, et qui ne reverront que ces touffes de mon poil disséminé par le coup de feu et ces gouttes de sang sur la bruyère? »

Voilà littéralement ce que me disait le regard du chevreuil blessé. Je le comprenais, et je m'accusais comme s'il avait parlé avec la voix. « Achève-moi, » semblait-il me dire encore par la plainte de ses yeux et par les inutiles frémissements de ses membres. J'aurais voulu le guérir à tout prix, mais je repris le fusil par pitié cette fois, et, en détournant la tête, je terminai son agonie du second coup. Je rejetai alors le fusil avec horreur loin de moi, et cette fois, je l'avoue, je pleurai. Mon chien lui-même parut attendri ; il ne flaira pas le sang, il ne remua pas du museau le cadavre, il se coucha triste à côté de moi. Nous restâmes tous les trois dans le silence, comme dans le deuil de la même mort...

Je renonçai pour jamais à ce brutal plaisir du meurtre, à ce despotisme cruel du chasseur qui enlève sans nécessité, sans droit, sans pitié, l'existence à des êtres auxquels il ne peut pas la rendre...

De ce jour, je n'ai plus tué...

LAMARTINE (Hachette, édit.).

Une Chasse aux canards

CETTE ANNÉE-LÀ, vers la fin de l'automne, je fus appelé par un de mes cousins, Karl de Rauville, pour venir avec lui tuer des canards dans les marais au lever du jour.

Mon cousin, gaillard de quarante ans, roux, très fort et très barbu, gentilhomme de campagne, demi-brute aimable, d'un caractère gai, doué de cet esprit gaulois qui rend agréable la médiocrité, habitait une sorte de ferme-château dans une vallée large où coulait une rivière...

Dans la vallée, c'étaient de grands herbages arrosés par des rigoles et séparés par des haies; puis, plus loin, la rivière, canalisée jusque-là, s'épandait en un vaste marais. Ce marais, la plus admirable région de chasse que j'aie jamais vue, était tout le souci de mon cousin qui l'entretenait comme un parc. A travers l'immense peuple de roseaux qui le couvrait, le faisait vivant, bruissant, houleux, on avait tracé d'étroites avenues où les barques plates, conduites et dirigées avec des perches, passaient, muettes sur l'eau morte...

J'arrivai le soir chez mon cousin. Il gelait à fendre les pierres.

Pendant le dîner, dans la grande salle dont les buffets, les murs, le plafond étaient couverts d'oiseaux empaillés, aux ailes étendues, ou perchés sur des branches accrochées par des clous : éperviers, hérons, hiboux, engoulevents (1), buses, tiercelets (2), vautours, faucons, mon cousin, pareil lui-même à un étrange animal des pays froids, vêtu d'une jaquette en peau de phoque, me racontait les dispositions qu'il avait prises pour cette nuit même.

Nous devions partir à trois heures et demie du matin, afin d'arriver vers quatre heures et demie au point choisi pour notre affût. On avait construit à cet endroit une hutte avec des morceaux de glace pour nous abriter un peu contre le vent terrible qui précède le jour, ce vent chargé de froid qui déchire la chair comme des scies, la coupe comme des lames, la pique comme des aiguillons empoisonnés, la tord comme des tenailles et la brûle comme du feu.

Mon cousin se frottait les mains.

« Je n'ai jamais vu une gelée pareille, disait-il ; nous avions déjà douze degrés sous zéro à six heures du soir. »

J'allai me jeter sur mon lit aussitôt après le repas, et je m'endormis à la lueur d'une grande flamme flambant dans ma cheminée.

A trois heures sonnantes on me réveilla. J'endossai à mon tour une peau de mouton, et je trouvai mon cousin Karl couvert d'une fourrure d'ours. Après avoir avalé chacun deux tasses de café brûlant suivies de deux verres de fine champagne, nous partîmes, accompagnés d'un garde et de nos chiens : Plongeon et Pierrot...

Nous allions côte à côte, Karl et moi, le dos courbé, les mains dans nos poches et le fusil sous le bras. Nos chaussures, enveloppées de laine, afin de pouvoir marcher sans glisser sur la rivière gelée, ne faisaient aucun bruit ; et je regardais la fumée blanche que faisait l'haleine de nos chiens.

Nous fûmes bientôt au bord du marais, et nous nous engageâmes dans une des allées de roseaux secs qui s'avançait à travers cette forêt basse...

---

1. *Engoulevents* : espèce de passereaux qui tiennent en volant leur bec largement ouvert. — 2. *Tiercelet* : mâle du faucon, de l'épervier (d'un tiers plus petit que la femelle).

Tout à coup, au détour d'une des allées, j'aperçus la hutte de glace qu'on avait construite pour nous mettre à l'abri. J'y entrai, et comme nous avions encore près d'une heure à attendre le réveil des oiseaux errants, je me roulai dans ma couverture pour essayer de me réchauffer...

Le ciel commençait à pâlir, et les bandes de canards traînaient de longues taches rapides, vite effacées, sur le firmament...

Une lueur éclata dans la nuit : Karl venait de tirer, et les deux chiens s'élancèrent.

Alors, de minute en minute, tantôt lui et tantôt moi, nous ajustions vivement dès qu'apparaissait au-dessus des roseaux l'ombre d'une tribu volante. Et Pierrot et Plongeon, essoufflés et joyeux, nous rapportaient des bêtes sanglantes dont l'œil quelquefois nous regardait encore.

Le jour s'était levé, un jour clair et bleu ; le soleil apparaissait au fond de la vallée, et nous songions à repartir, quand deux oiseaux, le col droit et les ailes tendues, glissèrent brusquement sur nos têtes. Je tirai. Un d'eux tomba presque à mes pieds. C'était une sarcelle au ventre d'argent. Alors, dans l'espace, au-dessus de moi, une voix, une voix d'oiseau cria. Ce fut une plainte courte, répétée, déchirante ; et la bête, la petite bête épargnée, se mit à tourner dans le bleu du ciel au-dessus de nous en regardant sa compagne morte que je tenais entre mes mains.

Karl, à genoux, le fusil à l'épaule, l'œil ardent, la guettait, attendant qu'elle fût assez proche.

« Tu as tué la femelle, dit-il, le mâle ne s'en ira pas. »

Certes, il ne s'en allait point. Il tournoyait toujours et pleurait autour de nous. Jamais gémissement de souffrance ne me déchira le cœur comme l'appel désolé, comme le reproche lamentable de ce pauvre animal perdu dans l'espace.

Parfois, il s'enfuyait sous la menace du fusil qui suivait son vol, il semblait prêt à continuer sa route, tout seul à travers le ciel. Mais ne s'y pouvant décider, il revenait bientôt pour chercher sa femelle.

« Laisse-la par terre, me dit Karl, il approchera tout à l'heure. »

Il approchait, en effet, insouciant du danger, affolé par son amour de bête pour l'autre bête que j'avais tuée.

Karl tira ; ce fut comme si on avait coupé la corde qui tenait suspendu l'oiseau. Je vis une chose noire qui tombait ; j'entendis dans les roseaux le bruit d'une chute. Et Pierrot me le rapporta.

Je les mis, froids déjà, dans le même carnier... et je repartis ce jour-là pour Paris.

Guy de Maupassant, *Contes*
(Ollendorff, édit.).

Fermeture de la chasse

C'EST UNE PAUVRE JOURNÉE, grise et courte, comme rognée à ses deux bouts.

Vers midi, le soleil maussade essaie de percer la brume et entr'ouvre un œil pâle, tout de suite refermé.

Je marche au hasard. Mon fusil m'est inutile, et le chien, si fou d'ordinaire, ne s'écarte pas.

L'eau de la rivière est d'une transparence qui fait mal : si on y plongeait les doigts, elle couperait comme une vitre cassée.

Dans l'éteule (1), à chacun de mes pas jaillit une alouette engourdie. Elles se réunissent, tourbillonnent, et leur vol trouble à peine l'air gelé.

Là-bas, des congrégations de corbeaux déterrent du bec des semences d'automne.

Trois perdrix se dressent au milieu d'un pré dont l'herbe rase ne les abrite plus.

Comme les voilà grandies! Ce sont de vraies dames maintenant. Elles écoutent, inquiètes. Je les ai bien vues, mais je les laisse tranquilles et m'éloigne. Et quelque part, sans doute, un lièvre qui tremblait se rassure et remet son nez au bord du gîte.

Tout le long de cette haie (çà et là une dernière feuille bat de l'aile comme un oiseau dont la patte est prise), un merle fuit à mon approche, va se cacher plus loin, puis ressort sous le nez du chien, et, sans risque, se moque de nous.

Peu à peu, la brume s'épaissit. Je me croirais perdu. Mon fusil n'est plus, dans mes mains, qu'un bâton qui peut éclater. D'où partent ce bruit vague, ce bêlement, ce son de cloche, ce cri humain?

Il faut rentrer. Par une route déjà effacée, je retourne au village. Lui seul connaît son nom. D'humbles paysans l'habitent, que personne ne vient jamais voir, excepté moi.

JULES RENARD, *Histoires naturelles*
(Flammarion, édit.).

1. *Éteule :* chaume qui reste sur place après la moisson.

Fresque du Panthéon, Paris.

HUMBERT   L'IDÉE D'HUMANITÉ

KOOS   LE TRAVAIL

Le Rocher et les voyageurs

L ORSQU'UN ARBRE EST SEUL, il est battu des vents et dépouillé
de ses feuilles; et ses branches, au lieu de s'élever, s'abais-
sent comme si elles cherchaient la terre.

Lorsqu'une plante est seule, ne trouvant point d'abri contre
l'ardeur du soleil, elle languit, et se dessèche et meurt.

Lorsque l'homme est seul, le vent de la puissance le courbe
vers la terre, et l'ardeur de la convoitise des grands de ce monde
absorbe la sève qui le nourrit.

Ne soyez donc point comme la plante et comme l'arbre qui sont seuls, mais unissez-vous les uns aux autres, et appuyez-vous et abritez-vous mutuellement.

Tant que vous serez désunis, et que chacun ne songera qu'à soi, vous n'avez rien à espérer que souffrance, et malheur, et oppression.

Qu'y-a-t-il de plus faible que le passereau, et de plus désarmé que l'hirondelle? Cependant, quand paraît l'oiseau de proie, les hirondelles et les passereaux parviennent à le chasser en se rassemblant autour de lui, et le poursuivant tous ensemble.

Prenez exemple sur le passereau et sur l'hirondelle.

Celui qui se sépare de ses frères, la crainte le suit quand il marche, s'assied près de lui quand il repose, et ne le quitte pas même durant son sommeil.

Donc, si l'on vous demande : Combien êtes-vous? Répondez : Nous sommes un, car nos frères, c'est nous, et nous, c'est nos frères...

Un homme voyageait dans la montagne, et il arriva en un lieu où un gros rocher, ayant roulé sur le chemin, le remplissait tout entier, et hors du chemin il n'y avait point d'autre issue, ni à gauche, ni à droite.

Or cet homme, voyant qu'il ne pouvait continuer son voyage à cause du rocher, essaya de le mouvoir pour se faire un passage, et il se fatigua beaucoup à ce travail, et tous ses efforts furent vains.

Ce que voyant, il s'assit plein de tristesse et dit : « Que sera-ce de moi lorsque la nuit viendra et me surprendra dans cette solitude sans nourriture, sans abri, sans aucune défense, à l'heure où les bêtes féroces sortent pour chercher leur proie ? »

Et comme il était absorbé dans cette pensée, un autre voyageur survint, et celui-ci, ayant fait ce qu'avait fait le premier, et s'étant trouvé aussi impuissant à remuer le rocher, s'assit en silence et baissa la tête.

Et après celui-ci, il en vint plusieurs autres, et aucun ne put mouvoir le rocher, et leur crainte à tous était grande.

Enfin l'un d'eux dit aux autres :

« Mes frères, ce qu'aucun de nous n'a pu faire seul, qui sait si nous ne le ferons pas tous ensemble ? »

Et ils se levèrent, et tous ensemble ils poussèrent le rocher, et le rocher céda, et ils poursuivirent leur route en paix.

Le voyageur, c'est l'homme; le voyage, c'est la vie; le rocher, ce sont les misères qu'il rencontre à chaque pas sur sa route.

Aucun homme ne saurait soulever seul ce rocher ; mais Dieu en a mesuré le poids de manière qu'il n'arrête jamais ceux qui voyagent ensemble.

LAMENNAIS, *Paroles d'un croyant*.

Les deux Frères

JÉRUSALEM ÉTAIT UN CHAMP LABOURÉ; deux frères possédaient la partie de terrain où s'élève aujourd'hui le temple; l'un de ces frères était marié et avait plusieurs enfants; l'autre vivait seul. Ils cultivaient en commun le champ qu'ils avaient hérité de leur mère. Le temps de la moisson venu, les deux frères lièrent leurs gerbes, et en firent deux tas égaux, qu'ils laissèrent sur le champ.

Pendant la nuit, celui des deux frères qui n'était pas marié eut une bonne pensée; il se dit à lui-même : « Mon frère a une femme et des enfants à nourrir; il n'est pas juste que ma part soit aussi forte que la sienne; allons, prenons dans mon tas quelques gerbes que j'ajouterai secrètement aux siennes; il ne s'en apercevra pas, et ne pourra ainsi refuser. » Et il fit comme il avait pensé.

La même nuit, l'autre frère se réveilla et dit à sa femme : « Mon frère est jeune; il vit seul et sans compagne, il n'a personne pour l'assister dans son travail et pour le consoler dans ses fatigues; il n'est pas juste que nous prenions du champ commun autant de gerbes que lui. Levons-nous, et portons secrètement à son tas un certain nombre de gerbes : il ne s'en apercevra pas demain et ne pourra ainsi refuser. » Et ils firent comme il avait pensé.

Le lendemain, chacun des deux frères se rendit au champ, et fut bien surpris de voir que les deux tas étaient toujours pareils. Ni l'un ni l'autre ne pouvait intérieurement se rendre compte de ce prodige. Ils firent de même pendant plusieurs nuits de suite; mais comme chacun d'eux portait au tas de l'autre le même nombre de gerbes, les tas demeuraient toujours égaux, jusqu'à ce qu'une nuit, tous deux s'étant mis en sentinelle pour approfondir la cause de ce miracle, ils se rencontrèrent portant chacun les gerbes qu'ils se destinaient mutuellement.

LAMARTINE, *Voyage en Orient* (Hachette, édit.).

Les Pêches

Le paysan Tikhou Kouzmith, revenant de la ville, appela ses enfants.

« Regardez, mes enfants, dit-il, quel cadeau l'oncle Ephrim vous envoie. »

Les enfants accoururent, et le père ouvrit le petit paquet.

« Voyez les jolies pommes, s'écria Vania, jeune garçon de six ans; regarde, maman, comme elles sont rouges.

— Non, ce ne sont probablement pas des pommes, dit Serge, le fils aîné; vois leur peau, on dirait qu'elle est recouverte de duvet.

— Ce sont des pêches, dit le père; vous n'avez pas encore vu de pareils fruits; l'oncle Ephrim les a cultivées dans la serre, car il prétend que les pêches ne poussent que dans les pays chauds, et que, chez nous, on ne peut les récolter que dans les serres.

— Et qu'est-ce qu'une serre? demanda Volodia, le troisième fils de Tikhou.

— Une serre, c'est une grande maison dont les murs et le toit sont vitrés. L'oncle Ephrim m'a expliqué qu'on la construit ainsi pour que le soleil puisse réchauffer les plantes. L'hiver, au moyen d'un poêle particulier, on maintient la température au même degré.

« Voilà pour toi, femme, la plus grosse pêche, et ces quatre-là sont à vous, enfants. »

— Eh bien! demanda Tikhou le soir même, comment trouvez-vous ces fruits?

— Ils ont un goût si fin, si savoureux, répondit Serge, que je veux planter le noyau dans un pot; et il en poussera peut-être un arbre qui se développera dans l'isba (1).

— Tu serais peut-être un bon jardinier; voilà que tu songes à faire pousser des arbres, reprit le père.

— Et moi, reprit le petit Vania, je l'ai trouvée si bonne, la pêche, que j'ai demandé à maman la moitié de la sienne; mais le noyau, je l'ai jeté!

— Toi, tu es encore tout jeune, dit le père.

— Vania a jeté le noyau, dit le second fils, Vasili; moi, je l'ai ramassé; il était bien dur; il y avait dedans une amande qui avait le goût de la noix, mais plus amer. Quant à ma pêche, je l'ai vendue dix kopecks (2); elle ne valait d'ailleurs pas davantage. »

Tikhou hocha la tête.

« C'est trop tôt pour toi de commencer à faire du commerce; tu veux donc devenir un marchand?

« Et toi, Volodia, tu ne dis rien. Eh bien! demanda Tikhou à son troisième fils, ta pêche avait-elle bon goût?

— Je ne sais pas! répondit Volodia.

— Comment! tu ne sais pas? reprit le père... tu ne l'as donc pas mangée?

— Je l'ai portée à Gucha, répondit Volodia; il était malade; je lui ai raconté ce que tu nous as dit à propos de ce fruit, et il ne faisait que contempler la pêche. Je la lui ai donnée; mais

---

1. *Isba* : habitation des paysans russes. — 2. *Kopeck* : monnaie russe valant quatre centimes environ.

Gucha ne voulait pas la prendre ; alors je l'ai posée près de lui et je me suis enfui. »

Le père mit la main sur la tête de son fils et lui dit : « Tu es bon et délicat. »

TOLSTOÏ, *Contes et fables* (Stock, édit.).

La Conscience

Un brave homme, le lieutenant Louaut, vient de se signaler par un sauvetage. Il explique à Stendhal les simples motifs de son action héroïque.

AVANT-HIER, JE ME PROMENAIS vers le pont d'Iéna, du côté du Champ-de-Mars ; il faisait un grand vent ; la Seine était houleuse et me rappelait la mer. Je suivais de l'œil un petit batelet rempli de sable jusqu'au bord, qui voulait passer sous la dernière arche du pont, de l'autre côté de la Seine, près du quai des Bons-Hommes.

Tout à coup le batelet chavire ; je vis le batelier essayer de nager : mais il s'y prenait mal. « Ce maladroit va se noyer », me dis-je. J'eus quelque idée de me jeter à l'eau ; mais j'ai quarante-sept ans et des rhumatismes ; il faisait un froid piquant. « Quelqu'un se jettera de l'autre côté », pensai-je.

Je regardais malgré moi. L'homme reparut sur l'eau ; il jeta un cri. Je m'éloignai rapidement : « Ce serait trop fou à moi aussi ! me disais-je ; quand je serai cloué dans mon lit, avec un rhumatisme aigu, qui viendra me voir ? qui songera à moi ? Je serai seul à mourir d'ennui, comme l'an passé. Pourquoi cet animal se fait-il marinier sans savoir nager ? D'ailleurs son bateau était trop chargé. »

Je pouvais être déjà à cinquante pas de la Seine, j'entends encore un cri du batelier qui se noyait et demandait du secours. Je redoublai le pas : « Que le diable l'emporte ! » me dis-je ; et je me mis à penser à autre chose. Tout à coup je me dis : « Lieutenant Louaut (je m'appelle Louaut), tu es un misérable ; dans un quart d'heure cet homme sera noyé, et toute ta vie tu te rappelleras son cri. — Misérable ! misérable ! dit le parti de la prudence, c'est bientôt dit ; et les soixante-sept jours que le rhumatisme m'a retenu au lit l'an passé ?... Que le diable l'emporte ! il faut savoir nager quand on est marinier. »

Je marchais fort vite vers l'École militaire. Tout à coup une voix me dit : « *Lieutenant Louaut, vous êtes un lâche.* » Ce mot me fit ressauter. « Ah ! ceci est sérieux », me dis-je ; et je me mis à courir vers la Seine. En arrivant au bord, jeter habit, bottes et pantalon ne fut qu'un mouvement. J'étais le plus heu-

reux des hommes. « Non, Louaut n'est pas un lâche, non, non! »
me disais-je, à haute voix.

Le fait est que je sauvai l'homme, sans difficulté, qui se noyait
sans moi. Je le fis porter dans un lit bien chaud ; il reprit bientôt la parole.

Alors je commençai à avoir peur pour moi. Je me fis mettre,
à mon tour, dans un lit bien chauffé, et je me fis frotter tout
le corps avec de l'eau-de-vie et de la flanelle. Mais en vain ; tout
cela n'a rien fait, le rhumatisme est revenu ; à la vérité, pas
aigu comme l'an passé. Je ne suis pas trop malade ; le diable,
c'est que personne ne venant me voir, je m'ennuie ferme...

Qu'est-ce qui m'a fait faire ma belle action ? Ma foi, c'est la
peur du mépris, c'est cette voix qui me dit : *Lieutenant Louaut,
vous êtes un lâche!* Ce qui me frappa, c'est que la voix, cette
fois-là, ne me tutoyait pas. *Vous êtes un lâche!* Dès que j'eus
compris que je pouvais sauver ce maladroit, cela devint un devoir pour moi. Je me serais méprisé moi-même, si je ne me
fusse jeté à l'eau...

STENDHAL, *Correspondance*

Le Capitaine du « Normandy »

Dans la nuit du 17 mars 1870, le capitaine Harvey faisait son
trajet habituel de Southampton à Guernesey. Une brume couvrait la mer. Le capitaine Harvey était debout sur la passerelle
du steamer (1), et manœuvrait avec précaution, à cause de la
nuit et du brouillard. Les passagers dormaient.

Le *Normandy* était un très grand navire, le plus beau peut-
être des bateaux-poste de la Manche : six cents tonneaux, deux
cent vingt pieds anglais de long, vingt-cinq de large (2) ; il était
« jeune », comme disent les marins : il n'avait pas sept ans. Il
avait été construit en 1863.

Le brouillard s'épaississait, on était sorti de la rivière de
Southampton, on était en pleine mer, à environ 15 milles (3)
au delà des Aiguilles. Le *packet* (4) avançait lentement. Il était
quatre heures du matin.

L'obscurité était absolue, une sorte de plafond bas enveloppait le steamer ; on distinguait à peine la pointe des mâts.

Rien de terrible comme ces navires aveugles qui vont dans
la nuit.

1. *Steamer* : bateau à vapeur. Prononcez : *stimeur.* — 2. *Pied anglais* : mesure qui
vaut environ 30 centimètres. Le navire a donc, à peu près, 66 mètres de long et
7ᵐ,50 de large. — 3. *Milles* : le mille marin vaut 1.859 mètres. — 4. *Packet* : mot anglais : vaisseau de transport, paquebot.

Tout à coup dans la brume une noirceur surgit, fantôme et montagne, un promontoire d'ombre courant dans l'écume et trouant les ténèbres. C'était la *Mary*, grand steamer à hélice, venant d'Odessa, allant à Grimsby, avec un chargement de 500 tonnes de blé; vitesse énorme, poids immense. La *Mary* courait droit sur le *Normandy*.

Nul moyen d'éviter l'abordage, tant ces spectres de navires dans le brouillard se dressent vite. Ce sont des rencontres sans approche. Avant qu'on ait achevé de les voir, on est mort. La *Mary*, lancée à toute vapeur, prit le *Normandy* par le travers et l'éventra.

Du choc, elle-même, avariée, s'arrêta.

Il y avait sur le *Normandy* vingt-huit hommes d'équipage, une femme de service, la *stewartess* (1), et trente et un passagers, dont douze femmes.

La secousse fut effroyable. En un instant, tous furent sur le pont, hommes, femmes, enfants, demi-nus, courant, criant, pleurant. L'eau entrait furieuse. La fournaise de la machine, atteinte par le flot, râlait.

Le navire n'avait pas de cloisons étanches (2); les ceintures de sauvetage manquaient.

Le capitaine Harvey, droit sur la passerelle de commandement, cria : « Silence tous, et attention! Les canots à la mer. Les femmes d'abord, les passagers ensuite. L'équipage après. Il y a soixante personnes à sauver. »

On était soixante et un, mais il s'oubliait.

On détacha les embarcations. Tous s'y précipitaient. Cette hâte pouvait faire chavirer les canots. Ockleford, le lieutenant, et les trois contremaîtres, continrent cette foule éperdue d'horreur. Dormir, et tout à coup, et tout de suite, mourir, c'est affreux.

Cependant, au-dessus des cris et des bruits, on entendait la voix grave du capitaine, et ce bref dialogue s'échangeait dans les ténèbres :

« Mécanicien Locks? — Capitaine? — Comment est le fourneau? — Noyé. — Le feu? — Éteint. — La machine? — Morte. »

Le capitaine cria : « Lieutenant Ockleford? » Le lieutenant répondit : « Présent. » Le capitaine reprit : « Combien avons-nous de minutes? — Vingt. — Cela suffit, dit le capitaine. Que chacun s'embarque à son tour. »

« Lieutenant Ockleford, avez-vous vos pistolets? — Oui, capitaine. — Brûlez la cervelle à tout homme qui voudrait passer avant une femme. »

---

1. *Stewartess* : femme de chambre à bord des navires anglais. — 2. *Cloisons étanches :* compartiments ménagés dans la coque d'un navire pour le rendre insubmersible.

Tous se turent. Personne ne résista; cette foule sentait au-dessus d'elle cette grande âme.

La *Mary*, de son côté, avait mis ses embarcations à la mer, et venait au secours de ce naufrage qu'elle avait fait.

Le sauvetage s'opéra avec ordre et presque sans lutte. Il y avait, comme toujours, de tristes égoïsmes; il y eut aussi de pathétiques dévouements.

Harvey, impassible à son poste de capitaine, commandait, dominait, dirigeait, s'occupait de tout et de tous, gouvernait avec calme cette angoisse, et semblait donner des ordres à la catastrophe. On eût dit que le naufrage lui obéissait.

A un certain moment il cria : « Sauvez Clément! »

Clément, c'était le mousse. Un enfant.

Le navire décroissait lentement dans l'eau profonde.

On hâtait le plus possible le va-et-vient des embarcations entre le *Normandy* et la *Mary*.

« Faites vite! » criait le capitaine.

A la vingtième minute le steamer sombra.

L'avant plongea d'abord, puis l'arrière.

Le capitaine Harvey, debout sur la passerelle, ne fit pas un geste, ne dit pas un mot, et entra immobile dans l'abîme. On vit, à travers la brume sinistre, cette statue noire s'enfoncer dans la mer.

Ainsi finit le capitaine Harvey.

Pas un marin de la Manche ne l'égalait. Après s'être imposé toute sa vie le devoir d'être un homme, il usa en mourant du droit d'être un héros.

Victor Hugo, Pendant l'exil.

MILLET

LE SEMEUR

Le Labourage

JE MARCHAIS SUR LA LISIÈRE D'UN CHAMP que des paysans étaient en train de préparer pour la semaille prochaine... Le paysage était vaste et encadrait de grandes lignes de verdure, un peu rougie aux approches de l'automne, ce large terrain d'un brun vigoureux, où des pluies récentes avaient laissé, dans quelques sillons, des lignes d'eau que le soleil faisait briller comme de minces filets d'argent. La journée était claire et tiède, et la terre, fraîchement ouverte par le tranchant des charrues, exhalait une vapeur légère.

Dans le haut du champ, un vieillard poussait gravement son *areau* (1) de forme antique, traîné par deux bœufs tranquilles, à la robe d'un jaune pâle, véritables patriarches de la prairie, hauts de taille, un peu maigres, les cornes longues et rabattues, de ces vieux travailleurs qu'une longue habitude a rendus

___

1. *Areau* : ancienne charrue, dans le Berry.

frères, comme on les appelle dans nos campagnes, et qui, privés
l'un de l'autre, se refusent au travail avec un nouveau compagnon et se laissent mourir de chagrin...

Le vieux laboureur travaillait lentement, en silence, sans
efforts inutiles. Son docile attelage ne se pressait pas plus que
lui ; mais grâce à la continuité d'un labeur sans distraction et
d'une dépense de forces éprouvées et soutenues, son sillon était
aussi vite creusé que celui de son fils qui menait, à quelque
distance, quatre bœufs moins robustes, dans une veine de terres
plus fortes et plus pierreuses.

Mais, ce qui attira ensuite mon attention était véritablement
un beau spectacle, un noble sujet pour un peintre. A l'autre
extrémité de la plaine labourable, un jeune homme de bonne
mine conduisait un attelage magnifique : quatre paires de
jeunes animaux à robe sombre, mêlée de noir fauve à reflets de
feu, avec ces têtes courtes et frisées qui sentent encore le taureau sauvage, ces gros yeux farouches, ces mouvements brus-
ques, ce travail nerveux et saccadé qui s'irrite encore du joug
et de l'aiguillon, et n'obéit qu'en frémissant de colère à la
domination nouvellement imposée. C'est ce qu'on appelle des
bœufs *fraîchement liés.* L'homme qui les gouvernait avait à
défricher un coin naguère abandonné au pâturage et rempli de
souches séculaires, travail d'athlète auquel suffisaient à peine
son énergie, sa jeunesse et ses huit animaux quasi indomptés.

Un enfant de six à sept ans, beau comme un ange, et les
épaules couvertes, sur sa blouse, d'une peau d'agneau qui le faisait
ressembler au petit saint Jean-Baptiste des peintres de la Re-
naissance, marchait dans le sillon parallèle à la charrue, et piquait
le flanc des bœufs avec une gaule longue et légère, armée d'un
aiguillon peu acéré. Les fiers animaux frémissaient sous la petite
main de l'enfant, et faisaient grincer les jougs et les courroies
liés à leur front, en imprimant au timon de violentes secousses.

Lorsqu'une racine arrêtait le soc, le laboureur criait d'une
voix puissante, appelant chaque bête par son nom, mais plutôt
pour calmer que pour exciter ; car les bœufs, irrités par cette
brusque résistance, bondissaient, creusaient la terre de leurs
larges pieds fourchus, et se seraient jetés de côté, emportant
l'areau à travers champs, si, de la voix et de l'aiguillon, le jeune
homme n'eût maintenu les quatre premiers, tandis que l'enfant
gouvernait les quatre autres. Il criait aussi, le pauvret, d'une
voix qu'il voulait rendre terrible et qui restait douce comme sa
figure angélique.

Tout cela était beau de force et de grâce : le paysage, l'homme,
l'enfant, les taureaux sous le joug ; et, malgré cette lutte puissante, où la terre était vaincue, il y avait un sentiment de
douceur et de calme profond qui planait sur toutes choses.

GEORGE SAND, *La Mare au diable* (Calmann-Lévy, édit.).

Les Semailles

JEAN, CE MATIN-LÀ, un semoir (1) de toile bleue noué sur le ventre, en tenait la poche ouverte de la main gauche, et, de la droite, tous les trois pas, il y prenait une poignée de blé, que, d'un geste, à la volée, il jetait. Ses gros souliers trouaient et emportaient la terre grasse, dans le balancement cadencé de son corps; tandis que, à chaque jet, au milieu de la semence blonde toujours volante, on voyait luire les deux galons rouges d'une veste d'ordonnance, qu'il achevait d'user. Seul, en avant, il marchait, l'air grandi; et, derrière, pour enfouir le grain, une herse roulait lentement, attelée de deux chevaux, qu'un charretier poussait à longs coups de fouet réguliers, claquant au-dessus de leurs oreilles...

Et toujours, et du même pas, avec le même geste, il allait au nord, il revenait au midi, enveloppé dans la poussière vivante du grain; pendant que, derrière, la herse, sous les claquements du fouet, enterrait les germes, du même train doux et réfléchi. De longues pluies venaient de retarder les semailles d'automne; on avait encore fumé en août, et les labours étaient prêts depuis longtemps, profonds, nettoyés des herbes salissantes, bons à redonner du blé après le trèfle et l'avoine de l'assolement triennal (2).

De toutes parts on semait : il y avait un autre semeur à gauche, à trois cents mètres, un autre plus loin vers la droite; et d'autres encore s'enfonçaient en face dans la perspective fuyante des terrains plats. C'étaient de petites silhouettes noires, de simples traits de plus en plus minces, qui se perdaient à des lieues. Mais tous avaient le geste, l'envolée de la semence, que l'on devinait comme une onde de vie autour d'eux. La plaine en prenait un frisson jusque dans les lointains noyés où les semeurs épars ne se voyaient plus...

ÉMILE ZOLA, *La Terre* (Fasquelle, édit.).

Les Moissonneurs

... IL ÉTAIT DIX HEURES DU MATIN; le mois d'août était chaud, le ciel était sans nuages, bleu comme une pervenche; la terre brûlait, les blés flambaient, les moissonneurs travaillaient, la face cuite par la réverbération des rayons sur une terre durcie

---

1. *Semoir* : sorte de sac où le semeur porte le grain. — 2. *L'assolement triennal* : alternance de trois cultures, qui sont ici le trèfle, l'avoine et le blé, revenant chacune tous les trois ans.

et sonore, tous muets, la chemise mouillée, buvant de l'eau contenue dans ces cruches de grès rondes comme un pain, garnies de deux anses et d'un entonnoir grossier bouché avec un bout de saule.

Au bout des champs moissonnés, sur lesquels étaient les charrettes où s'empilaient les gerbes, il y avait une centaine de créatures qui, certes, laissaient bien loin les plus hideuses conceptions que les pinceaux de Murillo (1), de Téniers (2), les plus hardis en ce genre, et les figures de Callot (3), ce poète de la fantaisie des misères, aient réalisées; leurs jambes de bronze, leurs têtes pelées, leurs haillons déchiquetés, leurs couleurs, si curieusement dégradées, leurs déchirures humides de graisse, leurs reprises, leurs taches, les décolorations des étoffes, les trames mises à jour, enfin leur idéal du matériel des misères était dépassé, de même que les expressions avides, inquiètes, hébétées, idiotes, sauvages, de ces figures avaient, sur les immortelles compositions de ces princes de la couleur, l'avantage éternel que conserve la nature sur l'art. Il y avait des vieilles au cou de dindon, à la paupière pelée et rouge, qui tendaient la tête comme des chiens d'arrêt devant la perdrix, des enfants silencieux comme des soldats sous les armes, des petites filles qui trépignaient comme des animaux en attendant leur pâture... Le soleil mettait en relief tous ces traits durs et les creux des visages; il brûlait les pieds nus et salis de poussière; il y avait des enfants sans chemise, à peine couverts d'une blouse déchirée, les cheveux blonds bouclés pleins de paille, de foin et de brins de bois; quelques femmes en tenaient par la main de tout petits qui marchaient de la veille et qu'on allait laisser rouler dans quelques sillons.

BALZAC, *Les Paysans.*

Les Charbonniers

... Nous APERÇÛMES BIENTÔT les fourneaux à charbon espacés entre les arbres : les uns conservant encore leur forme conique, les autres affaissés et fumants. A quelques pas de la *loge* construite en ramilles et en mottes de gazon, les charbonniers, assis en cercle sur des sacs, préparaient le repas du soir autour d'un feu de souches où bouillait la marmite. Ils étaient six : trois gars bien découplés, aux yeux intelligents sous le chapeau

---

1. *Murillo* : célèbre peintre espagnol du XVIIᵉ siècle, qui a eu le sentiment de la misère humaine. — 2. *Téniers* : grand peintre flamand de la même époque, auteur de scènes populaires où les paysans sont représentés avec une grande vérité d'expression. — 3. *Callot* : artiste français du temps de Louis XIII ; a dessiné et gravé, avec un réalisme puissant, les gueux et les gens de guerre au milieu desquels il a vécu.

à larges bords, une fillette de seize ans ayant la beauté agreste d'un fruit sauvage, puis le maître charbonnier et sa femme, déjà ridés, hâlés et crevassés par l'âge et le labeur. Nous demandâmes la permission d'allumer nos pipes au brasier, et petit à petit nous liâmes connaissance. Les charbonniers sont gens peu expansifs et d'humeur défiante. Cependant, quand ils virent que nous nous intéressions sérieusement à leurs occupations, leurs langues commencèrent à se délier. L'offre d'un paquet de tabac acheva de les apprivoiser; la petite, qu'on nommait Brunille, et qui d'abord s'était cachée dans l'embrasure de la loge, nous lança un regard moins farouche à travers les grands cheveux dénoués qui voilaient à demi ses yeux. Nous prîmes place sur les sacs, et je fis causer le vieux sur la cuisson du charbon.

« C'est une rude besogne, et capricieuse, dit-il en secouant les cendres de sa pipe; d'abord il faut chercher un bon *cuisage*, abrité du vent et à proximité des routes forestières; puis il y a le *dressage* du fourneau, qui est une opération délicate, exigeant de la patience et du savoir.

Sur l'emplacement choisi, on compte huit enjambées; c'est le diamètre du fourneau. Au centre, avec des perches fichées en terre, on ménage un vide qui servira de foyer. Les premiers bâtons ou *attelles* dont on entoure ce vide doivent être secs et fendus par quartiers, le haut bout appuyé contre les perches. Tout autour, on place une rangée de *rondins*, puis une seconde, une troisième, et ainsi jusqu'à l'extrémité du cercle.

C'est le premier lit; il ressemble quasiment aux grandes toiles rondes des araignées d'automne. Sur ce premier lit, on en élève un second, qui se nomme l'*éclisse*, et on continue de la sorte, toujours rétrécissant les rangées, de façon que le fourneau tout entier prenne la forme d'un large entonnoir renversé. Le troisième lit a nom le *grand haut*, le quatrième et le cinquième s'appellent le *petit haut*.

Le dressage terminé, il faut habiller le fourneau d'un épais manteau qui le mette à l'abri de l'air. On le couvre d'une garniture de ramilles sur lesquelles on applique une couche de terre fraîche, épaisse de trois doigts; enfin on répand sur le tout le *frasil*, c'est-à-dire une cendre noire prise sur une ancienne place à charbon. Le sommet du fourneau étant resté à découvert, on y met le feu au moyen de broussailles et de charbons allumés; le courant d'air s'établit, et le bois commence à brûler...

Alors seulement, Monsieur, viennent les vraies fatigues et les tracas du métier! Le charbon est comme un enfant gâté sur lequel il faut veiller jour et nuit. Quand la fumée, blanche d'abord, devient plus brune et plus âcre, on bouche les ouvertures avec de la terre; puis, douze heures après, on redonne un peu d'air. Le charbonnier doit toujours être maître de son feu. Si le charbon gronde, c'est que la cuisson va trop vite, et avec le râteau on applique du frasil sur les ouvertures ; si le vent s'élève, autre souci : il faut abriter le fourneau avec des claies d'osier. Enfin, après mille maux et mille soins, la cuisson s'achève. Le fourneau s'aplatit lentement, on l'éventre d'un seul côté, et le charbon paraît noir comme une mûre, lourd et sonnant clair comme argent.

— Vous arrive-t-il de manquer une cuisson ?

— De fois à autre, et alors nous reversons les rondins mal cuits dans un nouveau fourneau.

— C'est un rude métier, comme vous le disiez.

— Je le croirais ! mais on l'aime en dépit de tout. Voilà cinquante ans que je le fais ; je l'ai commencé sous défunt mon père dans les bois de l'Argonne, et depuis ce temps-là j'en ai vu des forêts, je vous en réponds !

— Moi aussi, j'aime votre métier, dit Tristan (1) ; et, si j'osais, je vous chanterais une chanson que j'ai faite sur les charbonniers.

— Osez tout de même, reprit le père, cela nous fera grand plaisir. »

Alors Tristan, de sa voix de stentor (2), entonna ces couplets, composés sur un vieil air rustique :

> Rien n'est plus fier qu'un charbonnier
> Qui se chauffe à sa braise ;
> Il est le maître en son chantier
> Où flambe sa fournaise.
> Dans son palais d'or,
> Avec son trésor,
> Un roi n'est pas plus à l'aise.

> Il a la forêt pour maison
> Et le ciel pour fenêtre ;
> Ses enfants poussent à foison
> Sous le chêne et le hêtre ;
> Ils ont pour berceaux
> L'herbe et les roseaux,
> Et le rossignol pour maître.

> Né dans les bois, il veut mourir
> Dans sa forêt aimée ;
> Sur sa tombe, on viendra couvrir
> Un fourneau de ramée :
> Le charbon cuira,
> Et son âme ira
> Au ciel avec la fumée.

---

1. *Tristan :* l'ami et le compagnon d'André Theuriet. — 2. *Voix de stentor :* voix forte et retentissante (du nom de Stentor, héros grec de la guerre de Troie, doué d'une voix formidable).

Tandis que la voix de Tristan montait sous la futaie, les charbonniers écoutaient attentivement, et la vieille mère dodelinait de la tête en mesure. Les yeux de Brunille brillaient comme deux charbons ardents, et les gars souriaient. On sentait que tous avaient bien compris les couplets, et qu'ils en étaient à la fois touchés et flattés...

Nous nous quittâmes avec de cordiales poignées de main. La nuit était venue ; les six fourneaux jetaient de distance en distance leur rouge lueur, sur laquelle s'enlevaient en noir les fûts élancés des hêtres et les silhouettes des charbonniers. Nous étions déjà loin que nous entendions encore leurs voix unies entonner le dernier couplet.

« Voilà une bonne journée, murmurai-je ; nous avons donné un peu de joie à ces braves gens, et nous nous en retournons nous-mêmes plus légers et plus joyeux.

— Comprends-tu maintenant pourquoi je ne veux pas vivre hors de la forêt? » s'écria Tristan, dont la voix vibrait et dont les yeux jetaient des éclairs d'enthousiasme.

André Theuriet, Sous bois (Fasquelle, édit.).

La Chambre de chauffe

Jack est un malheureux enfant qui, né dans un milieu riche, connaît bientôt toutes les misères de la vie. D'abord apprenti ouvrier à l'usine d'Indret, le voici maintenant qui vient s'engager comme chauffeur sur un transatlantique, le Cydnus. Il est accompagné d'un vieil ami, le père Roudic, et s'installe sous la conduite du mécanicien chef Blanchet.

Jack, qui n'avait jamais vu de « transatlantique », était stupéfait de la grandeur, de la profondeur de celui-ci. On descendait dans un abîme où les yeux, qui venaient de la grande lueur du jour, ne distinguaient ni les êtres, ni les objets. Il faisait nuit, une nuit de mine, éclairée de fanaux accrochés, étouffée d'un manque d'air et d'une chaleur croissante. Une dernière échelle, descendue à tâtons, les conduisit dans la chambre aux machines, véritable étuve qu'une chaleur mouillée et lourde, mêlée à une forte odeur d'huile, emplissait d'une atmosphère insupportable, d'une buée flottante au-dessus de laquelle, à trois ou quatre étages plus haut, apparaissait dans le carré d'un soupirail le bleu du ciel.

Une grande activité régnait là. Les mécaniciens, les aides, les élèves, allaient, venaient, passaient une revue générale de la machine, s'assurant si toutes les pièces étaient exactes et libres dans leur jeu. On venait de finir le plein des chaudières, et déjà elles tiraient et grondaient furieusement. Le fer, le cuivre, la fonte, astiqués d'huile bouillante, luisaient, étincelaient ;

et l'extrême propreté des engins leur donnait une apparence
plus féroce, comme si ces poignées qui brûlaient — à leur contact — même les mains enveloppées d'étoupe, ces pistons incandescents, ces boutons remués avec des crocs de fer, brillaient
de tout le feu qu'ils absorbaient. Jack regardait curieusement
la formidable bête. Il en avait vu bien d'autres à Indret ; mais
celle-ci lui paraissait encore plus terrible, sans doute parce qu'il
savait qu'il serait obligé de l'approcher à chaque instant et de
lui fournir sa nourriture de nuit et de jour. Çà et là, des ther-
momètres, des manomètres, une boussole, le cadran télégra-
phique par lequel arrivent les commandements, recevaient la
lumière de grosses lampes à réflecteur.

Au bout de la chambre aux machines s'enfonçait un petit
couloir très étroit, très sombre. « Ici, la soute au charbon... »,
dit Blanchet en montrant un trou béant dans le mur. A côté
de ce trou, il s'en trouvait un autre où un fanal éclairait quelques grabats, des hardes pendues. C'est là que couchaient les
chauffeurs. Jack frémit à cette vue. Le *dotoi* Moronval (1), la
mansarde des Roudic, tous ces abris de hasard où il avait dormi
ses rêves d'enfant, étaient des palais en comparaison.

« Et la chambre de chauffe, » ajouta *Moco* (2) en poussant
une petite porte.

Imaginez une longue cave ardente, une allée des catacombes
embrasée par le reflet rougeâtre d'une dizaine de fours en pleine
combustion. Des hommes presque nus, activant le feu, fouillant les cendriers, s'agitaient devant ces brasiers qui conges-
tionnaient leurs faces ruisselantes. Dans la chambre aux machines on étouffait. Ici l'on brûle.

« Voilà votre homme.., dit Blanchet au chef de chauffe en lui
présentant Jack.

— Il arrive bien, dit l'autre, presque sans se retourner ; je
manque de monde pour les escarbilles.

— Bon courage, petit gas ! fit le père Roudic en donnant à son
apprenti une vigoureuse poignée de main.

Et Jack, tout de suite, se mit aux escarbilles. Tous les détri-
tus de charbon dont les cendriers se trouvent obstrués, encras-
sés, sont jetés dans des paniers que l'on monte sur le pont pour
les vider dans la mer. Dur métier : les paniers sont lourds, les
échelles raides, suffocante la transition de l'air pur à l'étouffement du gouffre. Au troisième voyage, Jack sentait ses jambes
fondre sous lui. Incapable même de soulever son panier, il

---

1. Le *dortoir* du gymnase Moronval, où Jack a été d'abord en pension, aux côtés
d'un petit roi nègre, qui prononçait ce mot avec l'accent de son pays. — 2. C'est le nom
que les hommes de l'équipage donnent à Blanchet, le mécanicien chef. « La marine
française se divise en deux grandes races : les *Moco* et les *Ponantais*, Bretagne et
Provence, gens du Nord et gens du Midi. » (Note de Daudet.)

restait là, anéanti, moite d'une sueur qui lui enlevait tout ressort, quand l'un des chauffeurs, le voyant en cet état, alla
prendre dans un coin un large *fiasque* (1) d'eau-de-vie et le lui
présenta.

« Non, merci ! je n'en bois pas », dit Jack.

L'autre se mit à rire.

« Tu en boiras, dit-il.

— Jamais ! », fit Jack, et, se raidissant par un sursaut de sa
volonté bien plus que par l'effort de tous ses muscles, il chargea
la lourde corbeille sur son dos et la monta courageusement...

... Comme il mettait le pied sur l'échelle menant à la chambre
de chauffe, une longue secousse ébranla le navire, la vapeur
qui grondait depuis le matin régularisa son bruit, l'hélice se
mit en branle. On partait.

En bas, c'était l'enfer.

Chargés jusqu'à la gueule, dégageant avec des lueurs d'incar-
nat une chaleur visible, les fours dévoraient des pelletées de
charbon sans cesse renouvelées par les chauffeurs dont les têtes
grimaçaient, tuméfiées, apoplectiques, sous l'action de ces feux
ardents. Le grondement de l'Océan semblait le rugissement
de la flamme ; le bruit du flot confondu avec un pétillement
d'étincelles donnait l'expression d'un incendie inextinguible,
renaissant de tous les efforts qu'on faisait pour l'éteindre.

« Mets-toi là... » dit le chef de chauffe.

Jack vint se mettre devant une de ces gueules enflammées
qui tournaient tout autour de lui, élargies et multipliées par
le premier étourdissement du tangage. Il fallait activer ce foyer
d'embrasement, l'agacer du *ringard* (2), le nourrir, le décharger sans cesse. Ce qui lui rendait la besogne plus terrible, c'est
que, n'ayant pas l'habitude de la mer, les trépidations violentes
de l'hélice, les surprises du roulis le faisaient chanceler, le
jetaient à tout moment vers la flamme. Il était obligé de s'accrocher pour ne pas tomber et d'abandonner tout de suite les objets
incandescents auxquels il essayait de se retenir.

Il travaillait pourtant avec tout son courage ; mais au bout
d'une heure de ce supplice ardent, il se sentit aveuglé, sourd,
sans haleine, étouffé par le sang qui montait, les yeux troubles
sous les cils brûlés. Il fit ce qu'il voyait faire aux autres, et,
tout ruisselant, s'élança sous la « manche à air », long conduit de
toile où l'air extérieur tombe, se précipite du haut du pont par
torrents... Ah ! que c'était bon ! Presque aussitôt, une chape de
glace s'abattit sur ses épaules. Ce courant d'air meurtrier avait
arrêté son souffle et sa vie.

---

1. *Fiasque* (ital. *fiasco*, bouteille) : sorte de bouteille à panse large et à long col. —
2. *Ringard* : longue barre de fer recourbée pour attiser le feu dans les fourneaux.

« La gourde! cria-t-il d'une voix rauque au chauffeur qui lui avait offert à boire.

— Voilà, camarade. Je savais bien que tu y viendrais. »

Il avala une énorme lampée. C'était de l'alcool presque pur ; mais il avait tellement froid que le trois-six lui parut aussi fade et insipide que de l'eau claire. Quand il eut bu, il lui vint un grand bien-être de chaleur intérieure communiquée à tous ses nerfs, à tous ses muscles, et qui s'exaspéra ensuite en brûlure vive au creux de l'estomac. Alors, pour éteindre ce feu qui le brûlait, il recommença à boire. Feu dedans et feu dehors, flamme sur flamme, alcool sur charbon, c'est ainsi désormais qu'il allait vivre !

ALPHONSE DAUDET, Jack (Flammarion, édit.).

Le Creusot [1]

LE CIEL EST BLEU, tout bleu, plein de soleil. Le train vient de passer Montchanin (2). Là-bas, devant nous, un nuage s'élève, tout noir, opaque, qui semble monter de la terre, qui obscurcit l'azur clair du jour, un nuage lourd, immobile. C'est la fumée du Creusot. On approche, on distingue. Cent cheminées géantes vomissent dans l'air des serpents de fumée ; d'autres, moins hautes et haletantes, crachent des haleines de vapeur ; tout cela se mêle, s'étend, plane, couvre la ville, emplit les rues, cache le ciel, éteint le soleil. Il fait presque sombre maintenant. Une poussière de charbon voltige, pique les yeux, tache la peau, macule le linge. Les maisons sont noires, comme frottées de suie, les pavés sont noirs, les vitres poudrées de charbon. Une odeur de cheminée, de goudron, de houille flotte, contracte la gorge, oppresse la poitrine, et parfois une âcre saveur de fer, de forge, de métal brûlant, d'enfer ardent, coupe la respiration, vous fait lever les yeux pour chercher l'air pur, l'air libre, l'air sain du grand ciel ; mais on voit planer là-haut le nuage épais et sombre, et miroiter près de soi les facettes menues du charbon qui voltige.

C'est le Creusot.

Un bruit sourd et continu fait trembler la terre, un bruit fait de mille bruits, que coupe d'instant en instant un coup formidable, un choc ébranlant la ville entière.

Entrons dans l'usine de MM. Schneider.

Quelle féerie ! C'est le royaume du Fer, où règne Sa Majesté le Feu !

---

1. *Le Creusot :* chef-lieu de canton de Saône-et-Loire où se trouvent les usines métallurgiques les plus importantes d'Europe. — 2. *Montchanin :* à 8 kilomètres du Creusot, sur la ligne de Nevers à Chagny.

Du feu! on en voit partout. Les immenses bâtiments s'alignent à perte de vue, hauts comme des montagnes et pleins jusqu'au faîte de machines qui tournent, tombent, remontent, se croisent, s'agitent, ronflent, sifflent, grincent, crient. Et toutes travaillent du feu.

Ici des brasiers, là des jets de flamme ; plus loin, des blocs de fer ardent vont, viennent, sortent des fours, entrent dans les

CONSTANTIN MEUNIER   PUDDLEURS

engrenages, en ressortent, y rentrent cent fois, changent de forme, toujours rouges. Les machines voraces mangent ce feu, ce fer éclatant, le broient, le coupent, le scient, l'aplatissent, le filent, le tordent, en font des locomotives, des navires, des canons, mille choses diverses, fines comme des ciseleurs d'artistes, monstrueuses comme des œuvres de géants, et compliquées, délicates, brutales, puissantes.

Essayons de voir et de comprendre.

Nous entrons à droite sous une vaste galerie où fonctionnent quatre énormes machines. Elles vont avec lenteur, remuant leurs roues, leurs pistons, leurs tiges. Que font-elles? Pas autre chose que de souffler de l'air aux hauts fourneaux où bout le métal en fusion. Elles sont les poumons monstrueux des cornues colossales que nous allons voir. Elles respirent, rien de plus : elles font vivre et digérer les monstres.

Et voici les cornues : elles sont deux, aux deux extrémités d'une autre galerie, grosses comme des tours, ventrues, rugissantes et crachant un tel jet de flamme qu'à cent mètres les yeux sont aveuglés, la peau brûlée, et qu'on halète comme dans une étuve.

On dirait un volcan furieux. Le feu qui sort de la bouche est blanc, insoutenable à la vue, et projeté avec tant de force et de bruit que rien n'en peut donner l'idée.

Là-dedans l'acier bout, l'acier Bessemer dont on fait les rails. Un homme fort, beau, jeune, grave, coiffé d'un grand feutre noir, regarde attentivement l'effroyable souffle. Il est assis devant une roue pareille au gouvernail d'un navire, et parfois il la fait tourner à la façon des pilotes. Aussitôt la colère de la cornue augmente : elle crache un ouragan de flamme ; c'est que le chef fondeur vient d'augmenter encore le monstrueux courant d'air qui la traverse.

Et toujours pareil à un capitaine, l'homme, à tous moments, porte à ses yeux une jumelle pour considérer la couleur du feu. Il fait un geste : un wagonnet s'avance et verse d'autres métaux dans le brasier rugissant. Le fondeur encore consulte les nuances des flammes furieuses, cherchant des indications, et soudain, tournant une autre roue, toute petite, il fait basculer la formidable cuve. Elle se retourne lentement, crachant jusqu'au toit de la galerie un terrifiant jet d'étincelles ; et elle verse délicatement, comme un éléphant qui ferait des grâces, quelques gouttes d'un liquide flamboyant dans un vase de fonte qu'on lui tend, puis elle se redresse en rugissant.

Un homme emporte ce feu sorti d'elle. Ce n'est plus maintenant qu'un lingot rouge qu'on dépose sous un marteau mû par la vapeur. Le marteau frappe, écrase, rend mince comme une feuille le métal ardent qu'on refroidit aussitôt dans l'eau. Une pince alors le saisit, le brise ; et le contremaître examine le grain avant de donner l'ordre : « Coulez ! »

La cornue aussitôt se renverse de nouveau, et, comme un valet qui emplirait des verres autour d'une table, elle verse le flot flamboyant d'acier qu'elle porte en ses flancs dans une série de récipients déposés en rond autour d'elle.

Elle semble se déplacer d'une façon naturelle, toute simple, comme si une âme l'animait. Car il suffit, pour remuer ces engins fantastiques, pour leur faire accomplir leur œuvre, les faire aller, venir, tomber, se redresser, tourner, pivoter, il suffit de toucher à des leviers gros comme des cannes, d'appuyer sur des boutons pareils à ceux des sonnettes électriques. Une force, un

génie étrange semble planer, qui gouverne les gestes pesants
et faciles de ces surprenants appareils.

Nous sortons, le visage rôti, les yeux sanglants.

Voici deux tours de briques, en plein air, trop hautes pour
tenir sous un toit. Une chaleur insoutenable s'en dégage. Un
homme, armé d'un levier de fer, les frappe au pied, fait tomber
une sorte d'enduit, creuse plus profondément. Et bientôt apparaît une lueur, un point clair. Deux coups encore, et un ruisseau, un torrent de feu s'élance, suit des canaux creusés dans
la terre, va, vient, coule toujours. C'est la fonte, la fonte brute
en fusion. On suffoque devant ce feu effrayant, on fuit, on entre
dans les hauts bâtiments où sont faites les locomotives et les
grandes machines des navires de guerre.

On ne distingue plus, on ne sait plus, on perd la tête. C'est
un labyrinthe de manivelles, de roues, de courroies, d'engrenages en mouvement. A chaque pas, on se trouve en face d'un
monstre qui travaille du fer rouge ou sombre. Ici, ce sont des
scies qui divisent des plaques larges comme le corps ; là des
pointes pénètrent dans des blocs de fonte et les percent ainsi
qu'une aiguille qui entre en du drap ; plus loin, un autre appareil coupe des lamelles d'acier comme des ciseaux feraient d'une
feuille de papier. Tout cela marche en même temps, avec des
mouvements différents, peuple fantastique de bêtes méchantes
et grondantes. Et toujours on voit du feu sous les marteaux, du
feu dans les fours, du feu partout, partout du feu. Et toujours
un coup formidable et régulier dominant le tumulte des roues,
des chaudières, des enclumes, des mécaniques de toutes sortes,
fait trembler le sol. C'est le gros pilon du Creusot qui travaille.

Il est au bout d'un immense bâtiment qui en contient dix ou
douze autres. Tous s'abattent de moment en moment sur un
bloc incandescent qui lance une pluie d'étincelles et s'aplatit
peu à peu, se roule, prend une forme courbe ou droite ou plate,
selon la volonté des hommes.

Lui, le gros, il pèse cent mille kilos, et tombe, comme tombe-
rait une montagne, sur un morceau d'acier rouge plus énorme
encore que lui. A chaque choc, un ouragan de feu jaillit de tous
les côtés, et l'on voit diminuer d'épaisseur la masse que travaille le monstre.

Il monte et redescend sans cesse, avec une facilité gracieuse,
mû par un homme qui appuie doucement sur un frêle levier ;
et il fait penser à ces animaux effroyables, domptés jadis par
des enfants, à ce que disent les contes.

Et nous entrons dans la galerie des laminoirs. C'est un
spectacle plus étrange encore. Des serpents rouges courent par
terre, les uns minces comme des ficelles, les autres gros comme
des câbles. On dirait ici des vers de terre démesurés, et là-bas

des boas effroyables. Car ici on fait des fils de fer et là-bas les rails pour les trains.

Des hommes, les yeux couverts d'une toile métallique, les mains, les bras et les jambes enveloppés de cuir, jettent dans la bouche des machines l'éternel morceau de fer ardent. La machine le saisit, le tire, l'allonge, le tire encore, le rejette, le reprend, l'amincit toujours. Lui, le fer, il se tortille comme un reptile blessé, semble lutter, mais cède, s'allonge encore, s'allonge toujours, toujours repris et toujours rejeté par la mâchoire d'acier.

Voici les rails. Impuissante à résister, la masse rougie, opaque et carrée de Bessemer s'étend sous l'effort des mécaniques, et, en quelques secondes, devient un rail. Une scie géante le coupe à la longueur exacte, et d'autres suivent sans fin, sans que rien arrête ou ralentisse le formidable travail.

Nous sortons enfin, noirs nous-mêmes comme des chauffeurs, épuisés, la vue éteinte. Et sur nos têtes s'allonge le nuage épais de charbon et de fumée qui s'élève jusqu'aux hauteurs du ciel.

Oh! quelques fleurs, une prairie, un ruisseau et de l'herbe où se coucher sans pensée et sans autre bruit autour de soi que le glissement de l'eau ou le chant du coq, au loin !

Guy de Maupassant, *Au Soleil* (Ollendorff, édit.).

Les Mineurs

Étienne Lantier, ouvrier sans travail, vient d'entrer aux mines de Monsou, dans le Nord. Il va connaitre et subir lui-même la vie tragique des malheureux qui peinent et s'épuisent à cinq cent cinquante-quatre mètres sous terre.

Les quatre haveurs (1) venaient de s'allonger les uns au-dessus des autres, sur toute la montée du front de taille (2). Séparés par les planches à crochets qui retenaient le charbon abattu, ils occupaient chacun quatre mètres environ de la veine; et cette veine était si mince, épaisse à peine en cet endroit de cinquante centimètres, qu'ils se trouvaient là comme aplatis entre le toit et le mur (3), se traînant des genoux et des coudes, ne pouvant se retourner sans se meurtrir les épaules. Ils devaient, pour attaquer la houille, rester couchés sur le flanc, le

---

1. *Haveurs :* mineurs chargés d'extraire le charbon en creusant au-dessous de la partie à abattre. — 2. *Front de taille :* surface sur laquelle se présente la houille à extraire. — 3. *Toit :* partie supérieure d'une couche de houille. *Mur :* partie inférieure.

cou tordu, les bras levés et brandissant de biais la rivelaine, le pic à manche court.

En bas, il y avait d'abord Zacharie; Levaque et Chaval s'étageaient au-dessus; et tout en haut, enfin, était Maheu. Chacun havait le lit de schiste, qu'il creusait à coups de rivelaine; puis il pratiquait deux entailles verticales dans la couche, et il détachait le bloc, en enfonçant un coin de fer à la partie supérieure. La houille était grasse, le bloc se brisait, roulait en morceaux le long du ventre et des cuisses. Quand ces morceaux, retenus par la planche, s'étaient amassés sous eux, les haveurs disparaissaient, murés dans l'étroite fente.

C'était Maheu qui souffrait le plus. En haut, la température montait jusqu'à trente-cinq degrés, l'air ne circulait pas, l'étouffement à la longue devenait mortel. Il avait dû, pour voir clair, fixer sa lampe à un clou, près de sa tête; et cette lampe,

C. MEUNIER   LE MINEUR

qui chauffait son crâne, achevait de lui brûler le sang. Mais son supplice s'aggravait surtout de l'humidité. La roche, au-dessus de lui, à quelques centimètres de son visage, ruisselait d'eau, de grosses gouttes continues et rapides, tombant avec une sorte de rythme entêté, toujours à la même place. Il avait beau tordre le cou, renverser la nuque : elles battaient sa face, s'écrasaient, claquaient sans relâche. Au bout d'un quart d'heure, il était trempé, couvert de sueur lui-même, fumant d'une chaude buée de lessive. Ce matin-là, une goutte, s'acharnant dans son œil, le faisait jurer. Il ne voulait pas lâcher son havage, il donnait de grands coups, qui le secouaient violemment entre les deux roches, ainsi qu'un puceron pris entre deux feuillets d'un livre sous la menace d'un aplatissement complet.

Pas une parole n'était échangée. Ils tapaient tous. On n'entendait que ces coups irréguliers, voilés et comme lointains. Les bruits prenaient une sonorité rauque, sans un écho dans l'air mort. Et il semblait que les ténèbres fussent d'un noir inconnu, épaissi par les poussières volantes du charbon, alourdi par des gaz qui pesaient sur les yeux. Les mèches des lampes, sous leurs chapeaux de toile métallique, n'y mettaient que des points rougeâtres. On ne distinguait rien. La taille s'ouvrait, montait ainsi qu'une large cheminée, plate et oblique, où la suie de dix hivers aurait amassé une nuit profonde. Des formes spectrales s'y agitaient, les lueurs perdues laissaient entrevoir une rondeur de hanche, des bras noueux, une tête violente, barbouillée comme pour un crime. Parfois, en se détachant, luisaient des blocs de houille, des pans et des arêtes, brusquement allumés d'un reflet de cristal. Puis, tout retombait au noir, les rivelaines tapaient à grands coups sourds, il n'y avait plus que le halètement des poitrines, le grognement de gêne et de fatigue, sous la pesanteur de l'air et la pluie des sources.

ÉMILE ZOLA, *Germinal* (Fasquelle, édit.).

PUVIS DE CHAVANNES   LE PAUVRE PÊCHEUR

Vieille Barque, vieux Batelier

AU QUAI DE THÉRAPIA (1), pour passer sur l'autre rive du Bosphore, il s'agissait de choisir une barque parmi celles qui
attendaient là, toutes prêtes, jolies pour la plupart, bien
peinturlurées, avec de beaux coussins en velours, chacune ayant
son rameur jeune, aux bras solides.

Seule, la plus proche, celle à qui c'était le tour, avait l'air
d'une pauvresse à côté des autres ; point de velours sur les
coussins, mais des housses d'indienne en petits morceaux de
différentes couleurs ; bien propre, pourtant, cette barque, bien
soignée, mais si vieille, avec des rapiéçages, et montée par un
batelier caduc, en costume si miséreux ! — Presque brutalement, je la refusai pour faire accoster la suivante, qui était
fraîche et dorée.

Mais quand elle s'écarta pour me laisser place, je vis avec
quels soins ingénieux ces morceaux d'indienne étaient assemblés et raccommodés : œuvre sans doute de quelque vieille

---

1. *Thérapia :* ville de la Turquie d'Europe, à 6 kil. N.-E. de Constantinople, sur le
Bosphore.

femme, épouse de ce bonhomme, pour essayer de donner encore un peu d'apparence à la barque défraîchie, et de ne pas trop rebuter les clients. Surtout je croisai le regard du vieux batelier, un regard chargé de reproche contenu, de résignation et de détresse...

Alors une pitié désolée me serra le cœur, ma journée en fut assombrie. Je me promis de revenir le lendemain, de choisir celui-là entre tous, de le complimenter sur le bon goût de ses modestes embellissements, même de le reprendre chaque fois que je passerais.

Mais, ni le lendemain, ni les jours suivants, je ne pus le retrouver. Et, — c'est peut-être bien puéril, — de toutes les mauvaises actions de ma vie, aucune ne m'a laissé plus de remords que l'affront fait à ce pauvre vieux, à ses petites housses d'indienne serties d'humbles galons rouges et si laborieusement arrangées...

PIERRE LOTI, *Le Château de la Belle au bois dormant*
(Calmann-Lévy, édit.).

La Bonne de Chateaubriand

Chateaubriand a conservé un souvenir de profonde reconnaissance à une vieille bonne qui lui a donné dans sa première enfance les soins les plus dévoués.

JE M'ATTACHAI À LA FEMME qui prit soin de moi, excellente créature appelée *la Villeneuve*, dont j'écris le nom avec un mouvement de reconnaissance et les larmes aux yeux. La Villeneuve était une espèce de surintendante de la maison, me portant dans ses bras, me donnant, à la dérobée, tout ce qu'elle pouvait trouver, essuyant mes pleurs, m'embrassant, me jetant dans un coin, me reprenant et marmottant toujours : « C'est celui-là qui ne sera pas fier! qui a bon cœur! qui ne rebute point les pauvres gens! Tiens, petit garçon; » et elle me bourrait de vin et de sucre.

Chateaubriand, revenant plus tard à Saint-Malo, apprend la mort de sa vieille bonne.

La Villeneuve venait de mourir. En allant la pleurer au bord du lit vide et pauvre où elle expira, j'aperçus le petit chariot d'osier dans lequel j'avais appris à me tenir debout sur ce triste globe. Je me représentais ma vieille bonne, attachant du fond de sa couche ses regards affaiblis sur cette corbeille roulante : ce premier moment de ma vie en face du dernier mouvement de la vie de ma seconde mère, l'idée des souhaits de bonheur que la bonne Villeneuve adressait au ciel pour son nourrisson en quittant le monde, cette preuve d'un attachement si constant, si désintéressé, si pur, me brisaient le cœur de tendresse, de regrets et de reconnaissance.

CHATEAUBRIAND, *Mémoires d'Outre-Tombe.*

Un bon Domestique

C'EST UN PARFAIT HONNÊTE HOMME que M. Joannetti...

« Morbleu! lui dis-je un jour, c'est pour la troisième fois que je vous ordonne de m'acheter une brosse. Quelle tête! quel animal! »

Il ne répondit pas un mot : il n'avait rien répondu la veille à une pareille incartade. Il est si exact! disais-je ; je n'y concevais rien. « Allez chercher un linge pour nettoyer mes souliers », lui dis-je en colère.

Pendant qu'il allait, je me repentais de l'avoir ainsi brusqué. Mon courroux passa tout à fait lorsque je vis le soin avec lequel il tâchait d'ôter la poussière de mes souliers sans toucher à mes bas : j'appuyai ma main sur lui en signe de réconciliation. « Quoi! dis-je alors en moi-même, il y a donc des hommes qui décrottent les souliers des autres pour de l'argent? »

Ce mot d'*argent* fut un trait de lumière qui vint m'éclairer. Je me ressouvins tout à coup qu'il y avait longtemps que je n'en avais point donné à mon domestique. « Joannetti, lui dis-je en retirant mon pied, avez-vous de l'argent? » Un demi-sourire de justification parut sur ses lèvres à cette demande. — « Non, monsieur, il y a huit jours que je n'ai pas un sou ; j'ai dépensé tout ce qui m'appartenait pour vos petites emplettes. — Et la brosse? C'est sans doute pour cela? » Il sourit encore.

Il aurait pu dire à son maître : « Non, je ne suis point une tête vide, un animal, comme vous avez eu la cruauté de le dire à votre fidèle serviteur. Payez-moi vingt-trois livres dix sous quatre deniers que vous me devez, et je vous achèterai votre brosse. » Il se laissa maltraiter injustement plutôt que d'exposer son maître à rougir de sa colère.

Que le ciel le bénisse! Philosophes! chrétiens! avez-vous lu?

« Tiens, Joannetti, tiens, lui dis-je, cours acheter la brosse.

— Mais, monsieur, voulez-vous rester ainsi avec un soulier blanc et l'autre noir?

— Va, te dis-je, acheter la brosse ; laisse, laisse cette poussière sur mon soulier. »

Il sortit ; je pris le linge, et je nettoyai délicieusement mon soulier gauche, sur lequel je laissai tomber une larme de repentir.

XAVIER DE MAISTRE, *Voyage autour de ma chambre*

Une vieille Servante

Nous sommes aux comices agricoles de Yonville-l'Abbaye. Sur l'estrade où trônent les notables du bourg, on proclame les récompenses.

« CATHERINE-NICAISE-ÉLISABETH LEROUX, de Sassetot-la-Guerrière, pour cinquante-quatre ans de service dans la même ferme, une médaille d'argent — du prix de vingt-cinq francs ! »

« Où est-elle, Catherine Leroux ? » répéta le conseiller (1).

Elle ne se présentait pas, et l'on entendait des voix qui chuchotaient :

« Vas-y !
— Non.
— A gauche.
— N'aie pas peur !
— Ah ! qu'elle est bête !
— Enfin, y est-elle ? s'écria Tuvache (2).
— Oui !... La voilà !...
— Qu'elle approche donc ! »

Alors on vit s'avancer sur l'estrade une petite vieille femme de maintien craintif, et qui paraissait se ratatiner dans ses pauvres vêtements. Elle avait aux pieds de grosses galoches de bois, et, le long des hanches, un grand tablier bleu. Son visage maigre, entouré d'un béguin sans bordure, était plus plissé de rides qu'une pomme de reinette flétrie, et des manches de sa camisole rouge dépassaient deux longues mains à articulations noueuses. La poussière des granges, la potasse des lessives et le suint des laines les avaient si bien encroûtées, éraillées, durcies, qu'elles semblaient sales, quoiqu'elles fussent rincées d'eau claire ; et à force d'avoir servi, elles restaient entr'ouvertes, comme pour présenter d'elles-mêmes l'humble témoignage de tant de souffrances subies. Quelque chose d'une rigidité monacale relevait l'expression de sa figure. Rien de triste ou d'attendri n'amollissait ce regard pâle. Dans la fréquentation des animaux, elle avait pris leur mutisme et leur placidité. C'était la première fois qu'elle se voyait au milieu d'une compagnie si nombreuse ; et, intérieurement effarouchée par les drapeaux, par les tambours, par les messieurs en habit noir et par la croix

---

1. Le conseiller de préfecture. — 2. *Tuvache* : le maire

d'honneur du conseiller, elle demeurait tout immobile, ne sachant s'il fallait s'avancer ou s'enfuir, ni pourquoi la foule la poussait et pourquoi les examinateurs lui souriaient. Ainsi se tenait, devant ces bourgeois épanouis, ce demi-siècle de servitude.

LÉON FRÉDÉRIC   LA VIEILLE SERVANTE

« Approchez, vénérable Catherine-Nicaise-Élisabeth Leroux! », dit M. le conseiller, qui avait pris des mains du président la liste des lauréats.

Et tour à tour examinant la feuille de papier, puis la vieille femme, il répétait d'un ton paternel :

« Approchez, approchez!

— Êtes-vous sourde ? », dit Tuvache, en bondissant sur son fauteuil.

Et il se mit à lui crier dans l'oreille :

« Cinquante-quatre ans de services ! Une médaille d'argent ! Vingt-cinq francs ! C'est pour vous ! »

Puis, quand elle eut sa médaille, elle la considéra. Alors un sourire de béatitude se répandit sur sa figure, et on l'entendit qui marmottait en s'en allant :

« Je la donnerai au curé de chez nous, pour qu'il me dise des messes. »

G. FLAUBERT, *Madame Bovary* (Fasquelle, édit.).

Sur la Route

Un officier de l'Empire, Genestas, parcourt à cheval les villages du Dauphiné. Il observe la campagne et les paysans qui peinent au ras du sol.

GENESTAS APERÇUT ALORS un pauvre vieillard qui cheminait de compagnie avec une vieille femme.

L'homme paraissait souffrir de quelque sciatique (1), et marchait péniblement, les pieds dans de mauvais sabots. Il portait sur son épaule un bissac dans la poche duquel ballottaient quelques instruments dont les manches, noircis par un long usage et par la sueur, produisaient un léger bruit ; la poche de derrière contenait son pain, quelques oignons crus et des noix. Ses jambes semblaient déjetées. Son dos voûté par les habitudes du travail le forçait à marcher tout ployé ; aussi, pour conserver son équilibre, s'appuyait-il sur un long bâton. Ses cheveux, blancs comme la neige, flottaient sous un mauvais chapeau rougi par les intempéries des saisons et recousu avec du fil blanc. Ses vêtements, de grosse toile, rapetassés en cent endroits, offraient des contrastes de couleurs. C'était une sorte de ruine humaine à laquelle ne manquait aucun des caractères qui rendent les ruines si touchantes.

Sa femme, un peu plus adroite qu'il ne l'était, mais également couverte de haillons, coiffée d'un bonnet grossier, portait sur son dos un vase de grès rond et aplati, tenu par une courroie passée dans les anses.

Ils levèrent la tête en entendant le pas des chevaux, et s'arrêtèrent. Ces deux vieillards, l'un perclus à force de travail, l'autre, sa compagne fidèle, également détruite, montrant tous deux

_____

1. *Sciatique :* douleurs vives du nerf sciatique, qui suit la partie postérieure du bassin et de la cuisse.

des figures dont les traits étaient effacés par les rides, la peau
noircie par le soleil et endurcie par les intempéries de l'air,
faisaient peine à voir.

L'histoire de leur vie n'eût pas été gravée sur leurs physionomies, leur attitude l'aurait fait deviner. Tous deux ils
avaient travaillé sans cesse, et sans cesse souffert ensemble,
ayant beaucoup de maux et peu de joies à partager ; ils parais-
saient s'être accoutumés à leur mauvaise fortune comme
le prisonnier s'habitue à sa geôle ; en eux tout était simplesse (1). Leur visage ne manquait pas d'une sorte de gaie
franchise. En les examinant bien, leur vie monotone, le lot de
tant de pauvres êtres, semblait presque enviable. Il y avait
bien chez eux trace de douleur, mais absence de chagrin.

BALZAC, *Le Médecin de campagne.*

L'Indienne et sa vache

*Chateaubriand, en route vers la cataracte du Niagara, arrive au
lac des Onongadas, peuplade iroquoise. Aidé de son guide, il y établit
son camp.*

IL N'ÉTAIT GUÈRE QUE QUATRE HEURES après midi lorsque nous
fûmes huttés. Je pris mon fusil et j'allai flâner dans les environs. J'arrivai à un vallon resserré entre des hauteurs nues et
pierreuses : à mi-côte s'élevait une méchante cabane ; une
vache maigre errait dans un pré au-dessous.

J'aime les petits abris : « *A chico pajarillo, chico nidillo ;*
à petit oiseau, petit nid » (2). Je m'assis sur la pente en face
de la hutte plantée sur le côté opposé.

Au bout de quelques minutes, j'entendis des voix dans le vallon : trois hommes conduisaient cinq ou six vaches grasses :
ils les mirent paître et éloignèrent à coups de gaule la vache
maigre. Une femme sauvage sortit de la hutte, s'avança vers
l'animal effrayé et l'appela. La vache courut à elle en allongeant
le cou avec un petit mugissement. Les planteurs menacèrent
de loin l'Indienne, qui revint à sa cabane. La vache la suivit.

Je me levai, descendis le rampant de la côte, traversai le vallon, et, montant la colline parallèle, j'arrivai à la hutte.

Je prononçai le salut qu'on m'avait appris : « *Siegoh !* Je suis
venu ! » L'Indienne, au lieu de me rendre mon salut par la ré-
pétition d'usage : « *Vous êtes venu* », ne répondit rien. Alors je
caressai la vache : le visage jaune et attristé de l'Indienne
laissa paraître des signes d'attendrissement. J'étais ému de

---

1. *Simplesse :* vieux mot signifiant simplicité naturelle. — 2. Proverbe espagnol.

ces mystérieuses relations de l'infortune : il y a de la douceur à pleurer sur des maux qui n'ont été pleurés de personne.

Mon hôtesse me regarda encore quelque temps avec un reste de doute, puis elle s'avança et vint passer sa main sur le front de sa compagne de misère et de solitude.

Encouragé par cette marque de confiance, je dis en anglais, car j'avais épuisé mon indien : « Elle est bien maigre ! » L'Indienne repartit en mauvais anglais : « Elle mange fort peu, *she eats very little*. — On l'a chassée rudement », repris-je. Et la femme répondit : « Nous sommes accoutumées à cela toutes deux, *both*. » Je repris : « Cette prairie n'est donc pas à vous? » Elle répondit : « Cette prairie était à mon mari qui est mort. Je n'ai point d'enfants, et les chairs blanches mènent leurs vaches dans ma prairie. »

Je n'avais rien à offrir à cette créature de Dieu. Nous nous quittâmes. Mon hôtesse me dit beaucoup de choses que je ne compris point; c'étaient sans doute des souhaits de prospérité; s'ils n'ont pas été entendus du Ciel, ce n'est pas la faute de celle qui priait, mais l'infirmité de celui pour qui la prière était offerte. Toutes les âmes n'ont pas une égale aptitude au bonheur, comme toutes les terres ne portent pas également des moissons.

Je retournai à mon *ajoupa* (1), où m'attendait une collation de pommes de terre et de maïs. La soirée fut magnifique : le lac, uni comme une glace sans tain, n'avait pas une ride; la rivière baignait en murmurant notre presqu'île que les calycanthes (2) parfumaient de l'odeur de la pomme...

CHATEAUBRIAND, Mémoires d'Outre-Tombe.

---

1. *Ajoupa* : petite hutte construite avec des pieux et du feuillage. — 2. *Calycanthes*, beaux arbrisseaux d'Amérique, à grandes fleurs formées de très nombreuses pièces, sépales, pétales et étamines, qui ont fait appeler certaines espèces « arbres aux anémones ».

BASTIEN-LEPAGE   LE MENDIANT

Le Mendiant

JE PASSAIS DANS UNE RUE : un mendiant vieux et décrépit m'arrêta.

Yeux enflammés et larmoyants, lèvres bleuies, haillons sordides, plaies malpropres... Oh ! comme la pauvreté avait hideusement rongé cet être malheureux !

Il me tendait sa main rouge, enflée, sale. Il gémissait, il mugissait en implorant le secours.

Je fouillai dans toutes mes poches : ni bourse, ni montre, ni même un mouchoir ; je n'avais rien pris sur moi.

Et le mendiant attendait ; et sa main tendue remuait faiblement, par saccades.

Tout confus, ne sachant que faire, je serrai fortement cette main sale et tremblante :

« Ne m'en veux pas, frère ; je n'ai rien sur moi, frère. »

Le mendiant fixa sur moi ses yeux éraillés, et ses lèvres bleuâtres sourirent, et lui aussi pressa mes doigts refroidis.

« Eh bien, frère, dit-il d'une voix rauque : merci pour cela : c'est aussi une aumône. »

Et alors je compris que, moi aussi, je venais de recevoir quelque chose de mon frère.

TOURGUENEFF, *Souvenirs d'enfance*
(Hetzel, édit.).

Une Vieille qui passe

JE ME RAPPELLE LES JOURS NOIRS où mon cœur fut tellement déchiré par des choses aperçues une seconde, que les souvenirs de ces visions demeurent en moi comme des plaies.

Un matin, avenue de l'Opéra, au milieu du public remuant et joyeux, que le soleil de mai grisait, j'ai vu passer soudain un être innommable, une vieille courbée en deux, vêtue de loques qui furent des robes, coiffée d'un chapeau de paille noir, tout dépouillé de ses ornements anciens, rubans et fleurs, disparus depuis des temps indéfinis. Et elle allait, traînant ses pieds si péniblement que je ressentais au cœur, autant qu'elle-même, plus qu'elle-même, la douleur de tous ses pas. Deux cannes la soutenaient. Elle passait sans voir personne, indifférente à tout, au bruit, aux gens, aux voitures, au soleil ! Où allait-elle ? vers quel taudis ? Elle portait dans un panier qui pendait au bout d'une ficelle quelque chose. Quoi ? du pain ? Oui, sans doute. Personne, aucun voisin n'ayant pu ou voulu faire pour elle cette course, elle avait entrepris, elle, le voyage horrible, de la mansarde au boulanger. Deux heures de route au moins pour aller et venir. Et quelle route douloureuse !

Je levai les yeux vers les toits des maisons immenses. Elle allait là-haut ! Quand y serait-elle ? Combien de repos haletants sur les marches, dans le petit escalier noir et tortueux ?

Tout le monde se retournait pour la regarder. On murmurait : « Pauvre femme ! » puis on passait. Sa jupe, son haillon de jupe traînait sur le trottoir, à peine attachée sur son débris de corps. Et il y avait une pensée là-dedans ! Une pensée ? Non, mais une souffrance épouvantable, incessante, harcelante.

Oh ! la misère des vieux sans pain, des vieux sans espoir, sans enfants, sans argent, sans rien autre chose que la mort devant eux, y pensons-nous ? Y pensons-nous, aux vieux affamés des mansardes ?...

GUY DE MAUPASSANT, *Sur l'eau* (Ollendorff, édit.).

Un Enterrement de pauvres

Olivier Twist est un malheureux orphelin de dix ans. Né à l'hospice, élevé aux frais de la paroisse, il n'a connu que la misère. Obligé de prendre un état, il entre au service de M. Sowerberry, entrepreneur de pompes funèbres. Le premier enterrement auquel il assiste, l'enterrement d'une pauvre femme, ajoute à la tristesse de son expérience personnelle la notion douloureuse de la misère des autres.

« OLIVIER, METS TA CASQUETTE et viens avec moi. » Olivier obéit, et suivit son maître dans l'accomplissement de son devoir professionnel.

Ils cheminèrent quelque temps à travers le quartier le plus encombré et le plus populeux de la ville, puis, s'engageant dans une rue étroite plus sale et plus miséreuse qu'aucune de celles qu'ils eussent encore traversées, ils s'arrêtèrent pour découvrir la maison qui était l'objet de leur recherche. Les maisons de chaque côté étaient hautes et vastes, mais très vieilles et occupées par des gens de la classe la plus pauvre... Le ruisseau était stagnant et immonde. Les rats morts qui de place en place se putréfiaient dans sa pourriture étaient horribles de maigreur.

Il n'y avait ni marteau ni sonnette à la porte ouverte où s'arrêtèrent Olivier et son maître ; et c'est avec précaution que, suivant à tâtons le corridor sombre, en disant à Olivier de rester près de lui et de n'avoir pas peur, l'entrepreneur de pompes funèbres monta jusqu'au premier. Butant contre une porte du palier, il y cogna du dos des doigts.

Elle fut ouverte par une petite fille de treize à quatorze ans. L'entrepreneur vit tout de suite assez de ce que contenait la chambre pour savoir que c'était bien là qu'on l'avait envoyé. Il entra ; Olivier le suivit.

Il n'y avait pas de feu dans la pièce ; mais un homme était penché machinalement sur le poêle vide. Une vieille femme avait aussi traîné un siège bas vers l'âtre froid, et était assise auprès du malheureux. Il y avait des enfants en haillons dans un autre coin ; et dans une petite alcôve, en face de la porte, gisait sur le sol quelque chose de caché sous une vieille couverture. Olivier eut un frisson en jetant les yeux de ce côté-là, et il se blottit malgré lui plus près de son maître : quoique la chose fût complètement couverte, l'enfant sentait bien que c'était un cadavre.

L'homme avait la figure mince et très pâle, les cheveux et la barbe grisonnants, les yeux injectés. La vieille avait le visage ridé; les deux dents qui lui restaient ressortaient sur sa lèvre inférieure; elle avait les yeux brillants et perçants. Olivier n'osait pas plus la regarder que l'homme. Ils ressemblaient tant aux rats qu'il avait vus dehors !

« Que personne n'en approche, dit l'homme, en bondissant farouche, comme l'entrepreneur s'avançait vers l'alcôve. Arrière! bon Dieu, arrière! ou gare à vous!

— Voyons, mon brave, dit l'entrepreneur, qui était bien habitué au malheur sous toutes ses formes. Pas de bêtises.

— Écoutez, dit l'homme en serrant les poings et en frappant furieusement du pied, je vous dis que je ne veux pas qu'on la mette en terre. Elle ne s'y reposerait pas; les vers la tracasseraient; ils ne la mangeraient pas, elle est tellement fondue! »

L'entrepreneur n'essaya même pas de répondre à son délire, mais, tirant de sa poche un mètre à ruban, s'agenouilla un instant près du corps.

« Ah! dit l'homme, en éclatant en larmes et s'abîmant à genoux aux pieds de la morte : à genoux, à genoux, à genoux, vous tous! et écoutez. Je vous dis qu'elle est morte de faim, moi! Je n'ai jamais eu idée qu'elle fût si mal avant que la fièvre l'ait prise, et les os lui perçaient déjà la peau. Il n'y avait ni feu ni chandelle, elle est morte dans le noir, dans le noir! Elle n'a même pas pu voir la figure de ses enfants, bien que nous l'entendions haleter leurs noms. J'ai mendié pour elle dans les rues, et on m'a mis en prison. Quand je suis revenu, elle se mourait, et tout le sang de mon cœur s'est desséché, car on l'a fait mourir de faim. Je le jure devant le Dieu qui l'a vu! On l'a fait mourir de faim! » Il se tordit les mains dans ses cheveux, et, avec un grand cri, roula tout de son long sur le parquet, les yeux fixes et l'écume lui couvrant les lèvres.

Les enfants terrifiés sanglotaient amèrement; mais la vieille, qui était jusque-là restée aussi tranquille que si elle eût été complètement sourde à tout ce qui se passait, les fit taire d'une menace. Ayant desserré la cravate de l'homme encore étendu sur le sol, elle s'avança chancelante vers l'entrepreneur.

« C'était ma fille, dit la vieille, faisant un signe de tête dans la direction du cadavre, et glissant un sourire hébété plus lugubre en cet endroit que la présence de la mort même : mon Dieu! mon Dieu! c'est drôle tout de même que moi, qui l'ai mise au monde quand j'étais femme, je sois maintenant vivante et réjouie, et qu'elle soit là par terre, si froide et si raide! Mon

Dieu! mon Dieu! c'est-il croyable? Ça vaut le théâtre! ça vaut le théâtre! »

Tandis que la misérable créature marmonnait et gloussait de rire dans son horrible allégresse, l'entrepreneur se retournait pour partir.

« Attendez! attendez! dit la vieille, presque tout haut. Est-ce demain qu'on va l'enterrer, ou après-demain, ou ce soir? C'est moi qui lui ai fait la toilette, et il faut que je suive le convoi, vous comprenez. Envoyez-moi un grand manteau (1), un bien chaud, car il fait rudement froid. Il nous faudrait bien du gâteau et du vin aussi, avant de partir! Ça ne fait rien ; envoyez du pain, rien qu'un pain et une tasse d'eau. Aurons-nous du pain, ami? » dit-elle avidement, en attrapant l'entrepreneur par son habit, comme une fois de plus il s'éloignait vers la porte.

« Mais oui, mais oui, bien sûr, dit l'entrepreneur, tout ce que vous voudrez! » Il se dégagea de l'étreinte de la vieille, et, entraînant Olivier derrière lui, il se hâta de sortir.

Le lendemain (la famille ayant dans l'intervalle reçu en secours un kilo de pain et un morceau de fromage, apportés par M. Bumble (2) en personne), Olivier et son maître retournèrent à la misérable demeure. M. Bumble y était déjà ; il était accompagné de quatre hommes de l'assistance publique, qui devaient faire office de porteurs. On avait jeté un vieux manteau noir sur les haillons de la vieille et de l'homme ; et le cercueil nu ayant été vissé, on le hissa sur l'épaule des porteurs, et on le descendit dans la rue.

« Maintenant, la vieille dame, faut tâcher d'allonger les jambes! dit Sowerberry à l'oreille de la vieille ; nous sommes plutôt en retard, et il ne faudrait pas faire attendre le pasteur. En avant, les hommes, aussi vite que vous voudrez! »

Ayant reçu cet ordre, les porteurs pressèrent l'allure sous leur léger fardeau, et les deux membres de la famille les suivirent d'aussi près qu'ils purent. M. Bumble et Sowerberry marchaient devant d'un bon pas gaillard, et Olivier, dont les jambes n'étaient pas aussi longues que celles de son maître, courait sur le côté.

Il n'était pourtant pas si nécessaire de se presser que l'avait cru M. Sowerberry ; car lorsqu'ils parvinrent dans le coin obscur du cimetière où poussaient les orties et où étaient creusées les fosses communes, le pasteur n'était pas arrivé. Le clerc de la paroisse, assis près du feu dans le vestiaire, paraissait croire fort probable qu'il ne serait pas là avant une heure au moins. On mit donc la bière sur le bord de la fosse, et les deux assis-

---

1. Allusion à la coutume anglaise de donner des manteaux aux personnes du cortège.
— 2. *M. Bumble :* le bedeau de la paroisse.

tants attendirent patiemment dans la glaise humide, sous une pluie fine et froide, tandis que des enfants déguenillés, que le spectacle avait attirés dans le cimetière, faisaient une bruyante partie de cache-cache parmi les pierres tombales, ou variaient leur plaisir en sautant des deux sens par-dessus le cercueil. MM. Sowerberry et Bumble, en leur qualité d'amis personnels du clerc, étaient assis avec lui près du feu et lisaient le journal.

Enfin, après un laps d'un peu plus d'une heure, on vit M. Bumble, puis Sowerberry, puis le clerc, accourir vers la tombe. Immédiatement après, le pasteur apparut, mettant son surplis en marchant. M. Bumble, à ce moment, gifla un gosse ou deux pour sauver les apparences, puis le révérend, ayant lu du service des morts ce qui s'en peut condenser en quatre minutes, donna son surplis au clerc, et s'en retourna.

« Maintenant, Bill, dit Sowerberry au fossoyeur, remplis! »

La tâche n'était pas bien difficile, car la fosse était si pleine que le cercueil du dessus n'était qu'à quelques pieds de la surface. Le fossoyeur lança les pelletées de terre, foula légèrement de ses pieds, mit la bêche sur l'épaule et s'éloigna, suivi des gosses, qui marmottaient tout haut leur mécontentement de ce qu'on eût déjà fini de s'amuser.

« Allons, mon brave! dit Bumble, en donnant à l'homme une tape sur l'épaule, on va fermer le cimetière. »

L'homme, qui n'avait pas fait un mouvement depuis qu'il s'était planté sur le bord de la tombe, tressaillit, leva la tête, regarda fixement celui qui lui avait parlé, fit quelques pas en avant et tomba évanoui. La vieille folle était trop occupée à pleurer la perte de son manteau (que l'entrepreneur avait repris) pour faire attention à lui; on lui jeta au visage un broc d'eau froide, et quand il eut repris ses sens, on le conduisit sans encombre à la porte du cimetière, on ferma la grille, et chacun s'en fut de son côté.

« Eh bien! Olivier, dit Sowerberry, tandis qu'ils rentraient chez eux, apprécies-tu le métier?

— Assez, merci, monsieur, répondit Olivier, avec une hésitation considérable. Pas beaucoup, monsieur.

— Bah! tu t'y feras avec le temps, Olivier, dit Sowerberry. Ça n'est rien une fois qu'on s'est habitué, mon garçon! »

Olivier se demandait en lui-même s'il avait fallu bien longtemps à M. Sowerberry pour s'y habituer; mais il pensa qu'il valait mieux ne pas poser la question, et il rentra à l'agence, en songeant à tout ce qu'il venait de voir et d'entendre.

Ch. Dickens, *Olivier Twist.*
Traduit spécialement de l'anglais par M. Henri Veslot.

Le Gueux

Il avait connu des jours meilleurs, malgré sa misère et son infirmité.

A l'âge de quinze ans, il avait eu les deux jambes écrasées par une voiture sur la grand'route de Varville. Depuis ce temps-là, il mendiait en se traînant le long des chemins, à travers les cours des fermes, balancé sur ses béquilles qui lui avaient fait remonter les épaules à la hauteur des oreilles. Sa tête semblait enfoncée entre deux montagnes.

Enfant trouvé dans un fossé par le curé des Billettes, la veille du jour des Morts, et baptisé pour cette raison Nicolas Toussaint, élevé par charité, demeuré étranger à toute instruction, estropié après avoir bu quelques verres d'eau-de-vie offerts par le boulanger du village, histoire de rire, et, depuis lors vagabond, il ne savait rien faire autre chose que tendre la main.

Dans les villages on ne lui donnait guère : on le connaissait trop; on était fatigué de lui depuis quarante ans qu'on le voyait promener de masure en masure son corps loqueteux et difforme sur ses deux pattes de bois. Il ne voulait point s'en aller cependant, parce qu'il ne connaissait pas autre chose sur la terre que ce coin de pays, ces trois ou quatre hameaux où il avait traîné sa vie misérable. Il avait mis des frontières à sa mendicité, et il n'aurait jamais passé les limites qu'il était accoutumé de ne point franchir.

Il ignorait si le monde s'étendait encore loin derrière les arbres qui avaient toujours borné sa vue. Il ne se le demandait pas. Et quand les paysans, las de le rencontrer toujours au bord de leurs champs ou le long de leurs fossés, lui criaient :

« Pourquoi qu'tu n'vas point dans l' s' autes villages, au lieu d'béquiller toujours par ci? »

Il ne répondait pas et s'éloignait, saisi d'une peur vague de l'inconnu, d'une peur de pauvre qui redoute confusément mille choses, les visages nouveaux, les injures, les regards soupçonneux des gens qui ne le connaissaient pas, et les gendarmes qui vont deux par deux sur les routes, et qui le faisaient plonger, par instinct, dans les buissons ou derrière les tas de cailloux.

Quand il les apercevait au loin, reluisants sous le soleil, il trouvait soudain une agilité singulière, une agilité de monstre pour gagner quelque cachette. Il dégringolait de ses béquilles, se laissait tomber à la façon d'une loque, et il se roulait en boule, devenait tout petit, confondant ses haillons bruns avec la terre.

Il n'avait pourtant jamais eu d'affaires avec eux. Mais il portait cela dans le sang, comme s'il eût reçu cette crainte et cette ruse de ses parents qu'il n'avait point connus.

Il n'avait pas de refuge, pas de toit, pas de hutte, pas d'abri. Il dormait partout en été, et l'hiver il se glissait sous les granges et dans les étables avec une adresse remarquable. Il déguerpissait toujours avant qu'on se fût aperçu de sa présence. Il connaissait les trous pour pénétrer dans les bâtiments ; et le maniement des béquilles ayant rendu ses bras d'une vigueur surprenante, il grimpait à la seule force des poignets jusque dans les greniers à fourrages, où il demeurait parfois quatre ou cinq jours sans bouger, quand il avait recueilli dans sa tournée des provisions suffisantes.

Il vivait comme les bêtes des bois, au milieu des hommes, sans connaître personne, sans aimer personne, n'excitant chez les paysans qu'une sorte de mépris indifférent et d'hostilité résignée. On l'avait surnommé « Cloche » parce qu'il se balançait entre ses deux piquets de bois, ainsi qu'une cloche entre deux portants.

Depuis deux jours il n'avait point mangé. Personne ne lui donnait plus rien. On ne voulait plus de lui à la fin. Des paysannes, sur leurs portes, lui criaient de loin en le voyant venir :

« Veux-tu bien t'en aller, manant ! V'là pas trois jours que je t'ai donné un morciau d'pain ! »

Et il pivotait sur ses tuteurs et s'en allait à la maison voisine, où on le recevait de la même façon.

Les femmes déclaraient, d'une porte à l'autre :

« On n'peut pourtant pas nourrir ce fainéant toute l'année. »

Cependant le fainéant avait besoin de manger tous les jours.

Il avait parcouru Saint-Hilaire, Varville et les Billettes, sans récolter un centime ou une vieille croûte. Il ne lui restait d'espoir qu'à Tournolles ; mais il lui fallait faire deux lieues sur la grand'route, et il se sentait las à ne plus se traîner, ayant le ventre aussi vide que sa poche.

Il se mit en marche pourtant.

C'était en décembre ; un vent froid courait sur les champs, sifflait dans les branches nues, et les nuages galopaient à travers le ciel bas et sombre, se hâtant on ne sait où. L'estropié allait lentement, déplaçant ses supports l'un après l'autre d'un effort pénible en se calant sur la jambe tordue qui lui restait, terminée par un pied bot et chaussé d'une loque.

De temps en temps il s'asseyait sur le fossé et se reposait quelques minutes. La faim jetait une détresse dans son âme confuse et lourde. Il n'avait qu'une idée : « manger », mais il ne savait par quel moyen.

Pendant trois heures, il peina sur le long chemin ; puis, quand il aperçut les arbres du village, il hâta ses mouvements.

Le premier paysan qu'il rencontra, et auquel il demanda l'aumône, lui répondit :

« Te r'voilà encore, vieille pratique ! je s'rons donc jamais débarrassé de té ? »

Et Cloche s'éloigna. De porte en porte on le rudoya, on le renvoya sans lui rien donner. Il continuait cependant sa tournée, patient et obstiné. Il ne recueillit pas un sou.

Alors il visita les fermes, déambulant à travers les terres molles de pluie, tellement exténué qu'il ne pouvait plus lever ses bâtons.

On le chassa de partout. C'était un de ces jours froids et tristes où les cœurs se serrent, où les esprits s'irritent, où l'âme est sombre, où la main ne s'ouvre ni pour donner ni pour secourir.

Quand il eut fini la visite de toutes les maisons qu'il connaissait, il alla s'abattre au coin d'un fossé, le long de la cour de maître Chiquet. Il se décrocha, comme on disait pour exprimer comment il se laissait tomber entre ses hautes béquilles en les faisant glisser sous ses bras. Et il resta longtemps immobile, torturé par la faim, mais trop brute pour bien pénétrer son insondable misère.

Il attendait on ne sait quoi, de cette vague attente qui demeure constamment en nous. Il attendait au coin de cette cour, sous le vent glacé, l'aide mystérieuse qu'on espère toujours du ciel ou des hommes, sans se demander comment, ni pourquoi, ni par qui elle lui pourrait arriver. Une bande de poules noires passait, cherchant sa vie dans la terre qui nourrit tous les êtres. A tout instant, elles piquaient d'un coup de bec un grain ou un insecte invisible, puis continuaient leur recherche lente et sûre.

Cloche les regardait sans penser à rien ; puis il lui vint, plutôt au ventre que dans la tête, la sensation plutôt que l'idée qu'une de ces bêtes-là serait bonne à manger grillée sur un feu de bois mort.

Le soupçon qu'il allait commettre un vol ne l'effleura pas. Il prit une pierre à portée de sa main, et, comme il était adroit, il tua net, en la lançant, la volaille la plus proche de lui. L'animal tomba sur le côté en remuant les ailes. Les autres s'enfuirent, balancées sur leurs pattes minces, et Cloche, escaladant de nouveau ses béquilles, se mit en marche pour aller ramasser sa chasse, avec des mouvements pareils à ceux des poules.

Comme il arrivait auprès du petit corps noir taché de rouge à la tête, il reçut une poussée terrible dans le dos qui lui fit lâcher ses bâtons et l'envoya rouler à dix pas devant lui. Et maître Chiquet, exaspéré, se précipitant sur le maraudeur, le roua de coups, tapant comme un forcené, comme tape un paysan volé, avec le poing et avec le genou, par tout le corps de l'infirme, qui ne pouvait se défendre.

Les gens de la ferme arrivaient à leur tour, qui se mirent avec le patron à assommer le mendiant. Puis, quand ils furent las de le battre, ils le ramassèrent et l'emportèrent, et l'enfermèrent dans le bûcher pendant qu'on allait chercher les gendarmes.

Cloche, à moitié mort, saignant et crevant de faim, demeura couché sur le sol. Le soir vint, puis la nuit, puis l'aurore. Il n'avait toujours pas mangé.

Vers midi, les gendarmes parurent et ouvrirent la porte avec précaution, s'attendant à une résistance, car maître Chiquet prétendait avoir été attaqué par le gueux et ne s'être défendu qu'à grand'peine.

Le brigadier cria :

« Allons, debout ! »

Mais Cloche ne pouvait plus remuer ; il essaya bien de se hisser sur ses pieux, il n'y parvint point. On crut à une feinte, à une ruse, à un mauvais vouloir de malfaiteur, et les deux hommes armés, le rudoyant, l'empoignèrent et le plantèrent de force sur ses béquilles.

La peur l'avait saisi, cette peur native des baudriers jaunes, cette peur du gibier devant le chasseur, de la souris devant le chat. Et par des efforts surhumains, il réussit à rester debout.

« En route ! dit le brigadier. » Il marcha. Tout le personnel de la ferme le regardait partir. Les femmes lui montraient le poing ; les hommes ricanaient, l'injuriaient ; on l'avait pris enfin ! Bon débarras.

Il s'éloigna entre ses deux gardiens. Il trouva l'énergie désespérée pour se traîner jusqu'au soir, abruti, ne sachant seulement plus ce qui lui arrivait, trop effaré pour rien comprendre.

Des gens qu'on rencontrait s'arrêtaient pour le voir passer, et les paysans murmuraient :

« C'est quéque voleux ! »

On parvint vers la nuit au chef-lieu du canton. Il n'était jamais venu jusque-là. Il ne se figurait pas vraiment ce qui se passait ni ce qui pouvait survenir. Toutes ces choses terribles, imprévues, ces figures et ces maisons nouvelles le consternaient.

Il ne prononça pas un mot, n'ayant rien à dire, car il ne comprenait plus rien. Depuis tant d'années d'ailleurs qu'il ne parlait à personne, il avait à peu près perdu l'usage de sa langue ; et sa pensée aussi était trop confuse pour se formuler par des paroles.

On l'enferma dans la prison du bourg. Les gendarmes ne pensèrent pas qu'il pouvait avoir besoin de manger, et on le laissa jusqu'au lendemain.

Mais quand on vint pour l'interroger, au petit matin, on le trouva mort sur le sol. Quelle surprise !

GUY DE MAUPASSANT, *Contes du jour et de la nuit*
(Ollendorff, édit.).

Chagrin d'un vieux forçat

C'EST UNE BIEN PETITE HISTOIRE, qui m'a été contée par Yves, — un soir où il était allé en rade conduire, avec sa canonnière, une cargaison de condamnés au grand transport en partance (1) pour la Nouvelle-Calédonie.

Dans le nombre se trouvait un forçat très âgé (soixante-dix ans pour le moins) qui emmenait avec lui, tendrement, un pauvre moineau dans une petite cage.

Yves, pour passer le temps, était entré en conversation avec ce vieux, qui n'avait pas mauvaise figure, paraît-il, — mais qui était accouplé par une chaîne à un jeune monsieur ignoble, gouailleur, portant lunettes de myope sur un mince nez blême.

Vieux coureur de grands chemins, arrêté, en cinquième ou sixième récidive, pour vagabondage ou vol, il disait : « Comment faire pour ne pas voler, quand on a commencé une fois — et qu'on n'a pas de métier, rien — et que les gens ne veulent plus de vous nulle part? Il faut bien manger, n'est-ce pas? — Pour ma dernière condamnation, c'était un sac de pommes de terre que j'avais pris dans un champ, avec un fouet de roulier et un giraumont (2). Est-ce qu'on n'aurait pas pu me laisser mourir en France, je vous demande, au lieu de m'envoyer là-bas, si vieux comme je suis? »

Et, tout heureux de voir que quelqu'un consentait à l'écouter avec compassion, il avait ensuite montré à Yves ce qu'il possédait de plus précieux au monde : la petite cage et le moineau.

Le moineau apprivoisé, connaissant sa voix, et qui pendant près d'une année, en prison, avait vécu perché sur son épaule... — Ah! ce n'était pas sans peine qu'il avait obtenu la permission de l'emmener avec lui en Calédonie! — Et puis après, il avait fallu lui faire une cage convenable pour le voyage; se procurer du bois, un peu de vieux fil de fer, et un peu de peinture verte pour peindre le tout et que ce fût joli.

Ici, je me rappelle textuellement ces mots d'Yves : « Pauvre moineau! Il avait pour manger dans sa cage un morceau de ce pain gris qu'on donne dans les prisons. Et il avait l'air de se trouver content tout de même; il sautillait comme n'importe quel autre oiseau. »

Quelques heures après, comme on accostait le transport et que les forçats allaient s'y embarquer pour le grand voyage, Yves, qui avait oublié ce vieux, repassa par hasard près de lui.

1. *En partance* : terme de marine qui se dit d'un navire sur le point de partir. — 2. *Giraumont* : variété de courge originaire d'Amérique.

« Tenez, prenez-la, vous, lui dit-il d'une voix toute changée, en lui tendant sa petite cage, je vous la donne; ça pourra peut-être vous servir à quelque chose, vous faire plaisir...

— Non, certes! remercîa Yves. Il faut l'emporter au contraire, vous savez bien. Ce sera votre petit *compagnon* là-bas...

— Oh! reprit le vieux, *il* n'est plus dedans... Vous ne saviez donc pas? *il* n'y est plus... »

Et deux larmes d'indicible misère lui coulaient sur les joues.

Pendant une bousculade de la traversée, la porte s'était ouverte, le moineau avait eu peur, s'était envolé, — et tout de suite était tombé à la mer à cause de son aile coupée. Oh! le moment d'horrible douleur! Le voir se débattre et mourir, entraîné dans le sillage rapide, et ne pouvoir rien pour lui! D'abord, dans un premier mouvement bien naturel, il avait voulu crier, demander du secours, s'adresser à Yves lui-même, le supplier... Élan arrêté aussitôt par la réflexion, par la conscience immédiate de sa dégradation personnelle : un vieux misérable comme lui, qui est-ce qui aurait pitié de son moineau, qui est-ce qui voudrait seulement écouter sa prière? Est-ce qu'il pouvait lui venir à l'esprit qu'on retarderait le navire pour repêcher un moineau qui se noie, — et un pauvre oiseau de forçat, quel rêve absurde!... Alors il s'était tenu silencieux à sa place, regardant s'éloigner sur l'écume de la mer le petit corps gris qui se débattait toujours; il s'était senti effroyablement seul maintenant, pour jamais, et de grosses larmes, des larmes de désespérance solitaire et suprême, lui brouillaient la vue, — tandis que le jeune monsieur à lunettes, son collègue de chaîne, riait de voir un vieux pleurer.

Maintenant que l'oiseau n'y était plus, il ne voulait pas garder cette cage, construite avec tant de sollicitude pour le petit mort; il la tendait toujours à ce brave marin qui avait consenti à écouter son histoire, désirant lui laisser ce legs avant de partir pour son long et dernier voyage.

Et Yves, tristement, avait accepté le cadeau, la maisonnette vide, — pour ne pas faire plus de peine à ce vieil abandonné en ayant l'air de dédaigner cette chose qui lui avait coûté tant de travail...

Pierre Loti, Le Livre de la pitié et de la mort
(Calmann-Lévy, édit.).

HOFFBAUER   COIN DE BATAILLE

La Guerre

Le capitaine Renaud raconte un épisode saisissant de la campagne de France, auquel il a pris part, et qui lui a laissé une impression ineffaçable.

C'ÉTAIT EN 1814 ; c'était le commencement de l'année et la fin de cette sombre guerre où notre pauvre armée défendait l'Empire et l'Empereur, et où la France regardait le combat avec découragement. Soissons venait de se rendre au Prussien Bulow. Les armées de Silésie et du Nord y avaient fait leur jonction. Macdonald avait quitté Troyes et abandonné le bassin de l'Yonne pour établir sa ligne de défense de Nogent à Montereau, avec trente mille hommes.

Nous devions attaquer Reims que l'Empereur voulait reprendre. Le temps était sombre et la pluie continuelle. Nous avions perdu la veille un officier supérieur qui conduisait des prisonniers. Les Russes l'avaient surpris et tué dans la nuit précédente, et ils avaient délivré leurs camarades. Notre colonel, qui était ce qu'on nomme un *dur à cuire* (1), voulut reprendre sa re-

---

1. *Dur à cuire :* expression familière pour désigner un vieux soldat qui n'a peur de rien.

vanche. Nous étions près d'Épernay et nous tournions les hauteurs qui l'environnent. Le soir venait, et, après avoir occupé le jour entier à nous refaire, nous passions près d'un joli château blanc à tourelle, nommé Boursault, lorsque le colonel m'appela. Il m'emmena à part, pendant qu'on formait les faisceaux, et me dit de sa vieille voix enrouée :

« Vous voyez bien là-haut une grange, sur cette colline coupée à pic, là où se promène ce grand nigaud de factionnaire russe avec son bonnet d'évêque ?

— Oui, oui, dis-je, je vois parfaitement le grenadier et la grange.

— Eh bien, vous qui êtes un ancien, il faut que vous sachiez que c'est là le point que les Russes ont pris avant-hier et qui occupe le plus l'Empereur, pour le quart d'heure. Il me dit que c'est la clef de Reims, et ça pourrait bien être. En tout cas, nous allons jouer un tour à Woronzoff. A onze heures du soir, vous prendrez deux cents de vos lapins (1), vous surprendrez le corps de garde qu'ils ont établi dans cette grange. Mais, de peur de donner l'alarme, vous enlèverez ça à la baïonnette. »

Il prit et m'offrit une prise de tabac, et, jetant le reste peu à peu, comme je fais là, il me dit, en prononçant un mot à chaque grain semé au vent :

« Vous sentez bien que je serai par là, derrière vous, avec ma colonne. — Vous n'aurez guère perdu que soixante hommes, vous aurez les six pièces (2) qu'ils ont placées là... Vous les tournerez du côté de Reims... A onze heures..., onze heures et demie, la position sera à nous. Et nous dormirons jusqu'à trois heures pour nous reposer un peu... de la petite affaire (3) de Craonne, qui n'était pas, comme on dit, piquée des vers (4).

— Ça suffit », lui dis-je; et je m'en allai, avec mon lieutenant en second, préparer un peu notre soirée. L'essentiel, comme vous voyez, était de ne pas faire de bruit. Je passai l'inspection des armes et je fis enlever, avec le tire-bourre (5), les cartouches de toutes celles qui étaient chargées. Ensuite, je me promenai quelque temps avec mes sergents, en attendant l'heure. A dix heures et demie, je leur fis mettre leur capote sur l'habit et le fusil caché sous la capote; car, quelque chose qu'on fasse, la baïonnette, comme vous voyez ce soir, se voit toujours, et, quoiqu'il fît autrement sombre qu'à présent, je ne m'y fiais pas. J'avais observé les petits sentiers bordés de haies qui conduisaient au corps de garde russe, et j'y fis monter les plus déter-

---

1. *Lapins* : autre expression familière pour qualifier de vieux braves. — 2. *Pièces* : les canons mis en batterie à cet endroit. — 3. *Affaire :* engagement militaire. — 4. Expression familière dont on se sert d'habitude pour désigner une chose de bonne qualité. Ici, le capitaine veut dire que l'affaire était d'importance. — 5. *Tire-bourre :* baguette de fer dont on se servait pour enlever la bourre : les fusils de cette époque se chargeaient par le canon.

minés gaillards que j'aie jamais commandés. — Il y a encore
là, dans les rangs, deux qui y étaient et s'en souviennent bien.
— Ils avaient l'habitude des Russes, et savaient comment les
prendre.

Les factionnaires que nous rencontrâmes en montant dispa-
rurent sans bruit, comme des roseaux que l'on couche par terre
avec la main.

Celui qui était devant les armes demandait le plus de soin. Il
était immobile, l'arme au pied et le menton sur son fusil ; le
pauvre diable se balançait comme un homme qui s'endort de
fatigue et va tomber. Un de mes grenadiers le prit dans ses
bras en le serrant à l'étouffer, et deux autres, l'ayant bâillonné,
le jetèrent dans les broussailles. J'arrivai lentement et je ne
pus me défendre, je l'avoue, d'une certaine émotion que je n'a-
vais jamais éprouvée au moment des autres combats. C'était la
honte d'attaquer des gens couchés. Je les voyais, roulés dans
leurs manteaux, éclairés par une lanterne sourde, et le cœur
me battit violemment. Mais tout à coup, au moment d'agir, je
craignis que ce ne fût une faiblesse qui ressemblât à celle des
lâches, j'eus peur d'avoir senti la peur une fois, et, prenant
mon sabre caché sous mon bras, j'entrai le premier, brusquement, donnant l'exemple à mes grenadiers. Je leur fis un geste
qu'ils comprirent, ils se jetèrent d'abord sur les armes, puis
sur les hommes, comme des loups sur un troupeau. Oh ! ce fut
une boucherie sourde et horrible ! la baïonnette perçait, la
crosse assommait, le genou étouffait, la main étranglait. Tous
les cris à peine poussés étaient éteints sous les pieds de
nos soldats, et nulle tête ne se soulevait sans recevoir le coup
mortel.

En entrant, j'avais frappé au hasard un coup terrible, devant
moi, sur quelque chose de noir que j'avais traversé d'outre en
outre : un vieil officier, homme grand et fort, la tête chargée
de cheveux blancs, se leva comme un fantôme, jeta un cri
affreux en voyant ce que j'avais fait, me frappa à la figure d'un
coup d'épée violent, et tomba mort à l'instant sous les baïon-
nettes. Moi, je tombai assis à côté de lui, étourdi du coup porté
entre les yeux, et j'entendis sous moi la voix mourante et tendre
d'un enfant qui disait : « Papa... »

Je compris alors mon œuvre, et j'y regardai avec un empres-
sement frénétique. Je vis un de ces officiers de quatorze ans, si
nombreux dans les armées russes qui nous envahirent à cette
époque, et que l'on traînait à cette terrible école. Ses longs
cheveux bouclés tombaient sur sa poitrine, aussi blonds, aussi
soyeux que ceux d'une femme, et sa tête s'était penchée comme

s'il n'eût fait que s'endormir une seconde fois. Ses lèvres roses,
épanouies comme celles d'un nouveau-né, semblaient encore
engraissées par le lait de la nourrice, et ses grands yeux bleus
entr'ouverts avaient une beauté de forme candide, féminine et
caressante. Je le soulevai sur un bras, et sa joue tomba sur ma
joue ensanglantée, comme s'il allait cacher sa tête entre le
menton et l'épaule de sa mère pour se réchauffer. Il semblait se
blottir sous ma poitrine pour fuir ses meurtriers. La tendresse
filiale, la confiance et le repos d'un sommeil délicieux reposaient
sur sa figure morte, et il paraissait me dire : « Dormons en
paix. »

« Était-ce là un ennemi? » m'écriai-je. Et ce que Dieu a mis de
paternel dans les entrailles de tout homme s'émut et tressaillit
en moi ; je le serrais contre ma poitrine, lorsque je sentis que
j'appuyais sur moi la garde de mon sabre qui traversait son
cœur et qui avait tué cet ange endormi. Je voulus pencher ma
tête sur sa tête, mais mon sang le couvrit de larges taches ; je
sentis la blessure de mon front, et je me souvins qu'elle m'avait
été faite par son père. Je regardai honteusement de côté, et je
ne vis qu'un amas de corps que mes grenadiers tiraient par les
pieds et jetaient dehors, ne leur prenant que des cartouches.
En ce moment, le colonel entra suivi de la colonne, dont j'entendis le pas et les armes.

« Bravo! mon cher, me dit-il, vous avez enlevé ça lestement.
Mais êtes-vous blessé?

— Regardez cela, dis-je ; quelle différence y a-t-il entre moi et
un assassin?

— Eh! sacredié, mon cher, que voulez-vous? c'est le métier.

— C'est juste », répondis-je, et je me levai pour aller reprendre mon commandement. L'enfant retomba dans les plis de son
manteau dont je l'enveloppai, et sa petite main ornée de grosses
bagues laissa échapper une canne de jonc, qui tomba sur ma
main comme s'il me l'eût donnée. Je la pris ; je résolus, quels
que fussent mes périls à venir, de n'avoir plus d'autre arme,
et je n'eus pas l'audace de retirer de sa poitrine mon sabre
d'égorgeur.

Je sortis à la hâte de cet antre qui puait le sang, et quand je
me trouvai au grand air, j'eus la force d'essuyer mon front
rouge et mouillé. Mes grenadiers étaient à leurs rangs ; chacun
essuyait froidement sa baïonnette dans le gazon et raffermissait sa pierre à feu (1) dans la batterie. Mon sergent-major,
suivi du fourrier, marchait devant les rangs, tenant sa liste à
la main, et, lisant à la lueur d'un bout de chandelle planté dans
le canon de son fusil comme dans un flambeau, il faisait pai-

---

1. *Pierre à feu :* morceau de silex sur lequel tombait le chien du fusil, produisant
des étincelles qui enflammaient la poudre.

siblement l'appel. Je m'appuyai contre un arbre, et le chirur-
gien-major vint me bander le front. Une large pluie de mars
tombait sur ma tête et me faisait quelque bien. Je ne pus m'empêcher de pousser un profond soupir :
« Je suis las de la guerre, » dis-je au chirurgien.

Alfred de Vigny, *Servitude et Grandeur militaires*
(Delagrave, édit.).

Blessé sur le champ de bataille

Je me réveillai dans la nuit, au milieu du silence. Des nuages traversaient le ciel, et la lune regardait le village abandonné,
les canons renversés et les tas de morts, comme elle regarde,
depuis le commencement du monde, l'eau qui coule, l'herbe qui
pousse et les feuilles qui tombent en automne. Les hommes ne
sont rien auprès des choses éternelles; ceux qui vont mourir le
comprennent mieux que les autres.

Je ne pouvais plus bouger et je souffrais beaucoup; mon bras
droit seul remuait encore. Pourtant je parvins à me dresser
sur le coude, et je vis les morts entassés jusqu'au fond de la
ruelle : la lune donnait dessus; ils étaient blancs comme de la
neige : les uns, la bouche et les yeux tout grands ouverts; les
autres, la face contre terre, la giberne et le sac au dos, la main
cramponnée au fusil. Je voyais cela d'une façon effrayante, mes
dents en claquaient d'épouvante.

Je voulus appeler au secours; j'entendis comme un faible cri
d'enfant qui sanglote, et je m'affaissai de désespoir. Mais ce
faible cri que j'avais poussé dans le silence en éveillait d'autres de proche en proche; cela gagnait de tous les côtés : tous
les blessés croyaient entendre arriver du secours, et ceux qui
pouvaient encore se plaindre appelaient. Ces cris durèrent
quelques instants, puis tout se tut, et je n'entendis plus qu'un
cheval souffler lentement près de moi, derrière la haie. Il voulait se lever, je voyais sa tête se dresser au bout de son long
cou, puis il retombait.

Moi, par l'effort que je venais de faire, ma blessure s'était
rouverte, et je sentais de nouveau le sang couler sous mon bras.
Alors je fermai les yeux pour me laisser mourir, et toutes les
choses lointaines, depuis le temps de ma première enfance, —
les choses du village, lorsque ma pauvre mère me tenait dans
ses bras et qu'elle chantait pour m'endormir, la petite chambre, la vieille alcôve, notre chien Pommer, qui jouait avec moi
et me roulait à terre; le père qui rentrait le soir tout joyeux, la
hache sur l'épaule, et qui me prenait dans ses larges mains en
m'embrassant, — toutes ces choses me revinrent comme un rêve!

Je pensais : « Ah! pauvre femme... pauvre père!... si vous aviez su que vous éleviez votre enfant avec tant d'amour et de peines, pour qu'il périsse un jour misérablement, seul, loin de tout secours!... quelles n'auraient pas été votre désolation et vos malédictions contre ceux qui l'ont réduit à cet état!... Ah! si vous étiez là!... si je pouvais seulement vous demander pardon des peines que je vous ai données! »

Et, songeant à cela, les larmes me couvraient la figure, ma poitrine se gonflait : longtemps je sanglotai tout bas en moi-même.....

La rosée s'était mise à tomber vers le matin. Ce grand bruit monotone sur les toits, dans le jardin et la ruelle, remplissait le silence. Je songeais à Dieu qui, depuis le commencement des temps, fait les mêmes choses, et dont la puissance est sans bornes; qui pardonne les fautes, parce qu'il est bon, et j'espérais qu'il me pardonnerait, en considération de mes souffrances.

Comme la rosée était forte, elle finit par emplir le petit ruisseau. De temps en temps, on entendait un mur tomber dans le village, un toit s'affaisser; les animaux, effarouchés par la bataille, reprenaient confiance et sortaient au petit jour : une chèvre bêlait dans l'étable voisine; un grand chien de berger, la queue traînante, passa, regardant les morts; le cheval, en le voyant, se mit à souffler d'une façon terrible; il le prenait peut-être pour un loup, et le chien se sauva.

Tous ces détails me reviennent, parce qu'au moment de mourir on voit tout, on entend tout; on se dit en quelque sorte : « Regarde... écoute... car bientôt tu n'entendras et tu ne verras plus rien en ce monde! »

Mais ce qui m'est resté bien autrement dans l'esprit, ce que je ne pourrais jamais oublier, quand je vivrais cent ans, c'est lorsqu'au loin je crus entendre un bruit de paroles. Oh! comme je me réveillai... comme j'écoutai... et comme je me levai sur mon bras pour crier : « Au secours! » Il faisait encore nuit, et pourtant un peu de jour pâlissait déjà le ciel; tout au loin, à travers la pluie qui rayait l'air, une lumière marchait au milieu des champs, elle allait au hasard, s'arrêtant ici... là... et je voyais alors des formes noires se pencher autour; ce n'étaient que des ombres confuses, mais d'autres que moi voyaient aussi cette lumière, car de tous côtés des soupirs s'élevaient dans la nuit..; des cris plaintifs, des voix si faibles, qu'on aurait dit de petits enfants qui appellent leur mère!

Mon Dieu, qu'est-ce que la vie? De quoi donc est-elle faite, pour qu'on y attache un si grand prix? Ce misérable souffle qui nous fait tant pleurer, tant souffrir, pourquoi donc craignons-nous de le perdre plus que tout au monde? Que nous est-il donc réservé plus tard, puisqu'à la moindre crainte de mort tout frémit en nous?

LES HOMMES

Fresque du Panthéon. Paris.

HUMBERT   L'IDÉE DE PATRIE

Qui sait cela? Tous les hommes en parlent depuis des siècles et des siècles, tous y pensent et personne ne peut le dire.

Moi, dans mon ardeur de vivre, je regardais cette lueur, comme un malheureux qui se noie regarde le rivage... je me cramponnais pour la voir, et mon cœur grelottait d'espérance. Je voulais crier, ma voix n'allait pas plus loin que mes lèvres; le bruissement de la pluie dans les arbres et sur les toits couvrait tout, et malgré cela je me disais : « Ils m'entendent... ils viennent!... » Il me semblait voir la lanterne remonter le sentier du jardin, et la lumière grossir à chaque pas; mais, après avoir erré quelques instants sur le champ de bataille, elle entra lentement dans un pli de terrain et disparut.

Alors je retombai sans connaissance.

Erckmann-Chatrian, Histoire d'un Conscrit de 1813
(Hetzel, édit.).

Humanité

Le grand-père. — Tu seras un jour soldat, comme ton frère Louis; s'il t'arrive de te battre, tu te battras en conscience, parce que c'est ton devoir; mais une fois le combat fini, si ton ennemi est blessé, ne vois plus en lui qu'un frère malheureux. Vous n'avez pas la même patrie, mais vous en avez chacun une, et il a fait son devoir envers la sienne, comme toi envers la tienne; vous ne parlez pas la même langue, mais il a des sentiments pareils aux tiens; il a un pays comme toi, une famille comme toi, et il les regrette. Aie pitié de lui; soigne-le, console-le. Tu mériteras peut-être que, si toi aussi, tu tombes un jour blessé, il vienne un ennemi qui te soigne et te console. Cela, Jean, c'est l'humanité.

J'ai été si content de toi que je veux te raconter une histoire. C'est une histoire de M. Tourgueneff, un écrivain russe qui en invente de bien jolies; mais celle-ci est tout à fait vraie.

Il y a un peu plus de vingt ans de cela, nous avons eu une querelle avec les Russes, et nous sommes allés chez eux en Crimée. Il y avait eu un combat; le soir, deux blessés se trouvèrent étendus côte à côte sur le champ de bataille; on n'eut pas le temps de les relever. L'un était un Français, l'autre était un Russe; ils souffraient cruellement, ils essayèrent de se parler, et, s'ils ne se comprirent pas beaucoup, ils se témoignèrent du moins de l'amitié, qui adoucit leurs maux. La nuit vint; un des deux s'endormit. Le lendemain, quand il s'éveilla tout à fait, il vit sur lui un manteau qu'il ne connaissait pas; il chercha son voisin; celui-ci était mort et, au moment de mourir, il avait ôté son manteau et l'avait étendu sur son compagnon de misère.

Sais-tu quel est celui qui a fait cela? Je le vois dans tes yeux, tu as envie que ce soit le Français.

JEAN. — Oui, grand-père.

LE GRAND-PÈRE. — Eh bien! sois content : c'était le Français.

E. BERSOT, *Conseils d'Enseignement* (Hachette, édit.).

Après la Bataille

Le commandant Pierre Du Breuil vient de rencontrer sur le champ de bataille de Borny son ami Bersheim, industriel de Metz, qui, aidé d'un domestique, Thibaut, s'occupe à relever les blessés pour les transporter à l'ambulance dans un char à bancs. Ils cheminent parmi les blessés, émus de leurs plaintes et de leurs appels d'angoisse.

.....COMME S'ILS CESSAIENT D'ESPÉRER, les mourants s'étaient tus, et Bersheim, les yeux pleins de larmes, dit à Du Breuil :

« Je n'y vois plus. Tous ces pauvres gens... c'est affreux! »

Alors, comme ils faisaient quelques pas en trébuchant, car la lune venait de disparaître, et comme on entendait le grincement des roues du char à bancs, du creux d'un fossé sortit une voix étrangère :

« Camarades!»

Ils eurent la même idée, le même sentiment. Et, sans parler, sans se regarder, passèrent.

Suppliante, la voix répétait :

« Oh! camarates! camarates! »

L'accent était si poignant, que les deux Français s'arrêtèrent. Un visage pâle, de Christ roux, s'éclaira soudain à la lueur de la lanterne; des mains jointes se tendirent; on vit le cou entaillé, la nuque sanglante du soldat. Bersheim fut pris d'un tremblement, parla très bas, très vite, comme dans un accès de fièvre :

« Je ne peux pas... Il y a des Français... Ce n'est pas mon affaire de ramasser des ennemis... »

Il y eut un court silence. Devant cette face blanche, bouleversée de peur et de souffrance, Du Breuil était envahi d'une sensation nouvelle, inéprouvée encore, d'émotion intense, de désarroi. Rien ne subsistait en lui de la rage sourde ressentie naguère à s'imaginer le visage de l'Ennemi, teint rouge, durs yeux bleus, barbe fauve. Tombé aussi, l'élan de haine contre les masses grouillantes, impersonnelles! Une obscure fraternité le prit aux entrailles. Il ne vit plus qu'un malheureux, eut le cœur noyé d'un irrésistible flux de compassion humaine.

Le Prussien ouvrait sur eux des yeux dilatés par un immense espoir. Ses traits s'agrandissaient. Son sourire eût attendri des pierres.

« Mon Dieu! » gémit Bersheim. Et Du Breuil vit bien qu'il
n'osait pas secourir l'Allemand devant lui, à cause de lui, officier, dont tant de camarades, tant de frères inconnus saignaient
là, pêle-mêle. Il eut un déchirement brusque... Ah! quelle
pitié, quelle pitié que cette boucherie! C'était un homme, ce
Prussien!

« Prenez-le, dit-il tout bas.

— Oui, oui, fit Bersheim. Aide-moi, Thibaut.

— Merci, merci, *camarates!* » répéta le blessé; et il fit effort
pour se lever, mais un flot de sang jaillit de sa bouche; on le
lâcha : il était mort.

Paul et Victor Margueritte, *Le Désastre*
(Plon, Nourrit et Cⁱᵉ, édit.).

Amis d'enfance

*Le fils d'un ingénieur alsacien au service de la Turquie a été, à
Arnaut Koï, sur les rives du Bosphore, le camarade de jeu des fils de
l'ambassadeur prussien. Pendant quelques mois, ils ont été insépa-
rables ; puis la destinée les a séparés : chacun est rentré dans son pays.
— Quinze ans se sont passés. La guerre a éclaté entre la France et
l'Allemagne. Les Prussiens viennent de prendre d'assaut le cimetière
de Saint-Privat.*

A la tête des Prussiens marchait un officier, un homme encore jeune, la tunique trouée par les balles, mais indemne lui-
même. De l'autre côté, adossé à une croix, l'officier qui avait
commandé les Français était assis, un homme jeune lui aussi;
son visage était pâle comme la mort; un vieux sergent, debout
auprès de lui, pressait un mouchoir sur sa poitrine, d'où le
sang coulait.

Alors se passa une scène singulière. Tandis qu'agresseurs et
défenseurs, vainqueurs et vaincus, demeuraient en face les uns
des autres, silencieux, haletants, l'officier prussien s'approcha
du Français qui ne le voyait pas venir, ayant fermé les yeux et
semblant déjà, dans cette lutte dernière contre la mort, ne plus
entendre et ne plus voir. Le Prussien le fixa, comme pour se
demander : « Est-ce bien lui? » puis il se pencha vers le blessé et
lui dit un mot. Comme le Français ne bougeait pas, il répéta
ce mot tout haut, le plus haut qu'il put, et c'était un mot que
ni ses hommes, ni ceux du mourant ne pouvaient comprendre, — car il n'était ni français ni allemand : « Arnaut Koï! »

Quand l'agonisant entendit ce mot, ses yeux se rouvrirent, de
beaux yeux noirs; sur son pâle visage passa comme une expression d'étonnement, une envie d'interroger, une dernière et rapide pensée terrestre; il tourna les yeux vers le Prussien; ses

lèvres remuèrent comme s'il eût voulu dire quelque chose, mais il ne pouvait plus parler. Sa tête retomba sur la poitrine de l'autre officier, et le jeune Français mourut dans les bras du jeune Prussien. Ce fut un spectacle si émouvant que, de part et d'autre, Français et Allemands demeurèrent là comme fascinés. Un instant, la paix, le silence régnèrent sur le champ de bataille sanglant, comme si un souffle venu on ne sait d'où eût passé par là, comme si, sans que nul eût pu dire d'où elle venait, une voix eût dit :

« Aimez-vous, humains, aimez-vous les uns les autres. »

E. von WILDENBRUCH, *Archambauld.*
Traduit spécialement de l'allemand par H.-L. Bloch.

La Princesse de la Paix

Après des guerres incessantes, le roi Inge de Suède vient d'avoir une entrevue avec le roi Magnus de Norvège : ils ont décidé de sceller la paix par un mariage entre la fille du roi Inge et le roi Magnus. La Princesse de la Paix se met en route vers la Norvège : mais les paysans des frontières suédoises, qui ont si longtemps souffert de la guerre, ne peuvent encore croire à sa venue.

VOICI COMMENT LES CHOSES SE PASSÈRENT, lorsque Margareta, la Princesse de la Paix, qui s'en allait en Norvège pour épouser le roi Magnus Barfort, arriva à Storgardsbyn, en Vestrogothie, un peu au-dessous de Kungahalla.

Les premières qui l'aperçurent du haut d'une colline, ce furent deux vieilles femmes qui avaient été ramasser de la mousse dans la forêt. Elles jetèrent aussitôt leurs fardeaux et coururent annoncer au village que quelque chose de clair et de charmant chevauchait au loin sur le sentier de la forêt. Mais personne ne voulut les croire. « Malheur à vos yeux obscurcis ! leur cria-t-on. Vous n'avez vu que la brume des marais qui dansait autour du tronc roux des pins. »

Bientôt après les vieilles femmes, Rasmus, le jeune gars charbonnier, accourut. Ses yeux brillaient. Il était si essoufflé qu'en arrivant au village il put à peine parler. Mais dès qu'il eut repris haleine, il se mit à crier à tue-tête : « Soyez heureux ! La Princesse vient ! J'ai vu la belle princesse qui venait doucement sous les arbres : soyez heureux ! »

Le charbonnier Rasmus s'était arrêté à la place triangulaire du village où trois chemins se croisaient. Quelques paysans y causaient à voix basse de la guerre qui ne tarderait pas à éclater avec la Norvège, et quand ils entendirent Rasmus, ils crurent que le jeune gars se moquait d'eux.

« Fils d'ours, lui dirent-ils en le menaçant du poing, tais-toi si tu veux garder la vie ! Pas un mot de plus, vaurien ! »

Mais Rasmus le charbonnier ne se taisait pas facilement ; et il cria plus fort : « La Princesse vient ! Les oiseaux silencieux de la forêt des pins l'ont saluée de leurs chants et de leur gazouillis. Là où elle passait, l'écureuil se laissait glisser du haut de son arbre et se tenait immobile sur la branche la plus basse, la queue en bouquet et les yeux comme des braises ; et le coq de bruyère s'envolait avec un bruit de tonnerre. »

A ces mots, Per le forgeron se précipita et le saisit par l'oreille.

« Tu dis, siffla-t-il entre ses dents, tu dis que tu as vu la Princesse ! Ce n'était que la Dame des Bois (1), comprends-tu ? La Belle Dame des Bois ! Dieu ait pitié de nous ! La Princesse ne viendra pas. »

Bien que personne ne voulût y croire, le bruit ne s'en répandit pas moins d'un bout à l'autre du village, du pauvre village que les guerres des années précédentes avaient incendié, et qu'on n'avait point osé reconstruire par crainte des guerres futures. Mais de toutes les caves et des masures et des cavernes où ils s'étaient réfugiés, les gens sortaient, et timidement, le visage émacié, le corps couvert de haillons, ils s'approchaient de Rasmus pour entendre son histoire.

Quand le forgeron Per vit leur nombre croître, il pinça si durement l'oreille du jeune gars que celui-ci en poussa un gémissement ; et en même temps il essayait par de bonnes paroles d'obtenir son silence.

« Il ne faut pas te moquer de pauvres paysans comme nous qui habitons ce pays de frontières, et qui supportons toutes les misères des guerres que se font les rois du Nord. Nous sommes des brebis séparées du troupeau. Les ours nous donnent la chasse et nous poussent jusqu'au précipice. Chaque jour et à chaque instant, la mort cruelle est là, et nous la regardons dans les yeux. »

Pendant que le forgeron parlait, les gens s'étaient amassés. Il y en avait un, nommé Hallvard, qui, persuadé que la guerre allait recommencer, avait fait traîner la veille, sur la grand'route, le coffre où il serrait son argent, et qui invitait les passants à en prendre ce qu'ils voudraient. Il y avait aussi des habitants de Vestergarden, qui avaient converti tout leur héritage en ripailles et qui attendaient la mort dans l'orgueil de leurs péchés. Et il y avait encore les fermiers d'une petite ferme située tout en haut du village : ceux-là avaient mis le feu à

---

(1) *La Dame des Bois* : personnage de légende, qui charme et trompe les pauvres gens.

leurs meules de foin et avaient abattu leur bétail pour qu'il
n'en tombât rien aux mains des Norvégiens. Ils étaient taci-
turnes et calmes, mais avec de la folie dans les yeux; et le forgeron craignit, si on leur faisait espérer la paix, tout ce qui
pourrait sortir de leur désespoir.

« Ne comprends-tu pas que c'était la Dame des Bois, répétait-il à voix haute et de façon qu'on l'entendît bien. Elle rôde
là-haut sous les forêts, et elle sourit, et elle roucoule, et elle
lance des œillades douces, et elle vous fascine les yeux, à vous
charbonniers. Elle sait que, l'été passé, le roi Inge a eu une
entrevue à Kungahalla avec le roi Magnus de Norvège; et elle
sait qu'on y décida de sceller la paix par un mariage entre la
fille du roi Inge et le roi Magnus. Et comme elle sait aussi que
nous épions la Princesse de la Paix, elle l'imite et elle empoi-
sonne notre vie, et elle se plaît à nous tromper et à se jouer de
nous, la vile Troll! (1) »

Le charbonnier Rasmus écouta tranquillement Per le forgeron; et quand celui-ci, sûr de l'avoir convaincu, le lâcha, il
repartit de plus belle : « La Princesse vient! J'ai vu la Princesse! » Et pour qu'on le crût, il parla de sa couronne, qui ressemblait à une fleur sous les perles de la rosée, et de la housse
de son cheval, qui brillait d'un éclat pareil à celui des champi-
gnons rouges.

Mais, tout à coup, la vieille femme Sigrid Torsdotter fendit
la foule. Elle brandissait son bâton et s'écria : « Qui est-ce qui
dit que la Princesse vient? Je sais ce qui va venir, moi! Tout
le long hiver, je suis restée seule dans ma cabane à regarder la
fumée de mon âtre. Et chaque soir, la fumée était pleine de
présages. Elle se remplissait à mes yeux de figures qui portaient des javelots et des cuirasses. Et ces figures en annonçaient d'autres. Elles annonçaient celles qui, dans la nuit noire,
pendant que nous dormons, se glissent jusqu'à nos cabanes.
Nous ne les entendons pas venir, car nous dormons; mais nous
nous éveillons, lorsque le coq rouge commence à chanter sur
nos toits, et que la fumée nous étouffe, et que les gens du roi
norvégien poussent leur cri de triomphe, et que nos murs brû-
lants s'écroulent. »

Des frissons d'horreur coururent sur toute l'assemblée; mais
le jeune gars, dressé en face d'elle, lui répliqua :

« Je me soucie bien de vos nuages de fumée! J'ai vu la Princesse. Elle luit sous sa couronne, douce et belle. »

Alors le forgeron Per le saisit, l'entraîna vers la hutte de
terre où était sa forge, l'y poussa et roula devant l'entrée la
grosse pierre qui lui servait de porte. Mais Rasmus continuait
de crier :

_____
(1) *Troll* : sorte de lutin, d'esprit follet, dans les légendes scandinaves.

« J'ai vu la Princesse ! je l'ai vue ! Et vous devriez tous vous
réjouir de sa venue. »

A peine le forgeron avait-il écarté le jeune charbonnier qu'un
homme, qui depuis des années vivait exilé dans la forêt, descendit au village. Il ressemblait à une bête sauvage avec ses
vêtements de peau et sa longue barbe inculte. Mais il souriait
en agitant au-dessus de sa tête une branche verte en signe de
paix. Il courut à travers le village, et il s'arrêtait devant les
maisons ruinées et les caves noires, et il criait à pleins poumons : « La Princesse vient ! J'ai vu la Princesse ! »
Quand il fut devant la maison de Folke le bailli et qu'il eut
ainsi crié, le vieux Folke apparut triste et voûté.

« La paix soit avec toi, proscrit, lui dit-il. Tu n'as pas besoin
de venir avec des mensonges pour te faire pardonner. Je romps
le ban qui pesait sur ta tête. Tu ne retourneras plus dans la
forêt. Nous qui vivons hors les lois, nous ne pouvons condamner
personne à l'exil.

— Mais pourquoi ne me croyez-vous pas ? répondit le proscrit. As-tu donc oublié que le roi Inge a promis d'envoyer la
Princesse de la Paix au printemps ? »

A ces mots, le vieillard leva sur lui un regard las et découragé.

« Que sais-je du printemps, moi ? dit-il. Automne ou printemps, c'est tout un, pour nous autres paysans. Que la neige
reste dans nos champs, si elle veut ! Nous ne les labourerons
pas. Que les nuages crèvent et ne se lassent point de pleuvoir,
que les grains pourrissent en terre ! Nous ne sèmerons ni ne
récolterons. Nous ne bougerons plus. Nous attendons le
désastre et la mort. »

Cependant, de pauvres chasseurs et des esclaves fugitifs des-
cendirent à leur tour de la forêt et annoncèrent la bonne nouvelle aux gens du carrefour. Seule, la vieille Sigrid Torsdotter
demeurait assise, sombre et amère.

« Malheur à qui espère, grommelait-elle, avant que d'avoir
vu, de ses yeux vu, la Princesse ! Quand elle brillera à l'orée
des bois sur un beau cheval ferré d'or, quand sa couronne de
perles luira au-dessus de la vallée, alors, alors seulement les
paysans de la frontière pourront commencer d'espérer... »

Elle n'avait pas achevé ces mots que les deux vieilles femmes
qui avaient été ramasser de la mousse dans la forêt jetèrent un
cri : « Sainte Mère de Dieu, aidez-nous ! » Et elles regardaient
vers la lisière du bois où le chemin sortait de l'épaisse futaie
comme d'une voûte obscure.

Et tous se mirent à crier : « Venez voir ! — Qu'est-ce donc ? —
Sainte Mère de Dieu, secourez-nous ! — Mettez la main au-

dessus de vos yeux et regardez vers la forêt ! — Faites le signe de la croix, et regardez vers la forêt ! — N'est-ce pas une Princesse qui approche avec un beau cortège ? — N'est-ce point la Dame des Bois ? N'est-ce pas un jeu moqueur des Trolls ? Est-ce bien la Princesse ? »

Et tous ces pauvres gens épouvantés et à demi sauvages appelaient et tendaient les mains. Puis ils se jetèrent à genoux et commencèrent à chanter de pieux cantiques. Et quelques-uns s'élancèrent vers le clocher et sonnèrent les cloches à toute volée, pour s'assurer que la jolie Princesse n'était point un de ces Trolls que le carillon des cloches épouvante et met en fuite.

Mais quand la vieille Sigrid Torsdotter, avec ses yeux de presbyte, aperçut la jeune fille à cheval qui sortait de la sombre forêt, elle fut la première à s'écrier :

« O douce et belle fleur ! Étoile du matin ! Tu n'es pas la Dame des Bois ; tu es bien la fille du Roi. Nous te rendons grâce et nous te louons ! Tu viens enfin ! C'est toi, c'est toi qui descends dans la vallée. »

Et elle leva son bâton très haut au-dessus de sa tête, et, suivie de toute la foule, elle courut à la rencontre de la Princesse.

Et tous criaient : « Étoile du matin ! Chère et douce fleur ! » Et quand ils furent près d'elle : « Oh ! s'écriaient-ils, comme tu luis fine et belle sous la couronne ! Écarte le voile de soie. Laisse-nous te contempler ! »

Ils se pressaient autour du grand coursier noir qui s'avançait solennel sous son caparaçon de pourpre, des plumes flottantes aux oreilles et la crinière tressée en nattes avec des rubans d'or.

Margareta Fredkulla était escortée par beaucoup de nobles cavaliers et de nobles dames ; mais devant son cheval marchait un pauvre paysan qui tenait à la main une épée brisée et qui criait incessamment : « Voici venir la Princesse de la Paix ! Voici venir Margareta Fredkulla ! »

SELMA LAGERLÖF, *Les Liens invisibles.*
Traduit du suédois par André Bellessort
(Librairie académique Perrin et Cie).

CORMON   CAÏN

Aux Temps primitifs

Nous sommes aux premiers âges de l'humanité. La tribu nomade des Oulhamr erre dans l'épouvante : ils ont perdu le Feu, qui les protégeait contre les monstres, cuisait les viandes, durcissait la pointe des épieux. Il faut reconquérir le Feu sur les hordes ennemies. Un chef de la tribu, Naoh, part avec deux compagnons, Gaw et Nam, pour cette conquête farouche, à travers les dangers de la terre et des bêtes.

NAOH MARCHA SEPT JOURS en évitant les embûches du monde. Elles augmentaient à mesure qu'on approchait de la forêt. Quoiqu'elle fût à plusieurs journées encore, elle s'annonçait par des îlots d'arbres, par l'apparition des grands fauves ; les Oulhamr aperçurent le tigre et la grande panthère. Les nuits devinrent pénibles : ils travaillaient, longtemps avant le crépuscule, à s'environner d'obstacles ; ils recherchaient le creux des terres, les rocs, les fourrés ; ils fuyaient les arbres. Le huitième et le neuvième jour, ils souffrirent de la soif. La terre n'offrit ni sources, ni mares ; le désert des herbes pâlissait ; des reptiles secs étincelaient parmi les pierres ; les insectes répandaient dans l'étendue une palpitation inquiétante ; ils filaient en spirales de cuivre, de jade, de nacre ; ils fondaient sur la peau des guerriers et dardaient leurs trompes âcres.

Quand l'ombre du neuvième jour devint longue, la terre se fit fraîche et tendre, une odeur d'eau descendit des collines, et l'on aperçut un troupeau d'aurochs (1) qui marchait vers le Sud. Alors, Naoh dit à ses compagnons :

« Nous boirons avant le coucher du soleil!... Les aurochs vont à l'abreuvoir. »

... Des ombres longues se détachaient de la base des arbres, les herbes se gorgeaient d'une sève abondante, et le soleil, plus jaune et plus grand à mesure qu'il glissait vers l'abîme, faisait luire le troupeau d'aurochs comme un fleuve d'eaux fauves.

Les derniers doutes de Naoh se dissipèrent : par delà l'échancrure des collines, l'abreuvoir était proche ; son instinct l'en assurait, et le nombre des bêtes furtives qui suivaient la route des aurochs. Nam et Gaw le savaient aussi, les narines dilatées aux émanations fraîches.

« Il faut devancer les aurochs », fit Naoh.

Car il craignait que l'abreuvoir ne fût étroit et que les colosses n'en obstruassent les bords. Les guerriers accélérèrent la marche afin d'atteindre, avant le troupeau, le creux des collines.

A cause de leur nombre, de la prudence des vieux taureaux et de la lassitude des jeunes, les bêtes avançaient avec lenteur. Les Oulhamr gagnèrent du terrain. D'autres créatures suivaient la même tactique; on voyait filer de légers saïgas (2), des égagres (3), des mouflons (4), des hémiones (5), et, transversalement, une troupe de chevaux. Plusieurs franchissaient déjà la passe.

Naoh prit une grande avance sur les aurochs : on pourrait boire sans hâte. Lorsque les hommes atteignirent la plus haute colline, les aurochs retardaient de mille coudées.

Nam et Gaw pressèrent encore la course; leur soif s'avivait; ils contournèrent la colline, s'engagèrent dans la passe. L'eau parut, mère créatrice, plus bienfaisante que le feu même et moins cruelle : c'était presque un lac, étendu au pied d'une chaîne de roches, coupé de presqu'îles, nourri à droite par les flots d'une rivière, croulant à gauche dans un gouffre. On pouvait y accéder par trois voies : la rivière même, la passe qu'avaient franchie les Oulhamr, et une autre passe, entre les rocs et l'une des collines : partout ailleurs, croissaient des murailles basaltiques.

Les guerriers acclamèrent la nappe. Orangée par le soleil mourant, elle apaisait la soif des grêles saïgas, des petits chevaux trapus, des onagres (6) aux sabots fins, des mouflons à la

---

1. *Aurochs :* bœufs sauvages dont l'espèce est aujourd'hui éteinte. — 2. *Saïgas :* espèce d'antilopes qu'on trouve aujourd'hui dans les steppes de la Russie méridionale. — 3. *Égagres :* chèvres sauvages. — 4. *Mouflons :* sorte de moutons sauvages, qui atteignent presque la taille du cerf. — 5. *Hémiones :* animaux qui tiennent du cheval et de l'âne, et qu'on rencontre encore en Asie. — 6. *Onagres :* ânes sauvages.

face barbue, de quelques chevreuils plus furtifs que des feuilles tombantes, d'un vieil élaphe (1) dont le front semblait produire un arbre. Un sanglier brutal, querelleur et chagrin, était le seul qui bût sans crainte. Les autres, l'oreille mobile, les prunelles sautillantes, avec de continuels gestes de fuite, décelaient la loi de la vie, l'alerte infinie des faibles.

Brusquement, toutes les oreilles se dressèrent, les têtes scrutèrent l'inconnu. Ce fut rapide, sûr, avec un air de désordre : chevaux, onagres, saïgas, mouflons, chevreuils, élaphe, fuyaient par la passe du couchant, sous l'averse des rayons écarlates. Seul, le sanglier demeura, ses petits yeux ensanglantés virant entre les soies des paupières. Et des loups parurent, de grande race, loups de forêt autant que de savane, hauts sur pattes, la gueule solide, les yeux proches, et dont les regards jaunes, au lieu de s'éparpiller comme ceux des herbivores, convergeaient vers la proie. Naoh, Nam et Gaw tenaient prêts l'épieu et la sagaie, tandis que le sanglier levait ses défenses croches et ronflait formidablement. De leurs yeux rusés, de leurs narines intelligentes, les loups mesurèrent l'ennemi : le jugeant redoutable, ils prirent la chasse vers ceux qui fuyaient.

Leur départ fit un grand calme, et les Oulhamr, ayant achevé de boire, délibérèrent. Le crépuscule était proche; le soleil croulait derrière les rocs; il était trop tard pour poursuivre la route : où choisir le gîte ?

« Les aurochs approchent ! » fit Naoh.

Mais au même instant, il tournait la tête vers la passe de l'ouest; les trois guerriers écoutèrent, puis ils se couchèrent sur le sol :

« Ceux qui viennent là ne sont pas des aurochs! » murmura Gaw.

Et Naoh affirma :

« Ce sont des mammouths ! (2) »

... Nam aperçut le premier une caverne. Basse et peu profonde, elle se creusait irrégulièrement. Les Oulhamr n'y pénétrèrent pas tout de suite; ils la fouillèrent longtemps du regard. Enfin Naoh précéda ses compagnons, baissant la tête et dilatant les narines; des ossements se rencontraient, avec des fragments de peau, des cornes, des bois d'élaphe, des mâchoires. L'hôte se décelait un chasseur puissant et redoutable; Naoh ne cessait d'aspirer ses émanations :

« C'est la caverne de l'ours gris », déclara-t-il.

... La caverne était abandonnée, soit que l'ours y eût renoncé, soit qu'il se fût déplacé pour quelques semaines ou pour une saison, soit encore qu'il lui fût arrivé malheur à la traversée du

---

1. *Élaphe* : cerf d'Europe. — 2 *Mammouths* : éléphants gigantesques à défenses recourbées, disparus aujourd'hui

fleuve. Persuadé que la bête ne reviendrait pas cette nuit, Naoh résolut d'occuper sa demeure. Tandis qu'il le déclarait à ses compagnons, une rumeur immense vibra le long des rocs et de la rivière : les aurochs étaient venus! Leurs voix, puissantes comme le rugissement des lions, se heurtaient à tous les échos de l'étrange territoire.

Naoh n'écoutait pas sans trouble le bruit de ces bêtes colossales. Car l'homme chassait peu l'urus (1) et l'aurochs. Les taureaux atteignaient une taille, une force, une agilité que leurs descendants ne devaient plus connaître : leurs poumons s'emplissaient d'un oxygène plus riche; leurs facultés étaient, sinon plus subtiles, du moins plus vives et plus lucides; ils connaissaient leur rang, ils ne craignaient les grands fauves que pour les faibles, les traînards, ou ceux qui se hasardaient solitaires dans la savane.

Les trois Oulhamr sortirent de la caverne...

A peine ils sortaient de la pénombre qu'une autre clameur s'éleva, qui transperçait la première comme une hache fend la chair d'une chèvre. C'était un cri membraneux, moins grave, moins rythmique, plus faible que le cri de l'aurochs; pourtant il annonçait la plus forte des créatures qui rôdaient sur la face de la terre. En ce temps, le mammouth circulait invincible. Sa statur. éloignait le lion et le tigre; elle décourageait l'ours gris; l'homme ne devait pas se mesurer avec lui avant des millénaires, et seul le rhinocéros, aveugle et stupide, osait le combattre. Il était souple, rapide, infatigable, apte à gravir les montagnes, réfléchi et la mémoire tenace; il saisissait, travaillait et mesurait la matière avec sa trompe, fouissait la terre de ses défenses énormes, conduisait ses expéditions avec sagesse et connaissait sa suprématie : la vie lui était belle; son sang coulait bien rouge; il ne faut pas douter que sa conscience fût plus lucide, son sentiment des choses plus subtil qu'il ne l'est chez les éléphants avilis par la longue victoire de l'homme.

Il advint que les chefs des aurochs et ceux des mammouths approchèrent en même temps le bord des eaux. Les mammouths, selon leur règle, prétendirent passer les premiers; cette règle ne rencontrait d'opposition ni chez les urus, ni chez les aurochs. Pourtant, tels aurochs s'irritaient, accoutumés à voir céder les autres herbivores et conduits par des taureaux qui connaissaient mal le mammouth.

Or, les huit taureaux de tête étaient gigantesques — le plus grand atteignait le volume d'un rhinocéros — leur patience était courte, leur soif ardente. Voyant que les mammouths

---

1. *Urus :* bison d'Europe; existe encore dans le Caucase et en Lithuanie.

voulaient passer d'abord, ils poussèrent leur long cri de guerre, le mufle haut, la gorge enflée en cornemuse.

Les mammouths barrirent (1). C'étaient cinq vieux mâles : leurs corps étaient des tertres et leurs pieds des arbres ; ils montraient des défenses de dix coudées, capables de transpercer les chênes ; leurs trompes semblaient des pythons (2) noirs ; leurs têtes des rocs ; ils se mouvaient dans une peau épaisse comme l'écorce des vieux ormes. Derrière, suivait le long troupeau couleur d'argile...

Cependant, leurs petits yeux agiles fixés sur les taureaux, les vieux mammouths barraient la route, pacifiques, imperturbables et méditatifs. Les huit aurochs, aux prunelles lourdes, aux dos en monticules, la tête crépue et barbue, les cornes arquées et qui divergeaient, secouèrent des crinières grasses, lourdes et bourbeuses : au fond de leur instinct, ils percevaient la puissance des ennemis, mais les rugissements du troupeau les baignaient d'une vibration belliqueuse. Le plus fort, le chef des chefs, baissa son front dense, ses cornes étincelantes ; il s'élança comme un vaste projectile, il rebondit contre le mammouth le plus proche. Frappé à l'épaule, et quoiqu'il eût amorti le coup par une cinglée de trompe, le colosse tomba sur les genoux. L'aurochs poursuivit le combat avec la ténacité de sa race. Il avait l'avantage ; sa corne acérée redoubla l'attaque, et le mammouth ne pouvait se servir, très imparfaitement, que de sa trompe. Dans cette vaste mêlée de muscles, l'aurochs fut la fureur hasardeuse, un orage d'instincts que décelaient les gros yeux de brume, la nuque palpitante, le mufle écumeux et les mouvements sûrs, nets, véloces, mais monotones. S'il pouvait abattre l'adversaire et lui ouvrir le ventre, où la peau était moins épaisse et la chair plus sensible, il devait vaincre.

Le mammouth en avait conscience ; il s'ingéniait à éviter la chute complète, et le péril l'induisait au sang-froid. Un seul élan suffisait à le relever, mais il eût fallu que l'aurochs ralentît ses poussées.

D'abord, le combat avait surpris les autres mâles. Les quatre mammouths et les sept taureaux se tenaient face à face, dans une attente formidable. Aucun ne fit mine d'intervenir : ils se sentaient menacés eux-mêmes. Les mammouths donnèrent les premiers signes d'impatience. Le plus haut, avec un soufflement, agita ses oreilles membraneuses, pareilles à de gigantesques chauves-souris, et s'avança. Presque en même temps, celui qui combattait le taureau dirigeait un coup de trompe

---

1. *Barrir :* se dit du mugissement des éléphants, dont le mammouth est une espèce. — 2. *Pythons :* sorte de serpents qui s'enroulent autour de leurs proies et les étouffent.

violent dans les jambes de l'adversaire. L'aurochs chancela à son tour, et le mammouth se redressa. Les énormes bêtes se retrouvèrent face à face. La fureur tourbillonnait dans le crâne du mammouth ; il leva la trompe avec un barrit (1) métallique et mena l'attaque. Les défenses courbes projetèrent l'aurochs et firent craquer l'ossature ; puis, obliquant, le mammouth rabattit sa trompe. Avec une rage grandissante, il creva le ventre de l'adversaire, il piétina les longues entrailles et les côtes rompues, il baigna dans le sang, jusqu'au poitrail, ses pattes monstrueuses. L'effroyable agonie se perdit dans un roulement de clameurs : la bataille entre les grands mâles avait débuté. Les sept aurochs, les quatre mammouths se ruaient dans une bataille aveugle, comparable à ces paniques où la bête perd tout contrôle sur elle-même. Le vertige gagna les troupeaux ; le beuglement profond des aurochs se heurtait au barrit strident des mammouths ; la haine soulevait ces longs flots de corps, ces torrents de têtes, de cornes, de défenses et de trompes.

Les chefs mâles ne vivaient plus que la guerre : leurs structures se mêlaient dans un grouillement informe, une immense broyée de chairs, pétrie de douleur et de rage. Au premier choc, l'infériorité du nombre avait donné le désavantage aux mammouths. L'un d'eux fut terrassé par trois taureaux, un deuxième immobilisé dans la défensive : mais les deux autres remportèrent une victoire rapide. Précipités en bloc sur leurs antagonistes, ils les avaient percés, étouffés, disloqués ; ils perdaient plus de temps à piétiner leurs victimes qu'ils n'en avaient mis à les battre. Enfin, apercevant le péril des compagnons, ils chargèrent : les trois aurochs, acharnés à détruire le colosse abattu, furent pris à l'improviste. Ils culbutèrent d'une seule masse ; deux furent émiettés sous les lourdes pattes, le troisième se déroba. Sa fuite entraîna celle des taureaux qui combattaient encore, et les aurochs connurent l'immense contagion de la terreur. D'abord un malaise d'orage, un silence, une immobilité étranges qui semblaient se propager à travers la multitude ; puis le vacillement des yeux vagues, un piétinement pareil à la chute d'une pluie, le départ en torrent, une fuite qui devenait une bataille dans la passe trop étroite, chaque bête transformée en énergie fuyante, en projectile de panique, les forts terrassant les faibles, les véloces (2) fuyant sur le dos des autres, tandis que les os craquaient ainsi que des arbres abattus par le cyclone.

Les mammouths ne songeaient pas à la poursuite ; une fois de plus, ils avaient donné la mesure de leur puissance, une

---

1. *Barrit :* cri des éléphants. — 2. *Véloces :* ceux qui sont agiles et rapides.

fois de plus ils se connaissaient les maîtres de la terre ; et la colonne des géants couleur d'argile, aux longs poils rudes, aux rudes crinières, se rangea sur la rive de l'abreuvoir et se mit à boire de si formidable sorte que l'eau baissait dans les criques.

Sur le flanc des collines, un flot de bêtes légères, encore effarées par la lutte, regardait boire les mammouths. Les Oulhamr les contemplaient aussi, dans la stupeur d'un des grands épisodes de la nature. Et Naoh, comparant les bêtes souveraines à Nam et Gaw, les bras grêles, les jambes minces, les torses étroits, aux pieds rudes comme des chênes, aux corps hauts comme des rochers, concevait la petitesse et la fragilité de l'homme, l'humble vie errante qu'il était sur la face des savanes. Il songeait aussi aux lions jaunes, aux lions géants et aux tigres qu'il rencontrerait dans la forêt prochaine, et sous la griffe desquels l'homme ou le cerf élaphe sont aussi faibles qu'un ramier dans les serres d'un aigle.

J.-H. Rosny aîné, La Guerre du Feu
(Fasquelle, édit.).

Les Progrès de l'homme

L'homme s'imagine volontiers qu'il est le « roi de la création ». Cela se comprend : l'être qui voit tous les rayons converger dans son regard, toutes les apparences prendre une réalité dans son cerveau, doit forcément se considérer comme étant au centre et au-dessus de tout : c'est par la longue réflexion, le contrôle incessant de la vie, qu'il arrive à reconnaître la valeur et la place relative des êtres...

Si l'homme n'avait eu sous les yeux que les exemples donnés par ses compagnes les bêtes, s'il n'avait obtenu leur appui dans les luttes de l'existence, si, d'autre part, il ne s'était ingénié pour échapper aux animaux qui furent ses ennemis ou pour triompher d'eux, il ne serait resté qu'un bipède sauvage parmi les quadrupèdes, n'ayant d'autre bien que son héritage de bête, et nul progrès ne se serait accompli dans sa destinée ; peut-être eût-il succombé.

D'ailleurs, il ne manque pas de contrées où, même de nos jours, l'homme n'a pu se maintenir contre ses rivaux dans la bataille de la vie. Telles plantations, dans le voisinage de Singapour, restèrent désertes à cause des visites redoutées du tigre royal. En diverses parties de l'Afrique, des éléphants, s'ouvrant des chemins à travers les forêts en écrasant les branches sous leurs larges pieds, dispersaient les indigènes effrayés ; mais voici que le blanc commence la guerre d'extermination contre l'ani-

mal à défenses d'ivoire. Dans le Costa-Rica, dans le Guate-
mala, sur le versant du Pacifique, tels districts, visités par les
chauves-souris vampires, ont dû être abandonnés par l'homme,
impuissant à garder son bétail et menacé lui-même de mort
quand une ouverture de sa cabane donnait entrée au redoutable suceur de sang. Enfin, les infiniment petits, sans parler
des microbes de l'air, sont parfois des adversaires auxquels le
colon doit céder...

En pareils lieux, l'homme ne pouvait guère que passer et fuir ;
mais, dans la plus grande partie des étendues terrestres, il a
pu lutter, s'accommoder au milieu, et, soit par ses forces isolées, soit par l'alliance avec d'autres animaux, arriver à se
faire dans le monde une très large place.....

Depuis les cycles, si éloignés, où nos ancêtres s'initièrent à
la parole, puis, de longs siècles après, à la capture du feu,
l'homme, déterminé par un milieu changeant, changea lui-
même pendant la série des âges, en se différenciant de plus en
plus des animaux...

Grâce aux vestiges de son passage dans les cavernes et sur
le rivage des eaux, grâce aux débris très variés de son industrie pendant la série des siècles qui se suivirent avant l'époque
de l'histoire écrite, les archéologues (1) ont pu en raconter
sommairement l'existence dans les diverses parties du monde
et dans ses modes nombreux de civilisation successive...

Le grand fait qui ressort des recherches poursuivies avec
tant de zèle est que, dans leur évolution, les divers représen-
tants de l'humanité s'élèvent, de période en période, par l'art
de plus en plus ingénieux et savant de compléter leur individu,
d'accroître leur force au moyen d'objets extérieurs sans vie :
pierres, bois, ossements et cornes. Tout d'abord, le primate (2)
dont nous sommes les descendants se bornait à ramasser des
branches mortes et des pierres, comme le faisait son frère le
singe, et il s'en servait comme d'armes et d'instruments. C'était
l'âge de l'humanité que perpétue encore, à certains égards,
le farouche Seri du Mexique, portant la pierre ronde qui lui
sert de massue.

Puis des novateurs, des hérétiques du temps, apprirent à em-
ployer des cailloux de forme inégale : masses, poignards ou
scies, pointes, rabots, râcloirs et autres instruments naturels
qu'ils se bornaient à retoucher avec d'autres pierres pour en
augmenter le taillant ou la pointe...

Cet emploi des outils primitifs, qui se continue encore çà et
là sous la forme antique, fut le vrai commencement de l'industrie proprement dite : déjà l'on façonnait les pierres de silex

---

1. *Archéologues :* savants qui s'occupent des objets et des monuments de l'antiquité.
— 2. *Le primate :* on désigne sous ce nom le singe le plus voisin de l'homme.

que les archéologues ont la chance de retrouver encore là où les
ancêtres les abandonnèrent après usage, et qui restèrent parmi
les débris, tandis que les bois et diverses matières périssables
retombaient en poussière...

Puis de nouvelles révolutions et des changements graduels
amenèrent la succession des âges pendant lesquels on apprit
à tailler les pierres et à leur donner toutes les formes utiles
pour en faire des instruments de travail ou des armes de combat; ensuite vinrent les siècles où des artistes s'occupèrent de
transformer leurs outils et leurs armes en véritables objets de
luxe : ce fut le temps avant-coureur de la période qui vit naître
l'industrie des métaux...

ÉLISÉE RECLUS, *L'Homme et la Terre*
(Paris, Librairie Universelle).

Le Peuple

Vous ÊTES PEUPLE : sachez d'abord ce que c'est que le
peuple.

Il y a des hommes qui, sous le poids du jour, sans cesse
exposés au soleil, à la pluie, au vent, à toutes les intempéries
des saisons, labourent la terre, déposent dans son sein, avec
la semence qui fructifiera, une portion de leur force et de leur
vie, en obtiennent ainsi, à la sueur de leur front, la nourriture
nécessaire à tous.

Ces hommes-là sont des hommes du peuple.

D'autres exploitent les forêts, les carrières, les mines, descen-
dent d'immenses profondeurs dans les entrailles du sol, afin
d'en extraire le sel, la houille, le minerai, tous les matériaux
indispensables aux métiers, aux arts. Ceux-ci, comme les premiers, vieillissent dans un dur labeur, pour procurer à tous les
choses dont tous ont besoin.

Ce sont encore des hommes du peuple.

D'autres fondent les métaux, les façonnent, leur donnent des
formes qui les rendent propres à mille usages variés ; d'autres
travaillent le bois ; d'autres tissent la laine, le lin, la soie, fabri-
quent les étoffes diverses ; d'autres pourvoient de la même manière aux différentes nécessités qui dérivent ou de la nature
directement, ou de l'état social.

Ce sont encore des hommes du peuple.

Plusieurs, au milieu de périls continuels, parcourent les mers
pour transporter d'une contrée à l'autre ce qui est propre à chacune d'elles, ou luttent contre les flots et les tempêtes, sous les
feux des tropiques, comme au milieu des glaces polaires, soit
pour augmenter par la pêche la masse commune des subsis-

tances, soit pour arracher de l'océan une multitude de productions utiles à la vie humaine.

Ce sont encore des hommes du peuple.

Et qui prend les armes pour la patrie, qui la défend, qui donne pour elle ses plus belles années, et ses veilles, et son sang? Qui se dévoue et meurt pour la sécurité des autres, pour leur assurer les tranquilles jouissances du foyer domestique, si ce n'est les enfants du peuple?

Quelques-uns d'eux aussi, à travers mille obstacles, poussés, soutenus par leur génie, développent et perfectionnent les arts, les lettres, les sciences, qui adoucissent les mœurs, civilisent les nations, les environnent de cette splendeur éclatante qu'on appelle la gloire, forment enfin une des sources, et la plus féconde, de la prospérité publique.

Ainsi, en chaque pays, tous ceux qui fatiguent et qui peinent pour produire et répandre les productions, tous ceux dont l'action tourne au profit de la communauté entière, les classes les plus utiles à son bien-être, les plus indispensables à sa conservation, voilà le peuple. Otez un petit nombre de privilégiés ensevelis dans la pure jouissance, le peuple c'est le genre humain.

LAMENNAIS, *Le Livre du Peuple.*

L'Humanité

JE VAIS DIRE LE PLUS RAVISSANT SOUVENIR qui me reste de ma première jeunesse ; je verse presque des larmes en y songeant. Un jour, ma mère et moi, en faisant un petit voyage à travers ces sentiers pierreux des côtes de Bretagne qui laissent à tous ceux qui les ont foulés de si doux souvenirs, nous arrivâmes à une église de hameau entourée, selon l'usage, du cimetière, et nous nous y reposâmes. Les murs de l'église en granit à peine équarri et couvert de mousses, les maisons d'alentour construites de blocs primitifs, les tombes serrées, les croix renversées et effacées, les têtes nombreuses rangées sur les étages de la maisonnette qui sert d'ossuaire, attestaient que depuis les plus anciens jours où les saints de Bretagne avaient paru sur ces flots, on avait enterré en ce lieu. Ce jour-là, j'éprouvai le sentiment de l'immensité de l'oubli et du vaste silence où s'engloutit la vie humaine, avec un effroi que je ressens encore... Parmi tous ces simples qui sont là, à l'ombre de ces vieux arbres, pas un, pas un seul ne vivra dans l'avenir. Pas un seul n'a inséré son action dans le grand mouvement des choses ; pas un seul ne comptera dans la statistique définitive de ceux qui ont poussé à l'éternelle roue...

Ils ne sont pas morts, ces obscurs enfants du hameau ; car la

Bretagne vit encore, et ils ont contribué à faire la Bretagne ; ils n'ont pas eu de rôle dans le grand drame, mais ils ont fait partie de ce vaste chœur, sans lequel le drame serait froid et dépourvu d'acteurs sympathiques. Et quand la Bretagne ne sera plus, la France sera ; et quand la France ne sera plus, l'humanité sera encore, et éternellement l'on dira : Autrefois, il y eut un noble pays, sympathique à toutes les belles choses, dont la destinée fut de souffrir pour l'humanité et de combattre pour elle. Ce jour-là, le plus humble paysan qui n'a eu que deux pas à faire de sa cabane au tombeau vivra comme nous dans ce grand nom immortel ; il aura fourni sa petite part à cette grande résultante...

Ernest Renan, L'Avenir de la Science
(Calmann-Lévy, édit.).

La Dent

Sous le nom de son héros Pierre Nozière, fils d'un médecin qui est un savant, Anatole France se représente tout enfant devant les grands problèmes de l'humanité. L'examen de la dent d'un homme préhistorique, découverte par hasard, inspire au docteur des paroles que le bambin ne comprend pas tout d'abord, mais qui seront bientôt pour lui la plus noble et la plus forte des leçons.

Assis dans son fauteuil devant son bureau à cylindre, mon père examinait depuis quelques instants une espèce de petit os pointu d'un bout et tout fruste de l'autre. Il le roulait dans ses doigts...

« Voici, dit-il, la dent d'un homme qui vécut au temps du mammouth, pendant l'âge des glaces, dans une caverne nue et désolée... Cet homme ne connaissait que la peur et la faim. Il ressemblait à une bête. Son front était déprimé. Les muscles de ses sourcils formaient en se contractant de hideuses rides ; ses mâchoires faisaient sur sa face une énorme saillie ; ses dents avançaient hors de sa bouche. Voyez comme celle-ci est longue et pointue.

Telle fut la première humanité. Mais insensiblement, par de lents et magnifiques efforts, les hommes, devenus moins misérables, devinrent moins féroces ; leurs organes se modifièrent par l'usage. L'habitude de la pensée développa le cerveau, et le front s'agrandit. Les dents, qui ne s'exerçaient plus à déchirer la chair crue, poussèrent moins longues dans la mâchoire moins forte. La face humaine prit une beauté sublime... »

Ici, mon père, élevant lentement au-dessus de sa tête la dent de l'homme des cavernes, s'écria :

« Vieil homme, dont voici la rude et farouche relique, ton souvenir me remue dans le plus profond de mon être ; je te respecte et je t'aime, ô mon aïeul ! Reçois, dans l'insondable passé où tu reposes, l'hommage de ma reconnaissance, car je sais combien je te dois. Je sais ce que tes efforts m'ont épargné de misères. Tu ne pensais point à l'avenir, il est vrai, une faible lueur d'intelligence vacillait dans ton âme obscure ; tu ne pus guère songer qu'à te nourrir et à te cacher. Tu étais homme, pourtant. Un idéal confus te poussait vers ce qui est bon et utile aux hommes. Tu vécus misérable ; tu ne vécus pas en vain, et la vie que tu avais reçue si affreuse, tu la transmis un peu moins mauvaise à tes enfants. Ils travaillèrent à leur tour à la rendre meilleure. Tous, ils ont mis la main aux arts : l'un inventa la meule, l'autre la roue. Ils se sont ingéniés, et l'effort continu de tant d'esprits à travers les âges a produit des merveilles qui maintenant embellissent la vie. Et chaque fois qu'ils inventaient un art ou fondaient une industrie, ils faisaient naître par cela même des beautés morales et créaient des vertus... »

Ici, mon père posa sur son bureau la dent préhistorique.

Je voulus toucher cette dent qui avait inspiré à mon père des paroles que je ne comprenais pas. Je m'approchai du bureau pour la saisir. Mais mon père tourna la tête de mon côté, me regarda gravement, et dit :

« Tout beau ! la tâche n'est pas finie ; nous serions moins généreux que les hommes des cavernes si, notre tour étant venu, nous ne travaillions pas à rendre à nos enfants la vie plus sûre et meilleure qu'elle n'est pour nous-mêmes. Il est deux secrets pour cela : aimer et connaître. Avec la science et l'amour, on fait le monde. »

ANATOLE FRANCE, *Le Livre de mon Ami*
(Calmann-Lévy, édit.).

NOTICES LITTÉRAIRES

AMICIS (Edmond de) [1846-1908]. Écrivain italien. A composé des récits de voyages et des scènes de la vie militaire. Son livre le plus intéressant pour nous est *Grands Cœurs*, scènes de la vie scolaire en Italie, qui enseignent les devoirs des camarades entre eux, le respect des parents et des maîtres, la morale du bon élève.

Extrait : *En classe*, p. 25.

BALZAC (Honoré de) [1799-1850]. Né à Tours. Le plus grand romancier du XIX⁰ siècle. Dans ses romans qui sont très nombreux et dont l'ensemble s'appelle *la Comédie humaine*, il représente tous les mondes, toutes les classes de la société, commerçants, artistes, petits bourgeois, Parisiens et provinciaux, soldats et paysans. Nul plus que lui n'a eu le don de faire vivre ses personnages. Tantôt il raconte les épisodes dramatiques de la vie militaire (*la Reine du désert*); tantôt il dépeint deux vieux paysans accablés de fatigue et de misère (*Sur la Route*); tantôt il décrit avec une vérité saisissante le travail des champs (*les Moissonneurs*); toujours il reste un admirable observateur, qui sait voir la vie et nous la montrer telle qu'elle est.

Extraits : *La Reine du désert*, p. 70. — *Un bon Chien*, p. 138. — *Les Moissonneurs*, p. 207. — *Sur la route*, p. 225.

BERSOT (Ernest) [1816-1880]. Professeur et moraliste. A su exprimer des idées profondes dans un style aimable et enjoué (*Conseils d'enseignement*).

Extrait : *Humanité*, p. 249.

CHATEAUBRIAND (François-René de) [1768-1848]. Né à Saint-Malo. Le plus grand écrivain français du commencement du XIXᵉ siècle. Défenseur de la religion chrétienne, il en a célébré les beautés dans le *Génie du Christianisme, Atala, René, les Martyrs.* Il a raconté sa vie dans le plus beau de ses ouvrages, les *Mémoires d'Outre-Tombe :* il y expose sa jeunesse, son éducation bretonne à Saint-Malo et au château de Combourg, ses jeux et ses rêveries d'enfant. Il a voyagé en Amérique et décrit la nature sauvage dans un style merveilleux de couleur et d'harmonie.

Extraits : *Au château de Combourg,* p. 15. — *Ma sœur Lucile,* p. 20. — *L'Aventure de la pie,* p. 34. — *Mon ami Gesril,* p. 93. — *Les Canards sauvages,* p. 157. — *La Bonne de Chateaubriand,* p. 222. — *L'Indienne et sa vache,* p. 226.

∙∙∙∙∙✧∙∙∙∙∙∙

CLARETIE (Jules), né à Limoges en 1840. Journaliste, auteur de romans et de nouvelles. Raconte en un style simple des histoires jolies et émouvantes.

Extrait : *Boum-Boum,* p. 103.

∙∙∙∙∙✧∙∙∙∙∙∙

DAUDET (Alphonse) [1840-1897]. Né à Nîmes. Grand romancier. Avec beaucoup de sensibilité et d'observation, il a raconté des histoires de la Provence lumineuse dans les *Lettres de mon Moulin* (*la Chèvre de M. Seguin, les Vieux, l'Élixir du R. P. Gaucher, les Trois Messes basses*), et des souvenirs de la guerre de 1870 dans les *Contes du Lundi* (*la Dernière Classe*). *Le Petit Chose,* son premier roman, est le récit ému de ses années d'enfance et de sa jeunesse malheureuse. Plus tard, il a décrit le monde parisien, ses splendeurs et ses misères (*Jack*).

Extraits : *Bamban,* p. 109. — *La Rentrée du troupeau,* p. 179. — *La Chambre de chauffe,* p. 211.

∙∙∙∙∙✧∙∙∙∙∙∙

DICKENS (Charles) [1812-1870]. Célèbre romancier anglais. Né dans un milieu ouvrier, il eut une enfance très souffreteuse qu'il a racontée dans *David Copperfield.* Son œuvre s'intéresse surtout aux humbles et montre les trésors de patience qu'enferme leur vie douloureuse. Il dénonce l'hypocrisie et l'égoïsme des mauvais riches, en même temps qu'il s'apitoie sur les misères des pauvres gens (*Olivier. Twist*).

Extraits : *David Copperfield*, p. 112. — *Un Enterrement de pauvres*, p. 231.

......✿......

ERCKMANN-CHATRIAN (Émile Erckmann et Alexandre Chatrian), romanciers alsaciens, nés le premier à Phalsbourg (1822-1899), le second à Soldatenthal, dans la Meurthe (1826-1890). Ils ont composé des romans nationaux comme l'*Histoire d'un Conscrit de 1813*, des romans rustiques comme *les Deux Frères*, des romans de petite ville comme *l'Ami Fritz*.

Extrait : *Blessé sur le champ de bataille*, p. 245.

......✿......

FABRE (Ferdinand) [1827-1898]. Né à Bédarieux (Hérault). Romancier rustique, il a excellé dans la peinture des mœurs de la campagne. L'action de ses récits, tels que *Julien Savignac*, se passe surtout dans le pays des Cévennes.

Extrait : *Julien Savignac*, p. 86.

......✿......

FLAUBERT (Gustave) [1821-1880]. Né à Rouen. Grand romancier et admirable écrivain. Tantôt, dans *Madame Bovary*, il décrit les paysages et les mœurs de Normandie ; tantôt, dans des contes comme *la Légende de Saint-Julien l'Hospitalier* ou dans des romans historiques comme *Salammbô*, il évoque des temps très anciens et des aventures de légende ; tantôt, dans de simples récits de voyage (*Par les Champs et par les Grèves*), il décrit magnifiquement les pays qu'il a visités. Son style, véritable modèle de précision et de couleur, réalise la perfection même de notre prose.

Extraits : *L'Arrivée d'un nouveau*, p. 26. — *L'Abattoir*, p. 185. — *Une vieille Servante*, p. 224.

......✿......

FRANCE (Anatole), né à Paris en 1844. Un des meilleurs écrivains de notre époque. Avec une curiosité d'artiste, il a tiré des vieux livres des légendes gracieuses. Mais avec une égale intelligence de la vie moderne, il a conté ses impressions d'enfance dans les pages exquises du *Livre de mon Ami*. Son *Histoire contemporaine* (*l'Orme du mail, l'Anneau d'améthyste, le Mannequin d'osier, Monsieur Bergeret à Paris*) nous montre en lui un homme habile à discuter les idées et passionné de progrès social.

Extraits : *La Rentrée*, p. 23. — *Les Humanités*, p. 30. — *La Grappe de raisin*, p. 97. — *La Dent*, p. 267.

⋯⋯◇⋯⋯

GAUTIER (Théophile) [1810-1872]. Né à Tarbes. A écrit, en vers et en prose, des récits d'une forme achevée. Peintre dans sa jeunesse, il s'est appliqué à faire des descriptions et des récits aussi pittoresques et colorés que de véritables tableaux. Même quand il raconte des souvenirs personnels (*Madame-Théophile*), ou des légendes populaires (*l'Enfant aux souliers de pain*), il conserve toujours ce souci d'art et de perfection. De son œuvre très étendue, on lit surtout *Émaux et Camées*, recueil de poésies, et *le Capitaine Fracasse*, roman historique, son chef-d'œuvre.

Extrait : *L'Enfant aux souliers de pain*, p. 54. — *Madame-Théophile*, p. 139. — *Une Rosse*, p. 171.

⋯⋯◇⋯⋯

GUYAU (Marie-Jean) [1854-1888]. Né à Laval. Philosophe et poète. Son œuvre, interrompue trop tôt par la mort, est animée de sentiments généreux, de nobles pensées, qui donnent à ses récits les plus simples une grande valeur morale.

Extrait : *L'Union dans la famille*, p. 22.

⋯⋯◇⋯⋯

HERVIEU (Paul), né à Neuilly-sur-Seine en 1857. Romancier et auteur dramatique. Talent vigoureux et sobre qui, dans ses moindres récits comme au théâtre, sait émouvoir fortement.

Extrait : *La Mort d'un chat*, p. 146.

⋯⋯◇⋯⋯

HUGO (Victor), né à Besançon en 1802, mort à Paris en 1885. Le plus grand poète français. Génie lyrique, épique, satirique et dramatique, il a écrit, dans tous les genres, des

chefs-d'œuvre. Son âme, comme il le dit, « mise au centre
de tout comme un écho sonore », reproduit la création tout
entière avec ses formes, ses couleurs, ses voix. Lyrique, il
chante les émotions de sa vie, ses ravissements devant la nature, ses joies robustes de grand-père, et l'écrasement des
grandes douleurs (*les Contemplations*). Épique, il a des visions puissantes et grandioses; du fond des âges il fait revivre
les premiers hommes vêtus de peaux de bêtes, les chevaliers
errants masqués de fer, les barons féodaux grands briseurs de
lances et de chênes (*la Légende des Siècles*). Satirique, il raille,
il déchire Napoléon III, l'homme du 2-Décembre; il se moque,
il s'indigne, il annonce l'avenir (*les Châtiments*). Dramatique,
il met en scène des rois et des reines, des valets et des bouf-
fons. — Son grand roman en prose, *les Misérables,* raconte,
autour de l'histoire d'un forçat, la vie d'enfants malheureux et
de victimes du sort.

Extraits : *Conte des bords du Rhin,* p. 49. — *Gavroche,* p. 116. —
Cosette, p. 127. — *Les Deux Petits abandonnés,* p. 130. — *Le Capitaine
du « Normandy »,* p. 202.

......✿......

KIPLING (Rudyard), né en 1863, à Lahore, dans l'Inde.
Grand romancier anglais. Il met en scène, dans des récits très
courts, la population bigarrée des Indes anglaises, soldats, ba-
teliers des grands fleuves, fakirs, bonzes mendiants, gardiens
de phares, et aussi les bêtes de la jungle, l'ours, le python et
les loups, dans un grand poème en prose qui rappelle les
vieilles épopées indoues (*le Livre de la Jungle*).

Extrait : *Dans la jungle,* p. 78.

......✿......

LAGERLÖF (Selma), grande romancière suédoise. Son livre,
les Liens invisibles, a obtenu le prix Nobel en 1909.

Extrait : *La Princesse de la paix,* p. 252.

......✿......

LAMARTINE (1790-1869), né à Mâcon. Grand poète lyrique
du XIXe siècle. « Ce ne sont pas des vers, disait de lui Bar-
bey d'Aurevilly, c'est de la poésie. C'est sans aucun doute
le plus poète de tous les poètes romantiques, si la poésie est

essentiellement l'épanchement d'un cœur noble et pur, le chant d'une âme délicate et tendre, éprise d'idéalisme, l'expression naturelle de sentiments sincères. » Œuvres poétiques : *les Méditations, les Harmonies poétiques et religieuses, Jocelyn.* En prose, on a de lui *les Confidences,* où il raconte sa jeunesse, où sa nature idéaliste se révolte contre les bassesses humaines, le meurtre des animaux, le plaisir de la chasse; le *Voyage en Orient,* où il chante des souvenirs et des légendes, et *le Manuscrit de ma Mère,* une des plus fraîches de ses publications.

Extraits : *Souvenirs d'enfance,* p. 12. — *Les Petits Bergers,* p. 83. — *Les Petits Sabots,* p. 100. — *Le Cheval arabe,* p. 169. — *L'Agneau,* p. 184. — *Mon dernier coup de fusil,* p. 190. — *Les Deux Frères,* p. 199.

LAMENNAIS (1782-1854), né à Saint-Malo. Écrivain religieux et apôtre des doctrines démocratiques. Principaux ouvrages : *les Paroles d'un Croyant* et *le Livre du peuple.*

Extraits : *Le Rocher et les voyageurs,* p. 197. — *Le Peuple,* p. 205.

LICHTENBERGER (André), né à Strasbourg en 1870. Romancier. A étudié et compris l'âme de l'enfant dans un livre, *Mon petit Trott,* délicat de sentiment et de forme.

Extrait : *Trott et la mouche,* p. 167.

LOTI (Pierre) [Julien Viaud], né à Rochefort en 1850. Officier de marine et romancier. Il a parcouru le monde et rapporté de ses voyages des descriptions merveilleuses de couleur et de poésie (*le Mariage de Loti*). Il décrit tour à tour les brumes d'Islande et les soleils de minuit, le Tonkin avec ses rizières, la Bretagne pluvieuse, et la mer aux aspects innombrables (*Pêcheur d'Islande*). Le spectacle du monde immense lui a rempli l'âme d'une infinie pitié pour les humbles, les misérables. Certaines de ses pages sont les plus émouvantes qui aient été écrites pour saisir l'âme obscure des bêtes (*le Livre de la Pitié et de la Mort*).

Extraits : *Madame Moumoutte Chinoise*, p. 141. — *Les Oiseaux chanteurs*, p. 156. — *Viande de boucherie*, p. 182. — *Vieille barque, vieux batelier*, p. 221. — *Chagrin d'un vieux forçat*, p. 239.

......〇......

MAETERLINCK (Maurice), né à Gand en 1862. Écrivain belge. Philosophe curieux et profond, dont les œuvres ont obtenu un vif succès aujourd'hui. Son chef-d'œuvre est la *Vie des Abeilles*, où il observe en vrai naturaliste les mœurs des insectes et les décrit en vrai poète.

Extrait : *La Nouvelle Ruche*, p. 165.

......〇......

MAISTRE (Xavier de) [1763-1852], né à Chambéry, mort à Saint-Pétersbourg, où il s'était retiré pendant la Révolution. Écrivain facile, aimable et spirituel. Auteur du *Voyage autour de ma Chambre*.

Extrait : *Un bon Domestique*, p. 223.

......〇......

MARGUERITTE (Paul et Victor), nés en Algérie, le premier à Laghouat en 1860, le second à Blida en 1867. Fils du célèbre général qui mourut à Sedan. Romanciers. Disciples d'Émile Zola, ils se préoccupent avant tout d'être exacts, mais expriment des idées morales et sociales qui rendent leur œuvre bienfaisante. Ils ont raconté les souvenirs de l'année terrible dans une suite de romans poignants où ils retracent les horreurs de la guerre (*le Désastre*). Il ont aussi écrit un livre charmant : *Poum, Aventures d'un petit garçon*.

Extrait : *Le Collier de chien*, p. 43. — *Après la bataille*, p. 250.

......〇......

MAUPASSANT (Guy de) [1850-1893], né au château de Miromesnil, en Normandie. Romancier. Il a surtout excellé dans le genre des nouvelles. Disciple de Flaubert, dont il était le filleul, il s'applique, comme son maître, à l'exactitude et à la vérité. Avec une merveilleuse netteté et un sentiment profond de la vie, il peint les bêtes, les paysans, les gentilshommes campagnards. Il sait nous intéresser à leurs habitudes et à leur existence. Toute son œuvre reflète la vie même. Il s'émeut devant les misères humaines et les souffrances des bêtes ; mais son émotion reste toujours discrète et contenue (*Coco, Une Chasse aux canards, le Gueux*).

Extraits : *Coco*, p. 174. — *Une Chasse aux canards*, p. 191. — *Le Creusot*, p. 214. — *Une Vieille qui passe*, p. 230. — *Le Gueux*, 235.

••••••✿••••••

MÉRIMÉE (Prosper) [1803-1870] est surtout célèbre par ses Nouvelles, qui sont classiques, et resteront dans la littérature française comme autant de chefs-d'œuvre d'observation, de récits clairs, sobres, émouvants. Il a l'art de conter en un style net et vigoureux. Œuvres principales : *la Chronique du règne de Charles IX*, roman historique; *Colomba, Mateo Falcone*, nouvelles.

Extraits : *Le Preneur de rats*, p. 52. — *Mateo Falcone*, p. 60. — *Une chasse sous Charles IX*, p. 187.

••••••✿••••••

MICHELET (1798-1874), né à Paris. Grand historien. C'est l'auteur célèbre d'une *Histoire de France* qui, plus que toutes les autres, fait revivre le passé. Il a raconté ses premières années, son enfance pauvre, ses débuts difficiles, dans son livre : *Ma jeunesse*. Vers la fin de sa vie, souvent aidé de sa femme, il compose des ouvrages d'histoire naturelle, qui sont surtout des poèmes en prose, comme *l'Insecte, l'Oiseau, la Montagne, la Mer*.

Extraits : *La Composition*, p. 24. — *Le Bonhomme en pain d'épice*, p. 29. — *Le Bourdon*, p. 163.

••••••✿••••••

MISTRAL (Frédéric), poète provençal, né à Maillane en 1830. Poète admirable de la nature et de la vie méridionales. Auteur célèbre du poème de *Mireille*, qui est un chef-d'œuvre. Il a publié en prose quelques nouvelles, et *Mes Origines*, où il raconte ses souvenirs d'enfance.

Extrait : *Les Fleurs de glais*, p. 37.

MOREAU (Hégésippe) [1810-1838]. Il eut des débuts très difficiles et connut la misère. Après quelques essais poétiques qui le firent connaître, la mort vint le prendre à vingt-huit ans, sur un lit d'hôpital. On a de lui les *Contes à ma Sœur,* recueil de jolies nouvelles, et *le Myosotis.*

Extrait : *Le Neveu de la fruitière,* p. 66.

......◇......

NODIER (Charles) [1780-1844]. Né à Besançon. Écrivain aimable, brillant, facile, qui eut son heure de vogue vers 1830. On lit encore ses *Contes, Trilby, la Fée aux Miettes.*

Extrait : *Histoire du chien de Brisquet,* p. 135.

......◇......

QUINET (Edgar) [1803-1875], né à Bourg (Ain). Philosophe et historien. Il a pris part aux luttes démocratiques à côté de Michelet. Passionnément épris de liberté, ce fut un esprit généreux, un talent oratoire. Citons surtout de lui l'*Histoire de mes Idées.*

Extraits : *Une Leçon d'égalité,* p. 96. — *Mes deux Bœufs,* p. 181.

......◇......

RECLUS (Élisée) [1830-1905], né à Sainte-Foy-la-Grande (Gironde). Savant géographe. Auteur d'une *Géographie universelle,* remarquable à la fois par l'étendue des connaissances et l'ampleur des idées. Son dernier ouvrage, *l'Homme et la Terre,* embrasse dans un ensemble puissant l'évolution des sociétés humaines.

Extrait : *Les Progrès de l'homme,* p. 263.

......◇......

RENAN (Ernest) [1823-1892], né à Tréguier (Côtes-du-Nord). Après avoir fait ses études au collège de sa ville natale, il entra aux séminaires de Saint-Nicolas-du-Chardonnet, d'Issy et de Saint-Sulpice. Il devint professeur au Collège de France. Sa réputation ne cessant de grandir, il fut vers la fin de sa vie un des écrivains les plus goûtés et un directeur de conscience de la démocratie. Ses œuvres capitales sont *l'Avenir de la Science* et les *Souvenirs d'enfance et de jeunesse.* C'est un savant d'une rare érudition et un écrivain dont le style est merveilleux de souplesse.

Extrait : *L'Humanité*, p. 266.

·····❖·····

RENARD (Jules) [1864-1910]. Écrivain original, à l'observation aiguë et au style incisif. Il dessine les gens et les bêtes de la campagne en quelques traits admirables de précision et de vie. On lit de lui les *Bucoliques, Histoires naturelles*, et surtout *Poil de Carotte.*

Extraits : *Poil de Carotte*, p. 115. — *Le Nid de chardonnerets*, p. 157. — *Fermeture de la chasse*, p. 194.

·····❖·····

ROLLAND (Romain), né à Clamecy (Nièvre) en 1866. Professeur d'histoire de l'art à la Sorbonne. Écrivain fécond, épris surtout de musique. Dans son roman de *Jean-Christophe*, il raconte la vie d'un musicien.

Extrait : *Jean-Christophe*, p. 41.

·····❖·····

ROSNY (J.-H.) aîné, né à Bruxelles en 1856. Un des plus puissants romanciers contemporains. Il décrit l'humanité des temps primitifs (*Vamireh, Eyrimah, la Guerre du Feu*), ou représente la vie moderne avec tous ses problèmes, ses inquiétudes, ses foules grouillantes (*la Vague rouge*). Il joint les dons du poète aux connaissances les plus étendues du savant moderne.

Extrait : *Aux Temps primitifs*, p. 257.

·····❖·····

SAND (George) [1804-1876], de son vrai nom Aurore Dupin, baronne Dudevant; née à Paris, morte au château de Nohant (Indre). Femme de génie et illustre romancière. Ce qui la distingue, c'est son inépuisable fécondité, et l'abondance facile de son style. Elle a écrit des romans champêtres, où elle met finement en scène, dans les paysages du Berry, des paysans honnêtes, laborieux, économes (*la Mare au Diable, la Petite*

Fadette, François le Champi). Elle a aussi longuement raconté ses souvenirs d'enfance dans l'*Histoire de ma vie*. Sa bonté toujours secourable pour les paysans de son village lui fit donner le surnom de « la Bonne dame de Nohant ».

Extraits : *Les Deux Fauvettes*, p. 149 — *Mort d'un cricri*, p. 164. — *Mon Ane*, p. 170. — *Les Bœufs*, p. 181. — *Les Palombes*, p. 189. — *Le Labourage*, p. 205.

••••••◇••••••

STENDHAL, pseudonyme de Henri Beyle, né à Grenoble en 1783, mort à Paris en 1842. C'est un écrivain original, curieux d'analyser finement les sentiments et les passions de ses personnages, cherchant avant tout la vérité. Ses œuvres les plus importantes sont *la Chartreuse de Parme* et *le Rouge et le Noir*.

Extrait : *La Conscience*, p. 201.

••••••◇••••••

THEURIET (André), né à Marly-le-Roi en 1833. Romancier et poète. Doué d'un sens exquis de la vie rustique, il a retracé les aspects de la terre lorraine, la fraîcheur des sous-bois, les mœurs des oiseaux, et, dans des romans honnêtes et charmants, a raconté la vie provinciale, les petits drames de la petite ville, avec un style calme, limpide et doucement nuancé (*Années de printemps, Sous bois, Nos Oiseaux*).

Extraits : *Au Bois*, p. 33. — *Un Rôti à la caraïbe*, p. 85. — *Le Pinson*, p. 151. — *Le Bouvreuil*, p. 153. — *Les Charbonniers*, p. 208.

••••••◇••••••

TOLSTOÏ (Léon) [1828-1911]. Le plus grand écrivain russe du XIXᵉ siècle. Il a d'abord composé des romans qui sont des impressions de jeunesse (*Souvenirs : Enfance, Adolescence, Jeunesse*), puis des peintures d'une époque, extraordinaires par le nombre des personnages et l'ampleur de l'observation (*la Guerre et la Paix, Anna Karénine*). Enfin, il s'est préoccupé de problèmes moraux, et s'est mis à prêcher à ses concitoyens une sorte de religion nouvelle. Son influence fut considérable en Russie et en Europe.

Extraits : *Ma Mère*, p. 11. — *Une dispute entre frères*, p. 21. — *Un Enfant trouvé*, p. 132. — *Mon chien Boulka*, p. 137. — *Le Vieux Cheval*, p. 177. — *Les Pêches*, p. 199.

TÖPPFER (Rodolphe) [1799-1846]. Romancier et moraliste suisse. Auteur estimé des *Nouvelles Génevoises* et des *Voyages en zigzag.*

Extrait : *Le Hanneton,* p. 159.

......◇......

TOURGUENEFF (Ivan) [1818-1883]. Grand romancier russe. Il sait voir et faire voir avec un art incomparable, et décrit d'une manière sobre, précise, les êtres et les choses. Il raconte sa vie dans ses *Souvenirs d'enfance*, et montre les paysans russes dans les *Mémoires d'un Chasseur,* qui ont amené l'abolition du servage en Russie.

Extraits : *Le Moineau,* p. 189. — *Le Mendiant,* p. 229.

......◇......

VALLÈS (Jules) [1832-1875], né au Puy. Ce fut un indépendant. Il a raconté sa vie dans une série de romans où il se met en scène, tour à tour enfant malheureux (*l'Enfant*) et étudiant misérable (*le Bachelier*). Son style est admirable de relief et de couleur.

Extrait : *Mon oncle Joseph,* p. 19.

......◇......

VIGNY (Alfred de) [1797-1863], né à Loches (Indre-et-Loire). Poète et romancier. Poète, il a exprimé dans des vers splendides et laborieux toute la philosophie d'une existence hautaine et solitaire. Romancier, il a écrit tantôt des romans historiques (*Cinq-Mars ou une Conjuration sous Louis XIII*), tantôt de courts récits, sobres et émouvants, qui enferment toujours une signification morale (*Servitude et grandeur militaires*).

Extrait : *La Guerre,* p. 241.

......◇......

WILDENBRUCH (E. von) [1845-1909]. Auteur dramatique et romancier allemand. Dans ses romans, il peint les mœurs de l'aristocratie et de la haute bourgeoisie allemandes. Dans ses

nouvelles, qui sont le meilleur de son œuvre, il étudie l'âme de
enfant (*Jalousie*), ses joies et ses tristesses (*Archambauld*).

Extrait : *Le Jeu des marins*, p. 46. — *Amis d'enfance*, p. 251.

......()......

ZOLA (Émile) [1840-1902], né à Paris. Un des plus féconds
et des plus puissants romanciers du XIXᵉ siècle. Il a le don de
faire vivre les foules. Observateur attentif et clairvoyant, il a vu
et décrit les travailleurs des villes et des usines, les mineurs,
es paysans. Il ne s'est pas contenté de regarder le labeur des
hommes et leurs misères; son cœur s'est ému, et ses derniers
romans expriment un large sentiment de pitié humaine.

Extraits : *Chevaux de mine*, p. 173. — *Les Semailles*, p. 207. —
Les Mineurs, p. 218.

TABLE DES GRAVURES

TABLE DES MATIÈRES

Le classement des morceaux par noms d'auteurs est indiqué dans les notices littéraires qui précèdent.

IIᵉ PARTIE : LES BÊTES

IIIe PARTIE : LES HOMMES

Paris. — Imp. LAROUSSE, 17, rue Montparnasse.